4501

OEUVRES

COMPLETES

DE

VOLTAIRE.

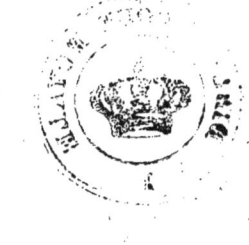

OEUVRES

COMPLETES

DE

VOLTAIRE.

TOME CINQUANTE-DEUXIEME.

DE L'IMPRIMERIE DE LA SOCIÉTÉ LITTÉRAIRE-
TYPOGRAPHIQUE.

1 7 8 5.

La Paix tient la Guerre enchaînée; le Prince par sa
préfence anime les Arts qui s'empreffent à le célébrer.

J. M. Moreau le J.ᵉ inv.   1784.   Dambrun Sculp.

ESTAMPES

DESTINÉES A ORNER L'ÉDITION IN-OCTAVO

DE M. DE VOLTAIRE

DÉDIÉES A SON ALTESSE ROYALE

MONSEIGNEUR

LE PRINCE DE PRUSSE,

Par J.M.MOREAU, Deſſinateur & Graveur du cabinet du
Roi, & de ſon Académie R.ᵉ de Peinture & Sculpture,

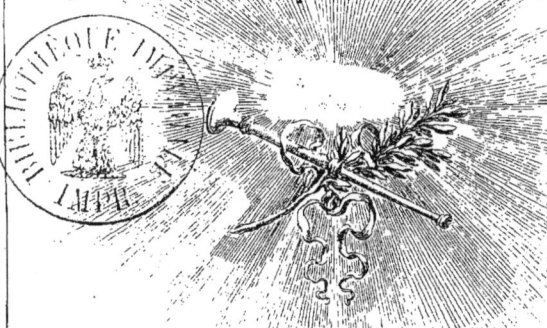

A PARIS,

Chez SAUGRAIN rue du Jardinet
St André des Arts.

A. P. D. R.

Beaublé Scrip.

À Son Altesse Royale

Monseigneur frederic Guillaume Prince de Prusse.

Monseigneur,

C'est dans le dessein de plaire au Public et à mes Souscripteurs; c'est pour embellir mon Ouvrage, que je le dédie à Votre Altesse Royale.

J'ai tout employé pour rendre dignement les tableaux immortels du plus grand peintre et du plus grand poëte qui ait jamais existé; Si je n'ai pas fait un chef d'œuvre, au moins puis je dire que voilà le Chef d'œuvre de mon burin?

Aurai-je enfin saisi cet art ingénieux
De peindre la parole et de parler aux yeux?

Et retrouvera-t-on, sous mes crayons les transports d'Orosmane, la tendresse de Zaïre, la fermeté de Brutus, la grandeur de Cæsar, et l'hypocrisie de Mahomet, et la naïveté de Nanine. S'il suffit de s'être pénétré de son modèle et d'avoir été soutenu dans ses travaux par l'enthousiasme; j'ai réussi.

Vous êtes aujourd'hui, Monseigneur, l'objet presqu'universel des hommages du Génie et de la Science. On sait que votre goût pour l'étude et votre amour pour les Lettres vous rendent cher à la Société, dont la hauteur de votre rang vous sépare. Voilà ce que publient des hommes vrais et qui ont l'honneur d'approcher de Votre Altesse Royale; voilà ce qui m'encourage à mettre à ses pieds le tribut de mes veilles et du profond respect avec lequel je suis,

Monseigneur,

de Votre Altesse Royale.

Le très-humble et très-obéissant Serviteur.

J. M. Moreau Le Jeune

AVERTISSEMENT

DES EDITEURS.

CES lettres embraffent un efpace de plus de foixante années : et M. de *Voltaire*, jeune et peu connu, dans la force de l'âge et au milieu des perfécutions, vieux et au comble de la gloire, y paraît toujours le même. On le voit s'occuper de fes ouvrages avec une activité infatigable, en riant le premier de l'importance qu'il y attache ; plaifantant fur leurs défauts, mais férieufement paffionné pour les progrès et les intérêts de l'humanité ; prodiguant les railleries à fes critiques, ou fe livrant contre eux à fa colère, mais haïffant les oppreffeurs et les fana-tiques bien plus que fes ennemis ; cherchant à ménager l'amour propre des gens de lettres ; fefant à la paix des facrifices qu'on n'eût ofé lui propofer ; faififfant avec avidité l'occafion d'en-courager le talent, de foulager la mifère, de défendre l'opprimé ; violent et bon, fenfible et gai ; uniffant enfin une philofophie profonde à quelques petiteffes que les gens du monde lui reprochaient avec amertume, et qu'il avait prifes en vivant avec eux.

Ces lettres où il paraît tout entier, où il

montre à fes amis fes faibleffes , fes mouvemens
d'humeur, fes projets de vengeance comme fa
bienfefance et fa fenfibilité , fes terreurs comme
fon courage ; ces lettres font la meilleure réponfe
qu'on puiffe oppofer à fes nombreux ennemis.
Ce n'eft pas une confeffion faite avec oftentation,
écrite pour le public , où l'auteur fe préfente
comme il veut être vu ; c'eft l'homme même
que l'on trouve ici tel qu'il a été dans tous
les momens de fa vie , et qui fe laiffe voir fans
chercher à fe montrer ou à fe cacher.

   Ces lettres prouvent que fi la philofophie de
fes ouvrages a fuivi, dans fa hardieffe, les progrès de la liberté de penfer, celle de fon efprit
fut toujours la même ; que la crainte de fe com-
promettre lui fit commettre quelques fautes, mais
ne fufpendit jamais la guerre qu'il avait déclarée
à la fuperftition. C'était fon grand objet, celui
vers lequel il dirigeait tous fes travaux , auquel
il fefait fervir le fuccès des ouvrages qui y paraif-
faient les plus étrangers. Souvent il paraît occupé
d'une tragédie nouvelle, de la faire jouer , d'en
affurer la réuffite ; mais d'autres lettres apprennent que cette réuffite lui femble néceffaire pour
échapper à la perfécution dont le menace un
ouvrage utile qu'il va faire paraître.

On n'a pas imprimé toutes les lettres qu'on a pu recueillir ; on a fupprimé celles qui, n'apprenant rien ni fur l'auteur ni fur fes ouvrages, qui, ne renfermant aucun jugement fur les hommes, fur les affaires ou fur les livres, n'auraient pu avoir d'intérêt.

Nous ferons contens fi les lecteurs trouvent que, de tous les hommes célèbres dont on a imprimé les lettres après leur mort, il eft le premier qui n'ait pas ennuyé, et qui ait pu être lu pour le feul plaifir de lire.

RECUEIL

DES LETTRES

DE M. DE VOLTAIRE.

1715–1737.

RECUEIL

DES LETTRES

DE M. DE VOLTAIRE.

LETTRE PREMIERE.

A MADAME

LA MARQUISE DE MIMEURE.

J'AI vu, Madame, votre petite chienne, votre ———
petit chat, et mademoifelle *Aubert*. Tout cela fe **1715.**
porte bien, à la réferve de mademoifelle *Aubert* qui
a été malade, et qui, fi elle n'y prend garde, n'aura
point de gorge pour Fontainebleau. A mon gré,
c'eft la feule chofe qui lui manquera, et je voudrais
de tout mon cœur que fa gorge fût auffi belle et
auffi pleine que fa voix.

Puifque j'ai commencé par vous parler de comé-
diennes, je vous dirai que la *Duclos* ne joue prefque
point, et qu'elle prend tous les matins quelques
prifes de féné et de caffe, et le foir plufieurs prifes
du comte d'*Uzés*. *N**** adore toujours la dégoû-
tante *Lavoye*; et le maigre *N**** a befoin de recou-
rir aux femmes, car les hommes l'ont abandonné.

—— Au refte, on ne nous donne plus que de très-mau-
vaifes pièces jouées par de très-mauvais acteurs. En
récompenfe, mademoifelle de *Montbrun* récite très-
joliment des pièces comiques. Je l'ai entendue décla-
mer des rôles du Mifanthrope avec beaucoup d'art
et beaucoup de naturel. Je ne vous dis rien de
l'Important (1), car je vous écris avant la repréfentation, et je veux me réferver une occafion
de vous écrire une feconde fois.

On joue à l'opéra Zéphire et Flore (2). On
imprime l'Anti-Homère de *Terraffon*, et les vers
héroïques, moraux, chrétiens et galans de l'abbé
du Jari. Jugez, Madame, fi on peut en confcience
m'interdire la fatire ; permettez-moi donc d'être un
peu malin.

J'ai pourtant une plus grande grâce à vous demander. C'eft la permiffion d'aller rendre mes devoirs
à M. de *Mimeure* et à vous, dans l'un de vos châteaux où peut-être vous ennuyez-vous quelquefois.
Je fais bien que je perdrais auprès de vous tout
le fiel dont je me nourris à Paris ; mais afin de
ne me pas gâter tout-à-fait, je ne refterais que
huit ou dix jours avec vous. Je vous apporterais
ce que j'ai fait d'Oedipe. Je vous demanderais vos
confeils fur ce qui eft déjà fait, et fur ce qui
n'eft pas travaillé ; et j'aurais à M. de *Mimeure* et
à vous, l'obligation de faire une bonne pièce.

(1) On ne connaît qu'une comédie de ce nom, par *Brueys*, jouée pour
la première fois, en 1693.

(2) Tragédie-opéra de *Duboulay*, mufique des fils de *Lulli*, repréfentée
en 1688, et reprife en 1715.

Je n'ofe pas vous parler des occupations aux- quelles vous avez dit que vous vous deftiniez pendant votre folitude. Je me flatte pourtant que vous voudrez bien m'en faire la confidence toute entière ;

Car nous favons que Vénus et Minerve
De leurs tréfors vous comblent fans réferve.
Les Grâces même et la troupe des Ris,
Quoiqu'ils foient tous citoyens de Paris,
Et qu'en ces lieux ils fe plaifent à vivre,
Jufqu'en province ont bien voulu vous fuivre.

Ayez donc la bonté de m'envoyer, Madame, fignée de votre main, la permiffion de venir vous voir. Je n'écris point à M. de *Mimeure*, parce que je compte que c'eft lui écrire en vous écrivant. Permettez-moi feulement, Madame, de l'affurer de mon refpect et de l'envie extrême que j'ai de le voir.

LETTRE II.

A MADAME

LA MARQUISE DE MIMEURE.

On ne peut vaincre fa deftinée : je comptais , Madame , ne quitter la folitude délicieufe où je fuis que pour aller à Sulli ; mais M. le duc et madame la ducheffe de *Sulli* vont à Villars , et me voilà , malgré moi , dans la néceffité de les y aller trouver. On a fu me déterrer dans mon hermitage pour me prier d'aller à Villars ; mais on ne m'y fera point perdre mon repos (3). Je porte à préfent un manteau de philo-fophe dont je ne me déferai pour rien au monde.

Vous ne me reverrez de long-temps , madame la Marquife ; mais je me flatte que vous vous fou-viendrez un peu de moi , et que vous ferez toujours fenfible à la tendre et véritable amitié que vous favez que j'ai pour vous. Faites-moi l'honneur de m'écrire quelquefois des nouvelles de votre fanté et de vos affaires ; vous ne trouverez jamais perfonne qui s'y intéreffe autant que moi.

Je vous prie de m'envoyer le petit emplâtre que vous m'avez promis pour le bouton qui m'eft venu

---

(3) M. de *Voltaire* avait eu une paffion très-violente pour madame la maréchale de *Villars* ; il difait dans la fuite que c'était la feule qui l'eût emporté fur l'amour du travail , et qui lui eût fait perdre du temps.

fur l'œil. Surtout ne croyez point que ce foit
coquetterie, et que je veuille paraître à Villars avec 1716.
un défagrément de moins. Mes yeux commencent
à ne me plus intéreffer qu'autant que je m'en fers
pour lire et pour vous écrire. Je ne crains plus
même les yeux de perfonne ; et le poëme d'*Henri IV*
et mon amitié pour vous font les deux feuls fentimens
vifs que je me connaiffe.

LETTRE III.

A MADAME

LA MARQUISE DE MIMEURE.

JE vais demain à Villars : je regrette infiniment la
campagne que je quitte, et ne crains guère celle où
je vais.

Vous vous moquez de ma préfomption, Madame,
et vous me croyez d'autant plus faible que je me crois
raifonnable. Nous verrons qui aura raifon de nous
deux. Je vous réponds par avance que fi je rem-
porte la victoire, je n'en ferai pas fort énorgueilli.

Je vous remercie beaucoup de ce que vous m'avez
envoyé pour mon œil ; c'eft actuellement le feul
remède dont j'aye befoin, car foyez bien sûre que
je fuis guéri pour jamais du mal que vous craignez
pour moi : vous me faites fentir que l'amitié eft
d'un prix plus eftimable mille fois que l'amour. Il
me femble même que je ne fuis point du tout fait

A 4

1716. pour les passions. Je trouve qu'il y a en moi du ridicule à aimer, et j'en trouverais encore davantage dans celles qui m'aimeraient. Voilà qui est fait ; j'y renonce pour la vie.

Je suis sensiblement affligé de voir que votre colique ne vous quitte point ; j'aurais dû commencer ma lettre par là. Mais ma guérison, dont je me flatte, m'avait fait oublier vos maux pour un petit moment.

S'il y a quelques nouvelles, mandez-les-moi à Villars, je vous en prie. Conservez, si vous pouvez, votre santé et votre fortune. Je n'ai rien de si à cœur que de trouver l'une et l'autre rétablies à mon retour. Ecrivez-moi au plutôt comment vous vous portez.

LETTRE IV.

A M. L'ABBÉ DE CHAULIEU.

A Sulli, 20 juin.

MONSIEUR,

1717. Vous avez beau vous défendre d'être mon maître, vous le serez quoi que vous en disiez. Je sens trop le besoin que j'ai de vos conseils ; d'ailleurs les maîtres ont toujours aimé leurs disciples, et ce n'est pas là une des moindres raisons qui m'engagent à être le vôtre. Je sens qu'on ne peut guère réussir dans les grands ouvrages sans un peu de conseils

et beaucoup de docilité. Je me fouviens bien des
critiques que monfieur le grand-prieur et vous,
vous me fîtes dans un certain fouper chez M. l'abbé
de *Buffi*. Ce fouper-là fit beaucoup de bien à ma
tragédie ; et je crois qu'il me fuffirait pour faire
un bon ouvrage de boire quatre ou cinq fois avec
vous. *Socrate* donnait fes leçons au lit, et vous les
donnez à table ; cela fait que vos leçons font fans
doute plus gaies que les fiennes.

Je vous remercie infiniment de celles que vous
m'avez données fur mon épître à M. le Régent ;
et quoique vous me confeilliez de louer, je ne laif-
ferai pas de vous obéir.

> Malgré le penchant de mon cœur,
> A vos confeils je m'abandonne.
> Quoi ! je vais devenir flatteur !
> Et c'eft Chaulieu qui me l'ordonne ! (*)

Je fuis, &c.

(*) Voyez le volume d'Epîtres , et les Lettres en vers. L'abbé de
Chaulieu mourut en philofophe en 1720 , à l'âge de 81 ans.

LETTRE V.

A MADAME

LA MARQUISE DE MIMEURE.

A Villars.

AURIEZ-VOUS, Madame, affez de bonté pour moi, pour être un peu fâchée de ce que je fuis fi long-temps fans vous écrire ? Je fuis éloigné depuis fix femaines de la défolée ville de Paris : je viens de quitter le Bruel où j'ai paffé quinze jours avec M. le duc de *la Feuillade*. N'eft-il pas vrai que c'eft bien là un homme ? Et fi quelqu'un approche de la perfection, il faut abfolument que ce foit lui. Je fuis fi enchanté de fon commerce que je ne peux m'en taire, furtout avec vous pour qui vous favez que je penfe comme pour M. le duc de *la Feuillade*, et qui devez furement l'eftimer par la raifon qu'on a toujours du goût pour fes femblables.

Je fuis actuellement à Villars : je paffe ma vie de château en château ; et fi vous aviez pris une maifon à Paffi, je lui donnerais la préférence fur tous les châteaux du monde.

Je crains bien que toutes les petites tracafferies que M. *Lafs* a eues avec le peuple de Paris, ne rendent les acquifitions un peu difficiles. Je fonge toujours à vous lorfqu'on me parle des affaires préfentes ; et dans la ruine totale que quelques gens

craignent, comptez que c'eſt votre intérêt qui
m'alarme le plus.

Vous méritiez aſſurément une autre fortune que
celle que vous avez, mais encore faut-il que vous en
jouiſſiez tranquillement, et qu'on ne vous l'écorne
pas. Quelque choſe qui arrive, on ne vous ôtera
point les agrémens de l'eſprit. Mais ſi on y va toujours du même train, on pourra bien ne vous laiſſer
que cela ; et franchement, ce n'eſt pas aſſez pour
vivre commodément, et pour avoir une maiſon
de campagne où je puiſſe avoir l'honneur de paſſer
quelque temps avec vous.

Notre poëme (*) n'avance guère. Il faut s'en
prendre un peu au biribi où je perds mon bonnet.
Le petit *Génonville* m'a écrit une lettre en vers qui eſt
très-jolie : je lui ai fait réponſe, mais non pas ſi bien.
Je ſouhaite quelquefois que vous ne le connaiſſiez
point, car vous ne pourriez plus me ſouffrir.

Si vous m'écrivez, ayez la bonté de vous y
prendre inceſſamment : je ne reſterai pas ſi long-
temps à Villars, et je pourrai bien venir vous faire
ma cour à Paris dans quelques jours.

Adieu, madame la Marquiſe ; écrivez-moi un
petit mot, et comptez que je ſuis toujours pénétré
de reſpect et d'amitié pour vous.

(*) La Henriade.

LETTRE VI.

A M. THIRIOT. (*)

JE fuis encore incertain de ma deftinée. J'attends M. le duc de *Sulli* pour régler ma marche. Comptez que je n'ai d'autre envie que de paffer avec vous beaucoup de ces jours tranquilles dont nous nous trouvions fi bien dans notre folitude.

Je viens d'écrire une lettre à M. de *Fontenelle*, à l'occafion d'un phénomène qui a paru dans le foleil, hier jour de la Pentecôte. Vous voyez que je fuis poëte et phyficien. J'ai une grande impatience de vous voir pour vous montrer ce petit ouvrage dont vous groffirez votre recueil.

Avez-vous toujours, mon cher ami, la bonté de faire, en ma faveur, ce qu'*Efdras* fit pour l'Ecriture fainte, c'eft-à-dire, d'écrire de mémoire mes pauvres ouvrages? S'il y a quelque nouvelle à Paris faites-m'en part. J'efpère de vous y revoir bientôt dans cette bonne fanté dont vous me parlez. Comme la reffemblance de nos tempéramens eft parfaite., je me porte auffi bien que vous ; je crois cependant que vous avez eu hier mal à l'eftomac, car j'ai eu une indigeftion.

Adieu ; je vous embraffe de tout mon cœur.

(*) M. de *Voltaire* avait connu M. *Thiriot* en 1714, chez un procureur, où leurs parens qui les deftinaient au barreau, les avaient placés. L'averfion pour la chicane, et le goût des vers et des fpectacles, fentimens communs aux deux jeunes gens, les rendirent bientôt amis. Leur liaifon dura jufqu'à la mort de M. *Thiriot*, en 1772, à Paris où il était le correfpondant littéraire du roi de Pruffe.

LETTRE VII.

A M. THIRIOT.

A Blois, 2 janvier.

Il faut que je vous faffe part de l'enchantement
où je fuis du voyage que j'ai fait à la Source, chez
milord *Bolingbroke* et chez madame de *Villette*. J'ai
trouvé dans cet illuftre anglais toute l'érudition de
fon pays, et toute la politeffe du nôtre. Je n'ai
jamais entendu parler notre langue avec plus d'énergie et de jufteffe. Cet homme, qui a été toute fa vie
plongé dans les plaifirs et dans les affaires, a trouvé
pourtant le moyen de tout apprendre et de tout
retenir. Il fait l'hiftoire des anciens Egyptiens comme
celle d'Angleterre. Il pofsède *Virgile* comme *Milton;*
il aime la poëfie anglaife, la françaife et l'italienne;
mais il les aime différemment, parce qu'il difcerne
parfaitement leurs différens génies.

Après le portrait que je vous fais de milord
Bolingbroke, il me fiéra peut-être mal de vous dire
que madame de *Villette* et lui ont été infiniment
fatisfaits de mon poëme. Dans l'enthoufiafme de
l'approbation, ils le mettaient au-deffus de tous les
ouvrages de poëfie qui ont paru en France; mais
je fais ce que je dois rabattre de ces louanges outrées.
Je vais paffer trois mois à en mériter une partie.
Il me paraît qu'à force de corriger, l'ouvrage prend
enfin une forme raifonnable. Je vous le montrerai

—— à mon retour, et nous l'examinerons à loifir. A
1722. l'heure qu'il eft M. de *Canillac* le lit et me juge. Je
vous écris en attendant le jugement. Je ferai demain
à Uffé où je compte trouver une épître de vous. Je
fuis très-malade, mais je me fuis accoutumé aux
maux du corps et à ceux de l'ame : je commence
à les fouffrir avec patience, et je trouve dans votre
amitié et dans ma philofophie des reffources contre
bien des chofes. Adieu.

LETTRE VIII.

A M. J. B. ROUSSEAU.

23 janvier.

Monsieur le baron de *Breteuil* m'a appris,
Monfieur, que vous vous intéreffiez encore un peu
à moi, et que le poëme d'*Henri IV* ne vous eft pas
indifférent ; j'ai reçu ces marques de votre fouvenir
avec la joie d'un difciple tendrement attaché à fon
maître. Mon eftime pour vous, et le befoin que j'ai
des confeils d'un homme feul capable d'en donner
de bons en poëfie, m'ont déterminé à vous envoyer
un plan, que je viens de faire à la hâte, de mon
ouvrage : vous y trouverez, je crois, les règles du
poëme épique obfervées.

Le poëme commence au fiége de Paris, et finit à fa
prife ; les prédictions faites à *Henri IV* dans le premier
chant s'accompliffent dans tous les autres ; l'hiftoire
n'eft point altérée dans les principaux faits, les fictions
y font toutes allégoriques ; nos paffions, nos vertus

et nos vices y font perfonnifiés ; le héros n'a de faibleſſe que pour faire valoir davantage ſes vertus. Si tout cela eſt ſoutenu de cette force et de cette beauté continue de la diction , dont l'uſage était perdu en France ſans vous, je me flatte que vous ne me déſavouerez point pour votre diſciple. Je ne vous ai fait qu'un plan fort abrégé de mon poëme, mais vous devez m'entendre à demi-mot, votre imagination ſuppléera aux choſes que j'ai omiſes. Les lettres que vous écrivez à M. le baron de *Breteuil* me font eſpérer que vous ne me refuſerez pas les conſeils que j'oſe dire que vous me devez. Je ne me ſuis point caché de l'envie que j'ai d'aller moi-même conſulter mon oracle. On allait autrefois de plus loin au temple d'*Apollon* , et ſurement on n'en revenait point ſi content que je le ferai de votre commerce. Je vous donne ma parole que ſi vous allez jamais aux Pays-Bas, j'y viendrai paſſer quelque temps avec vous. Si même l'état de ma fortune préſente me permettait de faire un auſſi long voyage que celui de Vienne , je vous aſſure que je partirais de bon cœur, pour voir deux hommes auſſi extraordinaires dans leurs genres que M. le prince *Eugène* et vous. Je me ferais un véritable plaiſir de quitter Paris pour vous réciter mon poëme devant lui à ſes heures de loiſir. Tout ce que j'entends dire ici de ce prince à tous ceux qui ont eu l'honneur de le voir, me le fait comparer aux grands-hommes de l'antiquité. Je lui ai rendu dans mon ſixième chant un hommage qui, je crois, doit d'autant moins lui déplaire, qu'il eſt moins ſuſpect de flatterie, et que c'eſt à la ſeule vertu que je le rends. Vous verrez par l'argument de chaque livre de mon

—— ouvrage, que le fixième eft une imitation du fixième
de *Virgile*. St *Louis* y fait voir à *Henri IV* les héros
français qui doivent naître après lui ; je n'ai point
oublié parmi eux M. le maréchal de *Villars ;* voici
ce qu'en dit St *Louis :*

> Regardez dans Denain l'audacieux Villars
> Difputant le tonnerre à l'aigle des Céfars,
> Arbitre de la paix que la victoire amène,
> Digne appui de fon roi, digne rival d'Eugène.

C'était là effectivement la louange la plus grande
qu'on pouvait donner à M. le maréchal de *Villars*, et
il a été lui-même flatté de la comparaifon. Vous voyez
que je n'ai point fuivi les leçons de *la Motte* qui,
dans une affez mauvaife ode à M. le duc de *Vendôme*,
crut ne pouvoir le louer qu'aux dépens de M. le
prince *Eugène* et de la vérité.

Comme je vous écris tout ceci, madame la ducheffe
de *Sulli* m'apprend que vous avez mandé à M. le
commandeur de *Comminges* que vous irez cet été aux
Pays-Bas. Si le voifinage de la France pouvait vous
rendre un peu de goût pour elle, et que vous puffiez ne
vous fouvenir que de l'eftime qu'on y a pour vous,
vous guéririez nos français de la contagion du faux
bel efprit qui fait plus de progrès que jamais. Du
moins fi on ne peut efpérer de vous revoir à Paris,
vous êtes bien fûr que j'irai chercher à Bruxelles le
véritable antidote contre le poifon des *la Motte*. Je
vous fupplie, Monfieur, de compter toute votre vie
fur moi, comme fur le plus zélé de vos admirateurs.

Je fuis, &c.

LETTRE

LETTRE IX.

A MADAME

LA PRESIDENTE DE BERNIERES.

A Forges, juillet.

LA mort malheureufe de M. le duc de *Melun* vient de changer toutes nos réfolutions ; M. le duc de *Richelieu* qui l'aimait tendrement en a été dans une douleur qui a fait connaître la bonté de fon cœur, mais qui a dérangé fa fanté. Il a été obligé de difcontinuer fes eaux, et il va recommencer dans quelques jours fur nouveaux frais. Je refterai avec lui encore une quinzaine, ainfi ne comptez plus fur nous pour vendredi prochain ; pour moi je commence à craindre que les eaux ne me faffent du mal après m'avoir fait affez de bien. Si j'ai de la fanté je reviendrai à la Rivière gaiement ; fi je n'en ai point, j'irai triftement à Paris ; car, en vérité, je fuis honteux de ne me préfenter devant mes amis qu'avec un eftomac faible et un efprit chagrin. Je ne veux vous donner que mes beaux jours et ne fouffrir qu'incognito.

Si vous ne favez rien du détail de la mort de M. de *Melun*, en voici quelques particularités :

Samedi dernier, il courait le cerf avec M. le Duc ; ils en avaient déjà pris un, et en couraient un fecond ; M. le Duc et M. de *Melun* trouvèrent dans une voie étroite le cerf qui venait droit à eux ; M. le Duc eut

—— le temps de fe ranger. M. de *Melun* crut qu'il aurait
1722. le temps de croifer le cerf, et pouffa fon cheval. Dans
le moment le cerf l'atteignit d'un coup d'andouiller
fi furieux que le cheval, l'homme et le cerf en tom-
bèrent tous trois. M. de *Melun* avait la rate coupée,
le diaphragme percé et la poitrine refoulée ; M. le
Duc qui était feul auprès de lui banda fa plaie avec
fon mouchoir, et y tint la main pendant trois quarts
d'heure ; le bleffé vécut jufqu'au lundi fuivant, qu'il
expira à fix heures et demie du matin, entre les bras
de M. le Duc, et à la vue de toute la cour, qui était
confternée et attendrie d'un fpectacle fi tragique ;
mais qui l'oubliera bientôt. Dès qu'il fut mort, le roi
partit pour Verfailles, et donna au comte de *Melun*
le régiment du défunt. Il eft plus regretté qu'il n'était
aimé ; c'était un homme qui avait peu d'agrémens,
mais beaucoup de vertu, et qu'on était forcé d'eftimer.

On nous mande de Paris que madame de *Villette*
a gagné fon procès en Angleterre, et a déclaré fon
mariage (4). Voilà toutes les nouvelles que je fais.
La plume me tombe des mains. Je vous prie de dire
à *Thiriot* que, dès que j'aurai la tête nette, je lui
écrirai des volumes.

(4) Avec milord *Bolingbroke.*

LETTRE X.

A MADAME

LA PRESIDENTE DE BERNIERES.

Paris, feptembre.

J'ARRIVAI hier à Paris, et logeai chez le baigneur où je fuis encore; mais je compte profiter demain de la bonté que vous avez de me prêter votre appartement; le mien ne fera prêt que dans huit à dix jours au plutôt. Je fuis obligé de paffer ma journée avec des ouvriers qui font auffi trompeurs que des courtifans; c'eft ce qui fait que j'irai très-volontiers à Fontainebleau, et que j'aimerai tout autant être trompé par des miniftres et par des femmes, que par mon doreur et par mon ébenifte. Puifque vous favez mes fredaines de Forges, il faut bien vous avouer que j'ai perdu près de cent louis au pharaon, felon ma louable coutume de faire tous les ans quelque leffive au jeu.

LETTRE XI.

A MADAME

LA PRESIDENTE DE BERNIERES.

A la Haie, 7 octobre.

VOTRE lettre a mis un nouvel agrément dans la vie que je mène à la Haie. De tous les plaisirs du monde, je n'en connais point de plus flatteur que de pouvoir compter fur votre amitié. Je refterai encore quelques jours à la Haie pour y prendre toutes les mefures néceffaires fur l'impreffion de mon poëme, et je partirai lorfque les beaux jours finiront. Il n'y a rien de plus agréable que la Haie quand le foleil daigne s'y montrer. On ne voit ici que des prairies, des canaux et des arbres verts; c'eft un paradis ter-reftre depuis la Haie jufqu'à Amfterdam. J'ai vu avec refpect cette ville, qui eft le magafin de l'ur ivers. Il y avait plus de mille vaiffeaux dans le port. De cinq cents·mille hommes qui habitent Amfterdam, il n'y en a pas un d'oifif, pas un pauvre, pas un petit-maître, pas un infolent. Nous rencontrâmes le Penfionnaire à pied, fañs laquais, au milieu de la populace. On ne voit là perfonne qui ait de cour à faire. On ne fe met point en haie pour voir paffer un prince. On ne connaît que le travail et la modeftie. Il y a à la Haie plus de magnificence et plus de fociété par le concours des ambaffadeurs. J'y paffe ma

vie entre le travail et le plaifir, et je vis ainfi à la
hollandaife et à la françaife. Nous avons ici un opéra
déteftable ; mais en revanche je vois des miniftres
calviniftes, des arméniens, des fociniens, des rabbins,
des anabaptiftes, qui parlent tous à merveille, et qui
en vérité ont tous raifon. Je m'accoutume tout-à-fait
à me paffer de Paris, mais non pas à me paffer de vous.
Je vous réitère encore mon engagement de venir vous
trouver à la Rivière, fi vous y êtes encore au mois
de novembre. N'y reftez pas pour moi, mais fouffrez
feulement que je vous y tienne compagnie, fi votre
goût vous fixe à la campagne pour quelque temps.
Permettez-moi de préfenter mes refpects à M. de
Bernières et à tout ce qui eft chez vous.

Je fuis toujours avec un dévouement très-refpec-
tueux, &c.

LETTRE XII.

A MADAME

LA PRESIDENTE DE BERNIERES.

28 novembre.

JE vous écris d'une main lépreufe auffi hardiment
que fi j'avais votre peau douce et unie; votre lettre
et celle de notre ami m'ont donné du courage; puifque vous voulez bien fupporter ma gale, je la fup-
porterai bien auffi. Je voudrais bien n'avoir à exercer
ma conftance que contre cette maladie; mais je fuis,
au fumier près, dans l'état où était le bon homme
Job; fefant tout ce que je peux pour être auffi patient
que lui, et n'en pouvant venir à bout. Je crois que
le pauvre diable aurait perdu patience comme moi,
fi la préfidente de *Bernières* de ce temps-là avait été
jufqu'au 28 novembre fans le venir voir.

On a préparé aujourd'hui votre appartement,
venez donc l'occuper au plutôt : mais fi vos arrêts
font irrévocables, et qu'on ne puiffe pas vous faire
revenir un jour plutôt que vous l'avez décidé, du
moins accordez-moi une autre grâce que je vous
demande avec la dernière inftance. Je me trouve, je
ne fais comment, chargé de trois domeftiques que je
n'ai pas le pouvoir de garder, et que je n'ai pas la
force de renvoyer. L'un de ces trois meffieurs eft ce
pauvre *la Brie* que vous avez vu anciennement à moi.

Il eft trop vieux pour être laquais, incapable d'être
valet de chambre, et fort propre à être portier. 1723.

Vous avez un fuiffe qui ne s'eft pas attaché à votre
fervice pour vous plaire, mais pour vendre à votre
porte de mauvais vin à tous les porteurs d'eau qui
viennent ici tous les jours faire de votre maifon un
méchant cabaret ; fi l'envie d'avoir à votre porte un
animal avec un baudrier, que vous payez chèrement
toute l'année, pour vous mal fervir pendant trois mois,
et pour vendre de mauvais vin pendant douze ; fi,
dis-je, l'envie d'avoir votre porte décorée de cet ornement ne vous tient pas fort au cœur, je vous demande
en grâce de donner la charge de portier à mon pauvre
la Brie. Vous m'obligerez fenfiblement ; j'ai prefque
autant d'envie de le voir à votre porte que de vous
voir arriver dans votre maifon ; cela fera fon petit
établiffement ; il vous coûtera bien moins qu'un fuiffe,
et vous fervira beaucoup mieux. Si avec cela le plaifir
de m'obliger peut entrer pour quelque chofe dans
les arrangemens de votre maifon, je me flatte que
vous ne refuferez pas cette grâce que je vous demande
avec inftance. J'attends votre réponfe pour réformer
mon petit domeftique. La pofte va partir ; je n'ai ni
le temps ni la force d'écrire davantage. *Thiriot* n'aura
pas de lettre de moi cette fois-ci ; mais il fait bien
que mon cœur n'en eft pas moins à lui.

LETTRE XIII.

A MADAME

LA PRESIDENTE DE BERNIERES.

20 décembre.

JE reçus votre dernière lettre hier 19, et je me hâte
de vous répondre, ne trouvant point de plus grand
plaisir que de vous parler des obligations que je vous
ai. Vous qui n'avez point d'enfans, vous ne savez
pas ce que c'est que la tendresse paternelle, et vous
n'imaginez point quel effet font sur moi les bontés
que vous avez pour mon petit *Henri.* Cependant
l'amour que j'ai pour lui ne m'aveugle pas au point de
prétendre qu'il vienne à Paris dans un char traîné par
six chevaux; un ou deux bidets, avec des bâts et des
paniers, suffisent pour mon fils; mais apparemment
que votre fourgon vous apporte des meubles, et que
Henri sera confondu dans votre équipage. En ce cas,
je consens qu'il profite de cette voiture; mais je ne
veux point du tout qu'on fasse ces frais uniquement
pour ce marmouset. Je vous recommande instam-
ment de le faire partir avec plus de modestie et moins
de dépense; *Martel* est surtout inutile pour conduire
ce petit garçon. Je vous ai déjà mandé que vous
eussiez la bonté d'empêcher qu'on ne lui fît ses deux
mille habits; ainsi il sera prêt à partir avec vous, et il
pourra vous suivre dans votre marche avec deux

chevaux de bât, qui marcheront derrière votre carroſſe, et qui vous quitteront à Boulogne, où il faudra que mon bâtard s'arrête.

Le jour de votre départ s'avance, et je crois que vous ne le reculerez pas. Je n'aurai jamais en ma vie de ſi bonnes étrennes que celles que me prépare votre arrivée pour le jour de l'an.

1723.

LETTRE XIV.

A M. LE BARON DE BRETEUIL.

Janvier.

JE vais vous obéir, Monſieur, en vous rendant un compte fidelle de la petite vérole dont je ſors, de la manière étonnante dont j'ai été traité, et enfin de l'accident de Maiſons, qui m'empêchera long-temps de regarder mon retour à la vie comme un bonheur.

M. le préſident de *Maiſons* et moi, nous fûmes indiſpoſés le 4 novembre dernier; mais heureuſement tout le danger tomba ſur moi. Nous nous fîmes ſaigner le même jour; il s'en porta bien, et j'eus la petite vérole. Cette maladie parut après deux jours de fièvre, et s'annonça par une légère éruption. Je me fis ſaigner une feconde fois de mon autorité, malgré le préjugé vulgaire. M. de *Maiſons* eut la bonté de m'envoyer le lendemain M. de *Gervaſi*, médecin de M. le cardinal de *Rohan*, qui ne vint qu'avec répugnance. Il craignait de s'engager inutilement à traiter dans un corps délicat et faible, une petite vérole déjà parvenue

1724.

1724.

—— au fecond jour de l'éruption, et dont les fuites n'avaient été prévenues que par deux faignées trop légères, fans aucun purgatif.

Il vint cependant, et me trouva avec une fièvre maligne. Il eut d'abord une fort mauvaife opinion de ma maladie : les domeftiques qui étaient auprès de moi s'en aperçurent, et ne me la laifsèrent pas ignorer. On m'annonça dans le même temps que le curé de Maifons, qui s'intéreffait à ma fanté, et qui ne craignait point la petite vérole, demandait s'il pouvait me voir fans m'incommoder : je le fis entrer auffitôt, je me confeffai et je fis mon teftament, qui, comme vous croyez bien, ne fut pas long. Après cela j'attendis la mort avec affez de tranquillité, non toute-fois fans regretter de n'avoir pas mis la dernière main à mon poëme et à Mariamne, ni fans être un peu fâché de quitter mes amis de fi bonne heure. Cepen-dant M. de *Gervaſi* ne m'abandonnait pas d'un moment; il étudiait en moi avec attention tous les mouvemens de la nature; il ne me donnait rien à prendre fans m'en dire la raifon; il me laiffait entre-voir le danger, et il me montrait clairement le remède; fes raifonnemens portaient la conviction et la confiance dans mon efprit : méthode bien néceffaire à un médecin auprès de fon malade, puifque l'efpé-rance de guérir eft déjà la moitié de la guérifon. Il fut obligé de me faire prendre huit fois l'émétique, et au lieu des cordiaux qu'on donne ordinairement dans cette maladie, il me fit boire deux cents pintes de limonade. Cette conduite, qui vous femblera extraordinaire, était la feule qui pouvait me fauver la vie; toute autre route me conduifait à une mort

1724.

infaillible , et je fuis perfuadé que la plupart de ceux
qui font morts de cette redoutable maladie, vivraient
encore, s'ils avaient été traités comme moi.

Le préjugé populaire abhorre dans la petite vérole
la faignée et les médecines ; on ne veut que des cordiaux, on donne du vin au malade, on lui fait même
manger des petites foupes, et l'erreur triomphe de ce
que plufieurs perfonnes guériffent avec ce régime. On
ne fonge pas que les feules petites véroles que l'on
traite ainfi avec fuccès, font celles qu'aucun accident
funefte n'accompagne, et qui ne font nullement
dangereufes.

La petite vérole par elle-même, dépouillée de toute
circonftance étrangère, n'eft qu'une dépuration du
fang, favorable à la nature, et qui, en nettoyant le
corps de ce qu'il a d'impur, lui prépare une fanté
vigoureufe. Qu'une telle petite vérole foit traitée ou
non avec des cordiaux, qu'on purge ou qu'on ne
purge point, on en guérit furement.

Les plus grandes plaies, quand aucune partie
effentielle n'eft offenfée, fe referment aifément, foit
qu'on les fuce, foit qu'on les fomente avec du vin et
de l'huile, foit qu'on fe ferve de l'eau de *Rabel*, foit
qu'on y applique des emplâtres ordinaires, foit enfin
qu'on n'y mette rien du tout; mais lorfque les refforts
de la vie font attaqués, alors le fecours de toutes ces
petites recettes devient inutile, et tout l'art des plus
habiles chirurgiens fuffit à peine : il en eft de même
de la petite vérole.

Lorfqu'elle eft accompagnée d'une fièvre maligne,
lorfque le volume du fang augmenté dans les vaiffeaux eft fur le point de les rompre, que le dépôt eft

———— prêt à fe former dans le cerveau , et que le corps eft rempli de bile et de matières étrangères , dont la fermentation excite dans la machine des ravages mortels , alors la feule raifon doit apprendre que la faignée eft indifpenfable : elle épurera le fang ; elle détendra les vaiffeaux , rendra le jeu des refforts plus fouple et plus facile , débarraffera les glandes de la peau , et favorifera l'éruption ; enfuite les médecines , par de grandes évacuations , emporteront la fource du mal , et entraînant avec elles une partie du levain de la petite vérole , laifferont au refte la liberté d'un développement plus complet , et empêcheront la petite vérole d'être confluente ; enfin , on voit que le firop de limon , dans une tifane rafraîchiffante , adoucit l'acrimonie du fang , en apaife l'ardeur , coule avec lui par les glandes miliaires jufque dans les boutons , s'oppofe à la corrofion du levain , et prévient même l'impreffion , que , d'ordinaire , les puftules font fur le vifage.

Il y a un feul cas où les cordiaux , même les plus puiffans , font indifpenfablement néceffaires ; c'eft lorfqu'un fang pareffeux , ralenti encore par le levain qui embarraffe toutes les fibres , n'a pas la force de pouffer au dehors le poifon dont il eft chargé. Alors , la poudre de la comteffe de *Kent* , le baume de *Vanfeger* , le remède de M. *Agnan* , &c. brifant les parties de ce fang prefque figé , le font couler plus rapidement , en féparant la matière étrangère , et ouvrent les paffages de la tranfpiration au venin qui cherche à s'échapper.

Mais dans l'état où j'étais , ces cordiaux m'euffent été mortels ; cela fait voir démonftrativement que

tous ces charlatans, dont Paris abonde, et qui donnent
le même remède (je ne dis pas pour toutes les maladies, mais toujours pour la même), font des empoi-
fonneurs qu'il faudrait punir.

J'entends faire toujours un raifonnement bien faux
et bien funefte. Cet homme, dit-on, a guéri par une
telle voie; j'ai la même maladie que lui, donc il faut
que je prenne le même remède. Combien de gens
font morts pour avoir raifonné ainfi. On ne veut pas
voir que les maux qui nous affligent font auffi différens que les traits de nos vifages, et comme dit
le grand *Corneille*, car vous me permettrez de citer les
poëtes,

> *Que fouvent l'un fe perd où l'autre s'eft fauvé,*
> *Et par où l'un périt un autre eft confervé.*

Mais c'eft trop faire le médecin : je reffemble aux
gens qui, ayant gagné un procès confidérable par le
fecours d'un habile avocat, confervent encore pour
quelque temps le langage du barreau.

Cependant, Monfieur, ce qui me confolait le plus
dans ma maladie, c'était l'intérêt que vous y preniez,
c'était l'attention de mes amis, et les bontés inexprimables dont madame et M. de *Maifons* m'honoraient.
Je jouiffais d'ailleurs de la douceur d'avoir auprès de
moi un ami, je veux dire un homme qu'il faut
compter parmi le très-petit nombre d'hommes vertueux qui feuls connaiffent l'amitié dont le refte du
monde ne connaît que le nom; c'eft M. *Thiriot*, qui
fur le bruit de ma maladie, était venu en pofte de
quarante lieues pour me garder, et qui depuis ne m'a

—— pas quitté un moment. J'étais le 15 abfolument hors

de danger , et je fefais des vers le 16 , malgré la faibleffe extrême qui me dure encore, caufée par le mal
et par les remèdes.

J'attendais avec impatience le moment où je pourrais me dérober aux foins qu'on avait de moi à
Maifons , et finir l'embarras que j'y caufais ; plus on
avait pour moi de bontés , plus je me hâtais de n'en
pas abufer plus long-temps ; enfin, je fus en état
d'être tranfporté à Paris le premier décembre. Voici,
Monfieur , un moment bien funefte. A peine fuis-je
à deux cents pas du château , qu'une partie du plan-
cher de la chambre où j'avais été , tombe toute
enflammée. Les chambres voifines , les appartemens
qui étaient au-deffous , les meubles précieux dont ils
étaient ornés , tout fut confumé par le feu : la perte
monte à près de cent mille livres ; et fans le fecours
des pompes qu'on envoya chercher à Paris , un des
plus beaux édifices du royaume allait être entièrement
détruit. On me cacha cette étrange nouvelle à mon
arrivée : je la fus à mon réveil ; vous n'imaginerez point
quel fut mon défefpoir ; vous favez les foins généreux
que M. de *Maifons* avait pris de moi ; j'avais été
traité chez lui comme fon frère , et le prix de tant de
bontés était l'incendie de fon château. Je ne pouvais
concevoir comment le feu avait pu prendre fi bruf-
quement dans ma chambre, où je n'avais laiffé qu'un
tifon prefque éteint ; j'appris que la caufe de cet
embrafement était une poutre qui paffait précifément
fous la cheminée. C'eft un défaut dont on s'eft corrigé
dans la ftructure des bâtimens d'aujourd'hui ; et
même les fréquens embrafemens qui en arrivaient,

ont obligé d'avoir recours aux lois pour défendre
cette façon dangereuſe de bâtir. La poutre dont je
parle s'était embraſée peu à peu par la chaleur de
l'âtre qui portait immédiatement ſur elle ; et par une
deſtinée ſingulière, dont aſſurément je n'ai pas goûté
le bonheur, le feu qui couvait depuis deux jours
n'éclata qu'un moment après mon départ.

Je n'étais point la cauſe de cet accident, mais j'en
étais l'occaſion malheureuſe ; j'en eus la même douleur que ſi j'en avais été coupable : la fièvre me
reprit auſſitôt, et je vous aſſure que dans ce moment
je fus mauvais gré à M. de *Gervaſi* de m'avoir con-
ſervé la vie.

Madame et M. de *Maiſons* reçurent la nouvelle
plus tranquillement que moi ; leur généroſité fut auſſi
grande que leur perte et que ma douleur. M. de
Maiſons mit le comble à ſes bontés, en me prévenant
lui-même par des lettres qui font bien voir qu'il
excelle par le cœur comme par l'eſprit ; il s'occupait
du ſoin de me conſoler, et il ſemblait que ce fût moi
dont il eût brûlé le château ; mais ſa généroſité ne
ſert qu'à me faire ſentir encore plus vivement la perte
que je lui ai cauſée, et je conſerverai toute ma
vie ma douleur auſſi-bien que mon admiration pour
lui.

Je ſuis, &c.

LETTRE XV.

A MADAME

LA PRESIDENTE DE BERNIERES.

A la Rivière-Bourdet , près de Rouen.

DEPUIS que je ne vous ai écrit, j'ai gardé le lit presque toujours. Je suis dans un état mille fois pire qu'après ma petite vérole. J'avais besoin assurément d'être consolé par les assurances touchantes que vous me donnez de votre amitié dans vos deux dernières lettres. Puisque vous avez le courage de m'aimer dans l'état où je suis, je vous jure de ne passer qu'avec vous le reste de ma vie. Si j'ai de la santé , ne craignez point que j'en use comme les gens qui, ayant fait fortune, oublient ceux qui les ont assistés dans la pauvreté. Mes amis ne m'ont point abandonné ; j'ai eu toujours un peu de compagnie ; mais quelle différence de voir des gens qui, quoique amis , ne font pourtant que des étrangers, ou d'être auprès de vous et de *Thiriot*, que je regarde comme ma famille. Il n'y a que vous pour qui j'aye de la confiance, et dont je fois sûr d'être véritablement aimé. Mes souffrances ont augmenté par la douleur que j'ai eue d'apprendre la maladie de *Thiriot*. A présent qu'il est rétabli, revenez avec lui au plus vîte, je vous en conjure; vous me trouverez avec une gale horrible , qui me couvre tout le corps. Jugez de l'envie que j'ai de vous voir puisque j'ose

vous

vous en prier dans le bel état où me voilà. Où en
ferais-je fi je n'avais voulu avoir auprès de vous que
le mérite d'une peau douce.? Je fuis bien réduit à
ne faire plus de cas que des belles qualités de l'ame.
Heureufement je vous connais affez de vertu et
d'amitié pour fouffrir encore un pauvre lépreux
comme moi. Nous ne nous embrafferons point, à
votre retour ; mais nos cœurs fe parleront. Il me
femble que j'ai de quoi vous parler pendant tout
l'hiver. Si vous aimez les vers, je vous montrerai
cet effai d'un nouveau chant, dont M. d'*Argenfon*
vous a parlé. Vous verrez encore une nouvelle
Mariamne. Je crois que c'eft cette miférable qui m'a
tué, et que je fuis frappé de la lèpre pour avoir
trop maltraité les Juifs. Adieu ma chère et généreufe
amie, c'eft trop badiner pour un moribond ; mais
le plaifir de m'entretenir avec vous fufpend pour
un moment tous mes maux. Revenez, je vous en
conjure, ce fera une belle action.

LETTRE XVI.

A MADAME

LA PRESIDENTE DE BERNIERES.

20 juillet.

JE voudrais bien que vous ne fuffiéz rien de la nouvelle d'Efpagne , j'aurais le plaifir de vous apprendre
que le roi d'Efpagne vient de faire enfermer madame
fon époufe, fille de feu M. le duc d'*Orléans*, laquelle,
malgré fon nez pointu et fon vifage long, ne laiffait
pas de fuivre les grands exemples de mefdames fes
fœurs. On m'a affuré qu'elle prenait quelquefois le
divertiffement de fe mettre toute nue avec fes filles
d'honneur les plus jolies, et en cet équipage, de faire
entrer chez elle les gentilshommes les mieux faits du
royaume. On a caffé toute fa maifon, et on n'a laiffé
auprès d'elle, dans le château où elle eft enfermée,
qu'une vieille bégueule d'honneur. On affure que
quand la pauvre reine s'eft trouvée renfermée avec
cette duegne, elle a pris la réfolution courageufe de
la jeter par la fenêtre, et qu'elle en ferait venue à
bout fi on n'était pas venu au fecours. Je crois que
cette aventure pourra bien fervir à faire renvoyer
plutôt notre petite infante. Vous voyez que je deviens
politique avec les ambaffadeurs. Jufqu'à préfent j'ai
borné toute ma politique à ne point aller à Vienne,
et à m'arranger pour vous revoir à la Rivière. Les

eaux me font un bien auquel je ne m'attendais pas.
Je commence à refpirer et à connaître la fanté; je
n'avais jufqu'à préfent vécu qu'à demi. Dieu veuille
que ce petit rayon d'efpérance ne s'éteigne pas bientôt.
Il me femble que j'en aimerai bien mieux mes amis
quand je ne fouffrirai plus. Je ne ferai plus occupé que
de leur plaire, au lieu qu'auparavant je ne fongeais
qu'à mes maux.

Mandez-moi fi on a commencé à planter votre
bois, et à creufer vos canaux. Je m'intéreffe à la Rivière
comme à ma patrie.

LETTRE XVII.

A M. THIRIOT.

26 feptembre.

MA fanté ne me permet pas encore de vous aller
trouver; je fuis toujours à l'hôtel Bernières, et j'y vis
dans la folitude et dans la fouffrance; mais l'une et
l'autre eft adoucie par un travail modéré qui m'amufe
et qui me confole. La maladie ne m'a pas rendu moins
fenfible à l'égard de mes amis ni moins attentif à
leurs intérêts. J'ai engagé M. le duc de *Richelieu* à
vous prendre pour fon fecrétaire dans fon ambaffade.
Il avait envie d'avoir M. *Champot*, frère de M. de
Pouilli; *Deftouches* même voulait faire avec lui le
voyage; mais j'ai enfin déterminé fon choix pour
vous. Je lui ai dit que, ne pouvant le fuivre fitôt à
Vienne, je lui donnais la moitié de moi-même, et

C 2

—— que l'autre fuivrait bientôt. Si vous êtes fage, mon

cher *Thiriot*, vous accepterez cette place qui, dans l'état
où nous fommes, vous devient auffi néceffaire qu'elle
eft honorable. Vous n'êtes pas riche , et c'eft bien peu
de chofe qu'une fortune fondée fur trois ou quatre
actions de la compagnie des Indes. Je fais bien que
ma fortune fera toujours la vôtre ; mais je vous avertis
que nos affaires de la chambre des comptes vont très-
mal , et que je cours rifque de n'avoir rien du
tout de la fucceffion de mon père. Dans ces circonftances , il ne faut pas que vous négligiez la place que
mon amitié vous a ménagée. Quand elle ne vous
fervirait qu'à faire fans frais et avec des appointemens
le voyage du monde le plus agréable , et à vous
faire connaître , à vous rendre capable d'affaire , et à
développer vos talens, ne feriez-vous pas trop heureux ? Ce pofte peut conduire très-aifément un homme
d'efprit, qui eft fage , à des emplois et à des places
affez avantageufes. M. de *Morville* , qui a de l'amitié
pour moi, peut faire quelque chofe de vous. Le pis
aller de tout cela ferait de refter après l'ambaffade
avec M. de *Richelieu* , ou de revenir dans votre taudis
auprès du mien ; d'ailleurs, je compte vous aller
trouver à Vienne l'automne prochaine ; ainfi, au lieu
de vous perdre , je ne fais, en vous mettant dans
cette place, que m'approcher davantage de vous.
Faites vos réflexions fur ce que je vous écris , et foyez
prêt à venir vous préfenter à M. de *Richelieu* et à M. de
Morville , quand je vous le manderai. Si votre édition eft commencée, achevez-la au plus vîte ; fi elle
ne l'eft pas, ne la commencez point. Il vaut mieux
fonger à votre fortune qu'à tout le refte. Adieu , je

vous recommande vos intérêts ; ayez-les à cœur ——
autant que moi, et joignez l'étude de l'hiftoire d'Alle- **1724.**
magne à celle de l'hiftoire univerfelle. Dites à
madame de *Bernières* les chofes les plus tendres de
ma part. Dès que j'aurai fini le petit lait où je me
fuis mis, j'irai chez elle. Je fais plus de cas de fon
amitié que de celle de nos bégueules titrées de la
cour auxquelles je renonce de bon cœur pour jamais
par la faibleffe de mon eftomac, et par la force de ma
raifon.

LETTRE XVIII.

A MADAME

LA PRESIDENTE DE BERNIERES.

A Paris.

EST-IL poffible que vous n'ayez pas reçu la lettre
que je vous écrivis deux jours après le départ de
Pignon. Elle ne contenait rien autre chofe que ce que
vous connaiffez de moi, mes fouffrances et mon
amitié. Je fais l'anniverfaire de ma petite vérole ;
je n'ai point encore été fi mal, mais je fuis tranquille, parce que j'ai pris mon parti ; et peut-être
ma tranquillité pourra me rendre la fanté que les
agitations et les bouleverfemens de mon ame pourraient bien m'avoir ôtée. Il m'eft arrivé des malheurs
de toute efpèce. La fortune ne me traite pas mieux
que la nature ; je fouffre beaucoup de toutes façons ;

C 3

—— mais j'ai raffemblé toutes mes petites forces pour réfifter à mes maux. Ce n'eft point dans le commerce du monde que j'ai cherché des confolations ; ce n'eft pas là qu'on les trouve ; je ne les ai cherchées que chez moi ; je fupporte, dans votre maifon, la folitude et la maladie, dans l'efpérance de paffer avec vous des jours tranquilles. Votre amitié me tiendra toujours lieu de tout le refte. Si mon goût décidait de ma conduite, je ferais à la Rivière avec vous ; mais je fuis arrêté à Paris par *Bofleduc*, qui me médica-mente ; par *Caperon*, qui me fait fouffrir comme un damné tous les jours avec de l'effence de cannelle, et enfin par les intérêts de notre cher *Thiriot*, que j'ai plus à cœur que les miens. Il faut qu'il vous dife, et qu'il ne dife qu'à vous feule, qu'il ne tient qu'à lui d'être un des fecrétaires de l'ambaffade de M. de *Richelieu*. J'ai oublié même de lui dire dans ma lettre qu'il n'aurait perfonne dans ce pofte au-deffus de lui, et que par là fa place en fera infiniment plus agréable. Vous favez fa fortune, elle ne peut pas lui donner de quoi exercer heureufement le talent de l'oifiveté. La mienne prend un tour fi diabolique à la chambre des comptes, que je ferai peut-être obligé de travailler pour vivre, après avoir vécu pour travailler. Il faut que *Thiriot* me donne cet exemple. Il ne peut rien faire de plus avantageux ni de plus honorable dans la fituation où il fe trouve, et il faut affurément que je regarde la chofe comme un coup de partie, puifque je peux me réfoudre à me priver de lui pour quelque temps. Cependant s'il peut s'en paffer ; s'il aime mieux vivre avec nous, je ferai trop heureux pourvu qu'il le foit ; je ne cherche que

fon bonheur ; c'eft à lui de choifir. J'ai fait en cela ce
que mon amitié m'a confeillé. Voilà comment j'en 1724.
uferai toute ma vie avec les perfonnes que j'aime ,
et par conféquent avec vous pour qui j'aurai toujours
l'attachement le plus fincère et le plus tendre.

LETTRE XIX.

A M. THIRIOT.

Novembre.

QUAND je vous ai propofé la place de fecrétaire
dans l'ambaffade de M. le duc de *Richelieu*. Je vous
ai propofé un emploi que je donnerais à mon fils,
fi j'en avais un, et que je prendrais pour moi fi mes
occupations et ma fanté ne m'en empêchaient pas.
J'aurais affurément regardé comme un grand avantage de pouvoir m'inftruire des affaires fur le plus
beau théâtre et dans la première cour de l'Europe.
Cette place même eft d'autant plus agréable qu'il n'y
a point de fecrétaire d'ambaffade en chef ; que vous
auriez eu une relation néceffaire et fuivie avec le
miniftre ; et que, pour peu que vous euffiez été
touché de l'ambition de vous inftruire et de vous
élever, par votre mérite et par votre affiduité au travail le plus honorable et le plus digne d'un homme
d'efprit, vous auriez été plus à portée qu'un autre de
prétendre aux poftes qui font d'ordinaire la récompenfe de ces emplois. M. *Dubourg*, ci-devant fecrétaire

—— du comte *du Luc* (et à fes gages) eft maintenant chargé
1724. à Vienne des affaires de la cour de France, avec
huit mille livres d'appointemens. Si vous aviez voulu,
j'ofe vous répondre qu'une pareille fortune vous
était affurée. Quant aux gages qui vous révoltent fi
fort, et pourtant fi mal à propos, vous auriez pu
n'en point prendre, et puifque vous pouvez vous
paffer de fecours dans la maifon de M. de *Bernières*,
vous l'auriez pu encore plus aifément dans la maifon
de l'ambaffadeur de France, et peut-être n'auriez-
vous point rougi de recevoir, de la main de celui qui
repréfente le roi, des préfens qui euffent mieux valu
que des appointemens.

Vous avez refufé l'emploi le plus honnête et le
plus utile qui fe préfentera jamais pour vous. Je fuppofe que vous n'avez fait ce refus qu'après y avoir
mûrement réfléchi, et que vous êtes fûr de ne vous
en point repentir le refte de votre vie. Si c'eft madame
de *Bernières* qui vous y a porté, elle vous a donné
un très-méchant confeil ; fi vous avez craint effectivement, comme vous le dites, de vous conftituer
domeftique de grand feigneur, cela n'eft pas tolérable. Quelle fortune avez-vous donc faite depuis le
temps où le comble de vos défirs était d'être ou
fecrétaire du duc de *Richelieu*, qui n'était point
ambaffadeur, ou commis des *Pâris* ? En bonne foi,
y a-t-il aucun de vos frères qui ne regardât comme
une très-grande fortune le pofte que vous dédaignez ?

Ce que je vous écris ici eft pour vous faire voir
l'énormité de votre tort, et non pour vous faire
changer de fentiment. Il fallait fentir l'avantage qu'on
vous offrait ; il fallait l'accepter avidement, et vous y

confacrer tout entier, ou ne le point accepter du tout. —————
Si vous le fefiez avec regret, vous le feriez mal, et **1724.**
au lieu des agrémens infinis que vous y pourriez
efpérer, vous n'y trouveriez que des dégoûts et point
de fortune. N'y penfons donc plus, et préférez la
pauvreté et l'oifiveté à une fortune très-honnête
et à un pofte envié de tant de gens de lettres, et que
je ne céderais à perfonne qu'à vous, fi je pouvais
l'occuper. Un jour viendra bien furement que vous
en aurez des regrets, car vos idées fe rectifieront, et
vous penferez plus folidement que vous ne faites.
Toutes les raifons que vous m'avez apportées vous
paraîtront un jour bien frivoles, et entre autres ce
que vous me dites, qu'il faudrait dépenfer en habits et
en parures vos appointemens. Vous ignorez que dans
toutes les cours un fecrétaire eft toujours modefte-
mént vêtu s'il eft fage, et qu'à la cour de l'empereur
il ne faut qu'un gros drap rouge, avec des bouton-
nières noires; que c'eft ainfi que l'empereur eft habillé,
et que d'ailleurs on fait plus avec cent piftoles à
Vienne qu'avec quatre cents à Paris. En un mot,
je ne vous en parlerai plus; j'ai fait mon devoir
comme je le ferai toute ma vie avec mes amis. Ne
fongeons plus, mon pauvre *Thiriot*, qu'à fournir
enfemble tranquillement notre carrière philofophique.

Mandez-moi comment va l'édition de l'abbé de
Chaulieu, que vous préférez au fecrétariat de l'ambaffade de Vienne, et n'éloignez pas pourtant de votre
efprit toutes les idées d'affaire étrangère, au point de ne
me pas faire de réponfe fur le nom et la demeure du
copifte qui a tranfcrit Mariamne, et qui ne refufera
peut-être pas d'écrire pour M. le duc de *Richelieu.*

—— Enfin , fi l'amitié que vous avez pour moi et que je mérite , eft une des raifons qui vous font préférer Paris à Vienne , revenez donc au plutôt retrouver votre ami. Engagez madame de *Bernières* à revenir à la Saint-Martin ; vous retrouverez un nouveau chant d'*Henri IV*, que M. de *Maifons* trouve le plus beau de tous , une Mariamne toute changée , et quelques autres ouvrages qui vous attendent. Ma fanté ne me permet pas d'aller à la Rivière , fans cela je ferais affurément avec vous. Je vous gronderais bien fur l'ambaffade de Vienne; mais plus je vous verrais , plus je ferais charmé dans le fond de mon cœur de n'être point éloigné d'un ami comme vous.

LETTRE XX.

A M. THIRIOT.

Mon amitié , moins prudente peut-être que vous ne dites , mais plus tendre que vous ne penfez , m'engagea, il y a plus de quinze jours , à vous pro-pofer à M. de *Richelieu* pour fecrétaire dans fon ambaffade. Je vous en écrivis fur le champ , et vous me répondites, avec affez de féchereffe , que vous n'étiez pas fait pour être domeftique de grand feigneur. Sur cette réponfe je ne fongeai plus à vous faire une fortune fi honteufe , et je ne m'occupai plus que du plaifir de vous voir à Paris , le peu de temps que j'y ferai cette année. Je jetai en même-temps les yeux d'un autre côté pour le choix d'un fecrétaire dans

l'ambaffade de M. le duc de *Richelieu*. Plufieurs perfonnes fe font préfentées ; l'abbé *Desfontaines*, l'abbé
Makarti enviaient ce pofte, mais ni l'un ni l'autre
ne convenaient, pour des raifons qu'ils ont fenties eux-
mêmes. L'abbé *Desfontaines* me préfenta M. *Davou*,
fon ami, pour cette place : il me répondit de fa
probité. *Davou* me parut avoir de l'efprit. Je lui promis
la place de la part de M. de *Richelieu* qui m'avait
laiffé la carte blanche, et je dis à M. de *Richelieu* que
vous aviez trop de défiance de vous-même et trop
peu de connaiffances des affaires pour ofer vous
charger de cet emploi. Alors je vous écrivis une affez
longue lettre dans laquelle je voulais me juftifier
auprès de vous de la propofition que vous aviez
trouvée fi ridicule, et dans laquelle je vous fefais
fentir les avantages que vous méprifiez. Aujourd'hui
je fuis bien étonné de recevoir de vous une lettre par
laquelle vous acceptez ce que vous aviez refufé, et
me reprochez de m'être mal expliqué. Je vais donc
tâcher de m'expliquer mieux, et vous rendre un
compte exact des fonctions de l'emploi que je voulais fottement vous donner, des efpérances que vous
y pouvez avoir, et de mes démarches depuis votre
dernière lettre. Il n'y a point de fecrétaire d'ambaffade
en chef, M. l'ambaffadeur n'a, pour l'aider dans fon
miniftère, que l'abbé de *Saint-Remi*, qui eft un bœuf,
et fur lequel il ne compte nullement ; un nommé
Guiri qui n'eft qu'un valet, et un nommé *Buffi* qui
n'eft qu'un petit garçon. Un homme d'efprit qui
ferait le quatrième fecrétaire, aurait fans doute toute
la confiance et tout le fecret de l'ambaffadeur.

Si l'homme qu'on demande veut des appointemens,

—— il en aura ; s'il n'en veut point , il aura mieux, et il en fera plus confidéré ; s'il eft habile et fage , il fe rendra aifément le maître des affaires fous un ambaffadeur jeune, amoureux de fon plaifir , inappliqué , et qui fe dégoûtera aifément d'un travail journalier. Pour peu que l'ambaffadeur faffe un voyage à la cour de France, ce fecrétaire reftera furement chargé des affaires; en un mot, s'il plaît à l'ambaffadeur , et s'il a du mérite, fa fortune eft affurée.

Son pis aller fera d'avoir fait un voyage dans lequel il fe fera inftruit , dont il reviendra avec de l'argent et de la confidération. Voilà quel eft le pofte que je vous deftinais, ne pouvant pas vous croire affez infenfé pour refufer ce qui fait l'objet de l'ambition de tant de perfonnes , et ce que je prendrais pour moi de tout mon cœur.

La première de vos lettres qui m'apprit cet étrange refus, me donna une vraie douleur : la feconde dans laquelle vous me dites que vous êtes prêt d'accepter, m'a mis dans un embarras très - grand ; car j'avais déjà propofé M. *Davou*. Voici de quelle manière je me fuis conduit. J'ai détaché de votre lettre deux pages qui font écrites avec beaucoup d'efprit; j'ai pris la liberté d'y rayer quelques lignes , et je les ai lues ce matin à M. le duc de *Richelieu* qui eft venu chez moi : il a été charmé de votre ftyle qui eft net et fimple , et encore plus de la défiance où vous êtes de vous-même, d'autant plus eftimable qu'elle eft moins fondée. J'ai faifi ce moment pour lui faire fentir de quelle reffource et de quel agrément vous feriez pour lui à Vienne. Je lui ai infpiré un défir très-vif de de vous avoir auprès de lui. Il m'a promis de vous

confidérer comme vous le méritez, et de faire votre
fortune, bien sûr qu'il fera pour moi tout ce qu'il fera 1724.
pour vous. Il eſt auſſi dans la réſolution de prendre
M. *Davou*. Je ne ſais ſi ce ſera un rival ou un ami
que vous aurez. Mandez-moi ſi vous le connaiſſez.
Je voudrais bien que vous ne partageaſſiez avec
perſonne la confiance que M. de *Richelieu* vous
deſtine ; mais je voudrais bien auſſi ne point manquer à ma parole.

Voilà l'état où ſont les choſes. Si vous penſez à
vos intérêts autant que moi, ſi vous êtes ſage, ſi vous
ſentez la conféquence de la ſituation où vous êtes,
en un mot, ſi vous allez à Vienne, il faut revenir
au plutôt à Paris, et vous mettre au fait des traités
de paix. M. le duc de *Richelieu* m'a chargé de vous
dire qu'il n'était pas plus inſtruit des affaires que
vous, quand il fut nommé ambaſſadeur ; et je vous
réponds qu'en un mois de temps vous en ſaurez
plus que lui. Il eſt d'ailleurs très-important que
vous ſoyez ici quand M. l'ambaſſadeur aura ſes
inſtructions, de peur que les communiquant à un
autre, il ne s'accoutume à porter ailleurs la confiance
que je veux qu'il vous donne toute entière. Tout
dépend des commencemens. Il faut, outre cela, que
vous mettiez ordre à vos affaires ; et ſi vos intérêts
ne paſſaient pas toujours devant les miens, j'ajouterais
que je veux paſſer quelque temps avec vous, puiſque
je ſerai huit mois entiers ſans vous voir. Je vous
conſeille ou de vendre le manuſcrit de l'abbé de
Chaulieu, ou d'abandonner ce projet. Vous ſavez que
les petites affaires ſont des victimes qu'il faut toujours
ſacrifier aux grandes vues.

1724.

Enfin, c'eſt à vous à vous décider. J'ai fait pour vous ce que je ferais pour mon frère, pour mon fils, pour moi-même. Vous m'êtes auſſi cher que tout cela. Le chemin de la fortune vous eſt ouvert; votre pis aller ſera de revenir partager mon appartement, ma fortune et mon cœur.

Tout vous eſt bien clairement expliqué; c'eſt à vous à prendre votre parti. Voilà le dernier mot que je vous en dirai.

LETTRE XXI.

A M. THIRIOT.

A la Rivière-Bourdet.

Vous m'avez cauſé un peu d'embarras par vos irréſolutions (5). Vous m'avez fait donner deux ou trois paroles différentes à M. de *Richelieu* qui a cru que je l'ai voulu jouer. Je vous pardonne tout cela de bon cœur, puiſque vous demeurez avec nous. Je feſais trop de violence à mes ſentimens, lorſque je voulais m'arracher de vous pour faire votre fortune. Votre bonheur m'aurait coûté le mien, mais je m'y étais réſolu malgré moi, parce que je penſerai toute ma vie qu'il faut s'oublier ſoi-même pour ſonger aux intérêts de ſes amis. Si le même principe d'amitié

_____

(5) M. de *Voltaire* ayant propoſé à M. *Thiriot* la place de ſecrétaire d'ambaſſade de M. le duc de *Richelieu*, M. *Thiriot* la refuſa d'abord, puis l'accepta, et enfin la refuſa tout-à-fait pour ne pas ſe ſéparer de M. de *Voltaire.*

qui me forçait à vous faire aller à Vienne, vous empêche d'y aller, et fi avec cela vous êtes content de votre deftinée, je fuis affez heureux et je n'ai plus rien à défirer que de la fanté. On me fait efpérer qu'après l'anniverfaire de ma petite vérole, je me porterai bien ; mais en attendant, je fuis plus mal que je n'ai jamais été. Il m'eft impoffible de fortir de Paris dans l'état où je fuis. Je paffe ma vie dans mon petit appartement ; j'y fuis prefque toujours feul, j'y adoucis mes maux par un travail qui m'amufe fans me fatiguer, et par la patience avec laquelle je fouffre. Je fis l'effort, ces jours paffés, d'aller à la comédie du paffé, du préfent et de l'avenir ; c'eft *le Grand* qui en eft l'auteur. Cela ne vaut pas le diable ; mais cela réuffira, parce qu'il y a des danfes et de petits enfans. Jamais la comédie n'a été fi à la mode. Le public fe divertit autant de la petite troupe qui eft reftée à Paris, que le roi s'ennuie de la grande qui eft à Fontainebleau.

Dites un peu à madame de *Bernières* qu'elle devrait bien m'écrire. Je fais qu'on peut fe laffer à la fin d'avoir un ami comme moi qu'il faut toujours confoler. On fe dégoûte infenfiblement des malheureux. Je ne ferai donc point furpris, quand, à la longue, l'amitié de madame de *Bernières* s'affaiblira pour moi ; mais dites-lui que je lui fuis plus attaché qu'un homme plus fain que moi ne le peut être, et que je lui promets pour cet hiver de la fanté et de la gaieté.

Il n'y a nulles nouvelles ici ; mais à la Saint-Martin, je crois qu'on faura de mes nouvelles dans Paris.

LETTRE XXII.

A MADAME

LA PRESIDENTE DE BERNIERES.

Octobre.

Vous allez probablement achever votre automne fans *Thiriot* et fans moi. Voilà comme une maudite deftinée dérange les fociétés les plus heureufes. Ce n'eft pas affez que je fois éloigné de vous, il faut encore que je vous enlève mon fubftitut. Il ne tiendrait qu'à vous de revenir à la Saint-Martin, mais vos vergers vous font aifément oublier une créature auffi chétive que moi ; et quand on a des arbres à planter, on ne fe foucie guère d'un ami languiffant.

Je fuis très-fâché que vous vous accoutumiez à vous paffer de moi ; je voudrais du moins être votre gazetier dans ce pays-ci, afin de ne vous être pas tout-à-fait inutile ; mais malheureufement j'ai renoncé au monde, comme vous avez renoncé à moi. Tout ce que je fais, c'eft que *Dufrefny* eft mort, et que madame de *Mimeure* s'eft fait couper le fein. *Dufrefny* eft mort comme un poltron, et a facrifié à DIEU cinq ou fix comédies nouvelles, toutes propres à faire bâiller les faints du paradis. Madame de *Mimeure* a foutenu l'opération avec un courage d'amazone ; je n'ai pu m'empêcher de l'aller voir dans cette cruelle occafion. Je crois qu'elle en reviendra, car elle n'eft

en

en rien changée : son humeur est toute la même. Je ——————
pourrai par la même raison revenir aussi de ma 1724.
maladie, car je vous jure que je ne suis point changé
pour vous, et que vous êtes la seule personne pour
qui je veuille vivre.

LETTRE XXIII.

A MADAME

LA PRESIDENTE DE BERNIÈRES.

A la Rivière, près de Rouen.

De Paris, octobre.

Je viens de recevoir votre lettre dans le temps que
je me plaignais à *Thiriot* de votre silence. Il faut
que vous aimiez bien à faire des reproches pour me
gronder d'avoir été rendre une visite à une pauvre
mourante qui m'en avait fait prier par ses parens.
Vous êtes une mauvaise chrétienne de ne pas vouloir
que les gens se raccommodent à l'agonie. Je vous
assure qu'*Etéocle* aurait été voir *Polinice* si on lui avait
fait l'opération du cancer. Cette démarche très-
chrétienne ne m'engagera point à revivre avec madame
de *Mimeure* ; ce n'est qu'un petit devoir dont je me
suis acquitté en passant. Vous prenez encore bien
mal votre temps pour vous plaindre de mes longues
absences. Si vous saviez l'état où je suis, assurément

—— ce ferait moi que vous plaindriez. Je ne fuis à Paris
1724. que parce que je ne fuis pas en état de me faire
tranfporter chez vous à votre campagne. Je paffe ma
vie dans des fouffrances continuelles, et n'ai ici aucune
commodité. Je n'efpère pas même la fin de mes
maux, et je n'envifage pour le refte de ma vie qu'un
tiffu de douleurs qui ne fera adouci que par ma
patience à les fupporter, et par votre amitié qui en
diminuera toujours l'amertume. Sans cette amitié que
vous m'avez toujours témoignée, je ne ferais pas à
préfent dans votre maifon; j'aurais renoncé à vous
comme à tout le monde, et j'aurais été enfermer les
chagrins dont je fuis accablé dans une retraite, qui eft
la feule chofe qui convienne aux malheureux; mais
j'ai été retenu par mon tendre attachement pour vous.
J'ai toujours éprouvé que c'eft dans les temps où j'ai
fouffert le plus que vous m'avez marqué plus de
bonté, et j'ai ofé croire que vous ne vous lafferiez pas
de mes malheurs. Il n'y a perfonne qui ne foit fatigué
à la longue du commerce d'un malade. Je fuis bien
honteux de n'avoir à vous offrir que des jours fi triftes,
et de n'apporter dans votre fociété que de la douleur
et de l'abattement; mais je vous eftime affez pour ne
vous point fuir dans un pareil état, et je compte
paffer avec vous le refte de ma vie, parce que je
m'imagine que vous aurez la générofité de m'aimer
avec un mauvais eftomac et un efprit abattu par la
maladie, comme fi j'avais encore le don de digérer et
de penfer. Je fuis charmé que *Thiriot* nous donne la
préférence fur l'ambaffade; je fens que fon amitié et
fon commerce me font néceffaires : c'était avec bien
de la douleur que je me féparais de lui; cependant

je ferais très-affligé s'il avait manqué sa fortune. Tout le monde le blâme ici de son refus ; pour moi je l'en aime davantage , mais j'ai toujours quelques remords de ce qu'il a négligé à ce point ses intérêts.

Vous savez que M. de *Morville* est chevalier de la toison. Il y avait long-temps que le roi d'Espagne lui avait promis cette faveur. Je viens d'être témoin d'une fortune plus singulière , quoique dans un genre fort différent. La petite *Livri*, qui avait cinq billets à la loterie des Indes , vient de gagner trois lots qui valent dix mille livres de rente ; ce qui la rend plus heureuse que tous les chevaliers de la toison.

La petite *le Couvreur* réussit à Fontainebleau comme à Paris. Elle se souvient de vous dans sa gloire , et me prie de vous assurer de ses respects. Adieu , je n'ai plus la force d'écrire.

LETTRE XXIV.

A MADAME

LA PRESIDENTE DE BERNIERES.

ME voici donc prifonnier dans le camp ennemi, faute d'avoir de quoi payer ma rançon pour aller à la Rivière, que j'avais appelée ma patrie. En vérité, je ne m'attendais pas que jamais votre amitié pût fouffrir que l'on mît de pareilles conditions dans le commerce. J'arrive de Maifons où j'ai enfin la hardieffe de retourner. Je comptais de là aller à la Rivière, et paffer le mois de juillet avec vous. Je me fefais un plaifir d'aller jouir auprès de vous de la fanté qui m'eft enfin rendue. Vous ne m'avez vu que malade et languiffant. J'éfais honteux de ne vous avoir donné jufqu'à préfent que des jours fi triftes, et je me hâtais de vous aller offrir les prémices de ma fanté. J'ai retrouvé ma gaieté, et je vous l'apportais ; vous l'auriez augmentée encore. Je me figurais que j'allais paffer des journées délicieufes. M. de *Bernières* même pourrait bien ne pas venir à la Rivière fitôt. En vérité je fuis plus fait pour vivre avec vous que lui, et furtout à la campagne ; mais la fortune arrange les chofes tout de travers. Je ne veux pourtant pas que notre amitié dépende d'elle : pour moi il me femble que je vous aimerai de tout mon cœur, malgré toutes les guenilles qui nous féparent, et malgré vous-même. J'apprends, en arrivant à Paris, que d'*Entragues* vient de s'enfuir en Hollande ; c'eft une affaire bien singulière et qui fait bien du bruit. On parle de madame de *Prie*, de traitans, de quatorze cents mille francs, de fignatures ; mais on prétend qu'on va le faire revenir pour tenir le biribi. La reine d'Efpagne et madame de *Beaujolais* arrivèrent avant-hier. La reine d'Efpagne vit à Vincennes à l'efpagnole, et madame de *Beaujolais* vivra au palais royal à la françaife, et peut-être à la d'*Orléans*. Les dames du palais partent le 18 : voilà les nouvelles publiques. Les particulières font que madame d'*Egmont* partage avec madame de *Prie* les faveurs du premier miniftre, fans partager le miniftère. On dit auffi que vous n'avez plus d'amitié pour moi, mais je n'en crois rien. Je me foucie très-peu du refte. Je vous aime de tout mon cœur, et vous prie inftamment de m'écrire fouvent. Mandez-moi fi vous vous portez bien, fi la boule de fer vous fait digérer, fi vous devenez bien favante ; pour moi j'ai prefque fini mon poëme, j'ai achevé la comédie de l'Indifcret, je n'ai plus d'autre affaire que celle de mon plaifir, et par conféquent, je ferais à la Rivière fi vous étiez encore pour moi ce que vous avez été.

1725.

LETTRE XXV.

A M. THIRIOT,

Chez madame de Bernières, à la Rivière-Bourdet,
à Rouen.

Paris, 25 juin.

J'AI toujours bien de l'amitié pour vous, grande
averfion pour les tracafferies, et beaucoup d'envie
d'aller jouir de la tranquillité chez madame de
Bernières; mais je n'y veux aller qu'en cas que je
fois sûr d'être un peu défiré. Je ferais mille lieues pour
aller la voir, fi elle a toujours la même amitié pour
moi; mais je ne ferais pas une ftade fi fon amitié eft
diminuée d'un grain. Je devine que le chevalier
Defalleurs eft à la Rivière, et que vous y paffez une
vie bien douce. Je ne fais fi M. de *Bernières* fe difpofe
à partir: il n'entend pas parler de moi, ni moi de lui.
Nous ne nous rencontrons pas plus que s'il demeurait
au marais, et moi aux incurables. Je faurai probablement de fes nouvelles par madame de *Bernières*.
Mandez-moi comment elle fe porte, fi elle eft bien
gourmande, fi *Silva* lui a envoyé fon ordonnance,
fi elle eft bien enchantée du chevalier *Defalleurs*, fi
ledit chevalier, toujours bien fain, bien dormant et
bien . . . . . fe dit toujours malade; enfin, fi on veut
me fouffrir dans l'hermitage. Je ne fais aucune nouvelle, ni ne m'en foucie; j'attends des vôtres et vous
embraffe de tout mon cœur.

LETTRE XXVI.

A MADAME

LA PRESIDENTE DE BERNIERES.

A Paris, à la comédie, ce 20 augufte.

DEPUIS un mois entier, je fuis entouré de procu-
reurs, de charlatans, d'imprimeurs et de comédiens.
J'ai voulu tous les jours vous écrire, et n'en ai pas
encore trouvé le moment. Je me réfugie actuellement
dans une loge de comédienne pour me livrer au
plaifir de m'entretenir avec vous, pendant qu'on
joue Mariamne, et l'Indifcret pour la feconde fois.
Cette petite pièce fut repréfentée avant-hier famedi
avec affez de fuccès ; mais il me parut que les loges
étaient encore plus contentes que le parterre. *Dancourt*
et *le Grand* ont accoutumé le parterre au bas-comique
et aux groffièretés, et infenfiblement le public s'eft
formé le préjugé que de petites pièces en un acte
doivent être des farces pleines d'ordures, et non pas
des comédies nobles où les mœurs foient refpectées.
Le peuple n'eft pas content quand on ne fait rire que
l'efprit : il faut le faire rire tout haut, et il eft difficile
de le réduire à aimer mieux des plaifanteries fines
que des équivoques fades, et à préférer Verfailles à
la rue Saint-Denis. Mariamne eft enfin imprimée de
ma façon, après trois éditions fubreptices qui en ont
paru coup fur coup.

D 4

—— Au reste, ne croyez pas que je me borne dans
1725. Paris à faire jouer des tragédies et des comédies. Je
sers DIEU et le diable tout à la fois assez passablement.
J'ai dans le monde un petit vernis de dévotion que
le miracle du faubourg Saint-Antoine m'a donné.
La femme au miracle est venue ce matin dans ma
chambre. Voyez-vous quel honneur je fais à votre
maison, et en quelle odeur de sainteté nous allons être?
M. le cardinal de *Noailles* a fait un beau mandement
à l'occasion du miracle, et pour comble ou d'honneur
ou de ridicule, je suis cité dans ce mandement. On
m'a invité en cérémonie à assister au *Te Deum* qui
sera chanté à Notre-Dame en actions de grâce de la
guérison de madame *la Fosse*. M. l'abbé *Couet*, grand-
vicaire de son éminence, m'a envoyé aujourd'hui le
mandement. Je lui ai envoyé une Mariamne avec ces
petits vers-ci :

> Vous m'envoyez un mandement,
> Recevez une tragédie,
> Afin que mutuellement
> Nous nous donnions la comédie.

Ah, ma chère présidente, qu'avec tout cela je suis
quelquefois de mauvaise humeur de me trouver seul
dans ma chambre, et de sentir que vous êtes à trente
lieues de moi ! Vous devez être dans le pays de
Cocagne. M. l'abbé d'*Amfreville*, avec son ventre de
prélat et son visage de chérubin, ne ressemble pas mal
au roi de Cocagne. Je m'imagine que vous faites des
soupers charmans, que l'imagination vive et féconde
de madame *du Deffant* et celle de M. l'abbé d'*Amfreville*

en donnent à notre ami *Thiriot*, et qu'enfin tous
vos momens font délicieux. M. le chevalier *Defalleurs* 1725.
eft-il encore avec vous ? Il m'avait dit qu'il y refterait
tant qu'il y trouverait du plaifir : je juge qu'il y
demeurera long-temps.

Adieu, je pars inceffamment pour Fontainebleau;
confervez-moi toujours bien de l'amitié. Adieu, adieu.

LETTRE XXVII.

A MADAME

LA PRESIDENTE DE BERNIERES.

A Verfailles, feptembre.

HIER à dix heures et demie le roi déclara qu'il
époufait la princeffe de Pologne, et en parut très-
content. Il donna fon pied à baifer à M. d'*Epernon*,
et fon cu à M. de *Maurepas*, et reçut les complimens de toute fa cour qu'il mouille tous les jours à la
chaffe par la pluie la plus horrible. Il va partir dans le
moment pour Rambouillet, et époufera mademoifelle
Leczinska à Chantilly. Tout le monde fait ici fa cour
à madame de *Bezeval* qui eft un peu parente de la
reine. Cette dame, qui a de l'efprit, reçoit avec
beaucoup de modeftie les marques de baffeffe qu'on
lui donne. Je la vis hier chez M. le maréchal de
Villars. On lui demanda à quel degré elle était
parente de la reine ; elle répondit que les reines

—— n'avaient point de parens. Les noces de *Louis XV*
1725. font tort au pauvre *Voltaire.* On ne parle de payer
aucune penſion , ni même de les conſerver ; mais en
récompenſe on va créer un nouvel impôt pour avoir
de quoi acheter des dentelles et des étoffes pour la
demoiſelle *Leczinska.* Ceci reſſemble au mariage du
ſoleil qui feſait murmurer les grenouilles. Il n'y a
que trois jours que je ſuis à Verſailles , et je voudrais
déjà en être dehors. La Rivière-Bourdet me plaira plus
que Trianon et Marly , et je ne veux dorénavant
d'autre cour que la vôtre. Mandez-moi des nouvelles
de votre ſanté. Digérez-vous bien ? allez-vous ſouvent
aux ſpectacles ? avez-vous fait dire à *Dufrène* et à la
le Couvreur de jouer Mariamne ? l'abbé *Desfontaines*
eſt-il en liberté ? *Thiriot* eſt-il toujours bien ſemil-
lant ? Conſervez-moi votre amitié dont je fais plus
de cas que d'une penſion et de ceux qui la donnent.

LETTRE XXVIII.

A MADAME

LA PRESIDENTE DE BERNIERES.

A Fontainebleau, ce vendredi 7 feptembre.

Pendant que *Louis XV* et *Marie-Sophie-Félicité* de Pologne font avec toute la cour à la comédie italienne, moi qui n'aime point du tout ces pantalons étrangers et qui vous aime de tout mon cœur , je me renferme dans ma chambre pour vous mander les balivernes de ce pays-ci que vous avez peut-être quelque curiofité d'apprendre. 1°. M. de *la Vrillière* vient de mourir cette nuit à Fontainebleau , et M. le maréchal de *Grammont* eft mort à Paris à la même heure. Ils ont affurément pris bien mal leur temps tous deux ; car au milieu de tout le tintamarre du mariage du roi , leurs morts ne feront pas le moindre petit bruit.

Ces jours paffés le carroffe de M. le prince de *Conti* renverfa en paffant le pauvre *Martinot* , horloger du roi , qui fut écrafé fous les roues, et mourut fur le champ. On ne prendra pas plus garde à la mort de Meffieurs de *la Vrillière* et de *Grammont* qu'à celle de *Martinot* , à moins que quelqu'un n'ofe demander , malgré les furvivances, la place de fecrétaire d'Etat et celle de colonel des gardes. Cependant on fait tout ce qu'on peut ici pour réjouir la reine.

Le roi s'y prend très-bien pour cela. Il s'eft vanté de lui avoir donné fept facremens pour la première

—— nuit , mais je n'en crois rien du tout. Les rois trompent toujours leurs peuples. La reine fait très-bonne mine , quoique fa mine ne foit point du tout jolie. Tout le monde eft enchanté ici de fa vertu et de fa politeffe. La première chofe qu'elle a faite , a été de diftribuer aux princeffes et aux dames du palais toutes les bagatelles magnifiques qu'on appelle fa corbeille : cela confiftait en bijoux de toute efpèce , hors des diamans. Quand elle vit la caffette où tout cela était arrangé : Voilà , dit-elle , la première fois de ma vie que j'ai pu faire des préfens. Elle avait un peu de rouge le jour du mariage, autant qu'il en faut pour ne pas paraître pâle. Elle s'évanouit un petit inftant dans la chapelle , mais feulement pour la forme. Il y eut le même jour comédie. J'avais préparé un petit divertiffement que M. de *Mortemart* ne voulut point faire exécuter. On donna à la place Amphitryon et le Médecin malgré lui ; ce qui ne parut pas trop convenable. Après le fouper , il y eut un feu d'artifice avec beaucoup de fufées et très-peu d'invention et de variété, après quoi le roi alla fe préparer à faire un dauphin. Au refte, c'eft ici un bruit, un fracas, une preffe , un tumulte épouvantable. Je me garderai bien , dans ces premiers jours de confufion , de me faire préfenter à la reine ; j'attendrai que la foule foit écoulée et que fa Majefté foit un peu revenue de l'étourdiffement que tout ce fabbat doit lui caufer ; alors je tâcherai de faire jouer Oedipe et Mariamne devant elle ; je lui dédierai l'un et l'autre : elle m'a déjà fait dire qu'elle ferait bien aife que je priffe cette liberté. Le roi et la reine de Pologne , car nous ne connaiffons plus ici le roi *Augufte* , m'ont fait

demander le poëme d'*Henri IV*, dont la reine a déjà ———
entendu parler avec quelque éloge ; mais il ne faut   1725.
ici se preffer fur rien. La reine va être fatiguée inceffamment des harangues des compagnies fouveraines ;
ce ferait trop que de la profe et des vers en même temps.
J'aime mieux que fa Majefté foit ennuyée par le parlement et par la chambre des comptes que par moi.

Vous qui êtes reine à la Rivière, mandez-moi,
je vous en prie, fi vous êtes toujours bien contente
dans votre royaume. Je vous affure que je préfère
bien dans mon cœur votre cour à celle-ci , furtout
depuis qu'elle eft ornée de madame *du Deffant* et de
M. l'abbé d'*Amfreville*. Je vous aime tendrement et
vous embraffe mille fois. Adieu.

LETTRE XXIX.

A MADAME

LA PRESIDENTE DE BERNIERES.

A Fontainebleau , 13 novembre.

LA reine vient de me donner fur fa caffette une
penfion de quinze cents livres que je ne demandais
pas : c'eft un acheminement pour obtenir les chofes
que je demande. Je fuis très-bien avec le fecond
premier miniftre, M. *Duverney*. Je compte fur l'amitié
de madame de *Prie*. Je ne me plains plus de la vie
de la cour ; je commence à avoir des efpérances
raifonnables d'y pouvoir être quelquefois utile à mes
amis ; mais fi vous êtes encore gourmande , et fi vous

—— avez encore vos maux d'eftomac et vos maux d'yeux, je fuis bien loin de me trouver un homme heureux. S'il eft vrai que vous reftiez à votre campagne jufqu'à la fin de décembre, ayez la bonté de m'en affurer et de ne pas donner toutes les chambres de la Rivière. Les agrémens que l'on peut avoir dans le pays de la cour, ne valent pas les plaifirs de l'amitié ; et la Rivière, à tous égards, me fera toujours plus chère que Fontainebleau. Permettez-moi d'adreffer ici un petit mot à notre ami *Thiriot*.

Ne croyez pas, mon cher *Thiriot*, que je fois auffi dégoûté d'*Henri IV* que vous le paraiffez de Mariamne. Je viens de mettre en vers, dans le moment, feu M. le duc d'*Orléans* et fon fyftême avec *Lafs*. Voyez fi tout cela vous paraît bien dans fon cadre, et fi notre fixième chant n'en fera point déparé. Songez qu'il m'a fallu parler noblement de cet excès d'extravagance, et blâmer M. le duc d'*Orléans* fans que mes vers euffent l'air de fatire.

Je dis en parlant de ce prince :

. . . . ‹ . . . . . .

D'un fujet et d'un maître il a tous les talens ;
Malheureux toutefois dans le cours de fa vie
D'avoir reçu du ciel un fi vafte génie.
Philippe, garde-toi des prodiges pompeux
Qu'on offre à ton efprit trop plein du merveilleux.
Un écoffais arrive et promet l'abondance,
Il parle, il fait changer la face de la France.
Des tréfors inconnus fe forment fous fes mains :
L'or devient méprifable aux avides humains.

Le pauvre qui s'endort au fein de l'indigence
Des rois à fon réveil égale l'opulence.
Le riche en un moment voit fuir devant fes yeux
Tous les biens qu'en naiffant il eut de fes aïeux.
Qui pourra diffiper ces funeftes prefliges , &c.

1725.

Je crois que l'on ne pouvait pas parler plus modérément du fyftême, mais je ne fais fi j'en ai parlé affez poëtiquement ; nous en raifonnerons, à ce que j'efpère, à la Rivière. La cour m'a peut-être ôté un peu de feu poëtique. Je viendrai le reprendre avec vous. Soyez toujours moins en peine de mon cœur que de mon efprit. Je cefferai plutôt d'être poëte que d'être l'ami de *Thiriot*.

Et vous, mon cher abbé *Desfontaines*, j'ai bien parlé de vous à M. de *Fréjus ;* mais je fais par mon expérience que les premières impreffions font difficiles à effacer. Je n'ai point encore vu votre dernier journal. Je vous fuis prefque également obligé pour Mariamne et pour le héros de *Gratien*. Je fuis fâché que vous foyez brouillé avec les révérends pères ; mais puifque vous l'êtes, il n'eft pas mal de s'en faire craindre. Peut-être voudront-ils vous apaifer, et vous feront-ils avoir un bénéfice par le premier traité de paix qu'ils feront avec vous. Je ne fais aucune nouvelle de M. l'abbé *Bignon*. Je ferais bien fâché de fa maladie , s'il vous avait fait du bien.

Le pauvre *Saint-Didier* eft venu à Fontainebleau avec Clovis, et tous deux ont été bien bafoués. Il follicita M. de *Mortemart*, et l'importuna pour avoir une penfion. M. de *Mortemart* lui répondit que quand on fefait des vers, il les fallait faire comme

——— moi. Je fuis fâché de la réponfe. *Saint-Didier* ne me
1725. pardonnera point cette injuftice de M. de *Mortemart*.
Il y a ici des injuftices plus véritables qui me font
faigner le cœur. Je ne peux pas m'accoutumer à voir
l'abbé *Raguet* dans l'opulence et dans la faveur,
tandis que vous êtes négligé. Cependant n'aimez-vous
pas encore mieux être l'abbé *Desfontaines* que l'abbé
Raguet ?

Je préfente mes refpects au maître de la maifon,
à M. l'abbé d'*Amfreville*, à *tutti quanti* qui ont le
bonheur d'être à la Rivière.

Buvez tous à ma fanté : et vous, madame la Préfidente, foyez bien fobre, je vous en prie.

LETTRE XXX.

A M. THIRIOT.

Le 12 augufte.

——— J'AI reçu bien tard, mon cher *Thiriot*, une lettre
1726. de vous, du 11 du mois de mai dernier. Vous
m'avez vu bien malheureux à Paris. La même deftinée m'a pourfuivi par-tout. Si le caractère des
héros de mon poëme eft auffi bien foutenu que
celui de ma mauvaife fortune, mon poëme affurément réuffira mieux que moi. Vous me donnez
par votre lettre des affurances fi touchantes de votre
amitié, qu'il eft jufte que j'y réponde par de la
confiance. Je vous avouerai donc, mon cher *Thiriot*,
que j'ai fait un petit voyage à Paris, depuis peu.

Puifque

Puisque je ne vous y ai point vu, vous jugerez
aisément que je n'ai vu personne. Je ne cherchais
qu'un seul homme que l'instinct de sa poltronnerie
a caché de moi (*), comme s'il avait deviné que je fusse
à sa piste. Enfin, la crainte d'être découvert m'a fait
partir plus précipitamment que je n'étais venu.
Voilà qui est fait, mon cher *Thiriot*; il y a grande
apparence que je ne vous reverrai plus de ma vie.
Je suis encore très-incertain si je me retirerai à
Londres. Je sais que c'est un pays où les arts sont
tous honorés et récompensés, où il y a de la différence entre les conditions; mais point d'autre entre
les hommes que celle du mérite. C'est un pays où
on pense librement et noblement, sans être retenu
par aucune crainte servile. Si je suivais mon incli-
nation, ce serait là que je me fixerais, dans l'idée
seulement d'apprendre à penser. Mais je ne sais si
ma petite fortune, très-dérangée par tant de voyages,
ma mauvaise santé, plus altérée que jamais, et
mon goût pour la plus profonde retraite, me per-
mettront d'aller me jeter au travers du tintamarre
de Witheall et de Londres. Je suis très-bien recommandé en ce pays-là, et on m'y attend avec assez
de bonté; mais je ne puis pas vous répondre que
je fasse le voyage. Je n'ai plus que deux choses à
faire dans ma vie, l'une de la hasarder avec honneur dès que je le pourrai, et l'autre de la finir dans
l'obscurité d'une retraite qui convient à ma façon
de penser, à mes malheurs et à la connaissance
que j'ai des hommes.

J'abandonne de bon cœur mes pensions du roi

(*) Le chevalier de *Rohan*.

1726.

Corresp. générale.   Tome I.   E

—— et de la reine, le feul regret que j'ai eft de n'avoir

pu réuffir à vous les faire partager. Ce ferait une confolation pour moi dans ma folitude de penfer que j'aurais pu, une fois en ma vie, vous être de quelque utilité; mais je fuis deftiné à être malheureux de toutes façons. Le plus grand plaifir qu'un honnête homme puiffe reffentir, celui de faire plaifir à fes amis, m'eft refufé.

Je ne fais comment madame de *Bernières* penfe à mon égard.

> Prendrait-elle le foin de raffurer mon cœur
> Contre la défiance attachée au malheur?

Je refpecterai toute ma vie l'amitié qu'elle a eue pour moi, et je conferverai celle que j'ai pour elle. Je lui fouhaite une meilleure fanté, une fortune rangée, bien du plaifir, et des amis comme vous. Parlez-lui quelquefois de moi. Si j'ai encore quelques amis qui prononcent mon nom devant vous, parlez de moi fobrement avec eux, et entretenez le fouvenir qu'ils veulent bien me conferver.

Pour vous, écrivez-moi quelquefois, fans examiner fi je fais exactement réponfe. Comptez fur mon cœur plus que fur mes lettres.

Adieu, mon cher *Thiriot*; aimez-moi malgré l'abfence et la mauvaife fortune.

LETTRE XXXI.

A MADAME

LA PRESIDENTE DE BERNIERES.

A Londres, 16 octobre.

JE n'ai reçu qu'hier, Madame, votre lettre du 3 de septembre dernier. Les maux viennent bien vîte, et les confolations bien tard. C'en eft une pour moi très-touchante que votre fouvenir : la profonde folitude où je fuis retiré ne m'a pas permis de la recevoir plutôt. Je viens à Londres pour un moment ; je profite de cet inftant pour avoir le plaifir de vous écrire, et je m'en retourne fur le champ dans ma retraite.

Je vous fouhaite du fond de ma tanière une vie heureufe et tranquille, des affaires en bon ordre, un petit nombre d'amis, de la fanté, et un profond mépris pour ce qu'on appelle vanité. Je vous pardonne d'avoir été à l'opéra avec le chevalier de *Rohan*, pourvu que vous en ayez fenti quelque confufion.

Réjouiffez-vous le plus que vous pourrez à la campagne et à la ville. Souvenez-vous quelquefois de moi avec vos amis, et mettez la conftance dans l'amitié au nombre de vos vertus. Peut-être que ma deftinée me rapprochera un jour de vous. Laiffez-moi efpérer que l'abfence ne m'aura point entièrement effacé dans votre idée, et que je pourrai

E 2

—— retrouver dans votre cœur une pitié pour mes malheurs, qui du moins reſſemblera à l'amitié.

La plupart des femmes ne connaiſſent que les paſſions ou l'indolence, mais je crois vous connaître aſſez pour eſpérer de vous de l'amitié.

Je pourrai bien revenir à Londres inceſſamment, et m'y fixer. Je ne l'ai encore vu qu'en paſſant. Si à mon arrivée j'y trouve une lettre de vous, je m'imagine que j'y paſſerai l'hiver avec plaiſir, ſi pourtant ce mot de plaiſir eſt fait pour être prononcé par un malheureux comme moi. C'était à ma ſœur à vivre, et à moi à mourir ; c'eſt une mépriſe de la deſtinée. Je ſuis douloureuſement affligé de ſa perte : vous connaiſſez mon cœur, vous ſavez que j'avais de l'amitié pour elle. Je croyais bien que ce ferait elle qui porterait le deuil de moi. Hélas ! Madame, je ſuis plus mort qu'elle pour le monde, et péut-être pour vous. Reſſouvenez-vous du moins que j'ai vécu avec vous. Oubliez tout de moi, hors les momens où vous m'avez aſſuré que vous me conſerveriez toujours de l'amitié. Mettez ceux où j'ai pu vous mécontenter au nombre de mes malheurs, et aimez-moi par généroſité, ſi vous ne pouvez plus m'aimer par goût.

Mon adreſſe chez milord *Bolingbroke*, à Londres.

LETTRE XXXII.

A M. ***. (7)

· · · · · · · · · · · · · · ·

DANS ce pays-ci comme ailleurs il y a beaucoup de cette folie humaine qui confifte en contradictions. Je comprends dans ce mot les ufages reçus tout contraires à des lois qu'on révère. Il femble que, chez la plupart des peuples, les lois foient précifément comme ces meubles antiques et précieux que l'on conferve avec foin, mais dont il y aurait du ridicule à fe feryir.

Il n'y a, je crois, nul pays au monde où l'on trouve tant de contradictions qu'en France. Ailleurs les rangs font réglés, et il n'y a point de place honorable fans des fonctions qui lui foient attachées. Mais en France un duc et pair ne fait pas feulement la place qu'il a dans le parlement. Le préfident eft méprifé à la cour, précifément parce qu'il poffède une charge qui fait fa grandeur à la ville. Un évêque prêche l'humilité (fi tant eft qu'il prêche), mais il vous refufe fa porte fi vous ne l'appelez pas *Monfeigneur*. Un maréchal de France, qui commande cent mille hommes, et qui a peut-être autant de vanité que l'évêque, fe contente du titre de *Monfieur*. Le chancelier n'a pas l'honneur de manger avec le roi, mais il précède tous les pairs du royaume.

(7) Ce fragment femble avoir fait partie d'une lettre écrite d'Angleterre.

————— Le roi donne des gages aux comédiens, et le curé
les excommunie. Le magiftrat de la police a grand
foin d'encourager le peuple à célébrer le carnaval;
à peine a-t-il ordonné les réjouiffances qu'on fait
des prières publiques , et toutes les religieufes fe
donnent le fouet pour en demander pardon à DIEU.
Il eft défendu aux bouchers de vendre.de la viande
les jours maigres , les rôtiffeurs en vendent tant
qu'ils veulent. On peut acheter des eftampes , le
dimanche , mais non des tableaux. Les jours de la
Vierge on n'a point de fpectacles, on les repréfente
tous les dimanches.

On lit dévotement à l'églife les chapitres de
Salomon , où il dit formellement que l'ame eft mortelle , et qu'il n'y a rien de bon que de boire et
de fe réjouir.

On fait brûler *Vanini* , et on traduit *Lucrèce* pour
monfieur le dauphin , et on fait apprendre par cœur
aux écoliers, *formofum paftor Corydon* , &c. On fe
moque du polythéifme , et on admet le trithéifme et
les faints.

En Angleterre les ducs font appelés *princes*. La
communion anglicane eft oppofée au gouvernement
qui la tolère; la liberté , et les matelots enrôlés par
force; défenfe d'injurier perfonne , mais permis de
mettre la première lettre du nom , &c.

LETTRE XXXIII.

A M. THIRIOT.

A Londres, 4 augufte.

Voici qui vous furprendra, mon cher *Thiriot*, c'eft une lettre en français. Il me paraît que vous n'aimez pas affez la langue anglaife pour que je continue mon chiffre avec vous. Recevez donc en langue vulgaire les tendres affurances de ma conftante amitié. Je fuis bien aife d'ailleurs de vous dire intelligiblement que fi on a fait en France des recherches de la Henriade chez les libraires, ce n'a été qu'à ma follicitation. J'écrivis, il y a quelque temps, à M. le garde des fceaux et à M. le lieutenant de police de Paris, pour les fupplier de fupprimer les éditions étrangères de mon livre, et furtout celle où l'on trouverait cette miférable critique dont vous me parlez dans vos lettres. L'auteur eft un réfugié connu à Londres, et qui ne fe cache point de l'avoir écrite. Il n'y a que Paris au monde où l'on puiffe me foupçonner de cette guenille ; mais *odi profanum vulgus, et arceo* ; et les fots jugemens et les folles opinions du vulgaire ne rendront point malheureux un homme qui a appris à fupporter des malheurs réels ; et qui méprife les grands peut bien méprifer les fots. Je fuis dans la réfolution de faire inceffamment une édition correcte du poëme auquel je travaille toujours dans ma retraite. J'aurais voulu, mon cher *Thiriot*, que vous euffiez pu vous

E 4

en charger pour votre avantage et pour mon honneur. Je joindrai à cette édition un Essai sur la poësie épique qui ne sera point la traduction d'un embryon anglais mal formé, mais un ouvrage complet et très-curieux pour ceux qui, quoique nés en France, veulent avoir une idée du goût des autres nations. Vous me mandez que des dévots, gens de mauvaise foi ou de très-peu de sens, ont trouvé à redire que j'aye osé, dans un poëme qui n'est point un colifichet de roman, peindre DIEU comme un être plein de bonté et indulgent aux sottises de l'espèce humaine. Ces faquins-là feront tant qu'il leur plaira de DIEU un tyran; je ne le regarderai pas moins comme aussi bon et aussi sage que ces messieurs sont sots et méchans.

Je me flatte que vous êtes pour le présent avec votre frère. Je ne crois pas que vous suiviez le commerce comme lui; mais si vous le pouviez faire, j'en serais fort aise; car il vaut mieux être maître d'une boutique, que dépendant dans une grande maison. Instruisez-moi un peu de l'état de vos affaires, et écrivez-moi, je vous en prie, plus souvent que je ne vous écris. Je vis dans une retraite dont je n'ai rien à vous mander, au lieu que vous êtes dans Paris où vous voyez tous les jours des folies nouvelles qui peuvent encore réjouir votre pauvre ami, assez malheureux pour n'en plus faire.

Je voudrais bien savoir où est madame de *Bernières*, et ce que fait le chevalier anglais *Desalleurs* : mais surtout parlez-moi de vous, à qui je m'intéresserai toute ma vie avec toute la tendresse d'un homme qui ne trouve rien au monde de si doux que de vous aimer.

LETTRE XXXIV.

A M. DE FORMONT.

Ce jeudi. . . . . .

JE ferais un homme bien ingrat, Monfieur, fi en arrivant à Paris je ne commençais pas par vous remercier de toutes vos bontés. Je regarde mon voyage de Rouen comme un des plus heureux événemens de ma vie. Quand nos éditions fe noieraient en chemin, quand Eryphile et Jules-Céfar feraient fifflés, j'aurais bien de quoi me dédommager puifque je vous ai connu. Il ne me refte plus à préfent d'autre envie que de revenir vous voir. Le féjour de Paris commence à m'épouvanter. On ne penfe point au milieu du tintamarre de cette maudite ville.

Carmina feceffum fcribentis et otia quærunt.

Je commençais un peu à philofopher avec vous, mais je ne fais fi j'aurai pris une affez bonne dofe de philofophie pour réfifter au train de Paris. Puifque vous n'avez plus foin de moi, ayez donc la bonté de donner à *Henri IV* les momens que vous employiez avec l'auteur. J'aurais bien mieux aimé que vous euffiez corrigé mes fautes que celles de *Jore*. Vous êtes un peu plus févère que M. de *Cideville*, mais vous ne l'êtes pas affez. Dorénavant, quand je ferai quelque chofe, je veux que vous me coupiez bras et jambes. Adieu ; je ne vous mande aucune nouvelle, parce que je n'ai pas encore

———— vu et même ne verrai de long-temps aucun de ces fous qu'on appelle le beau monde. Je vous embraſſe de tout mon cœur, et me compte quelque choſe de plus que votre très-humble et très-obéiſſant ſerviteur ; car je ſuis votre ami, et vous ſuis tendrement attaché pour toute ma vie.

LETTRE XXXV.

A MADEMOISELLE GAUSSIN.

Décembre.

PRODIGE, je vous préſente une Henriade : c'eſt un ouvrage bien ſérieux pour votre âge; mais qui joue *Tullie* eſt capable de lire, et il eſt bien juſte que j'offre mes ouvrages à celle qui les embellit. J'ai penſé mourir cette nuit, et je ſuis dans un bien triſte état; ſans cela, je ferais à vos pieds pour vous remercier de l'honneur que vous me faites aujourd'hui. La pièce eſt indigne de vous ; mais comptez que vous allez acquérir bien de la gloire en répandant vos grâces ſur mon rôle de *Tullie.* Ce fera à vous qu'on aura l'obligation du ſuccès. Mais pour cela ſouvenez-vous de ne rien précipiter, d'animer tout, de mêler des ſoupirs à votre déclamation, de mettre de grands temps. Surtout jouez avec beaucoup d'ame et de force la fin du couplet de votre premier acte. Mettez de la terreur, des ſanglots et de grands temps dans le dernier morceau. Paraiſſez-y déſéſpérée, et vous allez déſeſpérer vos rivales. Adieu, prodige.

Ne vous découragez pas ; fongez que vous avez
joué à merveille aux répétitions ; qu'il ne vous a
manqué hier que d'être hardie. Votre timidité même
vous fait honneur. Il faut prendre demain votre
revanche. J'ai vu tomber Mariamne , et je l'ai vue fe
relever.

Au nom de Dieu, foyez tranquille. Quand même
cela n'irait pas bien , qu'importe ? Vous n'avez que
quinze ans , et tout ce qu'on pourra dire, c'eft que
vous n'êtes pas ce que vous ferez un jour. Pour moi,
je n'ai que des remerçîmens à vous faire ; mais fi vous
n'avez pas quelque fenfibilité pour ma tendre et ref-
pectueufe amitié, vous ne jouerez jamais le tragique.
Commencez par avoir de l'amitié pour moi, qui vous
aime en pere, et vous jouerez mon rôle d'une manière
intéreffante.

Adieu ; il ne tient qu'à vous d'être divine demain.

LETTRE XXXVI.

A M. FAVIERES,

TRADUCTEUR D'UN POEME LATIN SUR LE PRINTEMPS.

4 mars.

JE vous fuis très-obligé, mon cher *Favières*, des vers latins et français que vous avez bien voulu m'envoyer. Je ne fais point qui eft l'auteur des latins ; mais je le félicite, quel qu'il foit , fur le goût qu'il a , fur fon harmonie , et fur le choix de fa bonne latinité , et furtout de l'efpèce convenable à fon fujet.

Rien n'eft fi commun que des vers latins , dans lefquels on mêle le ftyle de *Virgile* avec celui de *Térence*, ou des épîtres d'*Horace*. Ici il paraît que l'auteur s'eft toujours fervi de ces expreffions tendres et harmonieufes qu'on trouve dans les églogues de *Virgile* , dans *Tibulle* , dans *Properce* , et même dans quelques endroits de *Pétrone* , qui refpirent la molleffe et la volupté.

Je fuis enchanté de ces vers :

> *Ridet ager , lafcivit humus , nova nafcitur arbos ;*
> *Bafia lafcivæ jungunt repetita columbæ.*

Et en parlant de l'Amour,

> *Vulnere qui certo lædere pectus amat.*

Je n'oublierai pas cet endroit où il parle des plaifirs
qui fuient avec la jeuneffe.

Sic fugit humanæ tempeftas aurea vitæ,
Arguti fugiunt, agmina blanda, joci.

Je citerais trop de vers, fi je marquais tous ceux
dont j'ai goûté la force et l'énergie.

Mais quoique l'ouvrage foit rempli de feu et de
nobleffe, je confeillerais plutôt à un homme qui
aurait du goût et du talent pour la littérature, de les
employer à faire des vers français. C'eft à ceux qui
peuvent cultiver les belles lettres avec avantage à faire
à notre langue l'honneur qu'elle mérite. Plus on a fait
provifion des richeffes de l'antiquité, et plus on eft
dans l'obligation de les tranfporter en fon pays. Ce
n'eft pas à ceux qui méprifent *Virgile*, mais à ceux
qui le pofsèdent, d'écrire en français.

Venons maintenant, mon cher *Favières*, à votre
traduction du Printemps, ou plutôt à votre imitation
libre de cet ouvrage. Vos expreffions font vives et
brillantes, vos images bien frappées ; et furtout je
vois que vous êtes fidelle à l'harmonie, fans laquelle
il n'y a jamais de poëfie.

Il faudrait vous rappeler ici trop de vers, fi je voulais marquer tous ceux dont j'ai été frappé. Adieu ;
je vais dans un pays où le printemps ne reffemble
guère à la defcription que vous en faites l'un et
l'autre. Je pars pour l'Angleterre dans quatre ou cinq
jours, et fuis bien loin affurément de faire des
tragédies.

Frange, mifer, calamos, vigilataque prælia dele.

1731.

J'ai renoncé pour jamais aux vers;

Nunc verfus et cætera ludicra pono.

Mais il s'en faut bien que je fois devenu philo-fophe comme celui dont je vous cite les vers. Adieu ; je vous aime en vers et en profe, de tout mon cœur, et vous ferai attaché toute ma vie.

LETTRE XXXVII.

A M. THIRIOT.

(Rouen) le 1 mai. (*)

Je vous écris enfin, mon cher *Thiriot*, du fond de ma folitude, où je ferais le plus heureux homme du monde, fi les circonftances de ma vie ne m'avaient rendu d'ailleurs le plus malheureux. Je compte quitter dans peu ma retraite pour venir vous retrouver à Paris. En attendant, recevez mes complimens fur les fuccès flatteurs et folides de votre héroïne (8). Je ne faurais plus réfifter à vous envoyer cette pièce que vous m'avez fi fouvent demandée. (9)

> Et dût la troupe des dévots,
> Que toujours un pur zèle enflamme,
> Entourer mon corps de fagots,
> Le tout pour le bien de mon ame :

(*) M. de *Voltaire* s'était caché près de Rouen à cette époque, et n'avait confié le fecret de fa retraite qu'à meffieurs *Thiriot*, *Formont* et *Cideville*. Il avait fait courir le bruit qu'il était alle en Angleterre.

(8) Mademoifelle *Sallé*, qui était à Londres.

(9) Voyez les vers fur la mort de mademoifelle *le Couvreur*, vol. de Poëmes.

je ne puis m'empêcher de laisser aller ces vers, —— 1731.
qui m'ont été dictés par l'indignation, par la tendresse et par la pitié, et dans lesquels, en pleurant
mademoiselle *le Couvreur*, je rends au mérite de
mademoiselle *Sallé* la justice qui lui est due. Je joins
ma faible voix à toutes les voix d'Angleterre pour
faire un peu sentir la différence qu'il y a entre leur
liberté et notre esclavage, entre leur sage hardiesse et
notre folle superstition, entre l'encouragement que les
arts reçoivent à Londres et l'oppression honteuse sous
laquelle ils languissent à Paris.

LETTRE XXXVIII.

A M. THIRIOT.

(Rouen) 1 juin.

Je t'écris d'une main par la fièvre affaiblie,
D'un esprit toujours ferme, et dédaignant la mort,
Libre de préjugés, sans liens, sans patrie,
Sans respect pour les grands et sans crainte du fort :
Patient dans mes maux et gai dans mes boutades,
    Me moquant de tout sot orgueil,
    Toujours un pied dans le cercueil,
    De l'autre fesant des gambades.

Voilà l'état où je suis, mourant et tranquille. Si
quelque chose cependant altère le calme de mon
esprit, et peut augmenter les souffrances de mon

corps, qui affurément font bien vives, c'eft la nouvelle injuftice que l'on dit que j'effuie en France.
Vous favez que je vous envoyai, il y a environ un
mois, quelques vers fur la mort de mademoifelle
le Couvreur, remplis de la jufte douleur que je reffens
encore de fa perte, et d'une indignation peut-être trop
vive fur fon enterrement, mais indignation pardonnable à un homme qui a été fon admirateur, fon ami,
fon amant, et qui de plus eft poëte. Je vous fuis fenfiblement obligé d'avoir eu la fage difcrétion de n'en
point donner de copies. Mais on dit que vous avez eu
affaire à des perfonnes dont la mémoire vous a trahi;
qu'on en a furtout retenu les endroits les plus forts;
que ces endroits ont été envenimés, qu'ils font par-
venus jufqu'au miniftère; et qu'il ne ferait pas sûr
pour moi de retourner en France, où pourtant mes
affaires m'appellent. J'attends de votre amitié que
vous m'informerez exactement, mon cher *Thiriot*,
de la vérité de ces bruits, de ce que j'ai à craindre,
et de ce que j'ai à faire. Mandez-moi le mal et le
remède. Dites-moi fi vous me confeillez d'écrire et
de faire parler, ou de me taire et de laiffer faire au
temps.

On a commencé, fans ma participation, deux
éditions de Charles XII, en Angleterre et en France.
Ne pourriez-vous point favoir de M. *Chauvelin* quel
fera en cette occafion l'efprit des miniftres de la
librairie.

A l'égard du fecret que je vous confiai en partant,
et qui échappa à M. l'abbé de *Róthelin*, foyez impé-
nétrable, foyez indevinable. Dépayfez les curieux.
Peut-être aura-t-on lu déjà aux comédiens Eryphile.

Détournez

Détournez tous les foupçons. Je vous conjure de me
rendre ce fervice avec votre amitié ordinaire.

Je n'ai écrit qu'à vous en France.

Thiriot mihi primus amores
Abftulit, *ille habeat fecum.*

LETTRE XXXIX.

A M. THIRIOT.

(Rouen) 30 juin.

J'AI reçu votre lettre, mon cher *Thiriot*. Ne foyez
pas étonné du filence que j'ai gardé un mois entier.
J'ai repris mon ancienne fympathie avec vous. J'avais
la fièvre quand vous aviez le dévoiement, et j'ai paffé
un mois entier dans mon lit. Ce qui m'a prolongé
ma fièvre eft un étrange régime où je me fuis mis.
J'ai fait toute la tragédie de Céfar depuis qu'Eryphile
eft dans fon cadre. J'ai cru que c'était un fûr moyen
pour dépayfer les curieux fur Eryphile : car le moyen
de croire que j'aye fait Céfar et Eryphile, et achevé
Charles XII en trois mois ! Je n'aurais pas fait pareille
befogne à Paris en trois ans. Mais vous favez bien
quelle prodigieufe différence il y a entre un efprit
recueilli dans la retraite, et un efprit diffipé dans le
monde.

Carmina feceffum fcribentis et otia quærunt.

J'ai reçu auffi toutes ces petites pièces fugitives à qui
vous faites plus d'honneur qu'elles ne méritent ; je
les ai corrigées avec foin ; je compte, quand je ferai à
Paris, troquer avec vous de porte-feuille ; je vous

Correfp. générale.   Tome I.   F

1731.

—— donnerai les pièces qui vous manquent, et vous me rendrez celles que je n'ai pas. Comptez que vous gagnerez au change : car vous n'avez pas l'*Uranie;* et puifque vous êtes un homme difcret vous l'aurez: *Quia fuper pauca fuifti fidelis, fupra multa te conftituam.*

Je vous envoie, mon cher ami, une réponfe à des invectives bien injuftes que j'ai trouvées imprimées contre moi dans les femaines de l'abbé *Desfontaines.* Il me doit au moins la juftice d'imprimer cette réponfe qui,eft, *uti nos decet effe*, pleine de vérité et de modeftie. Je l'ai fait imprimer à Kenterbury , afin que fi on me refufait la juftice de la rendre publique , elle parût indépendamment du Journal du Parnaffe où elle doit être inférée. Mandez-moi , je vous prie , ce que vous penfez de cette petite pièce. J'ai cru que je ne pouvais me difpenfer de répondre , mais je ne fais pas fi j'ai bien répondu. (*)

Si vous imprimez l'abbé de *Chaulieu*, n'y mettez rien de moi, je vous prie , avant que je vous aye montré les changemens que j'ai faits aux petites pièces que je lui ai adreffées. Faites ma cour à monfieur de *Chauvelin*, à qui je n'ai pu écrire , étant toujours malade. Mes refpects à meffieurs de *Fontenelle* et *la Motte.* J'ai parlé de ces deux derniers dans ma réponfe à l'abbé *Desfontaines*, non-feulement parce que je fuis charmé de leur rendre juftice , mais parce que M. l'abbé *Desfontaines* m'a accufé , dans fon Dictionnaire néologique, de ne la leur pas rendre , et m'a voulu affocier à fes malignités. *Separa caufam meam à gente iniqua et dolofa.* Adieu.

(*) Voyez la lettre aux auteurs du Nouvellifte du Parnaffe. Mélanges littéraires , tome III , l'auteur la fuppofe écrite d'Angleterre , quoiqu'il fût alors à Rouen.

LETTRE XL.

A M. DE CIDEVILLE,

CONSEILLER AU PARLEMENT DE ROUEN.

13 augufte.

Voici donc tout fimplement, mon cher *Ovide* de Neuftrie, comment j'ai rédigé vos vers, non que je ne les aimaffe tous, mais c'eft que des français en retiennent plus aifément quatre que douze.

> La Faye eft mort, V*** fe difpofe
> A parer fon tombeau des plus aimables vers.
> Veillons pour empêcher quelque efprit de travers
> De l'étourdir d'une ode en profe.

J'ai pris, comme vous voyez, l'emploi de votre abréviateur, tandis que je vous laiffe celui de tuteur de la Henriade et de l'Effai fur l'épopée. Vous êtes d'étranges gens de croire que je m'arrête après la vie de *Milton*, et que je me borne à être fon hiftorien. Je vous ai feulement envoyé, à bon compte, cette partie de l'Effai, et j'efpère dans peu de jours vous envoyer la fin, que je n'ai pu encore retravailler. Je vous avoue que je ferai bien embarraffé quand il faudra parler de moi; je m'en tiendrais volontiers à ces vers que vous connaiffez :

> Après Milton, après le Taffe,
> Parler de moi ferait trop fort;
> Et j'attendrai que je fois mort
> Pour apprendre quelle eft ma place.

F 2

Je me bornerai, je crois, à dire que monsieur de Cambrai s'est trompé quand il a assuré que nos vers à rime plate ennuyaient sûrement à la longue, et que l'harmonie des vers lyriques pouvait se soutenir plus long-temps. Cette opinion de M. de *Fénélon* a favorisé le mauvais goût de bien des gens, qui, ne pouvant faire des vers, ont été bien aises de croire qu'on n'en pouvait réellement pas faire en notre langue. M. de *Fénélon* lui-même était du nombre de ces impuissans qui disent que les c. . . . ne sont bonnes à rien. Il condamnait notre poësie, parce qu'il ne pouvait écrire qu'en prose ; il n'avait nulle connaissance du rhythme et de ses différentes césures, ni de toutes les finesses qui varient la cadence de nos grands vers. Il y a bien paru quand il a voulu être poëte autrement qu'en prose. Ses vers sont fort au-dessous de ceux de *Danchet*. Cependant tous nos stériles partisans de la prose triomphent d'avoir dans leur parti l'auteur du Télémaque, et vous disent hardiment qu'il y a dans nos vers une monotonie insupportable.

Je conviens bien que cette monotonie est dans leurs écrits, mais j'ai assez d'amour propre pour nier tout net qu'elle se trouve dans ceux de votre serviteur. Toujours sais-je bien que je ne la trouverai pas dans l'opéra que je vous exhorte à finir de tout mon cœur. J'ai prié M. de *Formont* de vous donner de temps en temps quelque petit coup d'aiguillon. Je lui ai écrit amplement. A l'égard du peu de vers anglais qui peuvent se trouver dans l'Essai sur la poësie épique, *Jore* n'aura qu'à m'envoyer la feuille par la poste ; on a réponse en vingt-quatre heures ; c'est une chose qui ne doit pas faire de difficulté. J'aimerais bien mieux venir les corriger moi-même, et paſſer avec vous l'automne.

Mille complimens à notre ami M. de *Formont*. Si ſa femme, entre vous et lui, n'aime pas les vers, il y aura bien du malheur.

LETTRE XLI.

A M. DE CIDEVILLE.

19 auguſte,

COMMENT va votre ſanté ? Je vous en prie, man-dez-le moi : vous pouvez compter que je m'y intéreſſe comme une de vos maîtreſſes. Mais, *ſi vales, macte animo*, et pour Dieu faites ce troiſième acte, et que je ne diſe point: *Ultima primis non bene reſpondent*. On a lu Jules-Céſar devant dix jéſuites ; ils en penſent comme vous ; mais nos jeunes gens de la cour ne goûtent en aucune façon ces mœurs ſtoïques et dures. J'ai un peu retravaillé Eryphile, et j'eſpère la faire jouer à la Saint-Martin. Je menai hier M. de *Crébillon* chez M. le duc de *Richelieu* : il nous récita des mor-ceaux de ſon Catilina qui m'ont paru très-beaux. Il eſt honteux qu'on le laiſſe dans la miſère ; *laudatur et alget*. Savez-vous que M. de *Chauvelin*, le maître des requêtes, fait travailler à une traduction de M. de *Thou* ? Je crois vous l'avoir déjà mandé. Ce jeune homme ſe fait adorer de la gent littéraire.

Adieu, mon cher ami ; en vous remerciant des deux corrections à la Henriade. M. de *Formont* me les avait mandées ; elles ſont très-judicieuſes. *Vale.*

F 3

LETTRE XLII.

A M. DE FORMONT.

5 septembre.

Mon cher ami, j'écrivis avant-hier à M. de *Cideville* un petit mot qui doit vous plaire à tous deux ; c'est que je corrige Eryphile ; elle n'est encore digne ni de vous ni du public, ni même de moi chétif. J'avais cru facilement que les beautés de détail qui y sont répandues, couvriraient les défauts que je cherchais à me cacher. Il ne faut plus se faire illusion ; il faut ôter les défauts, et augmenter encore les beautés. L'arrivée de *Théandre* au troisième acte, ce qu'il dit au quatrième et à la fin de ce même quatrième acte, me paraissent capables de tout gâter. Il y a encore à retoucher au cinquième. Mais quand tout cela sera fait, et que j'aurai passé sur l'ouvrage le vernis d'une belle poësie, j'ose croire que cette tragédie ne fera point déshonneur à ceux qui en ont eu les prémices, à mes chers amis de Rouen, que j'aimerai toute ma vie, et à qui je soumettrai toujours tout ce que je ferai. Vous m'avez envoyé tous deux des vers charmans, et je n'y ai pas répondu.

> Mais, chers Formont et Cideville,
> Quand j'aurai fait tous les enfans
> Dont j'accouche avec Eryphile,
> Prêtez-moi tous deux votre style,
> Et je ferai des vers galans
> Que l'on chantera par la ville.

LETTRE XLIII.

A M. DE FORMONT.

A Paris , ce 8 feptembre.

JE reçois trois de vos lettres ce matin. Je réponds d'abord à celle qui m'intéreffe le plus , et vous vous doutez bien que c'eft celle qui contient les vers fur la mort de ce pauvre M. de *la Faye*.

Vos vers font comme vous , et partant je les aime ;
Ils font pleins de raifon, de douceur, d'agrément :
En peignant notre ami d'un pinceau fi charmant,
        Formont, vous vous peignez vous-même.

J'ai déjà mandé à M. de *Cideville* que Jules-Céfar avait défarmé la critique impitoyable de M. de *Maifons*, mais qu'il tenait encore bon contre Eryphile.

Je ne fais fi je vous ai fait part du difcours que m'a tenu le jeune M. de *Chauvelin*, vrai protecteur des beaux arts. *Avez-vous fait imprimer Charles XII?* m'a-t-il dit ; et fur ce que je répondais un peu en l'air, *fi vous ne l'avez pas imprimé*, a-t-il ajouté , *je vous déclare que je le ferai imprimer demain.*

C'eft un homme charmant que ce M. de *Chauvelin*, et il nous le fallait pour encourager la littérature. Il combat tous les jours pour la liberté contre M. le cardinal de *Fleuri* et contre monfieur le garde des fceaux. Il fait imprimer le de Thou, et le fait traduire

F 4

—— en français. Il foutient tant qu'il peut l'honneur de
1731. notre nation qui s'en va grand'erre.

Encouragé par votre fuffrage et par fa bonne
volonté, j'ai, je vous l'avoue, une belle impatience
de faire paraître Charles XII. S'il n'en coûte que 60
livres de plus par terre, je vous fupplie de le faire
venir par roulier à l'adreffe de M. le duc de *Richelieu*,
à Verfailles ; et moi, informé du jour et de l'heure de
l'arrivée, je ne manquerai pas d'envoyer un homme
de la livrée de *Richelieu*, qui fera conduire le tout en
fureté. Si les frais de voiture font trop forts, je vous
prie de le faire partir par eau pour Saint-Cloud, où
j'enverrai un fourgon. Il ne me refte qu'à vous affurer
de la reconnaiffance la plus vive et de l'amitié la
plus tendre.

Au nom du bon goût, que mon cher *Cideville*
achève donc ce qu'il a fi heureufement commencé !
Je l'embraffe de tout mon cœur.

J'ai fait mieux que vous à l'égard de Séthos ; je ne
l'ai point lu.

LETTRE XLIV.

A M. DE CIDEVILLE,

A Paris, ce 27 feptembre.

MON cher ami, la mort de M. de *Maifons* m'a laiffé dans un défefpoir qui va jufqu'à l'abrutiffement. J'ai perdu mon ami, mon foutien, mon père. Il eft mort entre mes bras, non par l'ignorance, mais par la négligence des médecins. Je ne me confolerai de ma vie de fa perte et de la façon cruelle dont je l'ai perdu. Il a péri, faute de fecours, au milieu de fes amis. Il y a à cela une fatalité affreufe. Que dites-vous de médecins qui le laiffent en danger à fix heures du matin, et qui fe donnent rendez-vous chez lui à midi? Ils font coupables de fa mort. Ils laiffent, fix heures, fans fecours un homme qu'un inftant peut tuer! Que cela ferve de leçon à ceux qui auront leurs amis attaqués de la même maladie! Mon cher *Cideville*, je vous remercie bien tendrement de la part que vous prenez à la cruelle affliction où je fuis. Il n'y a que des amis comme vous qui puiffent me confoler. J'ai befoin plus que jamais que vous m'aimiez. Je me veux du mal d'être à Paris. Je voudrais et je devrais être à Rouen. Je viendrai affurément le plutôt que je pourrai. Je ne fuis plus capable d'autre plaifir dans le monde que de celui de fentir les charmes de votre fociété.

Je ne vous mande aucune nouvelle ni de moi, ni de mes ouvrages, ni de perfonne. Je ne penfe qu'à ma douleur et à vous.

LETTRE XLV.

A M. DE FORMONT.

Octobre.

Eh bien, mon cher *Formont!* au milieu des tracaſ-
feries du roi et du parlement, de l'archevêque et des
curés, des moliniſtes et des janféniſtes, aimez-vous
toujours Eryphile? Vous m'exhortez à travailler,
mais vous ne me dites point ſi vous êtes content de
ce que je vous ai propoſé, à vous et à M. de *Cideville.*
Il me ſemble que le grand mal de cette pièce venait
de ce qu'elle ſemblait plutôt faite pour étonner que
pour intéreſſer. La bonne reine, vieille péchereſſe,
pénitente, était bernée par les Dieux pendant cinq
actes, ſans aucun intervalle de joie qui rafraîchît le
ſpectateur. Les plus grands coups de la pièce étaient
trop ſoudains, et ne laiſſaient pas au ſpectateur le
temps de ſe repoſer un moment ſur les ſentimens
qu'on venait de lui inſpirer *in ictu oculi;* on aſſem-
blait le peuple au troiſième; on déclarait roi le fils
d'*Eryphile. Hermogide* donnait ſur le champ un nouveau tour aux affaires, en diſant qu'il avait tué cet
enfant. La nomination d'*Alcméon* feſait à l'inſtant un
nouveau coup de théâtre. *Théandre* arrivait dans la
minute, et feſait tout ſuſpendre, en diſant que les
Dieux feſaient le diable à quatre. Tant d'éclairs,
coup ſur coup, éblouiſſaient. Il faut une lumière plus
douce. L'eſprit emporté par tant de ſecouſſes, ne

pouvait fe fixer ; et quand l'ombre arrivait après
tant de vacarmes , ce n'était qu'un coup de maffue
fur *Alcméon* et *Eryphile* déjà atterrés et étourdis de
tant de chutes. *Théandre* avait précédé les menaces
de l'ombre par des difcours déjà trop menaçans , et
qui , pour comble de défaut , ne convenaient pas
dans la bouche de *Théandre* qui , felon ce que j'en ai
dit dans une lettre à M. de *Cideville* , parlait trop
ou trop peu , et n'était qu'un perfonnage équivoque.
Ne convenez-vous pas de tous ces défauts? mais en
même temps ne fentez-vous pas combien il eft aifé
de les corriger? Qui voit bien le mal , voit auffitôt le
remède. Il n'y a qu'à prendre la route oppofée ; *con-
traria contrariis curantur.* Vous faurez bientôt fi j'ai
corrigé tant de fautes avec quelque fuccès. Je compte
faire partir Eryphile pour Rouen avant qu'il foit peu ;
mais j'aurais bien voulu favoir auparavant ce que
vous et M. de *Cideville* penfez des changemens que
je dois faire. Peut-être me renverrez-vous encore
Eryphile. Ne manquez pas , Meffieurs , de me la
renvoyer impitoyablement , fi vous la trouvez mal.
Vous avez tous deux des droits inconteftables fur
cet enfant que vous avez vu naître.

Adieu; je vous embraffe bien tendrement. Mille
complimens à l'ami *Cideville.*

LETTRE XLVI.

A M. DE CIDEVILLE.

A Paris, 2 novembre.

MON cher et aimable *Cideville*, ayant ouï dire que vous étiez à la campagne, j'ai adreffé à M. de *Formont* un paquet de Charles XII, dans lequel vous trouverez un exemplaire pour le premier préfident, et un autre pour M. *Desforges*. Il y a auffi une lettre pour le premier préfident, que j'aurais bien fouhaité qu'il pût recevoir de votre main, *ut gratior foret;* mais comme le temps me preffe un peu, j'ai fupplié M. de *Formont* de faire rendre la lettre et le livre, en cas que vous fuffiez abfent, me flattant bien qu'à votre retour vous réparerez, par quelques petits mots, ce qu'aura perdu ma lettre à n'être point préfentée par vous. Je vous prierai bien auffi de continuer à mettre M. *Desforges* dans mes intérêts. Il faut qu'il continue fes bons procédés; et puifqu'à votre confidération il a favorifé l'impreffion du roi de Suède, il faut qu'il en empêche la contrefaçon, fans quoi il ne m'aurait rendu qu'un fervice onéreux; et comme le voilà mis, grâce à vos bontés, en train de m'obliger, il ne lui en coûtera pas davantage d'interdire tout d'un temps l'entrée de l'édition de mes œuvres, faite à Amfterdam chez *Ledet* et *Desbordes*, laquelle couperait la gorge à notre petite édition de Rouen que je compte venir achever cet hiver.

Voilà bien des importunités de ma part ; mais la
plus forte , mon cher ami , fera mon empreſſement
pour *Daphnis* et *Chloé* , pour *Antoine* et *Cléopâtre* , et
pour la dame *Io*. J'attends avec impatience cet ouvrage
dont j'ai une idée ſi avantageuſe. Que les rapports
des procès ne faſſent point tort aux Muſes.

> *Mox ubi publicas*
> *Res ordinaris , grande munus*
> *Cecropio repetis cothurno.*

A l'égard de mon cothurne , il ne paſſera qu'après
celui de *Lagrange :* ainſi Eryphile ne paraîtra probablement qu'en février. Tant de délais ſont bien favo-
rables. Eryphile n'en vaudra que mieux ; mais s'ils
font du bien à la pièce , ils font bien du mal à
l'auteur qu'ils privent trop long-temps de la douceur
de vivre avec vous. Je ſuis toujours malade , toujours accablé des ſouffrances qui me perſécutaient
à Rouen ; mais je vous avais pour ma conſolation ,
et vous me manquez aujourd'hui.

> Ces entretiens charmans , ce commerce ſi doux ,
> Ce plaiſir de l'eſprit , plaiſir vif et tranquille ,
> Eſt à mon corps uſé le ſeul remède utile.
>   Ah ! que j'aurais ſouffert ſans vous !

LETTRE XLVII.

A M. DE CIDEVILLE.

A Paris, novembre.

D'où vient donc, mon cher *Cideville*, que vous ne me donnez point de vos nouvelles? N'avez-vous point reçu le Charles XII que je vous ai adreſſé ſous le couvert de M. de *Formont*, avec une lettre pour monſieur le premier préſident? Je n'ai entendu parler depuis ni de vous ni de M. de *Formont*. Vous êtes d'étranges gens. Vous ne m'avez écrit avec quelque aſſiduité, que quand vous avez eu quelques ſervices à me rendre. Eſt-ce que vous ne m'aimiez qu'à proportion du beſoin que j'ai eu de vous? Au moins intéreſſez-vous au ſuccès de cette hiſtoire que vous avez aidée à paraître au monde. Elle a reçu quelque légère contradiction du miniſtère, et nulle du public.

Mais ſavez-vous qu'il y a eu une lettre de cachet contre *Jore*? Je fus aſſez heureux pour le ſavoir, et aſſez prompt pour l'avertir à temps. Un quart d'heure plus tard, mon homme était à la baſtille; le tout, pour avoir imprimé une préface un peu ironique à la tête du procès du père *Girard*. Cette préface était de l'abbé *Desfontaines*, à qui je ſauve la priſon pour la ſeconde fois; et mon avis eſt, qu'il ne l'a méritée que lorſqu'il m'a payé d'ingratitude; car je ne penſe pas qu'on doive, en bonne juſtice, coffrer un homme pour avoir ſuivi la morale des jéſuites, ni pour l'avoir décriée.

LETTRE XLVIII.

A M. THIRIOT.

1 décembre.

MON cher *Thiriot*, je viens enfin de voir tout à
l'heure cette belle préface qu'on m'impute depuis un
mois. Faites rougir M. de *Chauvelin* de vous avoir dit
du bien de cet impertinent ouvrage, où le férieux et
l'ironie font affurément bien mal mêlés enfemble, et
dans lequel on loue avec des exclamations exagérées,
les factums de *Chaudon* et ceux pour le père carme,
que, Dieu merci, je ne lirai jamais. Cette préface eft
pourtant d'un homme d'efprit, mais qui écrit trop pour
écrire toujours bien. Je fuis très-fâché que M. de
Chauvelin connaiffe fi peu ma perfonne et mon ftyle.
On ne peut lui plus être attaché, ni être plus en colère
que je le fuis. Quand *Orphée-Rameau* voudra, je ferai
à fon fervice. Je lui ferai airs et récits comme fa mufe
l'ordonnera. Le bon de l'affaire, c'eft qu'il n'a pas
feulement les paroles telles que je les ai faites. (*)
Je gage qu'il n'a pas, par exemple, ce menuet :

Le vrai bonheur
Souvent dans un cœur
Eft né dans le fein de la douleur.
C'eft un plaifir
Qu'un doux fouvenir
Des peines paffées ;
Les craintes ceffées
Font renaître un nouveau défir.

(*) L'opéra de Samfon.

——— Il y a vingt canevas que je crois qu'il a perdus et
1731. moi auffi.

Mais quand il voudra faire jouer Samfon, il faudra
qu'il tâche d'avoir quelque examinateur au-deffus de
la baffe envie et de la petite intrigue d'auteur, tel
qu'un *Fontenelle* et non pas un *Hardion* : *who envies
poets as Eunuks envy lovers*. Ce M. *Hardion* a eu la
bonté d'écrire une lettre fanglante contre moi à
M. *Rouillé*.

LETTRE XLIX.

A M. DE FORMONT.

Paris, ce 10 décembre.

GRAND merci de la prudence et de la vivacité de
votre amitié. Je ne peux vous exprimer combien je fuis
aife que vous ayez logé chez vous les onze pélerins ;
mais que dites-vous de l'injuftice des méchans qui
prétendent qu'Eryphile eft de moi, et que Charles XII
a été imprimé à Rouen ? L'antechrift eft venu, mon
cher Monfieur ; c'eft lui qui a fait la Vérité de la religion prouvée par les faits , Marie Alacoque, Séthos,
Oedipe en profe rimée et non rimée ; pour Charles XII,
il faut qu'il foit de la façon d'*Elie* ; car il eft très-
approuvé et perfécuté. Une chofe me fâche, c'eft que
le chevalier *Folard*, que je cite dans cette hiftoire,
vient de devenir fou. Il a des convulfions au tombeau
de St *Pâris*. Cela infirme un peu fon autorité ; mais,
après tout, le héros de notre hiftoire n'était guère
plus raifonnable.

Vous

Vous devez favoir qu'on a voulu mettre *Jore* à la
baftille pour avoir imprimé, à la tête du procès du
père *Girard*, une préface que l'on m'attribuait. Comme
on a fu que j'ai fait fauver *Jore*, vous croyez bien
que l'opinion que j'étais l'auteur de la préface, n'a
pas été affaiblie ni dans l'efprit des jéfuites, ni dans
celui des magiftrats leurs valets ; cependant, c'était
l'abbé *Desfontaines* qui en était l'auteur. On l'a fu à
la fin ; et ce qui vous étonnera, c'eft que l'abbé
couche chez lui. Il m'en a l'obligation. Je lui ai fauvé
la baftille, mais je n'ai pas été fort éloigné d'y aller
moi-même.

J'ai écrit à M. de *Cideville* pour le prier d'engager
M. *Desforges* à empêcher rigoureufement qu'on
n'imprime Charles XII à Roüen. Je crois que les
Machuels en ont commencé une édition. M. le premier préfident ferait un beau coup de l'arrêter ; mais
Daphnis et *Chloé*, *Antoine* et *Cléopâtre*, *Ifis* et *Argus*
me tiennent encore plus au cœur. Adieu.

LETTRE L.

A M. DE FORMONT.

Paris, 25 décembre.

J'AI reçu votre lettre par les mains de *Thiriot*;
mais je ne fais pas pourquoi il n'a pas jugé à
propos de me faire voir M. l'abbé *Linant* qui me
ferait cher, pour peu qu'il fît quatre bons vers
fur cinquante. Le patriarche (*) des vers durs vient
de mourir. C'eft bien dommage ; car fon commerce
était auffi plein de douceur, que fes poëfies de dureté.
C'eft un bon homme, un bel efprit et un poëte
médiocre de moins. L'évêque de Luçon, fils de ce
Buffi Rabutin qui avait plus de réputation qu'il n'en
méritait, fuccède à *la Motte* dans la place d'académicien, place méprifée par les gens qui penfent,
refpectée encore par la populace, et toujours courue
par ceux qui n'ont que de la vanité. Notre Eryphile
fera bientôt jouée. Vous la trouverez bien différente
de ce qu'elle était. J'ai fini le moins mal que j'ai pu
le tableau dont vous vites l'efquiffe à Rouen. Je me
flatte encore de vous voir à Paris aux premières
repréfentations. Je jouirai bien de votre commerce,
car me voici votre voifin. Madame de *Fontaine-Martel*,
la déeffe de l'hofpitalité, me donne à coucher dans
fon appartement bas qui regarde fur le palais royal.

(*) M. *Houdart de la Motte*.

Je n'en défemparerai pas, tant que vous ferez chez ———
M. *Defalleurs*.

Quand nous fouperons enfemble, *nous parlerons
de tout, et ne traiterons rien*, comme dit un certain
auteur très-aimable ; mais hors de là , je veux traiter
avec vous beaucoup de chofes. A l'égard de *Jore*, on
m'a affuré qu'il n'avait rien à craindre. Il peut retourner
à Rouen; mais je ne lui confeille pas de revenir fitôt
à Paris. Gardez toujours chez vous , je vous en fupplie,
les ballots à qui vous avez bien voulu donner retraite.
Je voudrais être déjà quitte de toute cette befogne ; mais
il faut vous voir long-temps pour que la befogne foit
bonne.

> *Carmen reprehendite quod non
> Multa dies et multa litura coërcuit* ...

Adieu , *operum noflrorum candide judex.* Preffez
donc notre cher *Cideville* de nous envoyer fa petite
drôlerie. Je vous embraffe de tout mon cœur.

LETTRE LI.

A M. DE CIDEVILLE.

Dimanche 4 janvier.

MA santé est pire que jamais. J'ai peur d'être réduit, ce qui ferait pour moi une disgrâce horrible, à ne plus travailler. Je suis dans un état qui me permet à peine d'écrire une lettre. Les vôtres m'ont charmé, mon cher *Cideville*; elles font toujours ma consolation quand je souffre, et augmentent mes plaisirs quand j'en ai. Je n'écrirai point cette fois-ci à notre aimable *Formont*, par la raison que je n'en ai pas la force. Je lui aurais déjà envoyé les Lettres anglaises; mais voici ce qui me tient: M. l'abbé de *Rothelin* m'a flatté qu'en adoucissant certains traits, je pourrais obtenir une permission tacite, et je ne sais si je prendrai le parti de gâter mon ouvrage pour avoir une approbation.

Il a fallu que je changeasse l'épître dédicatoire de Zaïre, qui aurait paru tout uniment et sans contradiction, sans le mal-entendu entre monsieur votre premier président et M. *Rouillé*. Heureusement toute cette petite noise est entièrement apaisée. J'ai sacrifié mon épître, et j'en fais une autre.

Vous n'êtes pas le seul qui corrigez vos vers: en voici trois que j'ai cru devoir changer dans le premier acte de Zaïre. Je vous soumets cette rognure, comme tout le reste de l'ouvrage.

1732.

FATIME.

Vous allez époufer leur fuperbe vainqueur...

ZAIRE.

Eh, qui refuferait le préfent de fon cœur !
De toute ma faibleffe il faut que je convienne,
Peut-être que fans lui j'aurais été chrétienne,
Peut-être qu'à ta loi j'aurais facrifié.
Mais Orofmane m'aime, et j'ai tout oublié.
Je ne vois qu'Orofmane, &c.

Il me femble que tout ce qui fert à préparer la converfion de Zaïre, eft néceffaire ; et qu'ainfi ces vers doivent être préférés à ceux qui étaient en cet endroit.

Adieu ; il ne fe fait plus de bons vers qu'à Rouen. Les lettres que vous m'écrivez en font farcies. M. de *Formont* a envoyé une petite épître à madame de *Fontaine-Martel*, qui aurait fait honneur à *Sarrazin* et à l'abbé de *Chaulieu*. Adieu ; la plume me tombe des mains.

LETTRE LII.

A M. DE CIDEVILLE.

3 février.

ENFIN, mon cher *Cideville*, Eryphile et mes souffrances me laissent un moment de liberté; et j'en profite, quoique bien tard, pour m'entretenir avec vous, pour vous parler de ma tendre amitié, et pour vous demander pardon d'avoir été si long-temps sans vous écrire. M. de *Formont*, que j'ai le bonheur de voir tous les jours, sait combien nous vous regrettons. Les momens agréables que je passe avec lui, me font souvenir des heures délicieuses que j'ai passées avec vous. J'étais pour le moins aussi malade que je le suis, mais vous m'empêchiez de le sentir. M. de *Lezeau* est aussi à Paris; mais je le vois aussi peu que je vois souvent M. de *Formont*, quoique ce soit lui qui ait écrit de sa main le premier acte d'Eryphile. Pourquoi faut-il que ce soit M. de *Lezeau* qui soit à Paris, et que vous restiez à Rouen! Pardon, cependant, de mes souhaits : je ne songeais qu'à moi, et je ne fesais pas réflexion que le séjour de Rouen vous est peut-être infiniment cher, et que vous y êtes le plus heureux de tous les hommes. Si cela est, comme je n'en doute pas, souffrez donc au moins que je vous en félicite. Je m'intéresse à votre bonheur avec autant de discrétion que vous en apportez pour être heureux. Je présume même que cette félicité

dont je vous parle, à retardé un peu votre petit
opéra.

> Vous êtes trop tendre pour croire
> Que de Quinault la poëtique gloire
> De tous les biens foit le plus précieux.

Pour moi qui fuis affez malheureux pour ne faire
ma cour qu'à Eryphile, j'ai retravaillé ma tragédie
avec l'ardeur d'un homme qui n'a point d'autre paffion.
Dieu veuille que je n'aye pas brodé un mauvais fond,
et que je n'aye pas pris bien de la peine pour me faire
fiffler.

Enfin, les rôles font entre les mains des comédiens; et en attendant que je fois jugé par le parterre,
j'ai fait jouer la pièce chez madame de *Fontaine-
Martel*, qui m'a (comme vous favez peut-être) prêté
un logement pour cet hiver. Eryphile a été exécutée
par des acteurs qui jouent incomparablement mieux
que la troupe du faubourg Saint-Germain. La pièce
a attendri, a fait verfer des larmes ; mais c'eft gagner
en première inftance un procès qu'on peut fort bien
perdre en dernier reffort. Le cinquième acte eft la plus
mauvaife pièce de mon fac, et pourra bien me faire
condamner. On me jouera immédiatement après le
Glorieux ; c'eft une pièce de M. *Deftouches*, de laquelle
on vous aura fans doute rendu compte. Elle a beaucoup de fuccès, et peut-être en aura-t-elle moins
à la lecture qu'aux repréfentations. Ce n'eft pas qu'elle
ne foit en général bien écrite, mais elle eft froide par
le fond et par la forme, et je fuis perfuadé qu'elle
n'eft foutenue que par le jeu des acteurs pour lefquels

G 4

il a travaillé. C'eſt un avantage qui me manque. J'ai fait ma pièce pour moi, et non pour *Dufreſne* et pour *Sarrazin.* Je l'ai même travaillée dans un goût auquel ni les acteurs ni les ſpectateurs ne ſont accoutumés. J'ai été aſſez hardi pour ſonger uniquement à bien faire, plutôt qu'à faire convenablement; mais, après tout, ſi je ne réuſſis pas, il n'y en aura pas pour moi moins de honte; et on m'accablera d'autant plus que le petit ſuccès qu'a eu l'hiſtoire du roi de Suède a ſoulevé l'envie contre moi. Elle m'attend au parterre pour me punir d'avoir un peu réuſſi en proſe. Je ferais bien mieux de ne plus ſonger au théâtre, puiſque *palma negata macrum donata reducet opimum.* Il vaudrait mieux cent fois revenir achever mes Lettres anglaiſes auprès de vous.

O vanas hominum mentes, ô pectora cæca!

Voilà bien du babil pour un malade; mais je vous aime, mon cher *Cideville,* et le cœur eſt toujours un peu diffus.

LETTRE LIII.

A M. DE CIDEVILLE.

Mercredi des cendres, 27 février.

La beauté qu'en secret Cideville idolâtre
Voit en lui deux talens rarement réunis :
    Le cœur aimable de Daphnis,
Et l'*esprit* du héros qui *charmait* Cléopâtre.

Cependant, mon cher ami, votre cœur a mieux réussi que le reste, et l'on est beaucoup plus content de vos bergers que de vos héros. Notre ami *Formont*, qui n'a point de tragédie à faire jouer, vous aura mandé plus au long des nouvelles de *Daphnis* et d'*Antoine*. Pour moi, qui cours risque d'être sifflé mercredi prochain, et qui vais faire répéter Eryphile dans l'instant, je ne puis que me recommander à Dieu et me taire sur les vers des autres.

Je voudrais que vous raccommodassiez votre besogne à Paris, et moi la mienne ; mais, comme probablement vous en avez de plus agréable à Rouen, je vous dirai seulement, *felices quibus ista licent.* Cependant, quand vous voudrez avoir du relâche et venir à Paris, j'espère, mon cher ami, pouvoir vous procurer non-seulement un appartement, mais une vie assez commode. C'est une affaire que j'ai dans la tête. Vous m'avez accoutumé à vivre avec vous, et il faut que j'y revive.

Adieu ; je vous embrasse tendrement. *Plura aliàs.*

LETTRE LIV.

À M. DE CIDEVILLE.

Samedi 8 mars.

Il faut vous donner les prémices
De ces aimables fruits, aux beaux esprits si doux.
Le public a goûté mes derniers sacrifices ;
Ils en sont plus dignes de vous.

Cela veut dire, mon cher *Cideville*, qu'Eryphile
que vous avez vue naître, reçut hier la robe virile
devant une assez belle assemblée qui ne fut pas
mécontente, et qui justifia votre goût. Notre cinquième
acte a été critiqué ; mais on pardonne au dessert,
quand les autres services ont été passables. Je suis
fâché en bon chrétien, que le sacré n'ait pas le même
succès que le profane, et que Jephté et l'Arche du
Seigneur soient mal reçus à l'opéra, lorsqu'un grand-
prêtre de *Jupiter* et une catin d'Argos réussissent à
la comédie ; mais j'aime encore mieux voir les mœurs
du public dépravées, que si c'était son goût. Je demande
très-humblement pardon à l'ancien Testament s'il
m'a ennuyé à l'opéra.

Pardon d'un billet si succinct ; courtes lettres et
longues amitiés, est ma dévise ; mais je ferais bien
fâché et j'y perdrais trop, si vos lettres étaient aussi
courtes.

LETTRE LV.

A M. BROSSETTE. (10)

Le 14 avril.

JE fuis bien flatté de plaire à un homme comme vous, Monfieur ; mais je le fuis encore davantage de la bonté que vous avez de vouloir bien faire des corrections fi judicieufes dans l'hiftoire de *Charles XII.*

Je ne fais rien de fi honorable pour les ouvrages de M. *Defpréaux*, que d'avoir été commentés par vous, et lus par *Charles XII.* Vous avez raifon de dire que le fel de fes fatires ne pouvait guère être fenti par un héros vandale, qui était beaucoup plus occupé de l'humiliation du czar et du roi de Pologne, que de celle de *Chapelain* et de *Cotin.* Pour moi, quand j'ai dit que les fatires de *Boileau* n'étaient pas fes meilleures pièces, je n'ai pas prétendu pour cela qu'elles fuffent mauvaifes. C'eft la première manière de ce grand peintre, fort inférieure, à la vérité, à la feconde ; mais très-fupérieure à celle de tous les écrivains de fon temps, fi vous en exceptez M. *Racine.* Je regarde ces deux grands hommes comme les feuls qui aient eu un pinceau correct, qui aient toujours employé des couleurs vives, et copié fidellement la nature. Ce qui m'a toujours charmé dans leur ftyle, c'eft qu'ils ont dit ce qu'ils voulaient dire, et que jamais leurs penfées n'ont rien coûté à l'harmonie

(10) Auteur d'un commentaire fur les ouvrages de *Boileau.*

—— ni à la pureté du langage. Feu M. de *la Motte*, qui

écrivait bien en profe, ne parlait plus français, quand il fefait des vers. Les tragédies de tous nos auteurs, depuis M. *Racine*, font écrites dans un ftyle froid et barbare ; auffi *la Motte* et fes conforts fefaient tout ce qu'ils pouvaient pour rabaiffer *Defpréaux* auquel ils ne pouvaient s'égaler. Il y a encore, à ce que j'entends dire, quelques-uns de ces beaux efprits fubalternes, qui paffent leur vie dans les cafés, lefquels font à la mémoire de M. *Defpréaux*, le même honneur que les *Chapelain* fefaient à fes écrits, de fon vivant. Ils en difent du mal, parce qu'ils fentent que fi M. *Defpréaux* les eût connus, il les aurait méprifés autant qu'ils méritent de l'être. Je ferais très-fâché que ces meffieurs cruffent que je penfe comme eux, parce que je fais une grande différence entre fes premières fatires et fes autres ouvrages. Je fuis furtout de votre avis fur la neuvième fatire qui eft un chef-d'œuvre, et dont l'épître aux mufes de M. *Rouffeau*, n'eft qu'une imitation un peu forcée. Je vous ferai très-obligé de me faire tenir la nouvelle édition des ouvrages de ce grand-homme, qui méritait un commentateur comme vous. Si vous voulez auffi, Monfieur, me faire le plaifir de m'envoyer l'Hiftoire de *Charles XII*, de l'édition de Lyon, je ferai fort aife d'en avoir un exemplaire.

Je fuis, &c.

LETTRE LVI.

A M. DE CIDEVILLE.

16 mai.

J'AI reçu aujourd'hui Eryphile; mais, avant de vous la renvoyer, il faut que vous me jugiez en cour de petit commiſſaire. Voici ce que j'allégue contre moi-même. Je fais la fonction de l'avocat du diable contre la canoniſation d'Eryphile.

1°. En votre conſcience n'avez-vous pas ſenti de la langueur et du froid, lorſqu'au troiſième acte *Théandre* vient annoncer que les furies ſe ſont emparées de l'autel, &c. Ce que dit la reine à *Alcméon*, dans ce moment, eſt beau; mais on eſt étonné que ce beau ne touche point. La raiſon en eſt, à mon avis, que la reine eſt trop long-temps bernée par les dieux. Elle n'a pas le loiſir de reſpirer; elle n'a pas un inſtant d'eſpérance et de joie : donc elle ne change point d'état, donc elle ne doit point remuer le ſpectateur, donc il faut retrancher cette fin du troiſième acte.

2°. Le quatrième acte commence avec encore plus de froid. *Théandre* y fait un monologue inutile. La ſcène qu'il a enſuite avec *Alcméon* me paraît mauvaiſe, parce que *Théandre* n'y dit rien de ce qu'il devrait dire. Ses doutes équivoques ne conviennent point au théâtre. S'il ſait qu'*Alcméon* eſt fils de la reine, il doit l'en avertir; s'il n'en ſait rien, il ne doit rien en ſoupçonner. Cette ſcène devrait être terrible, et n'eſt pas fupportable. L'ombre venant après cette fcène, ne fait pas l'effet qu'elle devrait faire, parce qu'elle en dit moins que *Théandre* n'en a fait entendre. Enfin, la reine ne finit point cet acte par les fentimens qu'elle devrait avoir. Elle ne marque que le défir d'époufer *Alcméon*. Il faut qu'elle exprime des fentimens de ten-dreffe, d'horreur et d'incertitude.

Il me paraît qu'il y a très-peu à réformer au cin-quième, et rien au premier ni au fecond.

> Prononcez-donc, mes chers amis,
> Vous êtes ma cour fouveraine ;
> Et je recevrai vos avis
> Comme un arrêt de Melpomène.

LETTRE LVII.

A M. DE CIDEVILLE.

A Paris, le 29 mai.

JE lifais ces jours paffés, mon cher ami, que les gens qui font des tragédies négligent fort le ftyle épiftolaire, et écrivent rarement à leurs amis. J'ai le malheur d'être dans ce cas, et en vérité j'en fuis bien fâché. Je ne conçois pas comment je peux mériter fi mal les charmantes lettres que j'aime à recevoir de vous. Si je m'en croyais, je vous importunerais tous les jours pour m'attirer des lettres de mon cher ami *Cideville ;* mais je ne fuis occupé à préfent qu'à

m'attirer ſes ſuffrages. J'ai corrigé dans Eryphile tous
les défauts que nous y avions remarqués. A peine
cette beſogne a été achevée qu'afin de pouvoir revoir
mon ouvrage avec moins d'amour propre , et me
donner le temps de l'oublier , j'en ai vîte commencé
un autre , et j'ai pris une ferme réſolution de ne
jeter les yeux ſur Eryphile que quand la nouvelle
tragédie ſera achevée. Celle-ci ſera faite pour le cœur
autant qu'Eryphile était faite pour l'imagination. La
ſcène ſera dans un lieu bien ſingulier ; l'action ſe
paſſera entre des turcs et des chrétiens. Je peindrai
leurs mœurs autant qu'il me ſera poſſible , et je
tâcherai de jeter dans cet ouvrage tout ce que la
religion chrétienne ſemble avoir de plus pathétique
et de plus intéreſſant, et tout ce que l'amour a de
plus tendre et de plus cruel. Voilà ce qui va m'occuper ſix mois ; *quod felix , fauſtum muſulmanumque ſit.*

Je vis avant-hier l'abbé *Linant*, pour qui je me ſens
bien de l'eſtime et de l'amitié. Ce qu'il vaut , c'eſt-à-
dire , ce que vous penſez de lui, me fait extrêmement
regretter de n'avoir pu le ſervir comme je le déſirais.
Vous ſavez que mon deſſein était de vivre avec lui
chez madame de *Fontaine-Martel ; j'y* étais même
intéreſſé. Un homme de lettres qui eſt né avec tant de
talens, et qui me paraît ſi aimable , que vous aimez ,
et qui m'aurait entretenu de vous , aurait fait la
douceur de ma vie. Madame de *Fontaine* n'a pas
voulu entendre raiſon ; elle prétend que *Thiriot* l'a
rendue ſage. Elle lui donnait douze cents francs
de penſion, et avec cela n'en a point été contente.
Elle croit que tout jeune homme en uſera de même.
Le fils du pauvre *Crébillon*, frère aîné de *Rhadamiſte,*

1732.

—— et encore plus pauvre que fon père, lui a été préfenté dans cet intervalle. Elle l'a affez goûté ; mais fachant qu'il avait vingt-cinq ans, elle n'a pas voulu le loger. Je crois qu'elle ne m'a dans fa maifon que parce que j'ai trente-fix ans, et une trop mauvaife fanté pour être amoureux; elle ne veut point que les gens qu'elle aime aient des maîtreffes. Le meilleur titre qu'on puiffe avoir pour entrer chez elle, eft d'être impuif-fant ; elle a toujours peur qu'on ne l'égorge pour donner fon argent à une fille d'opéra. Jugez d'après cela fi *Linant* qui a dix-neuf ans eft homme à lui plaire.

Je fuis en vérité bien fâché de la haine que madame de *Fontaine-Martel* a pour la jeuneffe. Votre abbé aurait été fon fait et le mien. Mais quelque chofe qui arrive, il réuffira furement; il eft né fage, il a de l'efprit, de la bonne volonté, de la jeuneffe ; avec tout cela on fe tire bientôt d'affaire à Paris. Les vers qu'il a faits pour vous, font bien au-deffus de ceux qu'il avait faits pour DIEU et pour le chaos. On réuffit felon les fujets. Je fuis fort trompé, ou ce jeune homme a le véritable talent; et c'eft ce qui augmente encore le regret que j'ai de ne pouvoir vivre avec lui. Qu'il compte fur moi, fi jamais je puis lui rendre fer-vice. Dans deux ou trois ans il écrira mieux que moi, et je l'en aimerai davantage. Mon Dieu ! mon cher *Cideville*, que ce ferait une vie délicieufe de fe trou-ver logés enfemble trois ou quatre gens de lettres avec des talens et point de jaloufie ! de s'aimer, de vivre doucement, de cultiver fon art, d'en parler, de s'éclairer mutuellement ! Je me figure que je vivrai un jour dans ce petit paradis, mais je veux que vous en

foyez

foyez le Dieu. En attendant, je vais verfifier ma tragédie, et fi je peins l'amour comme vous me faites
fentir l'amitié, l'ouvrage fera bon. Je vous embraffe
mille fois.

1732.

LETTRE LVIII.

A M. DE FORMONT.

Paris, ce 29 mai.

JE viens de mander à notre cher *Cideville* combien
je fuis fâché de n'avoir pu faire fuccéder l'abbé *Linant*
à *Thiriot*. La dame du logis prétend que puifqu'elle
m'a pour rien, elle doit avoir tout *gratis*, et regarde
Thiriot comme quelqu'un dont elle hérite douze cents
livres de rente viagère. Elle penfe que tout jeune
homme, à qui elle ferait une penfion, la quitterait fur
le champ pour mademoifelle *Sallé*. Je fuis véritablement affligé de me voir inutile à l'abbé *Linant*, car
vous l'aimez, et il fait bien des vers. J'ai vu un autre
abbé qui ne le vaut pas affurément, et qui m'a
montré de petits vers pour madame de *Formont*.
Vous logerez celui-là, s'il vous plaît; pour moi je
ne m'en charge pas. Je ne vous renverrai pas Eryphile
fitôt : j'ai tout corrigé; mais je veux l'oublier, pour
la revoir enfuite avec des yeux frais. Il ne faut pas fe
fouvenir de fon ouvrage quand on veut le bien juger.
J'ai cru même que le meilleur moyen d'oublier la
tragédie d'Eryphile, était d'en faire une autre. Tout
le monde me reproche ici que je ne mets point

Correfp. générale.   Tome I.   H

—— d'amour dans mes pièces. Ils en auront cette fois-ci,
je vous jure, et ce ne fera pas de la galanterie. Je veux
qu'il n'y ait rien de fi turc, de fi chrétien, de fi amoureux, de fi tendre, de fi furieux que ce que je verfifie
à préfent pour leur plaire. J'ai déjà l'honneur d'en
avoir fait un acte. Ou je fuis fort trompé, ou ce fera
la pièce la plus fingulière que nous ayons au théâtre.
Les noms de *Montmorency*, de St *Louis*, de *Saladin*,
de *Jéfus* et de *Mahomet* s'y trouveront. On y parlera
de la Seine et du Jourdain, de Paris et de Jérufalem.
On aimera, on baptifera, on tuera, et je vous enverrai
l'efquiffe dès qu'elle fera brochée.

On m'a parlé hier d'une petite pièce bachique du
jeune *Bernard*, poëte et homme aimable. Dès que
je l'aurài je vous l'enverrai. Il paraît ici des couplets
contre tout le monde ; mais ils font affez, comme
prefque tous les hommes d'aujourd'hui, malins et
médiocres. La fureur de jouer la comédie par-tout
continue toujours, et la fureur de la jouer très-mal
dure toujours aux comédiens français. Nous attendons l'opéra des cinq ou fix Sens ; la mufique eft de
Deflouches, les paroles de *Roi*, qui fe cache de peur
que fon nom ne lui nuife. Nous aurons auffi les
Sermens indifcrets de *Marivaux*, où j'efpère que je
n'entendrai rien. Pour des nouvelles du parlement,
ea cura quietum non me follicitat. Je ne connais et ne
veux de ma vie connaître que les belles-lettres, et
aimer que des perfonnes comme vous, fi par bonheur il s'en rencontre.

Adieu, je vous fuis attaché pour toute ma vie.

LETTRE LIX.

A M. DE FORMONT.

A Paris, 25 juin.

GRAND merci, mon cher ami, des bons confeils
que vous me donnez fur le plan d'une tragédie,
mais ils font venus trop tard. La tragédie était faite.
Elle ne m'a coûté que vingt-deux jours. Jamais je
n'ai travaillé avec tant de vîteffe. Le fujet m'entraînait,
et la pièce fe fefait toute feule. J'ai enfin ofé traiter
l'amour, mais ce n'eft pas l'amour galant et français.
Mon amoureux n'eft pas un jeune abbé à la toilette
d'une bégueule; c'eft le plus paffionné, le plus fier,
le plus tendre, le plus généreux, le plus juftement
jaloux, le plus cruel et le plus malheureux de tous
les hommes. J'ai enfin tâché de peindre ce que j'avais
depuis fi long-temps dans la tête, les mœurs turques
oppofées aux mœurs chrétiennes, et de joindre dans
un même tableau ce que notre religion peut avoir
de plus impofant et même de plus tendre avec ce que
l'amour a de plus touchant et de plus furieux. Je fais
tranfcrire à préfent la pièce; dès que j'en aurai un
exemplaire au net, il partira pour Rouen, et ira à
MM. de *Formont* et *Cideville*.

A peine eus-je achevé le dernier vers de ma pièce
turco-chrétienne, que je fuis revenu à Eryphile;
comme *Perrin Dandin* fe délaffait à voir des procès.

H 2

—— Je crois avoir trouvé le fecret de répandre un véritable
1732. intérêt fur un fujet qui femblait n'être fait que pour
étonner. J'en retranche abfolument le grand-prêtre.
Je donne plus au tragique et moins à l'épique, et je
fubftitue, autant que je peux, le vrai au merveilleux.
Je conferve pourtant toujours mon ombre, qui n'en
fera que plus d'effet lorfqu'elle parlera à des gens
pour lefquels on s'intéreffera davantage. Voilà en
général quel eft mon plan. Je me fais bon gré d'en
avoir arrêté l'impreffion, et de m'être retenu fur le
bord du précipice dans lequel j'allais tomber comme
un fot.

Adieu ; je vous aime bien tendrement, mon cher
ami ; il faudra que vous reveniez ici ou que je
retourne à Rouen, car je ne peux plus me paffer de
vous voir.

LETTRE LX.

A M. DE FORMONT.

Paris , juillet.

JE ne comptais vous écrire, mon cher ami, qu'en vous envoyant Eryphile et Zaïre. J'efpère que vous les aurez inceffamment. En attendant, il faut que je me difculpe un peu fur l'édition de mes Oeuvres, foi-difant complètes, qui vient de paraître en Hollande. Je n'ai pu me difpenfer de fournir quelques corrections et quelques changemens au libraire qui avait déjà mes ouvrages, et qui les imprimait malgré moi fur les copies défectueufes qui étaient entre fes mains. Mais ne fachant pas précifément quelles pièces fugitives il avait de moi, je n'ai pu les corriger toutes. Non-feulement je ne réponds point de l'édition, mais j'empêcherai qu'elle n'entre en France. Nous en aurons bientôt une corrigée avec plus de foin et plus complète. Je doute que dans cette édition que je médite, je change beaucoup de chofes dans l'épître à M. de *la Faye*. Il eft vrai que j'y parle un peu durement de *Rouffeau*; mais lui ai-je fait tant d'injuftice ? n'ai-je pas loué la plupart de fes épigrammes et de fes pfaumes ? J'ai feulement oublié les odes, mais c'eft, je crois, une faute du libraire ; j'ai rendu juftice à ce qu'il y a de bon dans fes épîtres, et j'ai dit mon fentiment librement fur tous fes ouvrages en général. Serez-vous donc d'un autre avis que moi,

H 3

1732. — quand je vous dirai que, dans tous fes ouvrages rai-
fonnés, il n'y a nulle raifon; qu'il n'a jamais un
deffein fixe, et qu'il prouve toujours mal ce qu'il veut
prouver? Dans fes allégories, furtout dans les nouvelles, a-t-il la moindre étincelle d'imagination? et
ne ramène-t-il pas perpétuellement fur la fcène, en
vers fouvent forcés, la defcription de l'âge d'or et
de l'âge de fer, et les vices mafqués en vertus, que
M. *Defpréaux* avait introduits auparavant en vers
coulans et naturels? Pour la perfonne de *Rouffeau*, je
ne lui dois aucuns égards; je n'ai feulement qu'à le
remercier d'avoir fait contre moi une épigramme fi
mauvaife qu'elle eft inconnue quoique imprimée.

Le petit abbé *Linant* va faire une tragédie : je l'y
ai encouragé. C'eft envoyer un homme à la tranchée,
mais c'eft un cadet qui a befoin de faire fortune, et
de tout rifquer pour cela. M. de *Nefle* m'avait promis
de le prendre, mais il ne lui donne encore qu'à
dîner. La première année fera peut-être rude à paffer
pour ce pauvre *Linant*. Heureufement il me paraît
fage et d'une vertu douce. Avec cela, il eft impoffible
qu'il ne perce pas à la longue. Adieu. Quand revien-
drai-je à Rouen, et quand reviendrez-vous à Paris?

LETTRE LXI.

A M. DE CIDEVILLE.

Samedi 9 d'augufte.

Messieurs Formont et Cideville,
De grâce pardonnez au ftyle
Qui ma Zaïre barbouilla,
Lorfqu'étant en fale cornette,
A la hâte on vous l'envoya,
Avant d'avoir fait fa toilette.

J'étais fi preffé, meffieurs mes Juges, quand je fis le paquet, que je vous envoyai une leçon de Zaïre qui n'eft pas tout-à-fait la bonne. Mais figurez-vous que la dernière fcène du troifième acte et la dernière du quatrième entre *Orofmane* et *Zaïre*, font comme il faut; imaginez-vous qu'*Orofmane* n'a plus le billet entre les mains, et l'a déjà fait donner à un efclave, quand il fe trouve avec *Zaïre* à qui il a toûjours envie de tout montrer. Croyez qu'il y a bien des vers corrigés, et que fi je n'étais pas auffi preffé que je le fuis, vous auriez de moi des lettres de dix pages.

LETTRE LXII.

A M. DE CIDEVILLE.

25 d'augufte.

MES chers et aimables critiques, je voudrais que vous puiffiez être témoins du fuccès de Zaïre, vous verriez que vos avis ne m'ont pas été inutiles ; et qu'il y en a peu dont je n'aye profité. Souffrez, mon cher *Cideville*, que je me livre avec vous, en liberté, au plaifir de voir réuffir ce que vous avez approuvé. Ma fatisfaction s'augmente en vous la communiquant. Jamais pièce ne fut fi bien jouée que Zaïre à la quatrième repréfentation. Je vous fouhaitais bien là : vous auriez vu que le public ne hait pas votre ami. Je parus dans une loge, et tout le parterre me battit des mains. Je rougiffais, je me cachais ; mais je ferais un fripon fi je ne vous avouais pas que j'étais fenfiblement touché. Il eft doux de n'être pas honni dans fon pays ; je fuis fûr que vous m'en aimerez davantage. Mais, Meffieurs, renvoyez-moi donc Eryphile, dont je ne peux me paffer, et qu'on va jouer à Fontainebleau. Mon Dieu ! ce que c'eft que de choifir un fujet intéreffant ! Eryphile eft bien mieux écrite que Zaïre ; mais tous les ornemens, tout l'efprit, et toute la force de la poëfie ne valent pas, à ce qu'on dit, un trait de fentiment. Adieu, mes chers *Cideville* et *Formont*.

> *Quod fi me tragicis vatibus inferes,*
> *Sublimi feriam fidera vertice.*

Je vous embraffe bien tendrement.

P. S. J'oubliais de vous dire que j'ai parlé de —————
vous, mon cher *Cideville*, deux bonnes heures, au
clair de lune, avec madame de *la Rivaudaye*, dans ce
même jardin où M. de *Formont* m'a vu si impitoyablement fans me parler. Je fuis bien aife que madame
de *la Rivaudaye* ne m'ait pas traité de même ; elle m'a
paru digne d'avoir un ami comme vous, fi on peut
n'être que fon ami.

LETTRE LXIII.

A M. DE CIDEVILLE.

Le 3 feptembre.

JE fuis pénétré, mon cher *Cideville*, des peines dont
vous me faites l'amitié de me parler ; c'eft la preuve
la plus fenfible que vous m'aimez. Vous êtes sûr de
mon cœur, vous favez combien je m'intéreffe à vous.
Pourquoi faut-il qu'un homme auffi fage et auffi
aimable que vous, foit malheureux ? Que ferai-je
donc, moi qui ai paffé toute ma vie à faire des folies ?
Quand j'ai été malheureux, je n'ai eu que ce que je
méritais ; mais quand vous l'êtes, c'eft une balourdife
de la Providence. J'ai fait la fottife de perdre douze
mille francs au biribi, chez madame de *Fontaine-
Martel* ; je parie que vous n'en avez pas tant fait. Je
voudrais bien que vous euffiez été à portée de les
perdre ; j'en donnerais le double pour vous voir à
Paris.

Ah! quittez pour la liberté
Sacs, bonnet, épice et foutane,
Et le palais de la chicane
Pour celui de la volupté.

M. de *Formont* m'a écrit une lettre charmante. Je
ne lui ai point encore fait de réponfe; je ne fais où le
prendre.

Adieu, je vous embraffe bien tendrement.

LETTRE LXIV.

A M. DE FORMONT.

Le . . . feptembre.

J E viens d'apprendre par notre cher *Cideville* qui
part de Rouen, que vous y revenez. Je ne favais où
vous prendre pour vous remercier, mon cher ami,
mon juge éclairé, de la lettre obligeante que vous
m'avez écrite de Gaillon. Je fuis bien fâché que vous
n'ayez vu que la première repréfentation de Zaïre.
Les acteurs jouaient mal, le parterre était tumultueux, et j'avais laiffé dans la pièce quelques endroits
négligés qui fûrent relevés avec un tel acharnement
que tout l'intérêt était détruit. Petit à petit j'ai ôté
ces défauts, et le public s'eft raccoutumé à moi.
Zaïre ne s'éloigne pas du fuccès d'Inès de Caftro;
mais cela même me fait trembler. J'ai bien peur de
devoir aux grands yeux noirs de mademoifelle
Gauffin, au jeu des acteurs et au mélange nouveau

des plumets et des turbans, ce qu'un autre croirait devoir à fon mérite. Je vais retravailler la pièce comme fi elle était tombée. Je fais que le public, qui eft quelquefois indulgent au théâtre par caprice, eft févère à la lecture par raifon. Il ne demande pas mieux qu'à fe dédire, et à fiffler ce qu'il a applaudi. Il faut le forcer à être content. Que de travaux et de peines pour cette fumée de vaine gloire ! Cependant que ferions-nous fans cette chimère ? Elle eft nécef-faire à l'ame comme la nourriture l'eft au corps. Je veux refondre Eryphile et la Mort de Céfar, le tout pour cette fumée. En attendant je fuis obligé de tra-vailler à des additions que je prépare pour une édition de Hollande de Charles XII. Il a fallu s'abaiffer à répondre à une miférable critique faite par *la Motraye*. L'homme ne méritait pas de réponfe; mais toutes les fois qu'il s'agit de la vérité et de ne pas tromper le public, les plus miférables adverfaires ne doivent pas être négligés. Quand je me ferai dépêtré de ce travail ingrat, j'achèverai ces Lettres anglaifes que vous connaiffez; ce fera tout au plus le travail d'un mois, après quoi il faudra bien revenir au théâtre, et finir enfin par l'hiftoire du fiècle de *Louis XIV*. Voilà, mon cher *Formont*, tout le plan de ma vie. Je la regarderai comme très-heureufe, fi je peux en paffer une partie avec vous. Vous m'apla-niriez les difficultés de mes travaux, vous m'encoura-geriez, vous m'en affureriez le fuccès, et il m'en ferait cent fois plus précieux. Que j'aime bien mieux laiffer aller dorénavant ma vie dans cette tranquillité douce et occupée, que fi j'avais eu le malheur d'être con-feiller au parlement! Tout ce que je vois me confirme dans l'idée où j'ai toujours été de n'être jamais d'aucun corps, de ne tenir à rien qu'à ma liberté et à mes amis. Il me femble que vous ne défapprouvez pas trop ce fyftême, et qu'il ne faudra pas prêcher long-temps *Cideville* pour le lui faire embraffer dans l'occafion. Il vient de m'écrire, mais il me mande qu'il va à la campagne, et je ne fais où lui adreffer ma réponfe. Aimez-moi toujours, mon cher *Formont*, et que votre philofophie nourriffe la mienne des plaifirs de l'amitié.

LETTRE LXV.

A M. DE FORMONT.

Octobre.

JE vous adreffai avant-hier, mon cher ami et mon *candide judex*, la lettre à *Fakener* (11), telle que je l'avais corrigée et montrée à M. *Rouillé*. J'ai depuis ce temps reçu deux lettres de M. de *Cideville* à ce fujet. Je fuis enchanté de la délicateffe de fon amitié, mais je ne peux partager fes fcrupules. Plus je relis cette épître dédicatoire, plus j'y trouve des vérités utiles, adoucies par un badinage innocent. Je dis, et je le redirai toujours jufqu'à ce qu'on en profite, que les lettres font trop peu accueillies aujourd'hui. Je dis qu'à la cour on fait quelquefois des critiques abfurdes.

(11) Au-devant de Zaïre, tome II de notre édition.

Tous les jours à la cour un fot de qualité
Peut juger de travers avec impunité.

Qui ne fait que des critiques générales n'offenfe perfonne. *La Bruyère* a dit cent fois pis, et n'en a plu que davantage.

Les louanges que je donne avec toute l'Europe à *Louis XIV*, ne deviendront un jour la fatire de *Louis XV* que fi *Louis XV* ne l'imite pas; mais en quel endroit infinuai-je que *Louis XV* ne marchera pas fur fes traces ? Les vers fur Polyeucte renferment une vérité inconteftable, et la manière dont ils font amenés n'a rien d'indécent; car ne dis-je pas que la corruption du cœur humain eft telle que la belle ame de *Polyeucte* aurait faiblement attendri fans l'amour de fa femme pour *Sévère*, &c. Ce qui regarde la pauvre *le Couvreur* eft un fait connu de toute la terre, et dont j'aime à faire fentir la honte. Mais, en parlant d'amour et de *Melpomène*, j'écarte toutes les idées de religion qui pourraient s'y mêler, et je dis poëtiquement ce que je n'ofe pas dire férieufement.

M. *Rouillé*, en voyant cette épître, a dit que l'endroit de mademoifelle *le Couvreur* était le feul qu'un approbateur ne puiffe paffer, et c'eft lui-même qui a donné le confeil de faire paraître deux éditions; la première fans l'épître et avec le privilége, la feconde avec l'épître et fans privilége. C'eft à quoi je me fuis déterminé. J'ai écrit à *Jore* en conféquence. Je lui ai recommandé d'imprimer l'épître à part avec un nouveau titre, et de me l'envoyer à Verfailles, tandis que l'édition entière de la tragédie viendra à la chambre fyndicale avec toutes les formalités ridicules dont la

—— librairie eſt enchevêtrée. Au reſte, il n'y a rien dans
1732. cette épître qui me faſſe peine. Que diriez-vous donc
de mes pièces fugitives qu'on veut imprimer, et de
celles qui ont déjà paru? Ne ſont-elles pas pleines
de traits plus hardis cent fois et de réflexions plus
haſardées? On me reprochera, dit-on, de mettre une
lettre badine à la tête d'une tragédie chrétienne. Ma
pièce n'eſt pas, Dieu merci, plus chrétienne que
turque. J'ai prétendu faire une tragédie tendre et intéreſſante, et non pas un ſermon : et dans quelque genre
que Zaïre ſoit écrite, je ne vois pas qu'il ſoit défendu
de faire imprimer une épître familière avec une
tragédie. Le public eſt las de préfaces ſérieuſes et
d'examens critiques. Il aimera mieux que je badine
avec mon ami en diſant plus d'une vérité, que de
me voir défendre Zaïre méthodiquement et peut-être
inutilement. En un mot, une préface m'aurait ennuyé,
et la lettre à *Fakener* m'a beaucoup diverti. Je ſouhaite
qu'ainſi ſoit de vous. Adieu. On m'a dit que vous
viendrez bientôt. Vous ne trouverez perſonne à Paris
qui vous aime plus tendrement que moi et qui vous
eſtime davantage. Je ſuis pénétré de vos bontés.

LETTRE LXVI.

A MADAME

LA MARQUISE DU DEFFANT.

Le . . . .

Vous m'avez propofé, Madame, d'acheter une charge d'écuyer chez madame la ducheffe *du Maine*, et ne me fentant pas affez difpos pour cet emploi, j'ai été obligé d'attendre d'autres occafions de vous faire ma cour. On dit qu'avec cette charge d'écuyer il en vaque une de lecteur ; je fuis bien fûr que ce n'eft pas un bénéfice fimple chez madame *du Maine* comme chez le roi. Je voudrais de tout mon cœur prendre pour moi cet emploi, mais j'ai en main une perfonne qui, avec plus d'efprit, de jeuneffe et de poitrine, s'en acquittera mieux que moi.

Voici, Madame, une occafion de montrer la bonté de votre cœur et votre crédit. La perfonne dont je vous parle eft un jeune homme nommé M. l'abbé *Linant*, à qui il ne manque rien du tout que de la fortune. Il a auprès de vous une recommandation bien puiffante ; il eft ami de M. de *Formont*, qui vous répondra de fon efprit et de fes mœurs. Je ne fuis ici que le précurfeur de M. de *Formont*, qui va bientôt obtenir cette grâce de vous ; et je vous en remercierai comme fi c'était à moi feul que vous l'euffiez faite. En vérité, fi vous placez ce jeune homme,

1732.   vous ferez une action charmante ; vous encouragerez un talent bien décidé qu'il a pour les vers ; vous vous attacherez pour le refte de votre vie quelqu'un d'aimable qui vous devra tout ; vous aurez le plaifir d'avoir tiré le mérite de la misère , et de l'avoir mis dans la meilleure école du monde. Au nom de Dieu, réuffiffez dans cette affaire pour votre plaifir , pour votre honneur , pour celui de madame *du Maine* , et pour l'amour de *Formont* qui vous en prie par moi.

Adieu , Madame ; je vous fuis attaché comme l'abbé *Linant* vous le fera , avec le plus refpectueux et le plus tendre dévouement.

LETTRE LXVII.

A M. DE FORMONT.

Décembre.

Vos confitures ont été reçues avec reconnaiffance, et vos vers avec tranfport, comme vous le feriez vous-même. Ils vous reffemblent , mon cher *Formont* ; ils font pleins de juftesse et d'efprit. Tout le monde croira , avec raifon , que fi je ne vous réponds qu'en profe , c'eft parce que je fens mon impuiffance et que je me défie de moi. Mais il y a encore une autre raifon , c'eft que je n'ai pas un inftant dont je puiffe difpofer. Je retouche les Lettres anglaifes pour vous les renvoyer. Je viens de finir le Temple du Goût, ouvrage que j'aurais dû dédier à vous et à M. de

Cideville,

Cideville, fi M. le cardinal de *Polignac* et M. l'abbé de ——
Rothelin ne me l'avaient pas demandé. Je le fais partir
par la pofte, et je pars dans l'inftant pour Verfailles,
où l'on m'adreffe les préfaces de Zaïre. Vous autres
qui avez un peu plus de loifir, écrivez nous de
longues lettres, à nous miférables qui n'y pouvons
répondre qu'en billets écourtés. Mandez un peu ce
que vous penfez du Temple du Goût; car après
tout, Meffieurs, c'eft votre affaire; et il s'agit de
votre Dieu et de votre Eglife. Vous êtes les apôtres
de la religion que je vais prêchant. Dieu veuille que
vous ne me traitiez pas d'hérétique. Adieu.

LETTRE LXVIII.

A M. DE FORMONT.

A Paris, ce famedi . . . décembre.

IL y a mille ans, mon cher *Formont*, que je ne vous
ai écrit; j'en fuis plus fâché que vous. Vous me par-
liez dans votre dernière lettre de Zaïre, et vous me
donniez de très-bons confeils. Je fuis un ingrat de
toutes façons. J'ai paffé deux mois fans vous en
remercier, et je n'en ai pas affez profité. J'aurais dû
employer une partie de mon temps à vous écrire, et
l'autre à corriger Zaïre. Mais je l'ai perdu tout entier
à Fontainebleau à faire des querelles entre les actrices
pour des premiers rôles, et entre la reine et les princeffes pour faire jouer des comédies; à former de
grandes factions pour des bagatelles, et à brouiller toute

———— la cour pour des riens. Dans les intervalles que me laif-
1732. faient ces importantes billevefées, je m'amufais à lire
Newton au lieu de retoucher notre Zaïre. Je fuis enfin
déterminé à faire paraître ces Lettres anglaifes, et
c'eft pour cela qu'il m'a fallu relire Newton ; car il
ne m'eft pas permis de parler d'un fi grand homme
fans le connaître. J'ai refondu entièrement les lettres
où je parlais de lui, et j'ofe donner un petit précis
de toute fa philofophie. Je fais fon hiftoire et celle de
Defcartes. Je touche en peu de mots les belles découvertes et les innombrables erreurs de notre René. J'ai
la hardieffe de foutenir le fyftême d'Ifaac, qui me
paraît démontré. Tout cela fera quatre ou cinq lettres
que je tâche d'égayer et de rendre intéreffantes autant
que la matière peut le permettre. Je fuis auffi obligé
de changer tout ce que j'avais écrit à l'occafion de
M. Locke, parce qu'après tout je veux vivre en
France, et qu'il ne m'eft pas permis d'être auffi philofophe qu'un anglais. Il me faut déguifer à Paris ce
que je ne pourrais dire trop fortement à Londres.
Cette circonfpection malheureufe, mais néceffaire,
me fait rayer plus d'un endroit affez plaifant fur les
quakers et les presbytériens. Le cœur m'en faigne ;
Thiriot en fouffrira ; vous regretterez ces endroits et
moi auffi ; mais,

Non me fata meis patiuntur fcribere nugas
Aufpiciis, et fponte meâ componere chartas.

J'ai lu au cardinal de Fleuri deux lettres fur les
quakers, defquelles j'avais pris grand foin de retrancher tout ce qui pouvait effaroucher fa dévote et
fage éminence. Il a trouvé ce qui en reftait encore

affez plaifant; mais le pauvre homme ne fait pas ce
qu'il a perdu. Je compte vous envoyer mon manufcrit dès que j'aurai tâché d'expliquer *Newton* et
d'obfcurcir *Locke*. Vous me paraiffez auffi défirer certaines pièces fugitives dont l'abbé de *Sade* vous a
parlé. Je veux vous envoyer tout mon magafin, à
vous et à M. de *Cideville* pour vos étrennes : mais je
ne veux pas donner rien pour rien. Je fais, monfieur
le fripon, que vous avez écrit à mademoifelle de
Launay une de ces lettres charmantes où vous joignez
les grâces à la raifon, et où vous couvrez de rofes
votre bonnet de philofophe. Si vous nous fefiez part de
ces gentilleffes, ce ferait en vérité très-bien fait à vous,
et je me croirais payé avec ufure du magafin que je
vous deftine. Notre baronne vous fait fes complimèns.
Tout le monde vous défire ici. Vous devriez bien
venir reprendre votre appartement chez meffieurs
Defalleurs, et paffer votre hiver à Paris. Vous me
feriez peut-être faire encore quelque tragédie nouvelle. Adieu; je fupplie M. de *Cideville* de vous dire
combien je vous aime, et je prie M. de *Formont*
d'affurer mon cher *Cideville* de ma tendre amitié.

Adieu; je ne me croirai heureux que quand je
pourrai paffer ma vie entre vous deux.

LETTRE LXIX.

A M. DE FORMONT.

15 décembre.

VOUS daignez vous abaiffer à revoir des éditions, vous qui êtes fait affurément plutôt pour diriger des auteurs que des libraires. En vous remerciant pour ma part du foin que vous avez la bonté de prendre pour Zaïre. Si vous me paffez fa converfion, j'ai l'amour propre d'efpérer que vous ne ferez pas tout-à-fait mécontent du refte. Il me femble qu'on voit affez, dans la première fcène, qu'elle ferait chrétienne, fi elle n'aimait pas *Orofmane*. *Fatime*, *Néreftan* et la croix avaient déjà fait quelque impreffion fur fon cœur. Son père, fon frère et la grâce achèvent cette affaire au fecond acte. La grâce furtout ne doit point effaroucher; c'eft un être poëtique et à qui l'illufion eft attachée depuis long-temps. Pour le ftyle, il ne faut pas s'attendre à celui de la Henriade. Une loure ne fe joue point fur le ton de la defcente de *Mars*.

Me dulces dominæ mufa licymniæ
Cantus me voluit dicere , luci , dùm
Fulgentes oculos, et benè mutuis
Fidum pectus amoribus.

Il a fallu, ce me femble, répandre de la molleffe et de la facilité dans une pièce qui roule toute entière fur le fentiment. *Qu'il mourût* ferait déteftable dans

Zaïre ; et *Zaïre, vous pleurez*, ferait impertinent dans
Horace. Suus unicuique locus eft. Ne me reprochez
donc point de détendre un peu les cordes de ma lyre.
Les fons en euffent paru aigres, fi j'avais voulu les
rendre forts en cette occafion.

Je compte vous envoyer inceffamment une copie
manufcrite de toutes mes lettres à *Thiriot* fur la religion, le gouvernement, la philofophie et la poëfie
des Anglais. Il y a quatre lettres fur M. *Newton*, dans
lefquelles je débrouille, autant que je le peux, et pas
plus qu'il ne le faut pour des Français, le fyftême
et même tous les fyftêmes de ce grand philofophe.
J'évite avec foin d'entrer dans les calculs. Je me
regarde comme un homme qui arrange fes affaires,
fans chiffrer avec fon intendant. Il n'y a qu'une lettre
touchant M. *Locke*. La feule matière philofophique
que j'y traite, eft la petite bagatelle de l'immatérialité
de l'ame ; mais la chofe eft trop de conféquence pour
la traiter férieufement. Il a fallu l'égayer pour ne
pas heurter de front noffeigneurs les théologiens,
gens qui voient fi clairement la fpiritualité de l'ame,
qu'ils feraient brûler, s'ils pouvaient, les corps de
ceux qui en doutent. J'ai envoyé un autre ouvrage
à *Jore*, avec le privilége de Zaïre. C'eft une épître
dédicatoire d'un goût un peu nouveau. Je vous prie
d'en retarder l'impreffion de quelques jours. Je ne l'ai
adreffée à M. *Jore* qu'afin qu'il la communiquât à
mes deux juges, qui font M. de *Formont* et M. de
Cideville. Il y a bien des changemens à y faire. Je
compte vous en faire tenir inceffamment une nouvelle copie.

On a joué depuis peu aux italiens deux critiques

—— de Zaïre. Elles font tombées l'une et l'autre; mais leur humiliation ne me donne pas grand amour propre, car les italiens pourraient être de fort mauvais plaifans fans que Zaïre en fût meilleure.

Il y a ici quelques livres nouveaux oubliés en naiffant, tel que le Repos de *Cyrus*, les Poëfies du fieur *Tanevot*, et autres denrées ; le Spectacle de la nature, compilation affez bonne dans un ftyle ridicule, a eu un fuccès affez équivoque. *Moncrif* va être de l'académie françaife, et faire jouer fa comédie des Abdérites, afin de juftifier le choix des quarante aux yeux du public. *Vale.*

LETTRE LXX.

A M. DE MAUPERTUIS.

J'AI lu ce matin, Monfieur, les trois quarts de votre livre (12) avec le plaifir d'une fille qui lit un roman, et la foi d'un dévot qui lit l'Evangile. Soyez toujours mon maître en phyfique, et mon difciple en amitié; car je prétends vous aimer beaucoup, à condition que vous m'aimerez un peu. Vous êtes accoutumé à me donner des leçons ; fouffrez donc, Monfieur, que je foumette à votre jugement quelques lettres que j'ai écrites autrefois d'Angleterre, et qu'on veut imprimer à Londres. Je les ai corrigées depuis peu ; mais elles me paraiffent avoir grand befoin d'être revues par des yeux comme les vôtres ; je vous demande en

_____
(12) De la figure des aftres.

grâce de vouloir bien les lire. Je n'ose vous prier de
mettre par écrit les réflexions que vous ferez, il n'est
pas juste que je vous donne tant de peine ; mais
j'avoue que si vous aviez cette bonté, je vous aurais
une extrême obligation. J'ai choisi, parmi toutes ces
lettres celles qui ont le plus de rapport aux études
que vous honorez de la préférence ; non que vous
n'étendiez votre empire sur plus d'une province du
Parnasse, mais je n'ai pas voulu vous envoyer à la
fois *in omni genere*. Je veux essayer votre patience par
degrés.

Quand vous voudrez faire encore un souper chez
M. *du Fay* avec l'honnête musulman qui entend si
bien le français (13), je serai à vos ordres, et je vous
lirai le Temple du Goût. C'est un pays aussi connu de
vous qu'il est ignoré de la plupart des géomètres.
M. *Newton* ne le connaissait pas, et M. *Leibnitz* n'y
avait guère voyagé qu'en allemand.

Adieu, Monsieur, vous n'avez point de disciple
plus ignorant, plus docile et plus tendrement attaché que moi.

(13) M. de *la Condamine*, habillé en turc, avait soupé chez M. *du Fay*,
avec M. de *Voltaire*, sans en être reconnu.

LETTRE LXXI.

A M. JOSSE, *libraire*. (14)

A Paris, le 6 janvier.

QUOIQUE je n'aye jamais reçu un sou des souscriptions de la Henriade (15) , quoique tous ceux qui ont envoyé en Angleterre aient reçu le livre, quoique jamais aucune souscription ne m'ait appartenu , cependant , depuis que je suis en France , j'ai toujours payé de mes deniers les souscriptions qu'on a présentées ; et j'ai , outre cela , fait donner *gratis* toutes les éditions de la Henriade aux souscripteurs. Il est vrai, Monsieur, que le temps fixé pour ce remboursement est passé il y a deux mois ; mais M. *de la Porte*, porteur de deux souscriptions, mérite une considération particulière. Je vous prie de lui rembourser ce papier , et de lui faire présent d'une Henriade de ma part.

(14) Nous imprimons cette lettre sur l'original même auquel se trouvait joint un grand nombre de souscriptions remboursées par M. *de Voltaire*. Cette lettre prouve qu'au commencement même de sa carrière littéraire, M. de *Voltaire* n'avait point cette avidité que ses ennemis lui ont tant de fois et si injustement reprochée. Il est d'ailleurs très-bien prouvé que nul auteur n'a moins tiré parti de ses ouvrages pour s'enrichir ; il les a presque toujours donnés , soit aux libraires ou aux comédiens, soit aux jeunes gens de lettres qu'il voulait encourager.

(15) L'édition de Londres de 1726, in-4°.

LETTRE LXXII.

A M. DE FORMONT.

Ce 27 janvier.

Les confitures que vous aviez envoyées à la baronne , mon cher *Formont* , feront mangées probablement par fa janféniste de fille , qui a l'eftomac dévot , et qui hériter a au moins des confitures de fa mère , à moins qu'elles ne foient fubftituées , comme tout le refte , à mademoifelle *de Clere*. Je devais une réponfe à la charmante épître dont vous accompagnâtes votre préfent ; mais la maladie de notre baronne fufpendit toutes nos rimes redoublées. Je ne croyais pas , il y a huit jours , que les premiers vers qu'il faudrait faire pour elle feraient fon épitaphe. Je ne conçois pas comment j'ai réfifté à tous les fardeaux qui m'ont accablé depuis quinze jours. On me faififfait Zaïre d'un côté , la baronne fe mourait de l'autre ; il fallait aller folliciter le garde des fceaux et chercher le viatique. Je gardais la malade pendant la nuit , et j'étais occupé du détail de la maifon tout le jour. Figurez-vous que ce fut moi qui annonçai à la pauvre femme qu'il fallait partir. Elle ne voulait point entendre parler des cérémonies du départ ; mais j'étais obligé d'honneur à la faire mourir dans les règles. Je lui amenai un prêtre moitié janféniste , moitié politique , qui fit femblant de la confeffer , et vint enfuite lui donner le refte. Quand ce comédien de Saint-Euftache lui demanda tout haut fi elle n'était pas bien perfuadée que fon Dieu, fon Créateur était dans l'euchariftie ; elle répondit : *Ah , oui !* d'un ton qui m'eût fait pouffer de rire dans des circonftances moins lugubres.

Adieu ; je vais être trois mois entiers tout à ma tragédie , après quoi je veux confacrer le refte de ma vie à des amis comme vous. Adieu ; je vous aime autant que je vous eftime.

LETTRE LXXIII.

A M. DE CIDEVILLE.

27 janvier.

J'AI perdu, comme vous favez peut-être, mon cher ami , madame de *Fontaine-Martel*. Que direz-vous de moi qui ai été fon directeur à ce vilain moment, et qui l'ai fait mourir dans toutes les règles ? Je vous épargne tout ce détail dont j'ai ennuyé M. de *Formont* ; je ne veux vous parler que de mes confolateurs à la tête defquels vous êtes. Il n'y a point de perte qui ne foit adoucie par votre amitié. J'ai vu tous ces jours-ci bien des gens qui m'ont parlé de vous. Savez-vous bien qu'il n'y a pas quinze jours que nous repréfentâmes Zaïre chez madame de *Fontaine-Martel* , en préfence de votre amie madame

de *la Rivaudaye* ; je jouais le rôle du vieux *Lufignan*,
et je tirai des larmes de fes beaux yeux, que je
trouvai plus brillans et plus animés quand elle me
parla de vous. Qui aurait cru qu'il faudrait, quinze
jours après, quitter cette maifon où tous les jours
étaient des amufemens et des fêtes ? J'y vis hier un
homme de votre connaiffance qui n'eft pas tout-à-fait
fi féduifant que madame de *la Rivaudaye*, et qui veut
pourtant me féduire ; c'eft monfieur le marquis qui
prétend n'être pas encore cocu, qui aura au moins
cinquante mille livres de rente, et qui ne croit pourtant pas que la Providence l'ait encore traité felon
fes mérites. Il aurait bien dû employer les agrémens
et les infinuations de fon efprit à rétablir la paix
entre *Gilles Maignard* et la pauvre préfidente de
Bernières.

Je fuis charmé pour elle que vous vouliez bien la
voir quelquefois. S'il y a quelqu'un dans le monde
capable de la porter à des réfolutions raifonnables,
c'eft vous. Ne vaudrait-il pas mieux pour elle qu'elle
continuât à manger quarante ou cinquante mille
livres de rente avec fon mari, que d'aller vivre avec
deux mille écus dans un couvent ? Si elle voulait, en
attendant que le temps apaife toutes ces brouilleries,
demeurer à la Rivière-Bourdet, je lui promettrais
d'aller l'y voir, et d'y achever ma nouvelle tragédie.
Quel plaifir ce ferait pour moi, mon cher *Cideville*,
de travailler fous vos yeux ! car je me flatte que vous
viendriez à la Rivière avec M. de *Formont*. Je me fais
de tout cela une idée bien confolante. Tâchez d'in-
duire madame de *Bernières* à prendre ce parti. Dites-
lui, je vous en prie, qu'elle m'écrive ; que je lui

——— ferai toujours attaché; et que fi elle a quelques ordres à me donner, je les exécuterai avec la fidélité et l'exactitude d'un vieil ami.

Adieu, je vous embraffe tendrement.

LETTRE LXXIV.

A M. THIRIOT, *à Londres*.

Paris, 24 février.

Voulez-vous favoir, mon cher *Thiriot*, tout ce qui m'a empêché de vous écrire depuis fi long-temps; premièrement, c'eft que je vous aime de tout mon cœur, et que je fuis fi fûr que vous m'aimez de même que j'ai cru inutile de vous le répéter; en fecond lieu, c'eft que j'ai fait, corrigé et donné au public Zaïre; que j'ai commencé une nouvelle tragédie (*) dont il y a trois actes de faits; que je viens de finir le Temple du Goût, ouvrage affez long et encore plus difficile; enfin, que j'ai paffé deux mois à m'ennuyer avec *Defcartes*, et à me caffer la tête avec *Newton* pour achever les lettres que vous favez. En un mot, je travaillais pour vous au lieu de vous écrire, et c'était à vous à me foulager un peu dans mon travail par vos lettres. C'eft une confolation que vous me devez, mon cher ami, et qu'il faut que vous me donniez fouvent.

Vous avez dû recevoir, par monfieur votre frère, un paquet contenant quelques Zaïres adreffées à vos amis

—(*) Adélaïde du Guefclin.

de Londres, je vous prie furtout de vouloir bien commencer par faire rendre celle qui eſt pour M. *Fakener*; il eſt juſte que celui à qui la pièce eſt dédiée en ait les prémices au moins à Londres, car l'édition eſt déjà vendue à Paris. On a été aſſez ſurpris ici que j'aye dédié mon ouvrage à un marchand et à un étranger. Mais ceux qui en ont été étonnés ne méritent pas qu'on leur dédie jamais rien. Ce qui me fâche le plus, c'eſt que la véritable épître dédicatoire a été ſupprimée par M. *Rouillé*, à cauſe de deux ou trois vérités qui ont déplu, uniquement parce qu'elles étaient vérités. L'épître qui eſt aujourd'hui au-devant de Zaïre, n'eſt donc point la véritable. Mais ce qui vous paraîtra aſſez plaiſant et très-digne d'un poëte, et ſurtout de moi, c'eſt que dans cette véritable épître je promettais de ne plus faire de tragédies, et que le jour même qu'elle fut imprimée je commençai une pièce nouvelle.

L'ordre des choſes demande, ce me ſemble, que je vous diſe ce que c'eſt que cette pièce à laquelle je travaille à préſent. C'eſt un ſujet tout français et tout de mon invention, où j'ai fourré le plus que j'ai pu d'amour, de jalouſie, de fureur, de bienſéance, de probité et de grandeur d'ame. J'ai imaginé un ſire de *Couci*, qui eſt un très-digne homme comme on n'en voit guère à la cour, un très-loyal chevalier, comme qui dirait le chevalier d'*Aidie*, où le chevalier de *Froulay*.

Il faudrait à préſent vous rendre compte de Guſtave-Vaſa; mais je ne l'ai point vu encore. Je ſais ſeulement que tous les gens d'eſprit m'en ont dit beaucoup de mal, et que quelques fots prétendent que j'ai fait une grande cabale contre. M. de *Maupertuis* dit que

ce n'eſt pas la repréſentation d'un événement en vingt-
quatre heures ; mais de vingt-quatre événemens en
une heure. *Boindin* dit que c'eſt l'hiſtoire des révolu-
tions de Suède revue et augmentée. On convient que
c'eſt une pièce follement conduite et ſottement écrite.
Cela n'a pas empêché qu'on ne l'ait miſe au-deſſus
d'Athalie, à la première repréſentation ; mais on dit
qu'à la ſeconde, on l'a miſe à côté de Calliſtène. (16)

Venons maintenant à nos lettres (*). M. votre frère
ſe preſſa un peu de vous les envoyer ; mais depuis il
vous a fait tenir les corrections néceſſaires. Je me
croirai, mon cher *Thiriot*, bien payé de toutes mes
peines, ſi cet ouvrage peut me donner l'eſtime des
honnêtes gens, et à vous leur argent. Rien n'eſt ſi
doux que de pouvoir faire en même temps ſa réputation et la fortune de ſon ami. Je vous prie de dire
à milord *Bolingbroke*, à milord *Bathurſt*, &c., combien
je ſuis flatté de leur approbation. Ménagez leur
crédit pour l'intérêt de cet ouvrage et pour le vôtre.
Le plaiſir que les lettres vous ont fait m'en donne à
moi un bien grand. Que votre amitié ne vous alarme
pas ſur l'impreſſion de cet ouvrage. En Angleterre on
parle de notre gouvernement comme nous parlons en
France de celui des Turcs. Les Anglais penſent qu'on
met à la baſtille la moitié de la nation françaiſe, qu'on
met le reſte à la beſace, et tous les auteurs un peu hardis
au pilori. Cela n'eſt pas tout-à-fait vrai ; du moins
je crois n'avoir rien à craindre. M. l'abbé de *Rothelin*
qui m'aime, que j'ai conſulté et qui eſt aſſurément
auſſi difficile qu'un autre, m'a dit qu'il donnerait,

(16) Guſtave-Vaſa et Calliſtène ſont deux tragédies de *Piron.*
(*) Lettres philoſophiques.

même dans ce temps-ci , fon approbation à toutes les lettres , excepté feulement celle fur M. *Locke* ; et je vous avoue que je ne comprends pas cette exception : mais les théologiens en favent plus que moi , et il faut les croire fur leur parole.

Je ne me rétracte point fur noffeigneurs les évêques ; s'ils ont leur voix au parlement , auffi ont nos pairs. Il y a bien de la différence entre avoir fa voix et du crédit. Je croirai de plus toute ma vie que St *Pierre* et St *Jacques* n'ont jamais été comtes et barons.

Vous me dites que le docteur *Clarke* n'a pas été foupçonné de vouloir faire une nouvelle fecte. Il en a été convaincu, et la fecte fubfifte, quoique le troupeau foit petit. Le docteur *Clarke* ne chantait jamais le *Credo* d'*Athanafe*.

J'ai vu dans quelques écrivains que le chancelier *Bacon* confeffa tout, qu'il avoua même qu'il avait reçu une bourfe des mains d'une femme ; mais j'aime mieux rapporter le bon mot de milord *Bolingbroke* , que de circonftancier l'infamie du chancelier *Bacon*.

Farewel, j have forgot this way to fpeak english with you , but whatever be my language my heart is your for ever.

LETTRE LXXV.

A M. DE CIDEVILLE.

A Paris, le 25 février.

POURQUOI faut-il que je fois fi indigne de vos charmantes agaceries ? pourquoi ai-je perdu tant de temps fans vous écrire ? pourquoi ne réponds-je qu'en profe à vos aimables vers ? Que de reproches je me fais, mon cher ami ! Mais auffi il faut un peu fe juftifier. Je paffe la moitié de ma vie à fouffrir, et l'autre à travailler pour vous. Croiriez-vous bien que cette petite chapelle du Goût que je vous ai envoyée bâtie de boue et de crachat, eft devenue petit à petit un temple immenfe ? J'en ai travaillé avec affez de foin les moindres ornemens, et je crois que vous trouverez cet ouvrage plus limé et plus fini que tout cè que j'ai fait jufqu'à préfent. Cependant, j'ai pouffé ma pièce nouvelle jufqu'au commencement du quatrième acte, et il faut fufpendre fouvent ces occupations poëtiques pour corriger, dans les Lettres anglaifes, quelques calculs et quelques dates ; ou pour faire l'inventaire de notre baronne, ou pour fouffrir et ne rien faire. Je refterai chez feue la baronne jufqu'à Pâques. Ah., fi je pouvais me réfugier au printemps dans votre Normandie, et venir philofopher avec vous et notre ami *Formont !* Mais je ne fáis encore fi *Jore* imprimera ces Lettres anglaifes ; et même s'il les imprimait, il ne faudrait pas que je fuffe à Rouen,

où

où je donnerais trop de foupçon aux inquifiteurs de
la librairie. Mais fi je pouvais faire imprimer cet 1733.
ouvrage à Paris, et vous l'apporter à Rouen, ce
ferait fe tirer d'affaire à merveille.

Jore eft ici qui débite fon abbé de *Chaulieu* que j'ai
mis dans le Temple du Goût, comme le premier
des poëtes négligés, mais non pas comme le premier
des bons poëtes. On joue encore Guftave-Vafa, mais
tous les connaiffeurs m'en ont dit tant de mal, que
je n'ai pas eu la curiofité de le voir. *Deflouches* a fait
une comédie héroïque ; c'eft l'Ambitieux ; la fcène
eft en Efpagne. On dit que cela n'eft ni gai ni vif, et
comme dit fort bien feu *le Grand*, de poliffonne
mémoire :

> Le comique écrit noblement
> Fait bâiller ordinairement.

Ce *Deflouches*-là eft affurément de tous les comiques le moins comique ; cela fera joué l'hiver prochain. Le Pareffeux de *Launay* paraîtra après Pâques,
et dans le même temps le chevalier de *Braffac* ornera
l'opéra de fon petit ballet. Voilà toutes les nouvelles
du Parnaffe, auxquelles je m'intéreffe plus qu'à la
mort du roi *Augufte*.

LETTRE LXXVI.

A M. THIRIOT, *à Londres.*

Paris, 1 mai.

J'AI donc achevé Adélaïde; je refais Eryphile, et j'assemble des matériaux pour ma grande histoire du siècle de *Louis XIV.* Pendant tout ce temps, mon cher ami, que je m'épuise, que je me tue pour amuser ma f.... patrie, je suis entouré d'ennemis, de persécutions et de malheurs. Ce Temple du Goût a soulevé tous ceux que je n'ai pas assez loués à leur gré, et encore plus ceux que je n'ai point loués du tout; on m'a critiqué, on s'est déchaîné contre moi, on a tout envenimé. Joignez à cela le crime d'avoir fait imprimer cette bagatelle sans une permission scellée avec de la cire jaune, et la colère du ministère contre cet attentat; ajoutez-y les criailleries de la cour, et la menace d'une lettre de cachet; vous n'aurez avec cela qu'une faible idée de la douceur de mon état et de la protection qu'on donne aux belles-lettres. Je suis donc dans la nécessité de rebâtir un second temple, et *in triduo reædificavi illud.* J'ai tâché, dans ce second édifice, d'ôter tout ce qui pouvait servir de prétexte à la fureur des sots et à la malignité des mauvais plaisans, et d'embellir le tout par de nouveaux vers sur *Lucrèce*, sur *Corneille, Racine, Molière, Despréaux, la Fontaine, Quinault,* gens qui méritent bien assurément que l'on ne parle pas d'eux en simple

profe. J'y ai joint de nouvelles notes qui feront plus
inftructives que les premières, et qui ferviront de
preuves au texte. Monfieur votre frère qui me tient
ici lieu de vous, et qui devient de jour en jour
plus homme de lettres, vous enverra le tout bien
conditionné, et vous pourrez en régaler, fi vous
voulez, quelque libraire. Je crois que l'ouvrage fera
utile à la longue, et pourra mettre les étrangers au fait
des bons auteurs. Jufqu'à préfent il n'y a perfonne qui
ait pris la peine de les avertir que *Voiture* eft un petit
efprit, et *Saint-Evremont* un homme bien médiocre, &c.

Cependant les Lettres (*) en queftion peuvent
paraître à Londres. Je vous fais tenir celle fur les
académies, qui eft la dernière. J'en aurais ajouté de
nouvelles, mais je n'ai qu'une tête, encore eft-elle
petite et faible, et je ne peux faire en vérité tant de
chofes à la fois. Il ne convient pas que cet ouvrage
paraiffe donné par moi. Ce font des lettres familières
que je vous ai écrites, et que vous faites imprimer;
par conféquent, c'eft à vous feul à mettre à la tête
un avertiffement qui inftruife le public que mon
ami *Thiriot*, à qui j'ai écrit ces guenilles, vers l'an
1728, les fait imprimer en 1733, et qu'il m'aime de
tout fon cœur.

Tell my friend *Fakener* he should write me a word
when he has fent his fleet to Turkey. Make much of
all who are fo kind as to remember mæ. Get fome
money with my poor works, love me, and come
back very foon after the publication of them. But
Sallé will go with you. At leaft come back with her.
Farewel my deareft friend.

(*) Lettres philofophiques.

K 2

LETTRE LXXVII.

A M. THIRIOT, *à Londres.*

Paris, le 15 mai.

JE quitte aujourd'hui les agréables pénates de la
baronne, et je vais me claquemurer vis-à-vis le portail
Saint-Gervais, qui est presque le seul ami que m'ait
fait le Temple du Goût.

Je ferais bien mieux, mon cher ami, d'aller chercher le pays de la liberté où vous êtes, mais ma
santé ne me permet plus de voyager, et je vais me
contenter de penser librement à Paris, puisqu'il est
défendu d'écrire. Je laisserai les jansénistes et les
jésuites se damner mutuellement, le parlement et le
conseil s'épuiser en arrêts, les gens de lettres se
déchirer pour un grain de fumée plus cruellement
que des prêtres ne disputent un bénéfice. Vous ne
vous embarrasserez surement pas davantage des querelles sur l'*accise* ou *excise*, et *Walpole* et *Fleury* nous
feront très-indifférens ; mais nous cultiverons les
lettres en paix, et cette douce et inaltérable passion
fera le bonheur de notre vie.

Mandez-moi si vous avez commencé l'édition en
question. J'espérais vous envoyer le nouveau Temple
du Goût, mais on s'oppose furieusement à mon église
naissante ; en vérité, je crois que c'est dommage.
Je vous envoie la chapelle de *Racine*, *Corneille*, *la
Fontaine* et *Despréaux.* Je crois que ce n'est pas un des

plus chétifs morceaux de mon architecture. Mandez-
moi fi vous voulez que je vous envoye ma vieille
Eryphile vêtue à la grecque, corrigée avec foin, et
dans laquelle j'ai mis des chœurs. Je la dédie à l'abbé
Franquini. J'aime à dédier mes ouvrages à des étrangers, parce que c'eft toujours une occafion toute
naturelle de parler un peu des fottifes de mes compatriotes. Je compte donner, l'année prochaine, ma
tragédie nouvelle dont l'héroïne eft une nièce de
Bertrand du Guefclin, dont le vrai héros eft un gentilhomme français, et dont les principaux perfonnages
font deux princes du fang. Pour me délaffer je fais
un opéra. A tout cela vous direz que je fuis fou, et il
pourrait bien en être quelque chofe; mais je m'amufe,
et qui s'amufe me paraît fort fage. Je me flatte même
que mes amufemens vous feront utiles, et c'eft ce qui
me les rend bien agréables. L'opéra (*) du chevalier
de *Braffac* fifflé indignement le premier jour, revient
fur l'eau et a un très-grand fuccès. Ceux qui l'ont
condamné font auffi honteux que ceux qui ont
approuvé Guftave.

Launay a donné fon Pareffeux, mais il y a apparence que le public ne variera pas fur le compte du
fieur *Launay*. Quand on bâille à une première repréfentation, c'eft un mal dont on ne guérit jamais.
Je plains le pauvre auteur: il va faire imprimer fa
pièce, et le voilà ruiné, s'il pouvait l'être. Il n'aura
de reffource qu'à faire imprimer quelque petite brochure contre moi, ou à vendre les vers des autres.
Vous favez qu'il a vendu à *Jore* pour quinze cents
livres le manufcrit de l'abbé de *Chaulieu*, qui vous

(*) L'Empire de l'Amour; paroles de *Moncrif*.

K 3

appartenait ; fans cela le pauvre diable était à l'aumône, car il avait imprimé deux ou trois de fes ouvrages à fes dépens. Il eft heureux que l'abbé de *Chaulieu* ait été, il y a vingt ou trente ans, un homme aimable.

Ce qui me ferait cent fois plus important, et ce qui ferait le bonheur de ma vie, ce ferait votre retour, duffiez-vous ne vivre à Paris que pour mademoifelle *Sallé*. Adieu ; je vous embraffe tendrement.

Je viens de recevoir et de lire le poëme de *Pope* fur les richeffes. Il m'a paru plein de chofes admirables. Je l'ai prêté à l'abbé du *Refnel*, qui le traduirait s'il n'était pas actuellement auffi amoureux de la fortune qu'il l'était autrefois de la poëfie.

Envoyez-moi, je vous en prie, les vers de milady *Mary Montaigu*, et tout ce qui fe fera de nouveau. Vous devriez m'écrire plus régulièrement.

LETTRE LXXVIII.

A M. DE CIDEVILLE.

29 mai.

MILLE remercîmens, mon cher ami, de vos attentions pour mon hambourgeois. Il n'y a que ceux qui ont une fortune médiocre qui exercent bien l'hofpitalité. Cet étranger doit être bien content de fon voyage, s'il vous a vu ; et je vous avoue que je vous l'ai adreffé afin qu'il pût dire du bien des Français à Hambourg. Je prie notre ami *Formont* de lui donner à fouper ; il s'en ira charmé.

> Ah, qu'à cet honnête hambourgeois,
> Candide, et gauchement courtois,
> Je porte une fecrète envie !
> Que je voudrais paffer ma vie,
> Comme il a paffé quelques jours,
> Ignoré dans un sûr afile,
> Entre Formont et Cideville,
> C'eft-à-dire avec mes amours.

Que fait cependant le joufflu abbé de *Linant* ? J'avais adreffé mon citadin de Hambourg chez la mère de notre abbé. Ce n'eft pas que je regarde le b.... de *la ville de Mantes* (*) comme une bonne hôtellerie ; il y a long-temps que j'ai dit peu chrétienne-

(*) Hôtellerie de Rouen.

K 4

—— ment ce que j'en penſais, mais je voulais qu'il fût mal logé, mal nourri, et qu'il vît l'abbé *Linant* que je crois auſſi candide que lui, et qui lui aurait tenu bonne compagnie. Quand l'abbé voudra revenir à Paris, je lui louerai un trou près de chez moi, et il fera d'ailleurs le maître de dîner et de ſouper tous les jours dans ma retraite. Quand par haſard je n'y ſerai point, il trouvera d'honnêtes gens qui lui feront bonne chère en mon abſence, mais qui ne lui parleront pas tant de vers que moi. J'ai d'ailleurs une eſpèce d'homme de lettres qui me lit *Virgile* et *Horace* tous les ſoirs, ſans trop les entendre, et qui me copie très-mal mes vers; d'ailleurs bon garçon, mais indigne de parler à l'abbé *Linant*. Je voudrais avoir un autre *amanuenſis*, mais je n'oſe pas renvoyer un homme qui lit du latin.

J'ai fait partir aujourd'hui à votre adreſſe un petit paquet contenant Charles XII, revu, corrigé et augmenté, avec les réponſes à *la Motraye*. Vous y trouverez auſſi la tragédie d'Eryphile que j'ai retravaillée avec beaucoup de ſoin. Liſez-la, et renvoyez-la-moi. Il faudra que *Jore* m'envoye les épreuves de Charles XII ſous le nom de *Demoulin*, rue du Long-Pont, près la Grève. Il m'avait promis de m'envoyer la Henriade: il n'y en a plus chez les libraires; ayez la bonté, je vous prie, de lui mander qu'il la faſſe partir ſans délai.

Je vous demanderais bien pardon de tant d'importunités, ſi je ne vous aimais pas autant que je vous aime.

LETTRE LXXIX.

A M. DESFORGES-MAILLARD.

Le . . . juin.

DE longues et cruelles maladies, dont je fuis depuis long-temps accablé, Monfieur, m'ont privé jufqu'à préfent du plaifir de vous remercier des vers que vous me fîtes l'honneur de m'envoyer au mois d'avril dernier. Les louanges que vous me donnez m'ont infpiré de la jaloufie, et en même temps de l'eftime et de l'amitié pour l'auteur. Je fouhaite, Monfieur, que vous veniez à Paris perfectionner l'heureux talent que la nature vous a donné. Je vous aimerais mieux avocat à Paris qu'à Rennes ; il faut de grands théâtres pour de grands talens, et la capitale eft le féjour des gens de lettres. S'il m'était permis, Monfieur, d'ofer joindre quelques confeils aux remercî-mens que je vous dois, je prendrais la liberté de vous prier de regarder la poëfie comme un amufement qui ne doit pas vous dérober à des occupations plus utiles. Vous paraiffez avoir un efprit auffi capable du folide que de l'agréable. Soyez fûr que fi vous n'oc-cupiez votre jeuneffe que de l'étude des poëtes, vous vous en repentiriez dans un âge plus avancé. Si vous avez une fortune digne de votre mérite, je vous confeille d'en jouir dans quelque place honorable ; et alors la poëfie, l'éloquence, l'hiftoire et la philofo-phie feront vos délaffemens. Si votre fortune eft au-deffous de ce que vous méritez et de ce que je vous souhaite, songez à la rendre meilleure ; *primò vivere, deindè philosophari.* Vous serez surpris qu'un poëte vous écrive de ce style ; mais je n'estime la poësie qu'autant qu'elle est l'ornement de la raison. Je crois que vous la regardez avec les mêmes yeux. Au reste, Monsieur, si je suis jamais à portée de vous rendre quelque service dans ce pays-ci, je vous prie de ne me point épargner ; vous me trouverez toujours disposé à vous donner toutes les marques de l'estime et de la reconnaissance avec lesquelles je suis, &c.

LETTRE LXXX.

A M. DE CIDEVILLE.

Ce 1 juillet.

JE viens, mon cher ami, d'envoyer au très-diligent, mais très-fautif *Jore*, une vingt-cinquième lettre, qui contient une petite dispute que je prends la liberté d'avoir contre *Pascal.* Le projet est hardi, mais ce misanthrope chrétien, tout sublime qu'il est, n'est pour moi qu'un homme comme un autre quand il a tort ; et je crois qu'il a tort très-souvent. Ce n'est pas contre l'auteur des Provinciales que j'écris, c'est contre l'auteur des Pensées, où il me paraît qu'il attaque l'humanité beaucoup plus cruellement qu'il n'a attaqué les jésuites. Si tous les hommes vous ressemblaient, mon cher *Cideville*, M. *Pascal* n'eût point dit tant de mal de la nature humaine. Vous me la rendez respectable et aimable autant qu'il veut me

la rendre odieufe. Je fuis bien fâché contre ce dévot 1733.
fatirique de ce qu'il m'a empêché de retoucher
mademoifelle *du Guefclin*, et d'achever mon opéra.
Je ne fais s'il ne vaut pas mieux faire un bon opéra,
bien mis en mufique, que d'avoir raifon contre *Pafcal.*
Je vous enverrai et tragédie et opéra, dès que tout
cela fera au net. Vous aurez enfuite les pièces fugitives, *delicta juventutis meæ*, que vous avez demandées;
mais il faudra auparavant les retoucher un peu,
quæ multa litura coërcuit; car lorfque c'eft pour vous
qu'on travaille, il faut de bonne befogne.

Mais vous qui parlez, vous me devez une belle
épître, et vous ne me l'envoyez point.

> *Cum publicas res ordinaris*
> *Cecropio repetes cothurno.*

Je vous plains bien de n'avoir pas encore de bonnes
lettres de vétérance, de n'avoir pas vendu votre robe,
et de n'être pas à Paris. La dernière lettre que je vous
écrivis était toute faite pour un homme comme vous,
qui fe lève à quatre heures du matin pour les affaires
des autres. Je ne vous y parlais que d'affaires et de
précautions à prendre.

LETTRE LXXXI.

A M. DE CIDEVILLE.

3 juillet.

JE vous donne, mon cher ami, plus de foins que les plaideurs dont vous rapportez les affaires, et je me flatte que vous avez égard à mon bon droit contre M. *Pafcal*. J'examine fcrupuleufement mes petites remarques lorfque je relis les épreuves, et je me confirme de plus en plus dans l'opinion que les plus grands hommes font auffi fujets à fe tromper que les plus bornés. Je penfe qu'il en eft de la force de l'efprit comme de celle du corps ; les plus robuftes la perdent quelquefois, et les hommes les plus faibles donnent la main aux plus forts, quand ceux-ci font malades. Voilà pourquoi j'ofe attaquer *Pafcal*.

J'envoie à *Jore* la dernière épreuve des Lettres, avec une petite addition. En voyant le péril approcher, je commence un peu à trembler ; je commence à croire trop hardi ce qu'on ne trouvera à Londres que fimple et ordinaire. J'ai quelques fcrupules fur deux ou trois lettres que je veux communiquer à ceux qui favent mieux que moi à quel point il faut refpecter ici les impertinences fcolaftiques ; et ce ne fera qu'après leur examen et leur décifion que je hafarderai de faire paraître le livre. J'ai écrit déjà à *Thiriot* à Londres, d'en fufpendre la publication jufqu'à nouvel ordre. Il m'a envoyé la préface qu'il

compte mettre au-devant de l'ouvrage ; il y aura
beaucoup de chofes à réformer dans la préface comme
dans mon livre, ainfi nous avons pour le moins un
bon mois devant nous.

Hier, étant à la campagne, n'ayant ni tragédie
ni opéra dans la tête, pendant que la bonne compagnie jouait aux cartes, je commençai une épître fur
la calomnie, dédiée à une femme très-aimable et
très-calomniée. Je veux vous envoyer cela bientôt,
en retour de votre allégorie.

Le Pour et Contre, dont je vous ai parlé, n'eft
point de l'abbé *Desfontaines* ; il eft réellement du
bénédictin défroqué, auteur de Cléveland et des
Mémoires d'un homme de qualité. Je lui pardonne
d'avoir dit un peu de mal de Zaïre, puifque vous en
avez fait l'éloge.

Ne vous étonnez pas que je fache confondre
Un petit mal dans un grand bien.

J'ai grande envie de voir ce tome du Journal, où
vous avez mis un monument de votre amitié. Je
regarde d'ailleurs ce petit écrit de vous comme une
lettre de ma maîtreffe que l'on aura fait imprimer.

Je viens de recevoir une lettre du philofophe
Formont ; il n'eft pas d'avis que j'argumente cette
fois-ci contre *Pafcal*, mais le livre était trop court ;
et d'ailleurs, fi je déplais aux fous de janféniftes,
j'aurai pour moi ces ..... de révérends pères.

Sæpe premente Deo, fert Deus alter opem.
Vale, et amantem tuî femper ama.

On répète à la comédie françaife une Pélopée de l'abbé *Pellegrin*, et aux italiens une comédie intitulée, le Temple du Goût, où votre ferviteur eft, dit-on, honnêtement drapé. Je veux faire une bibliothéque des petits ouvages que l'on a faits contre moi, mais la bibliothéque ferait trop mauvaife.

Il y a ici une haute-contre nommée *Jéliotte*, qui eft étonnante. Notre petit *Tribon* eft enterré de cette affaire-là. Pour mademoifelle *Péliffier*, elle fe foutient encore, attendu que le chevalier de *Braffac* la ....
.... On dit que cela fait beaucoup de bien à la voix des femmes.

LETTRE LXXXII.

A M. BAINAST, *à Abbeville.*

Paris, 9 juillet.

J'AI fenti affurément plus de joie, Monfieur, en lifant votre lettre, que vous n'en avez eu en lifant le Temple du Goût. Votre approbation eft bien flatteufe pour moi, et votre amitié m'eft encore plus fenfible. Je vois avec un plaifir extrême que le temps a augmenté encore toutes les lumières de votre efprit, fans rien diminuer des fentimens de votre cœur. Quel faut nous avons fait, mon cher Monfieur, de chez madame *Alain*, dans le Temple du Goût? Affurément cette dame *Alain* ne fe doutait pas qu'il y eût pareille églife au monde.

Vous me paraiffez être très-initié aux myftères de ce temple; mais croiriez-vous bien, Monfieur, qu'il y a des fchifmes dans notre Eglife, et qu'on m'a regardé à Paris et à Verfailles comme un héréfiarque dangereux, qui a eu l'infolence d'écrire contre les apôtres *Voiture*, *Balzac*, *Péliffon*. On m'a reproché d'avoir ofé dire que la chapelle de Verfailles eft trop longue et trop étroite, et enfin on m'a empêché de faire imprimer à Paris la véritable édition de ce petit ouvrage qu'on vient de publier en Hollande.

1733.

Ce que vous avez vu n'eft qu'une petite efquiffe, affez mal croquée, du tableau que j'ai fait un peu plus en grand. Je voudrais vous envoyer un exemplaire de la véritable édition d'Amfterdam, mais je n'ai pas encore eu le crédit d'en pouvoir faire venir pour moi. Dès qu'il m'en fera venu, je ne manquerai pas de vous en adreffer un, avec un exemplaire d'une nouvelle édition de la Henriade, qui vient de paraître. Je vous avoue que la Henriade eft mon fils bien-aimé; et que fi vous avez quelques bontés pour lui, le père y fera bien fenfible.

Adieu, mon cher camarade, mon ancien ami; je fuis comblé de joie de ce que vous vous êtes fouvenu de moi. Je vous embraffe de tout mon cœur, et fuis bien véritablement, &c.

LETTRE LXXXIII.

A M. THIRIOT, *à Londres.*

Paris, le 14 juillet.

JE reçois, mon cher ami, votre lettre et votre préface. Je vous parlerai d'abord du petit livre dont vous êtes l'éditeur. Il m'avait paru plus convenable d'y ajouter des réflexions sur les Penfées de M. *Pafcal*, que d'y coudre une préface de tragédie. Je fuis perfuadé que ces critiques de M. *Pafcal*, qui contiennent environ fix feuilles d'impreffion, feront mieux reçues qu'une nouvelle édition du Temple du Goût. De plus, les libraires peuvent imprimer le Temple du Goût fans vous, au lieu qu'ils ne peuvent tenir que de vous la critique des Penfées de M. *Pafcal*, petit ouvrage affez intereffant, et qui doit vous procurer encore du bénéfice, à proportion de la curiofité qu'une nation penfante doit avoir pour une entreprife auffi hardie que celle d'écrire contre un homme comme *Pafcal*, que les petits efprits ofent à peine examiner. C'eft donc uniquement dans cette idée que j'ai revu cette petite critique, que je l'ai corrigée, et que je la fais imprimer : j'en attends actuellement les deux dernières feuilles, et je vous enverrai le tout à l'inftant que je l'aurai reçu. Je vous fupplie donc de tout fufpendre jufqu'à la réception de ce paquet, alors vous conformerez votre préface aux chofes que contiendra votre volume ; et fi vous m'en

croyez,

croyez, vous garderez l'édition du Temple du Goût, pour le joindre à mes petites pièces fugitives, dans un an ou deux.

Je ne peux réferver l'impreſſion de mon petit Anti-Paſcal pour une ſeconde édition, parce que ſi l'on doit crier, j'aime bien mieux qu'on crie contre moi une fois que deux ; et qu'après avoir parlé ſi hardiment dans mes Lettres angloiſes, venir encore attaquer le défenſeur de la religion et renouveler les plaintes des bigots, ce ſerait s'expoſer à deux perſécutions dont la dernière pourrait être d'autant plus dangereuſe, que la première ne ſera pas, ſans doute, ſans une défenſe expreſſe d'écrire ſur ces matières, comme on défendit à la comteſſe de *Pimbêche* de plaider de ſa vie.

Ma ſeconde raiſon eſt que ceux qui auraient acheté la première édition, qui ſe vendra aſſez cher, ſeraient très-fâchés d'être obligés de l'acheter une ſeconde fois pour une petite augmentation ; et que les miſérables infectes du Parnaſſe ne manqueraient pas de dire que c'eſt un artifice pour faire acheter deux fois le même livre bien cher.

Ma troiſième raiſon eſt que la choſe eſt faite, et qu'il faut en paſſer par là.

A l'égard de la petite pièce de vers à mademoiſelle *Sallé* (*), je penſe qu'il la faut ſacrifier auſſi dans un ouvrage tel que celui-ci où les choſes philoſophiques l'emportent de beaucoup ſur celles d'agrément, et où la littérature n'eſt traitée que comme un objet d'érudition : de plus, la petite épître à mademoiſelle *Sallé*, ayant déjà été imprimée, pourquoi la donner encore

(*) Voyez volume d'Epîtres.

—— dans un ouvrage qui n'eſt pas fait pour elle? Tenez-vous-en donc, je vous en ſupplie, aux Lettres et à l'Anti-Paſcal. Cela fera un livre d'une groſſeur raiſonnable, ſans qu'il y ait rien de hors d'œuvre. Je vous prierai auſſi, lorſque votre édition anti-paſcalienne ſera faite, ce qui eſt l'affaire de huit jours, d'en dire un petit mot dans votre préface. Je crois qu'il faudra que vous accourciſſiez le commencement, et que vous ne diſiez pas que *mon ouvrage ſera content de ſa fortune, ſi, &c.* Je voudrais auſſi moins d'affectation à louer les Anglais : ſurtout ne dites pas que *j'écrivis ces lettres pour tout le monde*, après avoir dit quatre lignes plus haut que je les ai faites pour vous: d'ailleurs, je ſuis très-content de votre manière d'écrire, et auſſi ſatisfait de votre ſtyle, que honteux de mériter ſi peu vos éloges.

On joue à la comédie italienne le Temple du Goût. La malignité y fera aller le monde quelques jours, et la médiocrité de l'ouvrage le fera enſuite tomber de lui-même. Il eſt d'un auteur inconnu, et corrigé par *Romagneſi*, auteur connu, et qui écrit comme il joue. Si *Ariſtophane* a joué *Socrate*, je ne vois pas pourquoi je m'offenſerais d'être barbouillé par *Romagneſi*. Les dérangemens que nos préparatifs pour une guerre prétendue font dans les fortunes des particuliers me feront plus de tort que les *Romagneſi* et les *Lélio* ne me feront de mal; mais un peu de philoſophie et votre amitié me font mépriſer mes ennemis et mes pertes.

LETTRE LXXXIV.

A M. THIRIOT, *à Londres.*

Paris, 24 juillet.

JE ne fuis pas encore tout-à-fait logé. J'achevais mon nid, et j'ai bien peur d'en être chaffé pour jamais. Je fens de jour en jour, et par mes réflexions et par mes malheurs, que je ne fuis pas fait pour habiter en France. Croiriez-vous bien que monfieur le garde des fceaux me perfécute pour ce malheureux Temple du Goût, comme on aurait pourfuivi *Calvin* pour avoir abattu une partie du trône du pape? Je vois heureufement qu'on verfe en Angleterre un peu de baume fur les bleffures que me fait la France. Remerciez, je vous en prie, de ma part, l'auteur du Pour et Contre (*) des éloges dont il m'a honoré. Je fuis bien aife qu'il flatte ma vanité, après avoir fi fouvent excité ma fenfibilité par fes ouvrages. Cet homme-là était fait pour me faire éprouver tous les fentimens.

Vous me ferez le plus fenfible plaifir du monde de retarder autant que vous pourrez, la publication des Lettres anglaifes. Je crains bien que, dans les circonftances préfentes, elles ne me portent un fatal contre-coup. Il y a des temps où l'on fait tout impunément; il y en a d'autres où rien n'eft innocent. Je fuis actuellement dans le cas d'éprouver les rigueurs les plus injuftes fur les fujets les plus frivoles. Peut-être dans deux mois d'ici je pourrai faire imprimer

(*) L'abbé *Prévoft.*

L 2

—— l'Alcoran. Je voudrais que toutes les criailleries, d'autant plus aigres qu'elles font injustes, sur le Temple du Goût, fussent un peu calmées avant que les Lettres anglaises parussent. Donnez-moi le temps de me guérir pour me rebattre contre le public. A la bonne heure qu'elles soient imprimées en anglais ; nous aurons le temps de recueillir les sentimens du public anglais, avant d'avoir fait paraître l'ouvrage en français. En ce cas, nous serons à temps de faire des cartons, s'il est besoin, pour le bien de l'ouvrage, et de faire agir ici mes amis pour le bien de l'auteur. Surtout, mon cher *Thiriot*, ne manquez pas de mettre expressément dans la préface, que ces lettres vous ont été écrites, pour la plupart, en 1728. Vous ne direz que la vérité. La plupart furent en effet écrites vers ce temps-là, dans la maison de notre cher et vertueux ami *Fakener*. Vous pourrez ajouter que le manuscrit ayant couru et ayant été traduit, ayant même été imprimé en anglais, et étant près de l'être en français, vous avez été indispensablement obligé de faire imprimer l'original dont on avait déjà la copie anglaise.

Si cela ne me disculpe pas auprès de ceux qui veulent me faire du mal, j'en serai quitte pour prévenir leur injustice et leur mauvaise volonté par un exil volontaire, et je bénirai le jour qui me rapprochera de vous. Plût au Ciel que je pusse vivre avec mon cher *Thiriot* dans un pays libre ! Ma santé seule m'a retenu jusqu'ici à Paris.

Je vais faire transcrire pour vous l'opéra, Eryphile, Adélaïde ; je vous enverrai aussi une épître sur la calomnie, adressée à madame *du Châtelet*. A propos

d'épître, dites à M. *Pope* que je l'ai très-bien reconnu
in his eſſay on man; t'is certainly his ſtile, now and
then there it is ſome obſcurity. But the whole is
charming.

Je crois que vous verrez dans quelque mois le
marquis *Maffei*, qui eſt le *Varron* et le *Sophoçle* de
Vérone. Vous ſerez bien content de ſon eſprit et de la
ſimplicité de ſes mœurs. J'attends de vos nouvelles.

LETTRE LXXXV.

A M. DE FORMONT.

A Paris, vis-à-vis Saint-Gervais, ce 26 juillet.

JE compte, mon cher *Formont*, envoyer par *Jore*,
à mes deux amis et à mes deux juges de Rouen, de
gros ballots de vers de toute eſpèce ; mais il faut en
attendant, que je prenne quelques leçons de proſe
avec vous. Je ne crois pas que nos Lettres angleiſes
effraient ſitôt les cagots. Je ſuis bien aiſe de les tenir
prêtes pour les lâcher quand cela ſera indiſpenſable ;
mais j'attendrai que les eſprits ſoient préparés à les
recevoir, et je prendrai avec le public *faciles aditus
et mollia fandi tempora.* Je vous prierai cependant de
les relire. Je crois qu'après un mûr examen de notre
part, vous taillerez bien de la beſogne à *Jore*, et qu'il
nous faudra bien des cartons. Nous ferons à peu-
près du même avis ſur le fond des choſes. Il n'y aura
que la forme à corriger : car, en vérité, mon cher
métaphyſicien, y a-t-il un être raiſonnable qui, pour
peu que ſon eſprit n'ait pas été corrompu dans ces

révérendes petites-maisons de théologie, puisse sérieu-
ment s'élever contre M. *Locke* ? Qui osera dire qu'*il
est impossible que la matière puisse penser* ?

Quoi, *Mallebranche*, ce sublime fou, dira que
nous ne sommes sûrs de l'existence des corps que par
la foi, et il ne sera pas permis de dire que nous ne
sommes sûrs de l'existence des substances pures et
spirituelles que par la foi ! Ce qui a trompé *Descartes*,
Mallebranche et tous les autres sur ce point, c'est une
chose réellement très-vraie ; c'est que nous sommes
beaucoup plus sûrs de la vérité de nos sentimens et
de nos pensées, que de l'existence des objets exté-
rieurs ; mais parce que nous sommes sûrs que nous
pensons, sommes-nous sûrs pour cela que nous
sommes autre chose que matière pensante ?

Je ne crois pas que le petit nombre de vrais philo-
sophes qui, après tout, font seuls à la longue la
réputation des ouvrages, me reprochent beaucoup
d'avoir contredit *Pascal*. Ils verront au contraire
combien je l'ai ménagé ; et les gens circonspects me
sauront bon gré d'avoir passé sous silence le chapitre
des miracles et celui des prophéties, deux chapitres
qui démontrent bien à quel point de faiblesse les
plus grands génies peuvent arriver, quand la superstition a corrompu leur jugement. Quelle belle lumière
que *Pascal*, éclipsée par l'obscurité des choses qu'il
avait embrassées ! En vérité, les prophéties qu'il cite
ressemblent à JESUS-CHRIST comme au grand *Thomas* ;
et cependant, à la faveur de la vaine apparence d'un
sens forcé, un génie tel que lui prend toutes ces
vessies pour des lanternes.

O mentes hominum, o quantum est in rebus inane !

Et moi plus *inanis* cent fois que tout cela, d'avoir
hafardé le repos de ma vie pour la frivole fatisfaction
de dire des vérités à des hommes qui n'en font pas
dignes. Que vous êtes fage, mon cher *Formont!* Vous
cultivez en paix vos connaiffances. Accoutumé à vos
richeffes, vous ne vous embarraffez pas de les faire
remarquer ; et moi je fuis comme un enfant qui va
montrer à tout le monde les hochets qu'on lui a
donnés. Il ferait bien plus fage, fans doute, de
réprimer la démangeaifon d'écrire, qu'il n'eft même
honorable d'écrire bien. Heureux qui ne vit que
pour fes amis ; malheureux qui ne vit que pour le
public! Après toutes ces belles et inutiles réflexions,
je vous prie ou vous, ou notre ami *Cideville* de ferrer
fous vingt clefs, ce magafin de fcandale que *Jore* vient
d'imprimer, et qu'il n'en foit pas fait mention jufqu'à
ce qu'on puiffe fcandalifer les gens impunément.

Voilà une Pélopée de l'abbé *Pellegrin* qui réuffit.
O tempora! ô mores! et cependant les bénédictins impriment toujours de gros in-folio avec les preuves. Nous
fommes inondés de mauvais vers et de gros livres
inutiles. Mon cher *Formont*, croyez-moi, j'aime
mieux deux ou trois converfations avec vous que la
bibliothéque de Sainte-Geneviève. Adieu ; aimez-moi,
écrivez-moi fouvent ; vous n'avez rien à faire.

1733.

LETTRE LXXXVI.

A M. DE CIDEVILLE.

26 juillet.

J'AURAIS dû répondre plutôt, mon cher ami, à votre charmante lettre dans laquelle vous me parlez avec tant de prudence, d'amitié et d'efprit. Il y a des temps où l'on peut impunément faire les chofes les plus hardies ; il y en a d'autres où ce qu'il y a de plus fimple et de plus innocent devient dangereux et criminel. Y a-t-il rien de plus fort que les Lettres perfanes ? Y a-t-il un livre où l'on ait traité le gouvernement et la religion avec moins de ménagement? Ce livre, cependant, n'a produit autre chofe que de faire entrer fon auteur dans la troupe nommée académie françaife. *Saint-Evremont* a paffé fa vie dans l'exil pour une lettre qui n'était qu'une fimple plaifanterie. *La Fontaine* a vécu paifiblement fous un gouvernement cagöt. Il eft mort, à la vérité, comme un fot, mais au moins dans les bras de fes amis. *Ovide* a été exilé et eft mort chez des Scythes. Il n'y a qu'heur et malheur en ce monde. Je tâcherai de vivre à Paris comme *la Fontaine*, de mourir moins fottement que lui, et de n'être point exilé comme *Ovide*.

Je ne veux pas affurément, pour trois ou quatre feuillets d'impreffion, me mettre hors de portée de vivre avec mon cher *Cideville*. Je facrifierais tous

mes ouvrages pour paſſer mes jours avec lui. La réputation eſt une fumée, l'amitié eſt le ſeul plaiſir ſolide. **1733.**

Je n'ai pas un moment, mon cher ami. Je ſuis
circonvenu d'affaires, d'ouvriers, d'embarras et de
maladies. Je ne ſuis pas encore fixé dans mon petit
ménage; c'eſt ce qui fait que je vous écris en courant.
J'embraſſe notre philoſophe *Formont*.

Adieu; je ne ſais pas encore ſi *Linant* ſera un grand
poëte, mais je crois qu'il ſera un très-honnête et très-
aimable homme.

LETTRE LXXXVII.

A M. THIRIOT.

Ce 28 juillet.

JE reçois, ce mardi 28 juillet, votre lettre du 23.
Premièrement, je me brouille avec vous à jamais,
et vous m'outragez cruellement ſi vous me cachez
ceux qui vous ont pu mander l'impertinente calomnie
dont vous parlez. Je ne veux pas aſſurément leur
faire de reproche; je veux ſeulement les déſabuſer.
Il y va de mon honneur, et il eſt du vôtre de me dire
à qui je dois m'adreſſer pour détruire ces lâches et
infames fauſſetés. (*)

Je n'ai point vu le garde des ſceaux, mais j'apprends
dans l'inſtant qu'il a écrit au premier préſident de
Rouen, dans la fauſſe ſuppoſition que les Lettres

_____

(*) Voyez la lettre du 5 auguſte.

1733.

anglaifes s'impriment à Rouen. Je fuis menacé cruellement de tous les côtés. Si vous m'aimez, mon cher
Thiriot, vous reculerez tant que vous pourrez l'édition françaife. Je fuis perdu fi elle paraît à préfent.
Ne rompez pas pour cela vos marchés; au contraire,
faites-les meilleurs, et tirez quelque profit de mon
ouvrage. Je vous jure que c'en eft pour moi la plus
flatteufe récompenfe. A l'égard du Temple du Goût,
dites de ma part, mon cher ami, au tendre et paffionné
auteur de Manon Lefcaut, que je fuis de votre avis et
du fien fur les retranchemens faits au Temple du
Goût. Ah! mon ami, mériterais-je votre eftime, fi
j'avais, de gaieté de cœur, retranché mademoifelle
le Couvreur et mon cher *Maifons*? Non, ce n'eft affurément que malgré moi que j'avais facrifié des fentimens qui me feront toujours fi chers. Ce n'était
que pour obéir aux ordres du miniftère; et après
avoir obéi, après avoir gâté en cela mon ouvrage,
on en a fufpendu l'édition à Paris; et pour comble
d'ignominie, on a permis dans le même temps que
l'on jouât, chez les farceurs italiens, une critique de
mon ouvrage que le public a vue par malignité, et
qu'il a méprifée par juftice. Ce n'eft pas tout; je ne
fuis pas fûr de ma liberté; on me perfécute; on me
fait tout craindre, et pourquoi? pour un ouvrage
innocent qui, un jour, fera regardé affurément d'un
œil bien différent. On me rendra un jour juftice,
mais je ferai mort, et j'aurai été accablé pendant
ma vie dans un pays où je fuis peut-être, de tous
les gens de lettres qui paraiffent depuis quelques
années, le feul qui mette quelque prefcription à la
barbarie.

Adieu, mon cher ami. C'eſt bien à préſent que je
dois dire,

Frange, miſer, calamos, vigilataque carmina dele.

LETTRE LXXXVIII.

A M. DE CIDEVILLE.

Mardi au ſoir, 28 juillet.

JE reçois votre lettre, charmant ami; j'avais déjà
pris mes précautions pour l'Angleterre où tout doit
être retardé. Je comptais que l'édition de Rouen
était toute entière entre vos mains et en celles de
Formont. Il y a deux jours que j'attends *Jore* à tous
momens; il eſt à Paris, à ce que je viens d'apprendre;
mais il n'a point couché cette nuit chez lui, et je ne
l'ai point vu. J'ai bien peur qu'il n'ait couché

> Dans cet affreux château, palais de la vengeance,
> Qui renferme ſouvent le crime et l'innocence.

Cela eſt très-vraiſemblable. Cet étourdi-là devait
bien au moins débarquer chez moi, je lui aurais dit
de quoi il eſt queſtion. S'il eſt où vous ſavez, il faudra
que je déguerpiſſe, attendu que je n'aime pas les
confrontations, et que j'ai de l'averſion pour les
châteaux. Mandez-moi, mon cher ami, ce qu'eſt
devenu le ſcandaleux magaſin, et ſi vous ſavez quelques nouvelles du premier préſident et de *Desforges*.
Ecrivez toujours à l'adreſſe ordinaire.

——— Je vais gronder notre *Linant* ; mais en vérité, c'eſt
1733. l'homme du monde le moins propre à faire raccommoder un éventail. Dieu veuille qu'il ſe tire heureuſement du très-beau ſujet que je lui ai donné. J'ai eu
beaucoup de peine à le détacher de ſon Sabinus qui
ſortait de ſa grotte pour venir ſe faire pendre à
Rome. J'ai imaginé une fable bien plus intéreſſante
à mon gré, et bien plus théâtrale, en ce qu'elle
ouvre un champ bien plus vaſte aux combats des
paſſions. Je crois qu'il vous aura envoyé le plan ;
du moins il m'a dit qu'il n'y manquerait pas. Il vous
doit, comme moi, un compte exact de ſes penſées,
et nous diſputons tous deux à qui penſe le plus tendrement pour vous.

LETTRE LXXXIX.

A M. DE CIDEVILLE.

2 auguſte.

Vous m'avez cru peut-être embaſtillé, mon cher
ami. J'étais bien pis ; j'étais malade et je le ſuis encore.
Il n'y a que vous dans le monde à qui je puiſſe écrire
dans l'état où je ſuis.

Je vais me rendre tout entier à mon Adélaïde, dès
que j'aurai un rayon de ſanté. Je n'oſe vous envoyer
mon épître à *Emilie* ſur la calomnie, parce qu'*Emilie*
me l'a défendu ; et que ſi vous m'aviez défendu
quelque choſe, je vous obéirais aſſurément. Je lui
demanderai la permiſſion de faire une exception pour

vous. Si elle vous connaiſſait, elle vous enverrait
l'épître écrite de ſa main ; elle verrait bien que vous
n'êtes pas fait pour être compris dans les règles générales ; elle penſerait ſur vous comme moi.

Vous ſavez qu'on a imprimé le Temple du Goût
en Hollande, de la nouvelle fabrique. Il y a quelques
pierres du premier édifice que je regrette beaucoup ;
et un jour je compte bien faire de ces deux bâtimens,
un Temple régulier qu'on imprimera à la tête de
mes petites pièces fugitives, leſquelles, par parenthèſe,
je fais actuellement tranſcrire pour vous et pour
Formont. Je les corrige à meſure ; mais je regrette
de mettre moins de temps à les corriger, que mon
copiſte à les écrire.

Paris eſt inondé d'ouvrages pour et contre le Temple, mais il n'y a eu rien de paſſable. Notre abbé fait
ſur cela un petit ouvrage qui vaudra mieux que tout
le reſte, et qui, je crois, fera beaucoup d'honneur à
ſon cœur et à ſon eſprit. Nous allons le faire copier
pour vous l'envoyer ; car l'abbé et moi nous vous
devons, mon cher *Cideville*, les prémices de tout ce
que nous feſons. Il eſt bien mal logé chez moi ; mais,
d'ailleurs, je me flatte qu'il ne ſe repentira pas de
m'avoir préféré au collége. Il va inceſſamment vous
faire une tragédie ; il bégaye comme l'abbé *Pellegrin* ;
il n'a guère plus de culottes, et il eſt abbé comme
lui ; mais il faut croire qu'il ſera meilleur poëte.

Dites donc à notre philoſophe *Formont* qu'il m'envoye quelque leçon de philoſophie de ſa main. Et
votre allégorie ? Adieu ; je vous embraſſe.

LETTRE XC.

A M. THIRIOT.

Ce 5 auguste.

JE vous regarderais comme l'homme du monde le plus barbare et le plus incapable d'humanité, si je ne savais que vous êtes le plus faible. Je suis réduit à la dure nécessité ou de penser que vous avez voulu séparer votre cause de la mienne, et vous faire un mérite de me manquer, en prenant pour prétexte la fable dont vous me parlez ; ou que vous avez eu la misérable faiblesse de la croire.

Est-il possible qu'après vingt années d'une amitié telle que je l'ai eue pour vous, et dans les circonstances où je suis, vous ayez pu penser que je sois capable d'avoir dit la sottise lâche et absurde que vous m'imputez. Moi, avoir dit que vous m'avez *volé mon manuscrit !* Avez-vous eu assez de faiblesse pour le croire ? monsieur le garde des sceaux, M. *Rouillé*, M. *Hérault*, M. *Palu*, monsieur le cardinal ont mes lettres qui prouvent le contraire, et qui font bien foi que si vous vous êtes chargé de l'édition de ce livre, ç'a été de mon consentement. J'ai dit, j'ai écrit que je vous en avais chargé moi-même. Il est vrai que lorsque les calomniateurs ont osé dire que j'avais fait imprimer ce livre à Londres pour en tirer beaucoup d'argent, mes amis ont répondu qu'il n'y avait pas eu plus de

cent louis de profit, et que je vous l'avais entièrement
abandonné pour la peine que vous deviez prendre
de cette édition (fi mal faite). Parlez à M. *Rouillé*,
parlez à M. *Hérault*, à M. *d'Argental*, à tous ceux qui
font au fait de cette affaire, et vous verrez combien
l'imputation d'avoir dit que *vous m'aviez volé mon
manufcrit*, eft une calomnie indigne. Mais je veux
que des perfonnes de confidération, trompées, je ne
fais comment, aient pu vous avoir fait un rapport
auffi faux et auffi indigne, n'était-il pas du devoir
de l'amitié de m'écrire fur le champ pour vous en
éclaircir? Vous me deviez bien au moins cette rèconn-
naiffance; vous deviez cet éclairciffement à vingt
années d'une liaifon étroite, à votre honneur et au
mien. Deux vieux amis qui fe brouillent, fe déshonorent; et vous qui deviez aller au-devant de ces
lâches foupçons par tant de raifons, vous qui difiez
que vous veniez à Paris pour me voir, vous qui,
après tout, avez feul eu quelque avantage d'une
affaire qui m'a rendu le plus malheureux homme
du monde, vous êtes un mois fans m'écrire, et vous
oubliez affez tous les devoirs pour parler de moi d'une
manière défagréable. Je vous avoue que fi quelque
chofe m'a touché dans mon malheur, c'eft un procédé
fi étrange. Je ne ferais pas étonné que la même
pareffe et que la même légéreté de caractère qui
vous a fait à Londres négliger la révifion même de
cette édition, qui vous a empêché de m'envoyer les
journaux et de me donner les avis néceffaires, vous
eût empêché auffi de m'écrire depuis que vous êtes
à Paris; mais pouffer ce procédé jufqu'à faire gloire
d'être mal avec moi, voilà ce que je ne peux croire.

Je veux donner un démenti à ceux qui le difent, comme je le donne à ceux qui m'ont calomnié fur votre compte. Si jamais nous avons dû être unis, c'eft dans un temps où une affaire qui nous eft en partie commune, a fait ma perte. Il eft de votre honneur d'être mon ami, et mon cœur s'accorde en cela avec votre devoir. Je n'ai fait aucune prière au miniftère, mais j'en fais à l'amitié. Je fais plus de cas de la vertu que des puiffances, et je mérite que vous m'aimiez, que vous rougiffiez de votre procédé, et que vous me défendiez contre la calomnie qui ofe m'attaquer jufque dans vous-même.

LETTRE XCI.

A M. DE CIDEVILLE.

15 feptembre.

Eh bien, mon cher ami, vous n'avez donc encore ni opéra, ni Adélaïde, ni petites pièces fugitives; et vous ne m'avez point envoyé votre allégorie, et *Linant* m'a quitté fans avoir achevé une fcène de fa tragédie.

Jore devrait être déjà parti avec un ballot de vers de ma part ; mais le pauvre diable eft actuellement caché dans un galetas, efpérant peu en DIEU et craignant fort les exempts. Un nommé *Vanneroux*, la terreur des janféniftes, et auffi renommé que *Defgrets*, eft parti pour aller fureter dans Rouen, et pour voir fi

Jore

Jore n'aurait point imprimé certaines Lettres anglaifes, que l'on croit ici un ouvrage du malin. *Jore* jure qu'il ᴵ733, eft innocent; qu'il ne fait ce que c'eft que tout cela, et qu'on ne trouvera rien. Je ne fais pas fi je le verrai avant le départ clandeftin qu'il médite pour revenir voir fa très-chère patrie. Je vous prie, quand vous le reverrez, de lui recommander extrêmement la crainte du garde des fceaux et de *Vanneroux*. S'il fait paraître un feul exemplaire de cet ouvrage, affurément il fera perdu, lui et toute fa famille. Qu'il ne fe hâte point; le temps amène tout. Il eft convaincu de ce qu'il doit faire; mais ce n'eft pas affez d'avoir la foi, fi vous ne le confirmez dans la pratique des bonnes œuvres.

J'ai vu enfin la préfidente de *Bernières*. Eft-il poffible que nous ayons dit adieu pour toujours à la Rivière-Bourdet? qu'il ferait doux de nous y revoir! Ne pourrions-nous point mettre le préfident dans un couvent, et venir manger fes canetons chez lui?

Je refte conftamment dans mon hermitage, vis-à-vis Saint-Gervais, où je mène une vie philofophique, troublée quelquefois par des coliques et par la fainte inquifition qui eft à préfent fur la littérature. Il eft trifte de fouffrir, mais il eft plus dur encore de ne pouvoir penfer avec une honnête liberté, et que le plus beau privilége de l'humanité nous foit ravi : *fari quæ fentiat*. La vie d'un homme de lettres eft la liberté. Pourquoi faut-il fubir les rigueurs de l'efclavage dans le plus aimable pays de l'univers, que l'on ne peut quitter, et dans lequel il eft fi dangereux de vivre?

Correfp. générale.   Tome I.   M

Thiriot jouit en paix à Londres du fruit de mes
1733. travaux ; et moi je suis en transes à Paris : *laudantur
ubi non sunt, cruciantur ubi sunt.* Il n'y a guère de
semaines où je ne reçoive des lettres des pays étrangers, par lesquelles on m'invite à quitter la France.
J'envie souvent à *Descartes* sa solitude d'Egmont,
quoique je ne lui envie point ses tourbillons et sa
métaphysique. Mais enfin je finirai par renoncer ou
à mon pays, ou à la passion de penser tout haut.
C'est le parti le plus sage. Il ne faut songer qu'à vivre
avec soi-même et avec ses amis, et non à s'établir
une seconde existence très-chimérique dans l'esprit
des autres hommes. Le bonheur ou le malheur est
réel, et la réputation n'est qu'un songe.

Si j'avais le bonheur de vivre avec un ami comme
vous, je ne souhaiterais plus rien ; mais loin de vous,
il faut que je me console en travaillant ; et quand un
ouvrage est fait, on a la rage de le montrer au public.
Que tout cela n'empêche point *Linant* de nous faire
une bonne tragédie, que je mette mes armes entre ses
mains : *oportet illum crescere, me autem minui.*

Adieu, charmant ami,

LETTRE XCII.

A M. DE CIDEVILLE.

Ce 26 feptembre.

J'AIME fort *Linant* pour vous et pour lui ; mais, à parler férieufement, il n'eft pas bien fûr encore qu'il ait un de ces talens marqués, fans qui la poëfie eft un bien méchant métier ; il ferait bien malheureux s'il n'avait qu'un peu de génie avec beaucoup de pareffe. Exhortez-le à travailler et à s'inftruire des chofes qui pourront lui être utiles, quelque parti qu'il embraffe. Il voulait être précepteur, et à peine fait-il le latin. Si vous l'aimez, mon cher *Cideville*, prenez garde de gâter, par trop de louanges et de careffes, un jeune homme qui, parmi fes befoins doit compter le befoin qu'il a de travailler beaucoup, et de mettre à profit un temps qu'il ne retrouvera plus. S'il avait du bien, je lui donnerais d'autres confeils, ou plutôt, je ne lui en donnerais point du tout ; mais il y a une différence fi immenfe entre celui qui a fa fortune toute faite et celui qui la doit faire, que ce ne font pas deux créatures de la même efpèce.

Vale, amice.

LETTRE XCIII.

A M. BERGER.

Octobre.

JE fuis très-fâché, Monfieur, que vous ayez connu comme moi le prix de la fanté par les maladies. Je ne fuis point de ces malheureux qui aiment à avoir des compagnons. Comptez que le plaifir eft le meilleur des remèdes. J'attends de grands foulagemens de celui que me feront vos lettres. Y a-t-il quelque chofe de nouveau fur le Parnaffe, qui mérite d'être connu par vous ? Comment va l'opéra de *Rameau* (17) ? Soyez donc un peu avec votre ancien ami le nouvellifte des arts et des plaifirs, et comptez fur les mêmes fentimens que j'ai toujours eus pour vous.

(17) Hyppolite et Aricie. L'abbé *Pellegrin*, auteur du Poëme, fe défiant des talens du muficien, en avait exigé une obligation de 500 liv., en cas de non fuccès ; mais à la première répétition il courut embraffer *Rameau*, et déchira le billet, en s'écriant qu'un tel muficien n'avait pas befoin de caution. *Rameau* n'était alors connu que par quelques motets, des cantates, des pièces de clavecin, et par fon traité de l'harmonie. M. de *Voltaire*, plus pénétrant que *Pellegrin*, avait donné à *Rameau* fa tragédie de Samfon, en 1732. Leurs ennemis en firent défendre la repréfentation, fous prétexte que le fujet était facré, quoiqu'on eût donné à l'opéra Jephté, aux français Athalie, et qu'on eût permis à *Romagnef* de traveftir en arlequinade ce même fujet au théâtre italien. On verra dans les années fuivantes que M. de *Voltaire* efpéra long-temps d'obtenir juftice ; mais ce fut en vain. *Rameau* alors employa une grande partie de la mufique de Samfon dans l'acte des Incas et dans Zoroaftre.

LETTRE XCIV.

A M. DE CIDEVILLE.

A Paris, le 14 octobre.

MAIS quand pourrai-je donc, mon très-cher ami, vous être auffi utile à Paris que vous me l'êtes à Rouen ? Vous paffez douze mois de l'année à me rendre des fervices ; vous m'écrivez de plus des vers charmans, et je fuis comme une bégúeule qui me laiffe aimer. Non, mon cher *Cideville*, je ne fuis pas fi bégueule ; je vous aime de tout mon cœur, je travaille pour vous, j'ai retouché deux actes d'Adélaïde, je raccommode mon opéra tous les jours, et le tout pour vous plaire, car vous me valez tout un public :

C'eft à de tels lecteurs que j'offre mes écrits.

A l'égard de ma perfonne, à laquelle vous daignez vous intéreffer avec tant de bonté, je fuis obligé de vous dire en confcience que je ne fuis pas fi malheureux que vous le penfez. Je crois vous avoir déjà dit en vers d'*Horace :*

Non tumidis agimur velis aquilone fecundo ;
Non tamen adverfis ætatem ducimus auftris,
Viribus, ingenio, fpecie, virtute, loco, re
Extremi, primorum extremis ufque priores.

M 3

Mais voilà mon feul embarras, et ma petite fanté eft mon feul malheur. Je tâche de mener une vie conforme à l'état où je me trouve, fans paffions défagréables, fans ambition, fans envie, avec beaucoup de connaiffances, peu d'amis, et beaucoup de goûts. En vérité, je fuis plus heureux que je ne mérite.

Mon cœur même à l'amour quelquefois s'abandonne;
    J'ai bien peu de tempérament;
    Mais ma maîtreffe me pardonne,
    Et je l'aime plus tendrement.

Adieu, je vous embraffe. *Linant* vous écrit. Il n'y a rien de nouveau encore; on ne fait fi les Français ont paffé le Rhin, ni fi les Ruffes ont paffé la Viftule. Jamais les fleuves n'ont été fi difficiles à traverfer que cette année.

LETTRE XCV.

A M. DE CIDEVILLE.

A Paris, ce 27 octobre.

AUJOURD'HUI eft partie par le coche certaine Adélaïde du Guefclin, qui va trouver l'intime ami de fon père, avec des fentimens fort tendres, beaucoup de modeftie et quelquefois de l'orgueil; de temps en temps des vers frappés, mais quelquefois d'affez faibles. Elle efpère que l'élégant, le tendre, l'harmonieux *Cideville* lui dira tous fes défauts; et elle fera tout ce qu'elle pourra pour s'en corriger.

Moi, père d'Adélaïde, je me meurs de regret de
ne pouvoir venir vous entretenir fur tout cela.

Parve, fed invideo, fine me, liber, ibis ad illum;

*Ad illum qui abfens et præfens mihi femper erit
cariffimus.*

J'attends votre allégorie; il me faut de temps
en temps de quoi fupporter votre abfence; je parle
fouvent de vous avec *Linant*. Vous faites cent fois
plus de befogne que lui. Les occupations continuelles
de votre charge, loin de rebuter votre mufe, l'encouragent et l'animent; vous fortez du temple de *Thémis*
comme de celui d'*Apollon*. Je ne fais pas encore quel
fruit *Linant* aura tiré de votre fociété et de vos confeils, mais je n'ai encore rien vu de lui. Il y a deux
ans que je lui ai fait donner fon entrée à la comédie,
fur la parole qu'il ferait une pièce. Je lui ai enfin
fourni un fujet au lieu de fon Sabinus, qui n'était
point du tout théâtral. Il n'a pas feulement mis par
écrit le plan que je lui ai donné. Je le plains fort s'il
ne travaille pas, car il me femble qu'étant un peu
fier et très-gueux, fi avec cela il eft pareffeux et ignorant, il ne doit efpérer qu'un avenir bien miférable. Il a eu le malheur de fe brouiller chez moi
avec toute la maifon; cela met, malgré que j'en aye,
bien du défagrément dans fa vie. Celui qui fe mêle
de mes petites affaires, et fa femme s'étaient plaints
fouvent de lui. Je les avais raccommodés; les voilà
cette fois-ci brouillés fans apparence de retour. Cela
me fâche d'autant plus que *Linant* en fouffre, et
que, malgré toutes mes attentions, je ne peux empêcher mille petits défagrémens que des gens, qui ne

1733.

font pas tout-à-fait mes domeftiques, font à portée de lui faire effuyer fans que j'en fache rien. Je vous rends compte de ces petits détails parce que je l'aime et que vous l'aimez. Je fuis perfuadé que vous aurez la bonté de lui donner des confeils dont il profitera. J'ai bien peur que jufqu'ici vous ne lui ayez donné que de l'amour propre.

Perfonne n'eft plus perfuadé que moi que tous les hommes font égaux, mais avec cette maxime on court rifque de mourir de faim fi on ne travaille pas; et il lui fera tout au plus permis de fe croire au-deffus de fon état, quand il aura fait quelque chofe de bon. Mais jufque-là il doit fonger qu'il eft jeune et qu'il a befoin de travail; je ne lui dis pas le quart de tout cela, parce que j'aurais l'air d'abufer du peu de bien que je lui fais, ou de prendre le parti de ceux avec lefquels il s'eft brouillé affez mal à propos. Encore une fois, pardonnez ces détails à la confiance que j'ai en vous, et à l'envie d'être utile à un homme que vous m'avez recommandé.

LETTRE XCVI.

A M. L'ABBÉ DE SADE.

A Paris, le 3 novembre.

Vous m'avez écrit, Monfieur, en arrivant, et je me fuis bien douté que vous n'auriez pas demeuré huit jours dans ce pays-là que vous n'écririez plus qu'à vos maîtreffes. Je vous fais mon compliment fur le mariage de monfieur votre frère; mais j'aimerais encore mieux vous voir facrer que de lui voir donner la bénédiction nuptiale. On s'eft très-fouvent repenti du facrement de mariage, et jamais de l'onction épifcopale.

Les petits vers fur le mariage de M. de *Sade* ne font bons que pour votre trinité indulgente (19); je vous deftinais des vers un peu plus ampoulés : c'eft une nouvelle édition de la Henriade. J'ai remis entre les mains de M. de *Malijac* un petit paquet contenant une Henriade pour vous et une pour M. de *Caumont*. Je vous remercie de tout mon cœur de m'avoir procuré l'honneur et l'agrément de fon commerce; mais c'eft à lui que je dois à préfent m'adreffer pour ne pas perdre le vôtre. Il femble que vous ayez voulu vous défaire de moi pour me donner à M. de *Caumont*, comme on donne fa vieille maîtreffe à fon ami. Je veux lui plaire, mais je vous ferai toujours des coquetteries. Je n'ai pu lui envoyer les Lettres en anglais, parce que je n'en ai qu'un exemplaire, ni en français, parce que je ne veux point être brûlé fitôt.

Comment! M. de *Caumont* fait auffi l'anglais! Vous devriez bien l'apprendre. Vous l'apprendrez furement, car madame *du Châtelet* l'a appris en quinze jours. Elle traduit déjà tout courant : elle n'a eu que cinq leçons d'un maître irlandais. En vérité madame *du Châtelet* eft un prodige, et on eft bien neuf à votre cour.

Voulez-vous des nouvelles? le fort de Kehl vient d'être pris; la flotte d'Alicante eft en Sicile; et tandis qu'on coupe les deux ailes de l'aigle impériale en

(19) Ils étaient trois frères. Voyez les Poëfies mêlées, vol. de Contes, &c.

—— Italie et en Allemagne, le roi *Staniſlas* eſt plus empê-
1733. ché que jamais. Une grande moitié de ſa petite
armée l'a abandonné pour aller recevoir une paye
plus forte de l'électeur-roi.

Cependant, le roi de Pruſſe ſe fait faire la cour par
tout le monde, et ne ſe déclare encore pour perſonne.
Les Hollandais veulent être neutres, et vendre librement leur poivre et leur cannelle. Les Anglais vou-
draient ſecourir l'empereur, et ils le feront trop
tard.

Voilà la ſituation préſente de l'Europe; mais à
Paris on ne ſonge point à tout cela. On ne parle que
du roſſignol que chante mademoiſelle *Petit-Pas*, et
du procès qu'a *Bernard* avec *Servandoni* pour le payement de ſes impertinentes magnificences.

Adieu; quand vous ſerez las de toute autre choſe,
ſouvenez-vous que *Voltaire* eſt à vous toute ſa vie
avec le dévouement le plus tendre et le plus inviolable.

LETTRE XCVII.

A M. DE CIDEVILLE.

A Paris, le 6 novembre.

AIMABLE ami, aimable critique, aimable poëte,
en vous remerciant tendrement de votre allégorie.
Elle eſt pleine de très-beaux vers, pleine de ſens et d'harmonie; mon cœur, mon eſprit, mes oreilles vous
ont la dernière obligation. Je me ſuis rencontré avec

vous dans un vers que peut être vous n'aurez point
encore vu dans ma tragédie:

1733.

Toutes les paffions font en moi des fureurs.

Voici l'endroit tel que je l'ai corrigé en entier. C'eft
Vendôme qui parle à *Adélaïde*, au fecond acte.

Pardonne à ma fureur, toi feule en es la caufe.
Ce que j'ai fait pour toi fans doute eft peu de chofe ;
Non, tu ne me dois rien : dans tes fers arrêté,
J'attends tout de toi feule, et n'ai rien mérité.
Te fervir en efclave eft ma grandeur fuprême,
C'eft moi qui te dois tout puifque c'eft moi qui t'aime.
Tyran que j'idolâtre et que rien ne fléchit,
Cruel objet des pleurs dont mon orgueil rougit,
Oui, tu tiens dans tes mains les deftins de ma vie,
Mes fentimens, ma gloire, et mon ignominie.
Ne fais point fuccéder ma haine à mes douleurs,
Toutes les paffions font en moi des fureurs.
Dans mes foumiffions, crains-moi, crains ma colère, &c. &c.

Il y a encore bien d'autres endroits changés , et
bien des corrections envoyées aux comédiens depuis
que je vous ai fait tenir la pièce. Pour le fond , il
eft toujours le même , on ne peut élever de nouveaux
fondemens comme on peut changer une anti-chambre
et un cabinet, et toutes les beautés de détail font des
ornemens préfque perdus au théâtre. Le fuccès eft
dans le fujet même. Si le fujet n'eft pas intéreffant, les
vers de *Virgile* et de *Racine*, les éclairs et les raifonnemens de *Corneille*, ne feraient pas réuffir l'ouvrage.
Tous mes amis m'affurent que la pièce eft touchante ;

—— mais je consulterai toujours votre cœur et votre esprit de préférence à tout le monde. C'est à eux à me parler; il n'y a point de vérité qui puisse déplaire quand c'est vous qui la dites.

Souffrez aussi, mon cher ami, que je vous dise avec cette même franchise que j'attends de vous, que je ne suis pas aussi content du fond de votre allégorie et de la tissure de l'ouvrage, que je le suis des beaux vers qui y sont répandus. Votre but est de prouver qu'on se trouve bien dans la vieillesse d'avoir fait provision dans son printemps, et qu'il faut à vingt ans songer à habiller l'homme de cinquante. La longue description des âges de l'homme est donc inutile à ce but. Pourquoi étendre en tant de vers ce qu'*Horace* et *Despréaux* ont dit en dix ou douze lignes connues de tout le monde? Mais, direz-vous, je présente cette idée sous des images neuves. A cela je vous répondrai que cette image n'est ni naturelle, ni aimable, ni vraisemblable. Pourquoi cette montagne? Pourquoi fera-t-il plus chaud au milieu qu'au bas? Pourquoi différens climats dans une montagne? Pourquoi se trouve-t-on tout d'un coup au sommet? Une allégorie ne doit point être recherchée, tout s'y doit présenter de soi-même, rien ne doit y être étranger. Enfin, quand cette allégorie serait juste, et que vous en auriez retranché les longueurs, il resterait encore de quoi dire, *non erat his locus*.

Votre ouvrage serait, je crois, charmant, si vous vous renfermiez dans votre première idée; car de quoi s'agit-il? de faire voir l'usage et l'abus du temps. Présentez-moi une déesse à qui tous les vieillards s'adressent pour avoir une vieillesse heureuse; alors

chaque fexagénaire vient expofer ce qu'il a fait dans
fa vie, et leurs dernières années font condamnées aux
remords ou à l'ennui. Mais ceux qui ont cultivé leur
efprit, comme mon cher *Cideville*, jouiffent des biens
acquis dans leur jeuneffe, et font heureux et honorés.
Voilà un champ affez vafte; mais tout ce qui fort de
ce fujet eft une morale hors d'œuvre. Votre montagne
eft une longue préface, une digreffion qui abforbe le
fonds de la chofe. N'ayez fimplement que votre fujet
devant les yeux, et votre ouvrage deviendra un chef-
d'œuvre.

Pour m'encourager à vous ofer parler ainfi, envoyez-
moi une bonne critique d'*Adélaïde;* mais furtout ne gâtez
point *Linant*. Je ne fuis pas trop content de lui. Il
eft nourri, logé, chauffé, blanchi, vêtu, et je fais
qu'il a dit que je lui avais fait manquer un beau
pofte de précepteur, pour l'attirer chez moi. Je ne l'ai
cependant pris qu'à votre confidération, et après
que la dignité de précepteur lui a été refufée. Il ne
travaille point, il ne fait rien, il fe couche à fept
heures du foir pour fe lever à midi. Encouragez-le
et grondez-le en général. Si vous le traitez en homme
du monde, vous le perdrez. Adieu.

LETTRE XCVIII.

A M. DE CIDEVILLE.

Ce 15 novembre.

Voyez, mon cher ami, combien je fuis docile. Je fuis entièrement de votre avis fur les louanges que vous donnez à notre *Adélaïde.* J'avais peur qu'il ne parût un peu de coquetterie dans mademoifelle *du Guefclin ;* mais puifque vous, qui êtes expert en cette fcience, ne vous êtes pas aperçu de ce défaut, il y a apparence qu'il n'exifte pas. Mais vous me donnez autant de fcrupule fur le refte que de confiance fur les chofes que vous approuvez.

Je conviens avec vous que *Nemours* n'eft pas à beaucoup près fi grand, fi intéreffant, fi occupant le théâtre que fon emporté de frère. Je fuis encore bien heureux qu'on puiffe aimer un peu *Nemours* après que le *Vendôme* a faifi, pendant deux actes, l'attention et le cœur des fpectateurs. Si le perfonnage de *Nemours* eft fouffert, je regarde comme un coup de l'art d'avoir fait fupporter un perfonnage qui devait être infipide. Vous me dites qu'on pourrait relever le caractère de *Nemours* en affaibliffant celui de *Couci.* Je ne faurais me rendre à cette idée en aucune façon, d'autant plus que *Couci* ne fe trouve avec *Nemours* qu'à la fin de la pièce.

J'aurais bien voulu parler un peu de ce fou de *Charles VI*, de cette mégère *Ifabeau*, de ce grand

homme *Henri V*; mais quand j'en ai voulu dire un
mot, j'ai vu que je n'en avais pas le temps, et *non*
erat his locus. La paffion occupe toute la pièce d'un
bout à l'autre. Je n'ai pas trouvé le moment de
raconter tous ces événemens, qui de plus font auffi
étrangers à mon action principale qu'effentiels à
l'hiftoire. L'amour eft une étrange chofe. Quand il eft
quelque part, il y veut dominer ; point de compa-
gnon, point d'épifode. Il femble que quand *Nemours*
et *Vendôme* fe voient, c'était bien là le cas de parler de
Charles VI et de *Charles VII*; point du tout. Pourquoi
cela? C'eft qu'aucun d'eux ne s'en foucie; c'eft qu'ils
font tous deux amoureux comme des fous. Peut-on
faire parler un acteur d'autre chofe que de fa paffion?
Et fi j'ai à me féliciter un peu, c'eft d'avoir traité
cette paffion de façon qu'il n'y a pas de place pour
l'ambition et pour la politique.

Vous avez très-bien fenti l'horreur de l'action de
Vendôme. Il femble en effet que ce beau nom ne foit
pas fait pour un fratricide. S'il ordonnait en effet la
mort de fon frère à tête repofée, ce ferait un monftre,
et la pièce auffi. Je ne fais même fi on ne fera pas
révolté qu'il demande cette horrible vengeance à
l'honnête homme de *Couci*, et je vous avoue que
je tremble fort pour la fin de ce quatrième acte
dont je ne fuis pas trop content; mais le cinquième
me raffure. Il eft impoffible de ne pas aimer *Vendôme*
et de ne le pas plaindre. Je peux même efpérer que
l'on pardonnera à ce furieux, à cet amant malheureux, à cet homme qui, dans le même moment, fe
voit trahi par un frère et par une maîtreffe qui lui
doivent tous deux la vie ; qui voit fa maîtreffe enlevée

1733.

et le peuple révolté par ce même frère, et qui de plus est annoncé comme un homme capable du plus grand emportement.

A l'égard du détail, je le corrige tous les jours. Je travaille à plus d'un atelier à la fois ; je n'ai pas un moment de vide, les jours sont trop courts ; il faudrait les doubler pour les gens de lettres. Que ne puis-je les passer avec vous ! Ils me paraîtraient alors bien plus courts.

Nous avons relu votre allégorie ; nous persistons dans nos très-humbles remontrances. Nous vous prions de nous ôter la montagne. Trop d'abondance appauvrit la matière. Si j'avais beaucoup parlé des guerres civiles, *Adélaïde* ne toucherait pas tant. Il ne faut jamais perdre un moment son principal sujet de vue. C'est ce qui fait que je pense toujours à vous. *Vale et me ama.*

LETTRE XCIX.

A M. BROSSETTE.

Le 22 novembre.

JE regarde, Monsieur, comme un de mes devoirs de vous envoyer les éditions de la *Henriade* qui parviennent à ma connaissance : en voici une qui, bien que très-fautive, ne laisse pas d'avoir quelque singularité, à cause de plusieurs variantes qui s'y trouvent, et dans laquelle on a de plus imprimé mon Essai sur l'Epopée, tel que je l'ai composé en français, et non pas tel que M. l'abbé *Desfontaines* l'avait

1733.

l'avait traduit d'après mon effai anglais. Vous trouverez peut-être affez plaifant que je fois un auteur
traduit par mes compatriotes, et que je me fois retra-
duit moi-même. Mais fi vous aviez été deux ans,
comme moi, en Angleterre, je fuis sûr que vous
auriez été fi touché de l'énergie de cette langue, que
vous auriez compofé quelque chofe en anglais.

Cette Henriade a été traduite en vers à Londres
et en Allemagne. Cet honneur qu'on me fait dans
les pays étrangers, m'enhardit un peu auprès de
vous. Je fais que vous êtes en commerce avec *Rouffeau*,
mon ennemi ; mais vous reffemblez à *Pomponius-
Atticus*, qui était courtifé à la fois par *Céfar* et par
Pompée. Je fuis perfuadé que les invectives de cet
homme, en qui je refpecte l'amitié dont vous l'honorez, ne feront que vous affermir dans les bontés que
vous avez toujours eues pour moi. Vous êtes l'ami
de tous les gens de lettres, et vous n'êtes jaloux
d'aucun. Plût à Dieu que *Rouffeau* eût un caractère
comme le vôtre !

Permettez-moi, Monfieur, que je mette dans
votre paquet, un autre paquet pour M. le marquis
de *Caumont :* c'eft un homme qui, comme vous,
aime les lettres, et que le bon goût a fait fans doute
votre ami.

Quel temps, Monfieur, pour vous envoyer des vers !

Hinc movet Euphrates, illinc Germania bellum :
. . . . *Sævit toto Mars impius orbe.*
. . . . *Et carmina tantum*
Noftra valent, Lycida, tela inter Martia quantum
Chaonias, dicunt, aquilâ veniente columbas.

Correfp. générale.   Tome I.   N

On a pris le fort de Kehl , on fe bat en Pologne ,
1733. on va fe battre en Italie.

I nunc et verfus tecum meditare canoros.

Voilà bien du latin que je vous cite ; mais c'eft
avec des dévots comme vous , que j'aime à réciter
mon bréviaire.

LETTRE C.

A M. DE CIDEVILLE.

Le 26 novembre.

IL y a cinq jours , mon cher ami , que je fuis dan-
gereufement malade d'une efpèce d'inflammation
d'entrailles ; je n'ai la force ni de penfer ni d'écrire.
Je viens de recevoir votre lettre et le commencement
de votre nouvelle allégorie. Au nom d'*Apollon* ,
tenez - vous en à votre premier fujet, ne l'étouffez
point fous un amas de fleurs étrangères ; qu'on voye
bien nettement ce que vous voulez dire ; trop d'efprit
nuit quelquefois à la clarté. Si j'ofais vous donner un
confeil, ce ferait de fonger à être fimple, à ourdir
votre ouvrage d'une manière bien naturelle , bien
claire, qui ne coûte aucune attention à l'efprit du
lecteur. N'ayez point d'efprit, peignez avec vérité, et
votre ouvrage fera charmant. Il me femble que vous
avez peine à écarter la foule d'idées ingénieufes qui
fe préfente toujours à vous ; c'eft le défaut d'un homme

supérieur, vous ne pouvez pas en avoir d'autre; mais c'eſt un défaut très-dangereux. Que m'importe ſi l'enfant eſt étouffé à force de careſſes ou à force d'être battu? Comptez que vous tuez votre enfant en le careſſant trop. Encore une fois, plus de ſimplicité, moins de démangeaiſon de briller; allez vîte au but, ne dites que le néceſſaire. Vous aurez encore plus d'eſprit que les autres, quand vous aurez retranché votre ſuperflu.

Voilà bien des conſeils que j'ai la hardieſſe de vous donner; mais ... *petimuſque, damuſque viciſſim.* Celui qui écrit, eſt comme un malade qui ne ſent pas, et celui qui lit peut donner des conſeils au malade. Ceux que vous me donnez ſur Adélaïde ſont d'un homme bien ſain; mais, pour parler ſans figure, je ne ſuis plus guère en état d'en profiter. On va jouer la pièce; *jacta eſt alea.*

Adieu; dites à M. de *Formont* combien je l'aime. Je ſuis trop malade pour en écrire davantage.

LETTRE CI.

A M. DE CIDEVILLE.

A Paris, le 5 décembre.

J'AI été bien malade, mon très-cher ami; je le ſuis encore; et le peu de forces que j'ai, c'eſt l'amitié qui me les donne; c'eſt elle qui me met la plume à la main, pour vous dire que j'ai montré à *Emilie* votre épître allégorique. Elle en a jugé comme moi, et

—— m'a confirmé dans l'opinion où je suis, qu'en arrachant une infinité de fleurs que vous avez laissé croître, sans y penser, autour de l'arbre que vous plantiez, il n'en croîtra que mieux, et n'en sera que plus beau. Vous êtes un grand seigneur à qui son intendant prêche l'économie: soyez moins prodigue, et vous serez beaucoup plus riche. Vous en convenez. Voici donc quel serait mon petit avis pour arranger les affaires de votre grande maison.

J'aime beaucoup ces vers:

> *J'étais encor dans l'âge où les désirs*
> *Vont renaissant dans le sein des plaisirs, &c.*

De là je voudrais vous voir transporté par votre démon de *Socrate* au temple de la *Raison*; et cela, bien clairement, bien nettement et sans aucune idée étrangère au sujet. *Le Temps* dont vous faites une description *presque en tout* charmante, présente à cette divinité tous ceux qui se flattent d'avoir autrefois bien passé le temps. Jetez-vous dans les portraits; mais que chacun fasse le sien, en se vantant des choses mêmes que la raison condamne; par là chaque portrait devient une satire utile et agréable. Point de leçon de morale, je vous en prie, que celle qui sera renfermée dans l'aveu ingénu que feront tous les sots de l'impertinente conduite qu'ils ont tenue dans leur jeunesse. Ces moralités qui naissent du tableau même, et qui entrent dans le corps de la fable, sont les seules qui puissent plaire, parce qu'elles-mêmes peignent, chemin faisant, et que tout, en poésie, doit être peinture.

1733.

Il y a une foule de beaux vers que vous pouvez conferver. Tout eft diamant brillant dans votre ouvrage. Un peu d'arrangement rendra la garniture charmante. Je voudrais avoir avec vous une converfation d'une heure feulement ; je fuis perfuadé qu'en m'inftruifant avec vous, et en vous communiquant mes doutes , nous éclaircirions plus de chofes que je ne vous en embrouillerais dans vingt lettres. J'entrerais avec vous dans tous les détails; je vous prierais d'en faire autant pour nòtre Adélaïde ; vous m'encourageriez à réchauffer et à ennoblir le caractère de *Nemours* , à mettre plus de dignité dans les amours des deux frères , et à corriger bien de mauvais vers.

J'ai adopté toutes vos critiques, j'ai refait tous les vers que vous avez bien voulu reprendre. Quand pourrai-je donc m'entretenir avec vous à loifir de ces études charmantes qui nous occupent tous deux fi agréablement ? Il me femble que nous fommes deux amans condamnés à faire l'amour de loin. Savez-vous bien que pendant ma maladie, j'ai refait l'opéra de Samfon pour *Rameau* ? Je vous promets de vous envoyer celui-là ; car j'ai l'amour propre d'en être content, au moins pour la fingularité dont il eft.

Linant renonce enfin au théâtre; il quitte l'habit avant d'avoir achevé le noviciat. Que deviendra-t-il ? pourquoi avoir pris un habit d'homme , et quitté le petit collet ? quel métier fera-t-il ? *Vale.*

LETTRE CII.

A M. DE CIDEVILLE.

Le 27 décembre.

MON aimable *Cideville*, les *belles* vous occupent, je le crois bien ; ce n'est qu'un rendu. Vous êtes bien heureux de songer au plaisir au milieu des sacs, et de vous délasser de la chicane avec l'amour ; pour moi je suis bien malade depuis quinze jours ; je suis mort au plaisir ; si je vis encore un peu, c'est pour vous et pour les lettres. Elles font pour moi, ce que les *belles* font pour vous ; elles font ma consolation et le soulagement de mes douleurs. Ne me dites point que je travaille trop ; ces travaux sont bien peu de chose pour un homme qui n'a point d'autre occupation. L'esprit, plié depuis long-temps aux belles-lettres, s'y livre sans peine et sans effort, comme on parle facilement une langue qu'on a long-temps apprise, et comme la main du musicien se promène sans fatigue sur un clavecin. Ce qui est seulement à craindre, c'est qu'on ne fasse avec faiblesse ce qu'on ferait avec force dans la santé. L'esprit est peut-être aussi juste au milieu des souffrances du corps, mais il peut manquer de chaleur ; aussi dès que je sentirai ma machine totalement épuisée, il faudra bien renoncer aux ouvrages d'imagination ; alors je jouirai de l'imagination des autres, j'étudierai les autres parties de la littérature qui ne demandent qu'un peu de jugement et une

application modérée ; je ferai avec les lettres ce que
l'on fait avec une vieille maîtresse pour laquelle on
change son amour en amitié.

Linant qui se porte bien et qui est dans la fleur
de l'âge , devrait bientôt prendre ma place ; mais il
paraît que sa vocation n'est pas trop décidée. Cette
tragédie promise depuis deux ans, à peine commencée,
est abandonnée. Il renonce aux talens de l'imagination pour ne rien apprendre ; il devient, avec de
l'esprit et du goût , inutile aux autres et à soi-même.
Sa vue ne lui permet pas, dit-il, d'écrire ; son bégaie-
ment l'empêche de lire pour les autres. De quelle
ressource sera-t-il donc, et que faire pour lui, s'il ne
fait rien ? Son malheur est d'avoir l'esprit au-dessus
de son état, et de n'avoir pas le talent de s'en tirer.
Il eût mieux valu pour lui cent fois de rester chez sa
mère, que de venir ici pour se dégoûter de sa pro-
fession, sans en savoir prendre aucune. Vous serez
responsable à DIEU d'en avoir voulu faire un homme
du monde ; vous l'avez jeté dans un train où il ne
peut se tenir ; vous lui avez donné une vanité qu'il
ne peut justifier et qui le perdra. Il aurait raison, s'il
avait dix mille livres de rente ; mais n'ayant rien,
il a tort.

Adieu ; je souffre cruellement. *Vale , et me ama.*

LETTRE CIII.

A M. DE CIDEVILLE.

A Paris, le 27 février.

Mon tendre et aimable ami, j'ai été bien confolé dans ma maladie en voyant quelquefois votre ami M. du *Bourgtroulde;* il eft mon rival auprès de vous, et rival préféré ; mais je n'étais point jaloux. Nous parlions de mon cher *Cideville* avec un plaifir fi entier et fi pur! Nous nous entretenions de l'efpérance de vivre un jour à Paris avec lui , et aujourd'hui voilà mon cher *Cideville* qui me mande qu'en effet il pourra venir bientôt. Cela eft-il bien vrai? Puis-je y compter? Ah! c'eft alors que j'aurai de la fanté , et que je ferai heureux.

Je commence enfin à fortir. J'allai même famedi dernier à l'enterrement d'Adélaïde , dont le convoi fut affez honorable. J'avais efquivé le mien , et je fus fort content du parterre qui reçut Adélaïde mourante , et *Voltaire* reffufcité , avec affez de cordialité. Il eft vrai que je fuis retombé depuis ; mais , malgré cette rechute , je veux aller au plus vîte chez M. du *Bourgtroulde* pour lui parler de vous. En attendant, difons un petit mot d'Adélaïde.

On ne fe plaint point du duc de *Nemours;* on s'eft récrié contre le duc de *Vendôme.* La voix publique m'a accufé d'abord d'avoir mis fur le théâtre un prince du fang pour en faire, de gaieté de cœur, un affaffin. Le parterre eft revenu tout d'un coup de

cette idée ; mais noffeigneurs les courtifans, qui
font trop grands feigneurs pour fe dédire fi vîte ,
perfiftent encore dans leur reproche. Pour moi, s'il
m'eft permis de me mettre au nombre de mes critiques, je ne crois pas que l'on foit moins intéreffé à
une tragédie , parce qu'un prince de la nation fe
laiffe emporter à l'excès d'une paffion effrénée.

1734.

Un hiftoriographe me dira bien que le comte de
Vendôme n'était point duc, et que c'était le duc de
Bretagne *Jean*, et non le comte de *Vendôme*, qui fit
cette méchante action. Le public fe moque de tout
cela; et fi la pièce eft intéreffante, peu lui importe
que fon plaifir vienne de *Jean* ou de *Vendôme*. Mais
ce *Vendôme* n'intéreffe peut-être pas affez, parce qu'il
n'eft point aimé, et parce qu'on ne pardonne point à
un héros français d'être furieux contre une honnête
femme qui lui dit de fi bonnes raifons. *Couci* vient
encore prouver à notre homme, qu'il eft un pauvre
homme d'être fi amoureux. Tout cela fait qu'on ne
prend pas un intérêt bien tendre au fuccès de cet
amour. Ajoutez que le fieur *Dufrefne* a joué ce rôle
indignement, quoi qu'en dife *Rochemore*.

Le travail que j'ai fait pour corriger ce qui avait
paru révoltant dans ce *Vendôme*, à la première repréfentation, eft très-peu de chofe. Je vous enverrai la
pièce, vous la trouverez prefque la même. Le public,
qui applaudit à la feconde repréfentation ce qu'il avait
condamné à la première, a prétendu, pour fe juftifier,
que j'avais tout refondu, et je l'ai laiffé croire.

Adieu, mon cher ami. Ecrivez, je vous en prie,
à *Linant* qu'il a befoin d'avoir une conduite très-
circonfpecte ; que rien n'eft plus capable de lui faire

tort que de fe plaindre qu'il n'eft pas affez bien chez un homme à qui il eft abfolument inutile, et qui, de compte fait, dépenfe pour lui feize cents francs par an. Une telle ingratitude ferait capable de le perdre. Je vous ai toujours dit que vous le gâtiez. Il s'eft imaginé qu'il devait être fur un pied brillant dans le monde, avant d'avoir rien fait qui pût l'y produire. Il oublie fon état, fon inutilité et la néceffité de travailler; il abufe de la facilité que j'ai eue de lui faire avoir fon entrée à la comédie; il y va tous les jours fur le théâtre, au lieu de fonger à faire une pièce. Il a fait en deux ans une fcène qui ne vaut rien; et il fe croit un perfonnage parce qu'il va au théâtre et chez *Procope*. Je lui pardonne tout parce que vous le protégez; mais, au nom de Dieu, faites-lui entendre raifon, fi vous en efpérez encore quelque chofe.

LETTRE CIV.

A M. DE CIDEVILLE.

Ce 7 avril.

MON cher ami, je pars pour être témoin d'un mariage que je viens de faire. J'avais mis dans ma tête, il y a long-temps, de marier M. le duc de *Richelieu* à mademoifelle de *Guife*; j'ai conduit cette affaire comme une intrigue de comédie : le dénouement va fe faire à Montjeu auprès d'Autun. Les poëtes font plus dans l'ufage de faire des épithalames que des contrats; cependant j'ai fait le contrat, et

probablement je ne ferai point de vers. Vous favez
ce que dit madame de *Murat :*   1734.

Mais quand l'hymen eft fait, c'eft en vain qu'on réclame
    Le dieu d'amour et les neuf doctes fœurs ;
C'eft le fort des amours, et celui des auteurs,
    D'échouer à l'épithalame.

Je pars dans une heure, mon aimable *Cideville ;*
j'envoie devant, tragédie, opéra, verficulets, *et totam
nugarum fupellectilem.* C'eft pour le coup que je vais
travailler à vous faire tranfcrire tout ce que je vous dois.
Formont vient de m'écrire une lettre où je reconnais
fa raifon faine et fon goût délicat. Meffieurs les nor-
mands, vous avez bien de l'efprit. L'abbé du *Refnel*,
autre normand, traducteur de *Pope*, homme qui fait
penfer, fentir et écrire, eft ou doit être à Rouen ; je
lui ai dit que mon cher *Cideville* y était ; il le verra,
et il en penfera comme moi. C'eft un admirateur et
un ami de plus que vous allez acquérir l'un et l'autre
en fefant connaiffance.

Je ne crois pas que *Linant* ait jamais un talent
fupérieur, mais je crois qu'il fera un ignorant inutile
aux autres et à lui-même ; plein de goût et d'efprit,
d'imagination, il n'a rien de ce qu'il faut ni pour
briller ni pour faire fortune. Il a la forte d'efprit
qui convient à un homme qui aurait vingt mille
livres de rente. Voilà de quoi je le plains, mais de
quoi je ne lui parle jamais. J'ai été mécontent de
lui, mais je ne l'ai dit qu'à vous et à M. de *Formont*.

Adieu ; je vous aime avec tendreffe. Je pars. *Valete
curæ.*

LETTRE CV.

A M. DE FORMONT.

Avril.

PHILOSOPHE aimable, à qui il eſt permis d'être
pareſſeux, ſortez un moment de votre douce molleſſe,
et ne donnez pas au chanoine *Linant* l'exemple dangereux d'une oiſiveté qui n'eſt pas faite pour lui. Je
lui mande, et vous en conviendrez, que ce qui eſt
vertu dans un homme devient vice dans un autre.
Ecrivez-moi donc ſouvent pour l'encourager, et ren-
voyez-le-moi quand vous l'aurez mis dans le bon
chemin. J'ai beſoin qu'il vienne m'exciter à rentrer
dans la carrière des vers. Il y a bien long-temps
que je n'ai monté les cordes de ma lyre. Je l'ai quittée
pour ce qu'on appelle philoſophie, et j'ai bien peur
d'avoir quitté un plaiſir réel pour l'ombre de la
raiſon. J'ai relu le raiſonneur *Clarke*, *Mallebranche* et
Locke. Plus je les relis, plus je me confirme dans
l'opinion où j'étais que *Clarke* eſt le meilleur ſophiſte
qui ait jamais été, *Mallebranche* le romancier le plus
ſubtile, et *Locke* l'homme le plus ſage. Ce qu'il n'a
pas vu clairement, je déſeſpère de le voir jamais. Il
eſt le ſeul, à mon avis, qui ne ſuppoſe point ce qui
eſt en queſtion. *Mallebranche* commence par établir le
péché originel, et part de là pour la moitié de ſon
ouvrage; il ſuppoſe que nos ſens ſont toujours trompeurs, et de là il part pour l'autre moitié.

Clarke, dans son second chapitre de l'existence de
DIEU, croit avoir démontré que la matière n'existe
point nécessairement, et cela par ce seul argument,
que si le tout existait de nécessité, chaque partie exis-
terait de la même nécessité. Il nie la mineure; et,
cela fait, il croit avoir tout prouvé; mais j'ai le malheur, après l'avoir lu bien attentivement, de rester
sur ce point sans conviction. Mandez-moi, je vous
prie, si ses preuves ont eu plus d'effet sur vous
que sur moi.

1734.

Il me souvient que vous m'écrivites il y a quelque
temps que *Locke* était le premier qui eût hasardé de
dire que DIEU pouvait communiquer la pensée à la
matière. *Hobbes* l'avait dit avant lui, et j'ai idée qu'il
y a dans le *De naturâ Deorum* quelque chose qui
ressemble à cela.

Plus je tourne et je retourne cette idée, plus elle
me paraît vraie. Il serait absurde d'assurer que la
matière pense, mais il serait également absurde d'assurer qu'il est impossible qu'elle pense. Car, pour
soutenir l'une ou l'autre de ces assertions, il faudrait
connaître l'essence de la matière, et nous sommes
bien loin d'en imaginer les vraies propriétés. De plus,
cette idée est aussi conforme que toute autre au sys-
tême du christianisme, l'immortalité pouvant être
attachée tout aussi bien à la matière que nous ne
connaissons pas, qu'à l'esprit que nous connaissons
encore moins.

Les Lettres philosophiques, politiques, critiques,
poëtiques, hérétiques et diaboliques se vendent en
anglais à Londres avec un grand succès. Mais les
Anglais font des papefigues maudits de DIEU, qui

font tous faits pour approuver l'ouvrage du démon.

1734. J'ai bien peur que l'Eglise gallicane ne soit un peu plus difficile. *Jore* m'a promis une fidélité à toute épreuve. Je ne sais pas encore s'il n'a pas fait quelque petite brèche à sa vertu. On le soupçonne fort à Paris d'avoir débité quelques exemplaires. Il a eu sur cela une petite conversation avec M. *Hérault;* et par un miracle, plus grand que tous ceux de St *Pâris* et des apôtres, il n'est point à la bastille. Il faut bien pourtant qu'il s'attende à y être un jour. Il me paraît qu'il a une vocation déterminée pour ce beau séjour. Je tâcherai de n'avoir pas l'honneur de l'y accompagner.

LETTRE CVI.

A M. DE FORMONT.

A Montjeu par Autun, ce 25 avril.

On ne peut, mon cher *Formont*, vous écrire plus rarement que je fais, et vous aimer plus tendrement. Je passe la moitié de mes jours à souffrir, et l'autre à étudier ou à rimailler, et il se trouve que la journée se passe sans que j'aye le temps d'écrire ma lettre. Vous serez peut-être étonné de la date de celle-ci. Moi au fond de la Bourgogne, moi qui n'aurais voulu quitter Paris que pour Rouen! mais c'est que je me suis mêlé de marier M. de *Richelieu* avec mademoiselle de *Guise*, et qu'il a fallu dans les règles être de la noce. J'ai donc fait quatre-vingts lieues pour voir un homme coucher avec une femme. C'était bien la peine d'aller si loin!

Mais voici bien une autre befogne. On vend mes
Lettres, que vous connaiffez, fans qu'on m'ait averti,
fans qu'on m'ait donné le moindre figne de vie. On a
l'infolence de mettre mon nom à la tête, et malgré mes
prières réitérées de fupprimer au moins ce qui regarde
les Penfées de *Pafcal*, on a joint cette lettre aux autres.
Les dévots me damnent; mes ennemis crient, et on
me fait craindre une lettre de cachet, lettre beaucoup
plus dangereufe que les miennes. Je vous demande
en grâce de me mander ce que vous pourrez favoir.
Jore eft-il dans votre ville? Eft-il à Paris? Pourrait-on
au moins faire favoir mes intentions à ceux qui ont
eu l'indifcrétion de débiter cet ouvrage fans mon
confentement? Pourrait-on au moins fupprimer mon
nom? Adieu, mon fage et aimable ami. Je fuis bien
fou de me faire des affaires pour un livre.

1734.

L E T T R E C V I I.

A M. DE MAUPERTUIS.

A Montjeu par Autun, 29 avril.

VOTRE géomètre (20), Monfieur, vient de me montrer votre lettre. Je vous plains de fon abfence; mais
je fuis beaucoup plus à plaindre que vous s'il faut
que j'aille à Londres ou à Bafle, tandis que vous
ferez à Paris avec madame *du Châtelet*.

Ce font donc ces Lettres anglaifes qui vont m'exiler!

(20) Madame *du Châtelet* à qui M. de *Maupertuis* avait donné quelques
leçons de géométrie.

1734.

—— En vérité, je crois qu'on fera un jour bien honteux de m'avoir perfécuté pour un ouvrage que vous avez corrigé. Je commence à foupçonner que ce font les partifans des tourbillons et des idées innées qui me fufcitent la perfécution. Cartéfiens, mallebranchiftes, janféniftes, tout fe déchaîne contre moi; mais j'efpère en votre appui : il faut, s'il vous plaît, que vous deveniez chef de fecte. Vous êtes l'apôtre de *Locke* et de *Newton*, et un apôtre de votre trempe avec une difciple comme madame *du Châtelet* rendraient la vue aux aveugles. Je crains encore plus monfieur le garde-des-fceaux que les raifonneurs; il ne prend point du tout cette affaire-ci en philofophe: il fe fâche en miniftre, et, qui pis eft, en miniftre prévenu et trompé. On lui a fait entendre que c'eft moi qui débite cette édition, tandis que je n'ai épargné, depuis un an, ni foins ni argent pour la fupprimer. J'étais bien loin affurément de la vouloir donner au public; il me fuffifait de votre approbation. Madame *du Châtelet* et vous, ne me valez-vous pas le public? D'ailleurs aurais-je eu, je vous prie, l'impertinence de mettre mon nom à la tête de l'ouvrage? Y aurais-je ajouté la lettre fur *Pafcal*, que j'avais fait fupprimer même à Londres?

Savez-vous bien que j'ai fait prodigieufement grâce à ce *Pafcal*. De toutes les prophéties qu'il rapporte, il n'y en a pas une qui puiffe . . . Cependant je n'en ai rien dit, et l'on crie; mais laiffez-moi faire . . . (21).

En attendant, je vous prie de faire connaître la vérité à vos amis. Il me fera plus glorieux d'être

(21) Ces lignes ont été effacées, dans l'original, par M. de *Maupertuis*, apparemment dans un accès de dévotion. On n'a pu en déchiffrer que ces mots.

défendu

défendu par vous, qu'il n'eſt triſte d'être perſécuté ——
par les ſots.   1734.

Je vous demande pardon d'avoir mis tant de paroles
dans ma lettre; mais quand on écrit en préſence de
madame *du Châtelet*, on ne peut pas recueillir ſon
eſprit fort aiſément.

Adieu; vous ſavez le reſpect que mon eſprit a pour
le vôtre. Ecrivez-moi, ou pour me répondre quelques
nouvelles de ces Lettres, ou pour me conſoler. Je vous
ſuis tendrement attaché pour la vie, comme ſi j'étais
digne de votre commerce.

LETTRE CVIII.

A M. LE COMTE D'ARGENTAL. (22)

Avril.

ON dit qu'après avoir été mon patron vous allez être
mon juge, et qu'on dénonce à votre ſénat ces Lettres
anglaiſes, comme un mandement du cardinal de *Biſſy*
ou de l'évêque de Laon. Meſſieurs tenant la cour du
parlement, de grâce, ſouvenez-vous de ces vers:

Il eſt dans ce ſaint temple un ſénat vénérable
Propice à l'innocence, au crime redoutable;
Qui, des lois de ſon prince et l'organe et l'appui,
Marche d'un pas égal entre ſon peuple et lui, &c.

Je me flatte qu'en ce cas les préſidens *Hénault* et
Roujaut, les *Bertier*, ſe joindront à vous, et que vous

(22) Conſeiller honoraire du parlement de Paris, et depuis miniſtre
plénipotentiaire de Parme à Paris.

donnerez un bel arrêt, par lequel il sera dit que *Rabelais*, *Montagne*, l'auteur des Lettres persanes, *Bayle*, *Locke*, et moi chétif, serons réputés gens de bien, et mis hors de cour et de procès.

Qu'est devenu M. de *Pont-de-Vesle* (*), d'où vient que je n'entends plus parler de lui ? N'est-il point à Pont-de-Vesle avec madame votre mère ?

Si vous voyez M. *Hérault*, sachez, je vous en prie, ce qu'aura dit le libraire qui est à la bastille ; et encouragez ledit M. *Hérault* à me faire, auprès du bon cardinal et de l'opiniâtre *Chauvelin*, tout le bien qu'il pourra humainement me faire.

Je vais vous parler avec la confiance que je vous dois, et qu'on ne peut s'empêcher d'avoir pour un cœur comme le vôtre. Quand je donnai permission, il y a deux ans, à *Thiriot* d'imprimer ces maudites Lettres, je m'étais arrangé pour sortir de France, et aller jouir, dans un pays libre, du plus grand avantage que je connaisse, et du plus beau droit de l'humanité, qui est de ne dépendre que des lois et non du caprice des hommes. J'étais très-déterminé à cette idée ; l'amitié seule m'a fait entièrement changer de résolution, et m'a rendu ce pays-ci plus cher que je ne l'espérais. Vous êtes assurément à la tête des personnes que j'aime ; et ce que vous avez bien voulu faire pour moi dans cette occasion m'attache à vous bien davantage, et me fait souhaiter plus que jamais d'habiter le pays où vous êtes. Vous savez tout ce que je dois à la généreuse amitié de madame *du Châtelet*, qui avait laissé un domestique

(*) Frère de M. d'*Argental*.

à Paris, pour m'apporter en pofte les premières nouvelles. Vous eûtes la bonté de m'écrire ce que j'avais
à craindre; et c'eft à vous et à elle que je dois la
liberté dont je jouis. Tout ce qui me trouble à préfent,
c'eft que ceux qui peuvent favoir la vivacité des
démarches de madame *du Châtelet*, et qui n'ont pas
un cœur auffi tendre et auffi vertueux que vous, ne
rendent pas à l'extrême amitié et aux fentimens refpectables dont elle m'honore, toute la juftice que fa
conduite mérite. Cela me défefpérerait, et c'eft en ce
cas furtout que j'attends de votre générofité que vous
fermerez la bouche à ceux qui pourraient devant vous
calomnier une amitié fi vraie et fi peu commune.

Faites-moi la grâce, je vous en prie, de m'écrire
où en font les chofes; fi M. de *Chauvelin* s'adoucit,
fi M. *Rouillé* peut me fervir auprès de lui, fi M. l'abbé
de *Rothelin* peut m'être utile. Je crois que je ne dois
pas trop me remuer dans ces commencemens, et que
je dois attendre du temps l'adouciffement qu'il met à
toutes les affaires; mais auffi, il eft bon de ne pas
m'endormir entièrement fur l'efpérance que le temps
feul me fervira.

Je n'ai point fuivi les confeils que vous me donniez
de me rendre en diligence à Auxone; tout ce qui
était à Montjeu m'a envoyé vîte en Lorraine. J'ai de
plus une averfion mortelle pour la prifon; je fuis
malade; un air enfermé m'aurait tué; on m'aurait
peut-être fourré dans un cachot. Ce qui m'a fait croire
que les ordres étaient durs, c'eft que la maréchauffée
était en campagne.

Ne pourriez-vous point favoir fi le garde des fceaux
a toujours la rage de vouloir faire périr à Auxone un

homme qui a la fièvre et la dyffenterie., et qui eft dans un défert. Qu'il m'y laiffe, c'eft tout ce que je lui demande, et qu'il ne m'envie pas l'air de la campagne. Adieu; je ferai toute ma vie pénétré de la plus tendre reconnaiffance. Je vous ferai attaché comme vous méritez qu'on vous aime.

LETTRE CIX.

A M. DE CIDEVILLE.

Ce 8 mai.

VOTRE protégé *Jore* m'a perdu. Il n'y avait pas encore un mois qu'il m'avait juré que rien ne paraîtrait, qu'il ne ferait jamais rien que de mon confentement; je lui avais prêté quinze cents francs dans cette efpérance; cependant, à peine fuis-je à quatre-vingts lieues de Paris, que j'apprends qu'on débite publiquement une édition de cet ouvrage, *avec mon nom à la tête*, et avec la lettre fur *Pafcal*. J'écris à Paris, je fais chercher mon homme, point de nouvelles. Enfin, il vient chez moi, et parle à *Demoulin*, mais d'une façon à fe faire croire coupable. Dans cet intervalle, on me mande que fi je ne veux pas être perdu, il faut remettre fur le champ l'édition à M. *Rouillé*. Que faire dans cette circonftance? Irai-je être le délateur de quelqu'un? et puis-je remettre un dépôt que je n'ai pas?

Je prends le parti d'écrire à *Jore*, le 2 mai, que je ne veux être ni fon délateur ni fon complice; que

1734.

s'il veut fe fauver et moi auffi, il faut qu'il remette entre les mains de *Demoulin* ce qu'il pourra trouver d'exemplaires, et apaifer au plus vîte le garde des fceaux par ce facrifice. Cependant il part une lettre de cachet, le 4 mai; je fuis obligé de me cacher et de fuir; je tombe malade en chemin; voilà mon état, voici le remède.

Ce remède eft dans votre amitié. Vous pouvez engager la femme de *Jore* à facrifier cinq cents exemplaires; ils ont affez gagné fur le refte, fuppofé que ce foit eux qui aient vendu l'édition. Ne pourriez-vous point alors écrire en droiture à M. *Rouillé*, lui dire qu'étant de vos amis depuis long-temps, je vous ai prié de faire chercher à Rouen l'édition de cês Lettres, que vous avez engagé ceux qui s'en étaient chargés, à la remettre, &c.; ou bien voudriez-vous faire écrire le premier préfident? Il s'en ferait honneur, et il ferait voir fon zèle pour l'inquifition littéraire qu'on établit. Soit que ce fût vous, foit que ce fût le premier préfident, je crois que cela me ferait grand bien, fi le garde des fceaux pouvait favoir, par ce canal et par une lettre écrite à M. *Rouillé*, que j'ai écrit à Rouen, le 2 mai, pour faire chercher l'édition à quelque prix que ce pût être.

Je remets tout cela à votre prudence et à votre tendre amitié. Votre efprit et votre cœur font faits pour ajouter au bonheur de ma vie, quand je fuis heureux, et pour être ma confolation dans mes traverfes.

A préfent que je vais être tranquille dans une retraite ignorée de tout le monde, nous vous enverrons furement des Samfon et des pièces fugitives en

O 3

quantité. Laiſſez faire , vous ne manquerez de rien , vous aurez des vers.

J'embraſſe tendrement mon ami *Formont* et notre cher du *Bourgtroulde*. Adieu , mon aimable ami, adieu.

LETTRE CX.

A M. DE CIDEVILLE.

Ce 11 mai , en paſſant.

JE n'ai que le temps de vous écrire , mon cher ami, de ne faire nul uſage du billet de treize cents ſoixante-huit livres , qu'on vous a envoyé , ſans ma partici-pation. Il vaut beaucoup mieux que le fils du vieux bon homme faſſe ce dont il était convenu avec moi, en cas qu'il voye que cette démarche puiſſe être utile. Peut-être en a-t-il déjà vendu , et en ce cas il ſerait puni tout auſſi févèrement , et on lui répondrait comme DIEU aux Juifs : *Sacrificia tua non volo*. C'eſt à lui à voir s'il eſt coupable , et juſqu'à quel point il peut compter ſur l'indulgence des gens à qui il a affaire. Il faut qu'il commence par m'inſtruire de ſes démarches, afin que je ſache de mon côté ſur quoi compter. Je ne veux ni ne dois rien faire aveuglé-ment. Je commence à croire que l'édition, *avec mon nom à la tête*, eſt une édition de Hollande. En ce cas, votre protégé n'aurait rien à craindre , ni même rien à faire à préſent qu'à ſe tenir tranquille. Je lui demande pardon de l'avoir ſoupçonné ; mais il fallait qu'il m'écrivît pour prendre des meſures.

Adieu ; je vous embraſſe tendrement.

LETTRE CXI.

A M. DE CIDEVILLE.

Ce 20 mai.

Par des lettres que je viens de recevoir, mon cher *Cideville*, on vient de m'affurer que c'eft l'édition de votre protégé qui a paru, et qui a fait tout le malheur. Je n'en ferai certain par moi-même que lorfque j'aurai vu les exemplaires que j'ai donné ordre qu'on m'envoyât inceffamment. Il y a près d'un mois que je l'ai fait chercher dans Paris, et que je l'ai fait prier de m'écrire ce qu'il favait de cette affaire : point de nouvelles ; je ne fais où il eft. Il y a apparence qu'il m'eût écrit, s'il avait été innocent. Vous jugez bien que dans cette incertitude je ne puis rien faire. Acheter ce que vous favez, eft abfolument inutile et même très-dangereux. Le mieux eft de fe tenir tranquille quelque temps. Je lui confeille d'aller voyager en Hollande. Je ne fais fi je n'irai pas y faire un tour.

J'ignore encore fi l'on vous a fait toucher treize cents foixante-huit livres ; fi vous les avez, je vous prie de les renvoyer à M. *Pafquier*, agent de change à Paris. Cet argent ne m'appartient pas ; il eft à une perfonne à qui je le devais, qui en a un très-grand befoin, et qui s'en deffaififfait en ma faveur, s'imaginant que c'était un moyen fûr d'apaifer l'affaire. Il ne faut pas qu'il foit la victime de fon amitié.

A l'égard de *Jore*, je ne vous en parlerai que quand j'aurai de fes nouvelles. Confervez-moi votre tendre

O 4

——— amitié; je vous écrirai quand je ferai fixé en quelque
1734. endroit. Jufqu'à préfent je ne vous ai écrit que comme
un homme d'affaire ; mon cœur fera plus bàvard la
première fois. Adieu; mille amitiés à *Formont* et à
l'abbé du *Refnel*.

LETTRE CXII.

A M. DE CIDEVILLE.

Mai.

EH bien, eft-il poffible que vous vous foyez laiffé
furprendre aux larmes et aux cris de ces gens-là! Ou
ils vous trompent bien indignement, ou ils font bien
trompés eux-mêmes.

J'ai découvert enfin, à n'en pouvoir douter, que
ce miférable a tout fait, et qu'il m'a trahi cruellement.
Je m'en doutais bien à fon filence. Le fcélérat m'avait
juré en partant, que rien ne paraîtrait jamais. Il
avait depuis un mois le *fupplément* de la fin, il s'en eft
fervi ; il a pris le temps de mon abfence pour trahir
les promeffes qu'il m'avait faites, et les obligations
qu'il m'avait. On m'a enfin envoyé la preuve inconteftable de fon crime. J'ai tout confronté; fa perfidie
n'eft que trop réelle. Il triomphe ; il en vend deux
mille cinq cents à 6, à 8, à 10 livres pièce ; et moi
je fuis profcrit. Lettre de cachet, dénonciation au
parlement, requête des curés, la crainte d'un jugement rigoureux : voilà tout ce qu'il m'attire, tandis
que, fur la foi de vos lettres, j'ai hafardé de me perdre

pour le fauver ; et que j'ai tellement affuré fon inno- —————
cence aux miniftres, que je me fuis fait croire 1734.
coupable.

Au nom de Dieu, parlez à ces gens-là quand
vous les verrez : dites-leur qu'ils avertiffent leur fils
de faire ce que je lui marquerai dans un billet, fans
quoi il fera perdu. Il n'eft pas jufte, après tout,
que je fois malheureux toute ma vie pour contenter
l'avidité de ce miférable. Surtout qu'on me remette
jufqu'au moindre chiffon d'écriture qu'on peut avoir
de moi.

Les hommes font bien méchans ! Quoi ! dans le
temps qu'il m'a mille obligations ! O hommes !
vous êtes ou trompeurs, ou indignement fuperftitieux, ou calomniateurs. Vous êtes des monftres ;
mais il y a des *Cideville*, il y a des *Emilie;* cela fait
qu'on tient à l'humanité, et qu'on pardonne au
genre-humain. L'amitié que j'ai éprouvée dans cette
occafion, paffe tout l'excès des perfécutions qu'on
peut me faire effuyer. La balance n'eft pas égale, et
je fuis trop heureux.

J'embraffe tendrement le philofophe *Formont*, le
tendre et charmant du *Bourgtroulde*, le judicieux
et élégant du *Refnel*. Si vous voyez monfieur le
Marquis (*), dites-lui qu'avec fa permiffion, je
pourrais bien aller paffer un mois dans fes terres
pour dépayfer les alguazils. N'y viendrez-vous pas ?
Adieu ; tout cela ne m'empêche ni ne m'empêchera
d'achever mon quatrième acte.

Vale, te amo.

(*) De *Leteau.*

LETTRE CXIII.

A M. LE COMTE D'ARGENTAL.

Mai.

ENCORE une importunité, encore une lettre. Avouez que je fuis un perſécutant encore plus qu'un perſécuté. La lettre de cachet m'en fait écrire mille. *Nardi parvus onyx eliciet cadum.*

Je vous ſupplie de faire rendre cette lettre à madame la ducheſſe d'*Aiguillon.* Je vous l'envoie ouverte ; ayez la bonté d'y voir ma juſtification, et de la cacheter. Mille pardons. Vraiment, puiſqu'on crie tant ſur ces fichues Lettres, je me repens bien de n'en avoir pas dit davantage. Va, va, *Paſcal*, laiſſe-moi faire ! tu as un chapitre ſur les prophéties où il n'y a pas l'ombre du bon ſens. Attends, attends !

Où en ſommes-nous, je vous prie ? De grâce, un petit mot touchant cet excommunié. Mon livre ſera-t-il brûlé, ou moi ? Veut-on que je me rétracte comme Sᵗ *Auguſtin* ? veut-on que j'aille au diable ? Ecrivez ou chez *Demoulin*, ou chez l'abbé *Mouſſinot*, ou plutôt à M. *Palu*, et dites-lui qu'il me garde un profond ſecret.

LETTRE CXIV.

A MADAME

LA MARQUISE DU DEFFANT.

A Basle, le 23 mai.

VRAIMENT, Madame, quand j'eus l'honneur de vous écrire et de vous prier d'engager vos amis à parler à M. de *Maurepas*, ce n'était pas de peur qu'il me fît du mal, c'était afin qu'il me fît du bien. Je le priais comme mon bon ange; mais mon mauvais ange, par malheur, est beaucoup plus puissant que lui. N'admirez-vous pas, Madame, tous les beaux discours qu'on tient à l'égard de ces scandaleuses Lettres? Madame la duchesse du *Maine* est-elle bien fâchée que j'aye mis *Newton* au-dessus de *Descartes*? et comment madame la duchesse de *Villars*, qui aime tant les idées innées, trouvera-t-elle la hardiesse que j'ai eue de traiter ses idées innées de chimères?

Mais si vous voulez vous réjouir, parlez un peu de mon brûlable livre à quelques janténistes. Si j'avais écrit qu'il n'y a point de Dieu, ces messieurs auraient beaucoup espéré de ma conversion; mais depuis que j'ai dit que *Pascal* s'était trompé quelquefois; que *fatal laurier, bel astre, merveille de nos jours*, ne sont pas des beautés poétiques, comme *Pascal* l'a cru; qu'il n'est pas absolument démontré qu'il faut croire la religion, parce qu'elle est obscure; qu'il ne faut point jouer l'existence de DIEU à croix

—— ou pile : enfin, depuis que j'ai dit ces abfurdités
1734. impies, il n'y a point d'honnête janfénifte qui ne
voulût me brûler dans ce monde-ci et dans l'autre.

De vous dire, Madame, qui font les plus fous des
janféniftes, des moliniftes, ou des anglicans, des
quakers, cela eft bien difficile ; mais il eft certain que
je fuis beaucoup plus fou qu'eux de leur avoir dit des
vérités qui ne leur feront nul bien et qui me feront
grand tort. J'étais à Londres quand j'écrivis tout cela ;
et les Anglais qui voyaient mon manufcrit, me trou-
vaient bien modéré. Je comptais fortir de France pour
jamais, quand je donnai la malheureufe permiffion,
il y a deux ans, à *Thiriot* d'imprimer ces bagatelles.
J'ai bien changé d'avis depuis ce temps-là ; et malheureufement ces Lettres paraiffent en France, lorfque
j'ai le plus d'envie d'y refter.

Si je ne reviens point, Madame, foyez sûre que
vous ferez à la tête des perfonnes que je regretterai.
Si vous voyez M. le préfident *Hénault*, dites-lui bien,
je vous prie, qu'il parle, etfouvent, à Mons. *Rouillé*.
Quand il ne ferait point à portée de me rendre fervice,
votre fuffrage et le fien me fuffiraient contre la fureur
des dévots et contre les lettres de cachet. Si vous
vouliez m'honorer de votre fouvenir, écrivez-moi à
Paris, vis-à-vis Saint-Gervais ; les lettres me feront
rendues. Ayez la bonté de mettre une petite marque,
comme deux *DD*, par exemple, afin que je reconnaiffe
vos lettres. Je ne devrais pas me méprendre au ftyle,
mais quelquefois on fait des quiproquo.

LETTRE CXV.   1734.

A M. DE CIDEVILLE.

Le 1 juin.

La dernière lettre que je vous écrivis , mon cher ami , fur le compte de *Jore* , était fondée fur ceci.

Lorfqu'il me tomba entre les mains, il y a quelques années, des feuilles et des épreuves de cette édition fupprimée dont il a été foupçonné, il y avait des fautes confidérables dont je me fouviens, et j'ai retrouvé ces mêmes fautes dans les exemplaires qu'on a débités à Paris.

Y a-t-il une apparence plus forte , et n'étais-je pas bien en droit de le foupçonner ? Cependant j'apprends qu'on ne le croit pas coupable, et qu'il êft en liberté. J'apprends en même temps qu'il a eu avec moi un procédé bien contraire au mien. Dans le temps qu'il était en prifon, je ne ceffais d'écrire aux magiftrats et aux miniftres pour les affurer de fon innocence ; et lui, au contraire, a dit au lieutenant de police que c'était moi-même qui avais fait faire cette édition qu'on a débitée. Sur fa dépofition, on a été tout renverfer dans ma maifon à Paris ; on a faifi une petite armoire où étaient mes papiers et toute ma fortune ; on l'a portée chez le lieutenant de police , elle s'êft ouverte en chemin, et tout a été au pillage.

Je pardonne à *Jore* de tout mon cœur tout ce qu'il a pu dire, et ce qui m'a attiré cette cruelle vifite.

—— Je crois qu'étant bien perfuadé, comme il l'était, que
1734. je n'avais nulle part à cette édition, il a prévu que
la vifite qu'on ferait chez moi, ne fervirait qu'à ma
juftification; et c'eft ce qui eft arrivé.

Pour lui, s'il eft vrai qu'il foit affocié avec quelque
perfonne des pays étrangers, et qu'ils aient en effet
une édition de ce livre, laquelle n'ait point encore
paru, je l'en félicite de tout mon cœur; car il eft sûr
que fon édition fera la meilleure, et que tôt ou tard il
trouvera bien le moyen de s'en défaire avec avantage.

On vient de faifir à Paris une preffe à laquelle on
travaillait à réimprimer cet ouvrage; cette preffe
était chez un particulier. Le libraire qui devait
débiter cette édition nouvelle eft connu, et, je
crois, arrêté. Cette découverte fera deux biens; elle
fervira, en premier lieu, à juftifier *Jore*, et pourra
même faire découvrir l'imprimeur de l'édition débitée
dans Paris; en fecond lieu, elle intimidera les autres
libraires qui n'oferont pas fe charger d'imprimer le
livre : et alors s'il arrivait que *Jore* eût des exemplaires des pays étrangers ou autrement, il gagnerait
confidérablement; ainfi, de façon ou d'autre, il ne
peut fe plaindre; car s'il a une édition, il la débitera;
s'il n'en a point, il ne perd rien.

J'ai affuré qu'il n'en a point, et je l'affure encore
tous les jours. C'eft un principe dont il ne faut plus
s'écarter. Dans les commencemens de l'orage, je lui
écrivis des chofes affez ambiguës : s'il m'avait fait
un mot de réponfe, il m'aurait raffuré, au lieu qu'il
m'a laiffé toujours dans l'inquiétude; et j'ai été incertain de ce qu'il ferait et de ce que je devais faire. Sa
grande faute eft de ne m'avoir point écrit. Que lui

coûtait-il de dire : *Je n'ai jamais vu ni connu cette édition, et c'est ainsi que je parlerai toujours ?*

Heureusement il a tenu aux magistrats ce discours dont il aurait d'abord dû m'instruire. Il n'y a donc plus à s'en dédire. Il n'a jamais eu la moindre part à aucune édition de ce livre : c'est ce que je crois et ce que je soutiens fermement ; mais cependant le ministère prétend qu'il faut que je lui remette cette prétendue édition que j'avais, dit-on, fait faire par *Jore*. A cela, je n'ai autre chose à répondre, sinon que je ne peux changer de langage, que je ne connais pas cette édition plus que *Jore*, que je l'ai toujours dit et le dirai toujours. Il est bien vrai qu'il y a eu, pendant plus d'un an, des exemplaires imprimés des Lettres philosophiques, entre les mains de quelques particuliers de Paris ; mais ces exemplaires étaient d'une édition faite en Angleterre, de laquelle je ne suis pas le maître.

Je ne peux pas, pour contenter le ministère, trouver une édition qui n'existe point, et je peux encore moins me déshonorer en trouvant une édition que j'ai toujours assuré que je ne connaissais pas. Le résultat de tout ceci est, qu'il est absolument nécessaire que *Jore* m'instruise de tout ce qui s'est passé ; que de mon côté, je demeure convaincu qu'il n'a jamais pensé à faire une édition ; que du sien, il demeure tranquille ; mais surtout que je sache ce qu'il a dit à M. *Hérault*, afin que je m'y conforme en cas de besoin.

N. B. J'apprends dans le moment que mes affaires vont très-bien ; que la découverte de cet imprimeur, qui fefait une nouvelle édition, a beaucoup fervi à ma juftification ; que tous les incrédules de la ville et de la cour fe font déchaînés contre les dévots. *Sæpè premente Deo, fert Deus alter opem.* Ecrivez-moi hardiment fous le couvert de l'abbé *Mouffinot*, cloître Saint-Méri, à Paris.

LETTRE CXVI.

A M. DE FORMONT.

Ce 5 juin.

J'AI reçu votre lettre, mon cher ami. Je ne vous parlerai pas cette fois-ci de philofophie ; je ne vous dirai pas combien je me repens de n'avoir pas montré plus au long tous les faux raifonnemens et les fuppofitions plus fauffes encore dont les Penfées de *Pafcal* font remplies. Je veux vous entretenir de ma fituation préfente au fujet de cette malheureufe édition qu'on m'a fi indignement imputée.

Demoulin m'eft venu trouver dans ma retraite, et m'a confirmé qu'il croyait l'homme que vous favez, coupable de cette trahifon. Il n'a jamais ofé vous écrire, me difait-il ; et il l'aurait fait, s'il n'avait craint de donner quelques armes contre lui. Par tous les difcours qu'il m'a tenus, ajoutait-il, je fuis certain qu'il a fait cette édition dont il aura tiré peu d'exemplaires, et qui n'étant pas tout-à-fait conforme à l'autre, devait fervir à fa juftification, en

cas

cas de foupçon. Il voulait par là fe mettre à l'abri ———
de vos juftes plaintes et de la févérité du miniftère.
Il ne vous écrit point; il a même eu l'infolence de
dire à M. *Hérault*, que c'était chez vous qu'était cette
édition qu'on débite dans Paris; et c'eft fur cette
infame calomnie d'un fcélérat d'imprimeur, ingrat
à toutes vos bontés, qu'on eft venu vifiter chez
vous.

Voilà les difcours que me tient *Demoulin;* et quand
je fonge que j'ai trouvé dans les exemplaires qu'on
vend à Paris, les mêmes fautes qui s'étaient gliffées
dans les premières feuilles imprimées autrefois, et
depuis fupprimées, je fuis bien tenté d'être de l'avis
de *Demoulin.*

D'un autre côté, j'apprends qu'un nommé *René
Joffe* fefait encore une édition de ce livre, laquelle a
été découverte. Ce *René Joffe* a été dénoncé à *Demoulin*
par *François Joffe* fon parent. Ce *François Joffe* a bien
l'air d'avoir fait lui-même, de concert avec fon coufin
René, l'édition qui a fait tant de vacarme. Il y a
grande apparence que ce *François Joffe*, qui a eu entre
les mains un des trois exemplaires que j'avais, et qui
me l'a fait relier, il y a deux mois et demi, en aura
abufé, l'aura fait copier, et l'aura imprimé avec *René;*
que depuis, la jaloufie qu'il aura eue de la deuxième
édition de *René*, l'aura porté à la dénoncer. Voilà ce
que je conjecture; voilà ce que je vous prie de pefer
avec M. de *Cideville.* Vous pouvez après cela avoir
la bonté d'en parler à *Jore.* S'il n'eft pas coupable,
il doit être charmé d'avoir cette ouverture pour fe
juftifier. Mais coupable ou non, il doit m'écrire ou
me faire inftruire des démarches qu'il a faites; et s'il

1734. ————— ne le fait pas, je fuis dans la ferme réfolution de le dénoncer au garde des fceaux, et je le perdrai affurément. Il eft trop horrible d'être fa victime et fa dupe, et d'avoir foutenu et attefté fon innocence, lorfqu'il en ufe avec tant d'indignité. C'eft une des chofes qui ont ajouté un poids plus infupportable à mon malheur. Je vous demande en grâce d'en conférer avec votre ami, et de me mander tous deux votre fentiment. J'attends vos réponfes avec une extrême impatience, et je vous embraffe tendrement.

LETTRE CXVII.

A M. DE CIDEVILLE.

Ce 22 juin.

JE reçois, mon cher et judicieux et très-conftant ami, trois lettres de vous à la fois, qui auraient dû me parvenir il y a près de trois femaines. D'abord je vais vous mettre au fait de ma fituation avec *Jore*.

Dès le 3 mai, je fus averti que le livre paraiffait et qu'il y avait une lettre de cachet. Mes amis de Paris me mandèrent qu'ils croyaient que j'apaiferais tout, fi je livrais l'édition que le garde des fceaux fuppofait entre mes mains. Je fis réponfe que je n'avais point d'édition, et je me mis en retraite.

Je fus extrêmement furpris que *Jore* ne m'eût point écrit pour m'inftruire de ce qui fe paffait. Il devait bien s'attendre que la publication du livre, et fon filence, le rendraient coupable dans mon efprit.

Ne sachant s'il était libre ou à la bastille, je lui écrivis ———— ces propres paroles, par *Demoulin:* S'il est vrai que 1734. *vous ayez une édition de ce livre (ce que je ne crois pas), ou si vous en pouvez trouver une, portez - la chez M. Rouillé, et je la payerai au prix qu'il taxera.*

C'était lui faire entendre que je ne l'accusais pas, et que je lui donnais un moyen de se sauver et de ne rien perdre, s'il était coupable. J'ai fait plus ; quand je fus certainement qu'il était à la bastille, j'écrivis à M. *Rouillé* et à M. *Hérault* les lettres les plus fortes par lesquelles je leur attestais l'innocence du prisonnier. Je ne sais pas quels indignes mensonges ont employé les interrogateurs, mais je sais que l'interrogé m'a chargé contre toute raison, contre la vérité, contre son honneur et contre son intérêt, en un mot, en vrai libraire. Vous en verrez la preuve dans la lettre ci-jointe que je vous prie de brûler; elle est d'un conseiller au parlement, ami de M. *Hérault* et de M. *Rouillé.*

Sur la déposition de ce misérable, M. *Hérault* assura le cardinal de *Fleuri* et monsieur le garde des sceaux, que c'était moi-même qui étais l'auteur de l'édition débitée; et monsieur le cardinal écrivit, le 28 mai, à un de mes amis qui m'a renvoyé la lettre du cardinal.

Cependant, madame d'*Aiguillon* et plusieurs autres personnes avaient parlé vivement en ma faveur au garde des sceaux ; et ma liberté et la fin de mon affaire ne tenaient plus qu'à une lettre de désaveu que l'on exigeait de moi. Tout le monde m'en écrivit, mais toutes les lettres allèrent à un endroit où je n'étais pas. Je n'en reçus aucune dans la retraite où j'étais. Cette erreur fut causée par *Demoulin* qui fait mes

P 2

—— affaires, mais qui eſt un peu inattentif. Mon ſilence

1734. fit croire au garde des ſceaux que je ne voulais pas plier; etſon opiniâtreté ſe fâchant contre la mienne, il a fait rendre ce bel arrêt qui déshonore la grand'-chambre, et qui ne rend pas les Lettres philoſophiques plus mauvaiſes. Cependant j'étais prêt à obéir à monſieur le garde des ſceaux, et il n'en ſavait rien.

Que conclure de tout ceci, et que faire? Première-ment, je conclus qu'il y a des événemens dans la vie qu'il faut ſouffrir ſans murmure, comme la fièvre; que la publication de ces Lettres eſt une infidélité cruelle qu'on m'a faite, ſans que j'en ſache préciſément l'auteur; que le grand tort de *Jore* eſt de ne m'avoir point écrit, de ne m'avoir point informé de ſes démar-ches, et ſurtout de m'avoir accuſé ſi lâchement et avec ſi peu de bon ſens. Vous lui ferez entendre raiſon quand vous le verrez, et vous ſaurez de lui ſes malheurs et ſes fautes.

Je joins ici la copie d'une lettre à un de mes amis (*), au lieu de vous envoyer de nouvelles réflexions. Je viens de recevoir une lettre de notre ami *Formont*. J'allais lui répondre; mais voici des nouvelles ſi affreuſes qui me viennent, touchant M. de *Richelieu*, que la plume me tombe des mains (23). Je mourrais de douleur ſi elles étaient vraies. Mon Dieu, quel funeſte mariage j'aurais fait!

Adieu, mon tendre ami; mes complimens à tous nos amis.

(*) M. de *la Condamine*.

(23) Pluſieurs des princes de la maiſon de Lorraine avaient été mécontens de ce mariage; l'un d'eux (le prince de *Lixen*) le fit ſentir durement à M. de *Richelieu*, au camp de Philisbourg; ils ſe battirent ſur le revers de la tranchée, et M. de *Lixen* fut tué.

LETTRE CXVIII.

A M. DE LA CONDAMINE.

Le 22 juin.

Si la grand'chambre était compofée, Monfieur, d'excellens philofophes, je ferais très-fâché d'y avoir été condamné ; mais je crois que ces vénérables magiftrats n'entendent que très-médiocrement *Newton* et *Locke*. Ils n'en font pas moins refpectables pour moi, quoiqu'ils aient donné autrefois un arrêt en faveur de la phyfique d'*Ariftote*, qu'ils aient défendu de donner l'émétique, &c. ; leur intention eft toujours très-bonne. Ils croyaient que l'émétique était un poifon ; mais depuis que plufieurs confeillers de la grand'chambre furent guéris par l'émétique, ils chan-gèrent d'avis, fans pourtant réformer leur jugement ; de forte qu'encore aujourd'hui l'émétique demeure profcrit par un arrêt, et que M. *Silva* ne laiffe pas d'en ordonner à Meffieurs, quand ils font tombés en apoplexie. Il pourrait peut-être arriver à peu-près la même chofe à mon livre ; peut-être quelque con-feiller penfant lira les Lettres philofophiques avec plaifir, quoiqu'elles foient profcrites par arrêt. Je les ai relues hier avec attention, pour voir ce qui a pu choquer fi vivement les idées reçues. Je crois que la manière plaifante dont certaines chofes y font tournées, aura fait généralement penfer qu'un homme qui traite fi gaiement les quakers et les anglicans,

P 3

ne peut faire fon falut *cum timore et tremore* , et eſt un très - mauvais chrétien. Ce font les termes et non les chofes qui révoltent l'efprit humain. Si M. *Newton* ne s'était pas fervi du mot d'*attraction* dans fon admirable philofophie , toute notre académie aurait ouvert les yeux à la lumière ; mais il a eu le malheur de fe fervir à Londres d'un mot auquel on avait attaché une idée ridicule à Paris ; et fur cela feul , on lui a fait ici fon procès avec une témérité qui fera un jour peu d'honneur à fes ennemis.

S'il eſt permis de comparer les petites chofes aux grandes , j'ofe dire qu'on a jugé mes idées fur des mots. Si je n'avais pas égayé la matière, perfonne n'eût été fcandalifé ; mais auffi perfonne ne m'aurait lu.

On a cru qu'un français, qui plaifantait les quakers, qui prenait le parti de *Locke* , et qui trouvait de mauvais raifonnemens dans *Pafcal* , était un athée. Remarquez, je vous prie, fi l'exiſtence d'un Dieu, dont je fuis réellement très - convaincu , n'eſt pas clairement admife dans tout mon livre ? Cependant, les hommes qui abufent toujours des mots appelleront également athée celui qui niera un Dieu, et celui qui difputera fur la néceffité du péché originel. Les efprits ainfi prévenus ont crié contre les Lettres fur *Locke* et fur *Pafcal*.

· Ma lettre fur *Locke* fe réduit uniquement à ceci : La raifon humaine ne faurait démontrer qu'il foit impoffible à DIEU d'ajouter la penfée à la matière. Cette propofition eſt, je crois, auffi vraie que celle-ci : Les triangles qui ont même bafe et même hauteur font égaux.

A l'égard de *Pafcal* , le grand point de la queſtion

roule vifiblement fur ceci, favoir, fi la raifon —————
humaine fuffit pour prouver deux natures dans 1734.
l'homme. Je fais que *Platon* a eu cette idée, et qu'elle
eft très-ingénieufe; mais il s'en faut bien qu'elle foit
philofophique. Je crois le péché originel, quand la
religion me l'a révélé; mais je ne crois point les
androgynes, quand *Platon* a parlé. Les misères de
la vie, philofophiquement parlant, ne prouvent pas
plus la chute de l'homme, que les misères d'un
cheval de fiacre ne prouvent que les chevaux étaient
tous autrefois gros et gras, et ne recevaient jamais de
coups de fouet; et que, depuis que l'un d'eux s'avifa
de manger de l'avoine, tous fes defcendans furent
condamnés à traîner des fiacres. Si la fainte Ecriture
me difait ce dernier fait, je le croirais; mais il faudrait, du moins m'avouer que j'aurais eu befoin de
la fainte Ecriture pour le croire, et que ma raifon ne
fuffifait pas.

Qu'ai-je donc fait autre chofe que de mettre la
fainte Ecriture au-deffus de la raifon? Je défie, encore
une fois, qu'on me montre une propofition répré-
henfible dans mes réponfes à *Pafcal*. Je vous prie de
conférer fur cela avec vos amis, et de vouloir bien
me mander fi je m'aveugle.

Vous verrez bientôt madame *du Châtelet*. L'amitié
dont elle m'honore ne s'eft point démentie dans cette
occafion. Son efprit eft digne de vous et de M. de
Maupertuis, et fon cœur eft digne de fon efprit. Elle
rend de bons offices à fes amis, avec la même vivacité qu'elle a appris les langues et la géométrie; et
quand elle a rendu tous les fervices imaginables,
elle croit n'avoir rien fait; comme avec fon efprit et

—— fes lumières elle croit ne favoir rien , et ignore fi elle
1734. a de l'efprit. Soyez-lui bien attachés, vous et M. de
Maupertuis, et foyons toute notre vie fes admirateurs
et fes amis. La cour n'eft pas trop digne d'elle ; il lui
faut des courtifans qui penfent comme vous. Je vous
prie de lui dire à quel point je fuis touché de fes
bontés. Il y a quelque temps que je ne lui ai écrit
et que je n'ai reçu de fes nouvelles, mais je n'en fuis
pas moins pénétré d'attachement et de reconnaiffance.

Embraffez pour moi, je vous prie, l'électrique
M. *du Fay ;* et fi vous embraffiez ma petite fœur,
feriez-vous fi mal ? Mandez-moi, je vous prie,
comment elle fe porte. Mille refpects à madame *du
Fay* et à ces dames. Vous m'aviez parlé d'une lettre de
Stamboul , &c.

LETTRE CXIX.

A M. DE FORMONT.

Ce 27 . . . .

Si ceux qui me font l'honneur de me perfécuter
ont eu envie de me donner les mortifications les plus
fenfibles, ils ne pouvaient mieux faire, mon cher et
aimable ami, que de me retenir loin de Paris dans
le temps que vous y êtes. Je vous prie de ne point
parler du voyage qu'a fait ma défolée mufe tragique
chez les Américains. C'eft un nouveau projet dont
Linant vit la première ébauche , et fur quoi je voudrais bien qu'il me gardât le fecret.

A l'égard du nom de poëme épique que vous
donnez à des fantaifies (*) qui m'ont occupé dans ma
folitude, c'eft leur faire beaucoup trop d'honneur.

> *Cui fit mens grandior atque os*
> *Magna fonaturum, des nominis hujus honorem.*

C'eft plutôt dans le goût de l'*Ariofte*, que dans celui
du *Taffe* que j'ai travaillé. J'ai voulu voir ce que pro-
duirait mon imagination, lorfque je lui donnerais un
effor libre, et que la crainte du petit efprit de critique
qui règne en France ne me retiendrait pas. Je fuis
honteux d'avoir tant avancé un ouvrage fi frivole,
et qui n'eft point fait pour voir le jour ; mais après
tout, on peut encore plus mal employer fon temps.
Je veux que cet ouvrage ferve quelquefois à divertir
mes amis, mais je ne veux pas que mes ennemis
puiffent jamais en avoir la moindre connaiffance.
Au mot d'*ennemis*, je ne peux m'empêcher de faire
une réflexion bien trifte ; c'eft que leur haine, dont
je n'ai jamais connu la caufe, eft la feule récompenfe
que j'aye eue pour avoir cultivé les lettres pendant
vingt années. Voilà tout ce que l'on gagne dans ce
métier aimable et dangereux, une réputation chimé-
rique et des perfécutions réelles. On eft envié
comme fi on était puiffant et heureux ; et dans le
même temps, on eft accablé fans reffource. La profeffion des lettres, fi brillante, et même fi libre fous
Louis XIV, le plus defpotique de nos rois, eft devenue
un métier d'intrigues et de fervitude. Il n'y a point de
baffeffe qu'on ne faffe pour obtenir je ne fais quelles
places, ou au fceau, ou dans des académies ; et

(*) La Pucelle.

l'efprit de petiteffe et de minutie eft venu au point que l'on ne peut plus imprimer que des livres infipides. Les bons auteurs du fiècle de *Louis XIV*, n'obtiendraient pas de privilége. *Boileau* et *la Bruyère* ne feraient que perfécutés. Il faut donc vivre pour foi et pour fes amis, et fe bien donner de garde de penfer tout haut, ou bien aller penfer en Angleterre ou en Hollande.

J'ai relu M. *Locke* depuis que je ne vous ai vu. Si cet homme-là avait eu le malheur d'être en France, nous n'aurions peut-être pas ce chef-d'œuvre de raifon et de fageffe. C'eft bien dommage qu'il n'ait pas encore pris plus de liberté, et que fa modération ait étranglé des vérités qui ne demandaient qu'à fortir de fa plume. J'ai ofé m'amufer à travailler après lui. J'ai voulu me rendre compte à moi-même de mon exiftence (*), et voir fi je pouvais me faire quelques principes certains. Il ferait bien doux, mon cher *Formont*, de marcher dans ces terres inconnues avec un auffi bon guide que vous, et de fe délaffer de ces recherches avec des poëmes dans le goût de l'*Ariofte* : car, malheur à la raifon fi elle ne badine quelquefois avec l'imagination. Il y a une dame à Paris qui fe nomme *Emilie*, et qui, en imagination et en raifon, l'emporte fur bien des gens qui fe piquent de l'une et de l'autre. Elle entend *Locke* bien mieux que moi. Je voudrais bien que vous rencontraffiez cette philofophe ; elle mérite que vous l'alliez chercher.

Je vous envoie une bonne leçon de l'épître à

_____

(*) Voyez le traité de Métaphyfique, tome I de la Philofophie.

Emilie. Mandez-moi, je vous prie, fi vous avez ——
rencontré *Moncrif*, et pourquoi il s'eft brouillé avec 1734.
fon prince. Adieu; je vous aime pour la vie.

LETTRE CXX.

A MADAME

LA COMTESSE DE LA NEUVILLE.

Au camp de Philisbourg.

J'AI eu l'honneur, Madame, de rendre les lettres dont
j'étais chargé. Je n'ai pu avoir encore celui de voir
M. de *Champbonin*, parce que meffieurs les dragons
font à la droite, à deux lieues de l'infanterie où je
fuis. Il y a apparence que le prince *Eugène* va occuper
les Français à toute autre chofe qu'à écrire des lettres
dans leurs tentes. Les armées font en préfence; on
s'attend à tout moment à une bataille fanglante. Les
Français fe trouvent entre Philisbourg, le Rhin et
les Allemands. Les troupes marquent une grande
ardeur; elle eft étonnante; on jure qu'on battra le
prince *Eugène*; on ne le craint pas; mais à bon
compte on fe retranche jufqu'aux dents; on a des
lignes, un foffé, des puits, et un avant-foffé; c'eft
une invention nouvelle qui paraît fort jolie, et très-
propre à faire caffer le cou à des gens qui viennent
attaquer des lignes. Toutes les apparences font que le
prince *Eugène* viendra fe préfenter au paffage des
puits et des foffés, vers les quatre heures du matin,

—— demain vendredi, jour de la Vierge. On dit qu'il eſt
1734. fort dévot à *Marie*, et qu'elle pourra bien le favoriſer
contre M. d'*Asfeld*, qui eſt janſéniſte ; vous ſavez,
Madame, que vous autres janſéniſtes êtes ſoupçonnés
de n'avoir pas aſſez de dévotion pour la Vierge ; vous
vous êtes moqués de la congrégation des jéſuites, et
du *Paradis ouvert à Philagie par cent et une dévotions
à la mère de* DIEU. Nous verrons demain pour qui
ſe déclarera la victoire. En attendant, on ſe canonne
à force ; les lignes de notre camp ſont bordées de
quatre-vingts pièces de canon, qui commencent
à jouer. Hier on acheva d'emporter un certain
ouvrage à corne, dont M. de *Belliſle* avait déjà
gagné la moitié ; douze officiers aux gardes ont été
bleſſés à ce maudit ouvrage. Voilà, Madame, la folie
humaine dans toute ſa gloire et dans toute ſon
horreur. Je compte quitter inceſſamment le ſéjour
des bombes et des boulets, pour aller profiter des
bontés dont vous m'honorez. Il me ſemble que je
me ſens mille fois plus de goût pour la vertu depuis
que je vous ai fait ma cour.

LETTRE CXXI.   1734.

A M. DE FORMONT.

Ce 24 juillet.

Ah, que j'aime votre leçon !
Ah, qu'il eft doux d'en faire ufage,
Pâmé dans les bras de Manon,
Ou folâtrant avec un page ;
De paffer les jours doucement
A fe contenter, à fe plaire,
Plutôt que d'aller hautement
Choquer les erreurs du vulgaire !

Je n'irai pas plus loin, car voilà, mon cher ami, la trentième lettre que j'écris aujourd'hui. Je fuis excédé des fatigues d'un voyage et de celle d'écrire. Je fens pourtant que mes forces reviennent avec vous. Votre lettre eft datée d'un mercredi à Canteleu ; mais comme il y a un mois que je mène une vie errante, je ne fais fi ce mercredi était en juin ou en juillet. Votre ami, dont la dernière lettre eft du 27 juin, ne me parle point de la brûlure du ballot. Il faut apparemment que ce grand exemple de juftice n'ait été fait que depuis peu.

Parve, nec invideo, fine me, liber, ibis in ignem.

Toute la terre me perfécute. Il n'y a pas jufqu'au petit marquis, c'eft le petit *Lezeau* que je veux dire, qui fe mêle de vouloir que j'aille à la meffe , en cas que je vienne paffer quelque temps dans les terres de ce feigneur. Mon cher *Formont*, j'aimerais mieux entendre vêpres et la grand'meffe avec vous , que d'entendre feulement un évangile chez lui. Je ferais charmé de pouvoir aller dans quelque temps à Canteleu; mais la chofe me paraît bien difficile. Me voici bientôt excommunié dans toutes les paroiffes, et brûlé dans tous les parlemens. Cela eft beau, j'en conviens, mais cette gloire eft un peu embarraffante; je vous avoue que :

> *Nec vixit malè qui natus , morienfque fefellit ;*
> *Et benè qui latuit , benè vixit.*

Mais que voulez vous que faffe un pauvre homme, quand on débite des livres fous fon nom, qu'on l'excommunie, et qu'on le brûle malgré qu'il en ait? Adieu, mon çher *Formont;* je vous aime tendrement pour toute ma vie.

LETTRE CXXII.

A M. DE FORMONT.

DEPUIS que nous ne nous fommes écrits, mon cher *Formont*, j'aurais eu le temps de faire une tragé-die et un poëme épique; auffi ai-je fait, au moins en partie, et quelque jour vous entendrez parler de tout cela. Mais que fait à préfent votre mufe aimable et pareffeufe? Etes-vous à Rouen ou à Canteleu? On dit que notre ami *Cideville* eft à Paris; mandez-moi donc l'endroit où il demeure, afin que je lui écrive. Eft-il poffible que je ne me trouve point à Paris pendant le feul voyage qu'il y a fait! Que font devenus nos anciens projets de philofopher un jour enfemble dans cette grande ville fi peu philofophe? Quand eft-ce donc que nous pourrons dire enfemble avec liberté, qu'il n'eft pas fûr que la matière foit néceffai-rement privée de penfée, qu'il n'y a pas d'apparence que la lumière, pour éclairer la terre, ait été faite avant le foleil, et autres hardieffes femblables, pour lefquelles certains fous fe font fait brûler autrefois par certains fots?

Faites-moi l'amitié, je vous prie, de me mander ce qu'eft devenu *Jore*. Sa famille eft-elle encore à Rouen? Ce miférable *Jore* en a ufé bien indignement avec moi, et bien imprudemment avec lui-même. Cependant je crois que je ferai à portée inceffamment de lui rendre fervice, et je le ferai avec zèle, quelques fujets que j'aye de me plaindre de lui.

Je fuis bien étonné de n'avoir reçu aucune lettre de M. *Linant*, depuis qu'il a quitté le petit hermitage dont l'hermite était profcrit. Il me femble que c'eft pouffer la pareffe bien loin que de ne pas daigner, en trois mois, écrire un mot à quelqu'un à qui il devait un peu de fouvenir. Mais je lui pardonne, fi jamais il fait quelque bon ouvrage. Ecrivez-moi, mon cher *Formont;* ne foyez pas fi pareffeux que le gros *Linant*. Mandez-moi où eft notre cher *Cideville;* adreffez votre lettre fous le couvert de *Demoulin*, à Paris, vis-à-vis Saint-Gervais. Adieu; vous favez que je vous fuis attaché pour toute ma vie.

LETTRE CXXIII.

A M. DE CIDEVILLE.

Ce 24 juillet.

Je reviens à mon gîte après avoir erré pendant un mois. Cette vie vagabonde m'a empêché, mon cher ami, de recevoir plutôt les lettres qui m'étaient adreffées depuis long-temps. J'en reçois trente à la fois; mais les vôtres me font toujours les plus précieufes. J'y vois toujours le cœur le plus tendre avec l'efprit le plus jufte et le plus fin.

Vous ne pouvez blâmer le petit voyage que j'ai fait à l'armée. Pourriez-vous condamner ce que le cœur fait faire? Tout mon chagrin eft de n'en avoir pas fait autant que vous (*). Vous favez que depuis long-

(*) M. de *Cideville* venait de faire un voyage à Paris.

temps

temps tous mes défirs et toutes mes efpérances font de
paffer avec vous quelques jours dans les douceurs de
l'amitié, et dans une jouiffance entière des belles-
lettres que nous aimons tous deux également ; de
vous montrer mes ouvrages nouveaux, de les corriger
fous vos yeux, de raffembler toutes ces petites pièces
fugitives, dont j'ai de quoi vous faire un petit recueil;
enfin, de vous parler et de vous entendre. Je ne haïrais
pas de paffer quelques femaines à Canteleu, fi on
pouvait n'y voir que vos amis, et n'y être point décelé
par les domeftiques.

J'irais même chez le Marquis, malgré les conditions
dures qu'il m'impofe. Quel barbare que monfieur le
Marquis! Il ne veut point laiffer aux gens liberté de
confcience.

Je ne connais point ce petit libelle que quelque
honnête dévot et quelque bon citoyen aura pieufe-
ment fait contre moi ; mais je crains plus les lettres
de cachet que tous les ouvrages qu'on peut faire
contre les Lettres philofophiques.

Parmi les lettres qui m'ont été renvoyées de Strasbourg, j'en vois une de M. de *Formont*, dans laquelle
il me mande que votre parlement s'eft fignalé auffi ;
mais il ne me mande point qu'on ait rendu un arrêt
contre ceux qui ont vu et corrigé l'édition. Je plains
bien ces pauvres gens qui ont part à la brûlure : fi
ce faint zèle continue, cela va faire le tour du royaume,
et on fera brûlé douze fois. Cela eft affez honorable
entre nous; mais il faut avoir de la modeftie.

Pour *Jore*, je le crois en cendres. Je n'entends
point parler de lui. A l'égard de la copie de la lettre
que je vous envoyai, il y a un mois, c'était unique-

ment pour vous amufer, vous et deux ou trois honnêtes gens; avez-vous pu penfer un moment que ces
auguftes myftères foient faits pour les profanes? *odi
profanum vulgus, et arceo.*

Mille tendres complimens à tous nos amis. Adieu;
je vous embraffe mille fois; adieu, mon cher ami.

LETTRE CXXIV.

A M. LE COMTE D'ARGENTAL.

Septembre.

J'AVAIS, ô adorable ami, entièrement abandonné
mon héros à mâchoire d'âne, fur le peu de cas que
vous faites de cet Hercule groffier, et du bizarre
poëme qui porte fon nom. Mais *Rameau* crie, *Rameau*
dit que je lui coupe la gorge, que je le traite en phi-
liftin, que fi l'abbé *Pellegrin* avait fait un Samfon
pour lui, il n'en démordrait pas; il veut qu'on le
joue; il me demande un prologue. Vous me paraiffez
vous-même un peu raccommodé avec mon famfonet.
Allons donc; je vais faire le petit *Pellegrin*, et mettre
l'Eternel fur le théâtre de l'opéra, et nous aurons de
beaux pfaumes pour ariettes. On m'a condamné comme
fort mauvais chrétien cet été. Je vais être un dévot
feſeur d'opéra cet hiver; mais j'ai bien peur que ce
ne foit une pénitence publique. Excommunié, brûlé,
et fifflé, n'en eft-ce point trop pour une année? J'ai
envie de faire de cela un petit prologue. Je voudrais
bien chanter, en un fade prologue, nos céfars à quatre
fous par jour, et la bataille de Parme, et cette formi-

dable place de Philisbourg; mais cette cacade de ———
Dantzick retient mon enthoufiafme. Il me femble que 1734.
je ferais un beau prologue à Pétersbourg. La czarine
n'eft point dévote, et elle donne des royaumes. Nous
ferions un beau chœur du quatrain de *la Condamine*.

Voici une petite épître que je vous fupplie de
rendre à madame de *Bolingbroke*. On dit qu'elle a
engagé *Matignon le fournois* à parler au garde des
fceaux. Ce garde des fceaux donne eau bénite de cour ;
un excommunié en a toujours befoin. Mais, s'il vous
plaît, quel fi grand mal trouveriez-vous fi on allait
dans un faubourg paffer huit jours fans paraître?
on y fouperait avec vous, on ferait caché comme
un tréfor, et on décamperait de fon trou à la première alarme. On a des affaires après tout ; il faut y
mettre ordre, et ne pas s'expofer à voir tout d'un
coup fa petite fortune au diable. Mais cela n'eft rien ;
le cœur me conduit, et mon cœur n'entend point
raifon. Ecrivez-moi, de grâce, vos petites réflexions fur
ce. Avez-vous eu la bonté de dire quelque chofe pour
moi au porteur de drapeaux ? Avez-vous dit à M. de
Pont-de-Vefle combien je lui fuis attaché ? Voyez-vous
quelquefois madame *du Châtelet* ? Ecrivez-moi, mon
cher ami ; je fuis enchanté de vos bontés ; mais né
mettez mon nom ni fur ni dans votre lettre. Votre
écriture reffemble, comme deux gouttes d'eau, à
celle d'un homme qui m'écrit quelquefois. Signez
un *D*. ou un *F*. Adieu ; je vous aime comme on aime
fa maîtreffe.

Q 2

LETTRE CXXV.

A M. LE DUC DE RICHELIEU.

A Cirey, ce 30 septembre.

Vous attendez apparemment, Messieurs du Rhin, que l'Italie soit nettoyée d'Allemands, pour que vous fassiez enfin quelque beau mouvement de guerre, ou peut-être pour que vous publiez la paix à la tête de vos armées. Le pacifique philosophe dont vous vous moquez est cependant entre ses montagnes, fesant pénitence comme don *Quichotte*, et attendant sa *Dulcinée*. J'ai appris, dans ma solitude, que madame de *Richelieu* devient tous les jours une grande philosophe, et qu'elle a berné et confondu publiquement un ignorant prédicateur de jésuite, qui s'est avisé de disputer contre elle sur l'attraction et sur le vide. Vous allez de votre côté devenir un grand astronome, quand vous aurez le gnomon universel que *Varinge* a promis de faire pour la somme de trois cents cinquante livres. Vous pouvez écrire à votre savante épouse de presser ledit *Varinge* qui doit travailler à cet ouvrage incessamment, et le livrer au mois d'octobre. Croyez, monsieur le Duc, que mon respect pour la physique et pour l'astronomie ne m'ôte rien de mon goût pour l'histoire. Je trouve que vous faites à merveille de l'aimer. Il me semble que c'est une science nécessaire pour les seigneurs de votre sorte, et qu'elle est bien plus de ressource dans la société, plus amusante et

bien moins fatigante que toutes les fciences abftrai-
tes. Il y a dans l'hiftoire, comme dans la phyfique, **1734.**
certains faits généraux très-certains; et pour les petits
détails, les motifs fecrets, &c., ils font auffi difficiles
à deviner que les refforts cachés de la nature. Ainfi,
il y a par-tout également d'incertitude et de clarté.
D'ailleurs, ceux qui, comme vous, aiment les anecdotes en hiftoire, font affez comme ceux qui aiment
les expériences particulières en phyfique. Voilà tout
ce que j'ai de mieux à vous dire en faveur de l'hiftoire
que vous aimez, et que madame *du Châtelet* méprife
un peu trop. Elle traite *Tacite* comme une bégueule
qui dit des nouvelles de fon quartier. Ne viendrez-
vous pas difputer un peu contre elle quelque jour
à Cirey? Je vais vîte vous faire bâtir un appartement.
Je crois que vous reviendrez des bords du Rhin

Un peu las de votre campagne,
Très-affamé de jeunes ...
Et pour des ... fermes et ronds
Oubliant toute l'Allemagne.
Vous m'avoûrez pour le certain
Que votre bonté paffagère
Se faifira de la première
Honnête bégueule, ou catin,
Sage ou folle, facile ou fière,
Qui vous tombera fous la main.
Mais s'il vous peut refter encore
Quelque pitié pour le prochain,
Épargnez dans votre chemin
La beauté que mon cœur adore.

LETTRE CXXVI.

A M. LE COMTE D'ARGENTAL.

Dans un cabaret hollandais fur le chemin de Bruxelles , le 4 novembre.

MON cher et refpectable ami, voilà horriblement de bruit pour une omelette. On ne peut être ni moins coupable ni plus vexé. Je n'ai pas manqué une pofte. Ce n'eft pas ma faute fi elles font très-infidelles dans les chemins de traverfe de l'Allemagne ; et puifqu'on envoya en Touraine une de vos lettres adreffée en Hollande , on peut avoir fait de plus grandes méprifes dans la Franconie et dans la Veftphalie. J'ai été un mois entier fans recevoir des nouvelles de votre amie (*) ; mais j'ai été affligé fans colère, fans croire être trahi, fans mettre toute l'Allemagne en mouvement. Je vous avoue que je fuis très-fâché des démarches qu'on a faites. Elles ont fait plus de tort que vous ne penfez ; mais il n'y a point de fautes qui ne foient bien chères quand le cœur les fait commettre. J'ai les mêmes raifons pour pardonner, qu'on a eues de fe mal conduire. Vous auriez grand tort , mon cher ange , de m'avoir condamné fans m'entendre. Et quel befoin même aviez-vous de ma juftification? votre cœur ne devait-il pas deviner le mien? et n'eft-ce pas au maître à répondre du difciple? Je me flatte que vous me reverrez bientôt à l'ombre de vos ailes, que

(*) Madame la marquife du Châtelet.

vous me rendrez plus de justice, et que vous apprendrez à votre amie à ne point obscurcir par des orages   1734.
un ciel aussi serein que le nôtre. Mille tendres respects
à tous les anges.

Ce 6 novembre.

J'ARRIVE à Bruxelles où je jouis du bonheur de
voir votre amie en bien meilleure santé que moi; je me
croirai parfaitement heureux, quand l'un et l'autre
nous aurons la consolation de vous embrasser.

Je sens ma joie toute troublée par la maladie de
madame d'*Argental*. J'ai reçu ici une ancienne lettre
de monsieur le commandeur de *Solar*. Je vais lui
répondre. Je me flatte que l'un de mes deux anges
l'assurera bien qu'il n'est pas fait pour être oublié.
Tous ces ministres de Sardaigne sont aimables; j'en ai
vu deux dont je suis presque aussi content que de
M. de *Solar*. Adieu, couple charmant; adieu, divinités de la société et de mon cœur.

LETTRE CXXVII.

A M. LE COMTE D'ARGENTAL.

Novembre.

J'AI mené une vie un peu errante , mon adorable ami, depuis près d'un mois; voilà ce qui m'a empê- ché de vous écrire. Je crois que je touche enfin à la paix que vos négociations et vos bontés m'ont procurée. Voilà madame de *Richelieu* qui va enfin être présentée. Elle ne quittera point votre garde des sceaux qu'elle n'ait obtenu la paix, et j'espère qu'enfin cette infame persécution, pour un livre innocent, cessera. Pour moi, je vous avoue qu'il faudra que je sois bien phi- losophe pour oublier la manière indigne dont j'ai été traité dans ma patrie. Il n'y a que des amis tels que vous, et tels que ceux qui m'ont si bien servi, qui puissent me faire rester en France. Voulez-vous, si je ne reviens pas sitôt, que je vous envoye certaine tra- gédie fort singulière, que j'ai achevée dans ma solitude? C'est une pièce fort chrétienne, qui pourra me récon- cilier avec quelques dévots; j'en serai charmé, pourvu qu'elle ne me brouille pas avec le parterre. C'est un monde tout nouveau , ce sont des mœurs toutes neuves. Je suis persuadé qu'elle réussirait fort à Panama et à Fernambouc. Dieu veuille qu'elle ne soit pas sifflée à Paris. J'avais commencé cet ouvrage, l'année passée, avant de donner Adélaïde, et j'en avais même lu la première scène au jeune *Crébillon* et à

Dufrefne. Je fuis affez fûr du fecret de *Dufrefne*, mais
je doute fort de *Crébillon.* En tout cas, je lui ferai **1734.**
demander le fecret, fauf à lui à le garder s'il veut.
Vous pourriez toujours faire donner la pièce à
Dufrefne, fans que *Crébillon* ni perfonne en fût rien.
Le pis qui pourrait arriver ferait d'être reconnu après
la première repréfentation ; mais nous aurions toujours prévenu les cabales. Les examinateurs, ne
fachant pas que l'ouvrage eft de moi, le jugeraient
avec moins de rigueur, et pafferaient une infinité de
chofes que mon nom feul leur rendrait fufpectes. Eft-
il vrai que M. *Palu* a paffé de l'intendance de Moulins
à celle de Befançon ? Peut-être eft-ce une fauffe nouvelle ; mais un pauvre reclus comme moi peut-il en
avoir d'autres ? Eft-il vrai qu'on parle de paix ? Mandez-
moi, je vous prie, ce qu'on en dit. Il n'y a point de
particulier qui ne doive s'y intéreffer, en qualité d'âne
à qui on fait porter double charge pendant la guerre.

Adieu ; je vous aime comme vous méritez d'être
aimé.

LETTRE CXXVIII.

A M. ***.

A Cirey, le 12 de janvier.

VOUS ne fauriez croire, Monfieur, combien je fuis flatté de voir que vous ne m'oubliez point au milieu des devoirs et des occupations dont vous êtes furchargé. Vous me faites voir par votre dernière lettre que M. de *Lacléde* eft placé auprès de M. le maréchal de *Coigny*. Je ne le favais pas ; c'eft fans doute M. *d'Argental* qui lui aura procuré cette place. Si cela eft, voilà M. *d'Argental* bien aife ; c'eft un nouveau fervice rendu de fa part. Il eft né pour faire plaifir, comme *Rameau* pour faire de bonne mufique.

N'avez-vous point vu M. de *Moncrif* ? S'obftine-t-il à fe tenir folitaire, parce qu'il n'eft plus dans une cour ? Eh ! ne peut-on pas vivre heureux avec des hommes, quoiqu'on n'ait pas l'avantage d'être auprès des princes ?

Voudriez-vous me faire l'amitié de me mander quand on fera l'oraifon funèbre de M. le maréchal de *Villars* ? Celui qui eft chargé de l'éloge de M. de *Bervick* eft un homme de mérite, qui me fait l'honneur d'être de mes amis. Je ne fais qui fera le *Fléchier* de notre dernier *Turenne*. Le père *Tournemine* avait entrepris ce difcours, mais il a remercié. N'eft-ce point l'abbé *Ségui* qui lui a fuccédé ? Il eft déjà connu par un très-beau panégyrique de Sᵗ *Louis*. Le fujet de Sᵗ *Louis* était épuifé, et celui-ci eft tout neuf. Que ne

dira-t-il pas d'un homme qui, à quatre-vingts ans , ——
prenait le Milanais et entretenait des filles ?

Adieu, Monsieur; vous favez combien je vous fuis attaché.

LETTRE CXXIX.

A M. LE COMTE D'ARGENTAL.

A Amsterdam , ce 27 janvier.

RESPECTABLE ami , je vous dois compte de ma conduite; vous m'avez conseillé de partir, et je fuis parti ; vous m'avez conseillé de ne point aller en Pruffe, et je n'y ai point été : voici le refte que vous ne favez pas. *Roulffeau* apprit mon paffage par Bruxelles, et fe hâta de répandre et de faire inférer dans les gazettes que je me réfugiais en Pruffe, que j'avais été condamné à Paris à une prifon perpétuelle , &c. Cette belle calomnie n'ayant pas réuffi , il s'avife d'écrire que je prêche l'athéifme à Leyde ; là-deffus il forge une hiftoire, et on envoie ces contes bleus à Paris, où fans doute la bonté du prochain ne les laiffera pas tomber par terre. On m'a renvoyé de Paris une des lettres circulaires qu'il a fait écrire par un moine défroqué, qui eft fon correfpondant à Amfterdam. Ces calomnies fi réitérées, fi acharnées et fi abfurdes , ne peuvent ici me porter coup, mais elles peuvent beaucoup me nuire à Paris; elles m'y ont déjà fait des bleffures, elles rouvriront les cicatrices. Je fais , par expérience , combien le mal réuffit dans une belle et grande ville comme Paris, où l'on n'a guère d'autre occupation que de médire. Je fais que le bien qu'on dit d'un homme ne paſſe guère la porte de la chambre où on en parle, et que la calomnie va à tire d'ailes juſqu'aux miniſtres. Je ſuis perſuadé que ſi ces miſérables bruits parviennent à vous, vous en verrez aiſément la ſource et l'horreur, et que vous préviendrez l'effet qu'ils peuvent faire. Je voudrais être ignoré, mais il n'y a plus moyen. Il faut ſe réſoudre à payer toute ma vie quelques tributs à la calomnie. Il eſt vrai que je ſuis taxé un peu haut; mais c'eſt une forte d'impôt fort mal réparti. Si l'abbé de *Saint-Pierre* a quelque projet pour arrêter la médiſance, je le ferai volontiers imprimer à mes dépens.

Du reſte, je vis aſſez en philoſophe, j'étudie beaucoup, je vois peu de monde, je tâche d'entendre *Newton*, et de le faire entendre. Je me conſole avec l'étude, de l'abſence de mes amis. Il n'y a pas moyen de refondre à préſent l'Enfant prodigue. Je pourrais bien travailler à une tragédie le matin, et à une comédie le ſoir; mais paſſer en un jour de *Newton* à *Thalie*, je ne m'en ſens pas la force.

Attendez le printemps, Meſſieurs, la poëſie ſervira ſon quartier; mais à préſent c'eſt le tour de la phyſique. Si je ne réuſſis pas avec *Newton*, je me conſolerai bien vîte avec vous. Mille tendres reſpects, je vous en prie, à monſieur votre frère. Je ſuis bien tenté d'écrire à *Thalie* (*); je vous prie de lui dire combien je l'aime, combien je l'eſtime. Adieu; ſi je voulais dire à quel point je pouſſe ces ſentimens-là pour vous, et y ajouter ceux de mon éternelle reconnaiſſance, je vous écrirais des in-folio de bénédictin.

(*) Mademoiſelle *Quinault.*

LETTRE CXXX.

A M. DE FORMONT.

Le 13 février.

S i madame *du Deffant*, mon cher ami, avait toujours un fecrétaire comme vous, elle ferait bien de
paffer une partie de fa vie à écrire. Faites fouvent, je
vous en prie, en votre nom ce que vous avez fait au
fien; confolez-moi de votre abfence et de la fienne
par le commerce aimable de vos lettres.

Je n'ai point encore vu les mémoires d'*Hector* (*) ;
mais vrais ou faux, je doute qu'ils foient bien intéreffans ; car, après tout, que pourront-ils contenir
que des fiéges, des campemens, des villes prifes et
perdues, de grandes défaites, de petites victoires ?
On trouve de cela par-tout ; il n'y a point de fiècle
qui n'ait fa demi-douzaine de *Villars* et de princes
Eugène. Les contemporains qui ont vu une partie de
ces événemens les liront pour les critiquer, et la poftérité s'embarraffera peu qu'un général français ait
gagné la bataille de Fridelingue, et ait perdu celle
de Malplaquet. Le maréchal de *Villars* avait l'humeur
un peu romanefque ; mais fa conduite et fes aventures
ne tiennent pas affez du roman pour divertir fon
lecteur.

Qu'un prince comme *Charles II*, qui a vu fon père
fur l'échafaud, et qui a été contraint lui-même de

(*) *Hector de Villars.*

—————— fuir à travers fon royaume, déguifé en poftillon; qui a demeuré deux jours dans le creux d'un chêne (lequel chêne, par parenthèfe, eft mis au rang des conftellations) ; qu'un tel prince, dis-je, faffe des mémoires, on les lira plus volontiers que les Amadis. Il en eft des livres comme des pièces de théâtre; fi vous n'intéreffez pas votre monde, vous ne tenez rien. Si *Charles XII* n'avait pas été exceffivement grand, malheureux et fou, je me ferais bien donné de garde de parler de lui. J'ai toujours eu envie de faire une hiftoire du fiècle de *Louis XIV;* mais celle de ce roi, fans fon fiècle, me paraîtrait affez infipide.

Le père de la *Bletterie*, en écrivant la vie de *Julien*, a fait un fuperftitieux de ce grand homme. Il a adopté les fots contes d'*Ammien-Marcellin.* Me dire que l'auteur des *Céfars* était un païen bigot, c'eft vouloir me perfuader que *Spinofa* était bon catholique. La *Bletterie* devait prendre avec foi le peloton de M. de *Saint-Agnan*, et s'en fervir pour fe tirer du laby-rinthe où il s'eft engagé. Il n'appartient point à un prêtre d'écrire l'hiftoire; il faut être défintéreffé fur tout, et un prêtre ne l'eft fur rien.

J'aimerais prefque autant l'hiftoire des papillons et des chenilles que M. de *Réaumur* nous donne, que l'hiftoire des hommes dont on nous ennuie tous les jours; d'ailleurs, je fuis dans un pays où il y a bien moins d'hommes que de chenilles. Il y a long-temps que je n'ai rien vu qui reffemble à l'efpèce humaine, et je commence à oublier ces animaux-là. Exceptez-en un très-petit nombre à la tête defquels vous êtes, je ne fais pas grand cas de mes confrères les humains; mais j'en ufe avec vous à peu-près comme DIEU avec

Sodôme. Ce bon Dieu voulait pardonner à ces ...-là, s'il avait trouvé cinq honnêtes gens dans le pays; vous êtes assurément un de ces cinq ou fix qui me font encore aimer la France. *Cideville* est de cette demi-douzaine; il m'écrit toujours de jolie profe et de jolis vers.

LETTRE CXXXI.

A M. DESFORGES-MAILLARD.

A Vaffi en Champagne, le . . . février.

Dona puer folvit quæ fæmina voverat Iphis.

VOTRE changement de fexe, Monfieur, n'a rien altéré de mon eftime pour vous. La plaifanterie que vous avez faite eft un des bons tours dont on fe foit avifé, et cela feul ferait auprès de moi un grand mérite. Mais vous en avez d'autres que celui d'attraper le monde; vous avez celui de plaire, foit en homme, foit en femme. Vous êtes actuellement fur les bords du Lignon, et de nymphe de la mer vous voilà devenu berger d'Aftrée. Si ce pays-là vous infpire quelques vers, je vous prie de m'en faire part; pour moi j'ai un peu abandonné la poëfie dans la campagne où je fuis :

Non eadem ætas, non vis.
Olim poteram cantando ducere noctes ;

Mais à préfent je fonge à vivre:

Quid verum atque decens curo et rogo , et omnis in hoc fum.

Un peu de philofophie, l'hiftoire, la converfation partagent mes jours.

Duco follicitæ jucunda oblivia vitæ.

Cette vie fera plus heureufe encore fi vous me donnez part des fruits de votre loifir. Je fuis fâché que la Champagne foit fi loin du Lignon; mais c'eft véritablement vivre enfemble que de fe communiquer les productions de fon efprit et les fentimens de fon ame.

LETTRE CXXXII.

A M. LE COMTE D'ARGENTAL.

A Cirey, 1 mars.

JE profite, mon cher et refpectable ami, du voyage de M. le marquis *du Châtelet*, pour répandre mon cœur dans le vôtre avec liberté. Je n'ai ofé vous écrire depuis que je fuis à Cirey, et vous croyez bien que je n'ai écrit à perfonne. Vous fentez, fans doute, combien il en coûte de garder le filence avec quelqu'un à qui je voudrais parler toute ma vie de ma tendre reconnaiffance.

Je n'ai pu reconnaître toutes vos bontés qu'en fuivant vos ordres à la lettre lorfque j'étais en Hollande. Je trouvai en arrivant une cabale établie par *Roufeau* contre moi, et une foule de libelles imprimés depuis long-temps pour me noircir, de forte que je

me

me voyais à la fois perfécuté en France et calomnié —————
dans toute l'Europe. Je ne pris d'autre parti que de 1735.
vivre affez retiré, et de chercher des confolations dans
l'étude et dans la fociété de quelques amis que je
m'attirai malgré les efforts de mes ennemis. Le hafard
me fit connaître une ou deux de ces perfonnes que
Rouffeau avait animées contre moi. J'eus le bonheur
de les voir détrompées en peu de temps. Loin de
vouloir continuer cette malheureufe guerre d'injures ,
je retranchai de l'édition qu'on fait de mes ouvrages
tout ce qui fe trouve contre *Rouffeau*.

Je vous envoie la lettre d'un homme de lettres
d'Amfterdam, qui vous inftruira mieux de tout cela
que je ne pourrais faire, et qui vous fera voir en
même temps ce que c'eft que *Rouffeau*. Je vous prie
de lire cette lettre d'Amfterdam , et la copie de l'écrit
qu'elle contient. Je crois qu'il eft bon que ce nouveau
crime de *Rouffeau* foit public. Peut-être ceux qu'il
anime à me perfécuter en France rougiront-ils de
prendre fon parti, et imiteront ceux qu'il avait féduits
en Hollande, qui font tous revenus à moi, et m'aiment autant qu'ils le déteftent.

Vous n'ignorez peut-être pas qu'en dernier lieu ce
fcélérat, croyant aplanir fon retour en France, a fait
imprimer contre le vieux *Saurin* les calomnies les plus
atroces. Vous favez que c'eft lui qui écrivait et qui
fefait écrire que j'étais venu prêcher l'athéifme en
Hollande, que j'avais foutenu une thèfe d'athéifme à
Leyde contre M. *s'Gravefende*, qu'on m'avait chaffé
de l'univerfité, &c. Vous êtes inftruit de la lettre de
M. *s'Gravefende*, dans laquelle cette indigne et abfurde
calomnie eft fi pleinement confondue ; l'original eft

Correfp. générale.   Tome I.   R

—— entre les mains de M. de *Richelieu ;* je ne sais quel usage il en a fait, ni même s'il en doit faire usage. Je souhaiterais fort pourtant que M. de *Maurepas* en fût informé; ne pourrait-il pas dans l'occasion en parler au cardinal , et ne dois-je pas le souhaiter?

Je vous avoue que si l'amitié, plus forte que tous les autres sentimens, ne m'avait pas rappelé, j'aurais bien volontiers passé le reste de mes jours dans un pays où du moins mes ennemis ne peuvent me nuire, et où le caprice , la superstition et l'autorité d'un ministre ne sont point à craindre. Un homme de lettres doit vivre dans un pays libre, ou se résoudre à mener la vie d'un esclave craintif, que d'autres esclaves jaloux accusent sans cesse auprès du maître. Je n'ai à attendre en France que des persécutions; ce sera là toute ma récompense. Je m'y verrais avec horreur, si la tendresse et toutes les grandes qualités de la personne qui m'y retient ne me fesaient oublier que j'y suis. Je sens que je serai toujours la victime du premier calomniateur. *Hérault* est celui qui m'a le plus nui auprès du cardinal. Faut - il qu'un homme qui pense comme moi ait à craindre un homme comme *Hérault!* Eh, qui me répondra que m'ayant desservi avec malice il ne me poursuive pas avec acharnement ? J'ai beau me cacher dans l'obscurité, j'ai beau n'écrire à personne , on saura où je suis, et mon obstination à me cacher rendra peut-être encore ma retraite coupable. Enfin, je vis dans une crainte continuelle , sans savoir comment je peux parer les coups qu'on me porte tous les jours. C'est une chose bien inouïe que la manière dont on en use avec moi; mais enfin je la souffre , je me fais esclave volontiers, pour vivre auprès de la perfonne auprès de qui tout doit difparaître. Il n'y a pas d'apparence que je revienne jamais à Paris m'expofer encore aux fureurs de la fuperftition et de l'envie. Je vivrai à Cirey ou dans un pays libre. Je vous l'ai toujours dit : fi mon père, mon frère, ou mon fils était premier miniftre dans un état defpotique, j'en fortirais demain ; jugez ce que je dois éprouver de répugnance en m'y trouvant aujourd'hui. Mais enfin madame *du Châtelet* eft pour moi plus qu'un père, un frère et un fils.

Je ne demande qu'à vivre enfeveli dans les montagnes de Cirey, et je n'y défirerai jamais rien que de vous y voir. Adieu, les deux frères aimables ; je vous embraffe tendrement. Voici une lettre pour M. de *Maurepas*, que vous donnerez, fi vous le jugez à propos ; mais il faut qu'il fache d'où viennent les deux chevreuils.

Je ne peux vous rien dire des Elémens de la philofophie de *Newton*. Je n'ai point reçu de nouvelles de mes libraires de Hollande. Ce font de bonnes gens, mais très-peu exacts. Je ne refufe point de la faire imprimer en France, quelque jufte averfion que j'aye pour la douane des penfées. Au refte, c'eft un ouvrage purement phyfique, où le plus imbécille fanatique et l'hypocrite le plus envenimé ne faurait rien entendre ni rien trouver à redire. J'ai un beau fujet de tragédie, je le travaillerai à loifir, et je ne donnerai l'ouvrage que quand les comédiens auront repris Zaïre et Brutus.

Je n'ai point de termes pour vous dire à quel point mon cœur eft à vous.

1735.

LETTRE CXXXIII,

A M. DE CIDEVILLE. (24)

A Paris, le 31 mars.

ÉMILIE permet, mon cher ami, que j'ajoute quelques petits mots à sa lettre. Cela est bien hardi à moi.
Peut-on lire quelque autre chose après qu'on a lu ce
qu'elle vous mande. Elle vous assure de son amitié.
Vous devriez, en vérité, venir à Paris prendre possession
de ce qu'elle vous offre; je connais les charmes de
cette amitié, et j'en sens tout le prix. Si j'étais assez
heureux pour vous voir dans sa cour, que de vers,
mon cher *Cideville*! que de conversations charmantes!
M. de *Formont* a eu le bonheur de la voir, et j'avais
le malheur d'être bien loin; enfin, me voici revenu,
mais me voici loin de vous. Il manque toujours quelque chose au bonheur des hommes. J'ai reçu un paquet
que je n'ai pas encore eu le temps d'ouvrir. J'y verrai
tous les charmes de votre esprit; ce sera l'aimant de

(24) Cette lettre commence par quelques lignes de la main de madame
la marquise *du Châtelet*. Les voici :

Je dérobe à votre ami, Monsieur, le plaisir de vous apprendre lui-même
son retour ; je sens et je partage votre joie. J'ai eu un plaisir extrême à
le revoir; son affaire a traîné si long-temps que je n'en espérais presque
plus la fin ; mais enfin il nous est rendu ; il faut espérer qu'il ne nous
donnera plus des alarmes aussi vives. Je ne sais si vous avez reçu une
lettre de moi dont M. de *Formont* a bien voulu se charger. Je veux toujours
me flatter que je vous rassemblerai un jour dans une campagne où je
médite de passer quelque temps. Vous devez être bien persuadé que je
désire avec empressement de connaître une personne pour qui j'ai conçu
une estime que l'amitié a fait naître, et que j'espère qu'elle cimentera.

mon imagination. J'ai vu le gros *Linant*, mais je n'ai
pas encore vu fa pièce. Je fouhaite qu'elle fe porte
auffi bien que lui.

Adieu, mon cher ami; je vous embraffe bien tendrement. Notre cher *Formont* devrait bien regretter
Paris, fi vous n'étiez point à Rouen. Je me flatte
que M. du *Bourgtroulde* veut bien fe fouvenir de moi.
Pour M. de *Brévedent*, s'il favait que j'exifte, j'ambi-
tionnerais bien fon amitié. Adieu ; ne vous verrai-je
donc jamais?

LETTRE CXXXIV.

A M. DE CIDEVILLE.

Paris, ce 16 avril.

VRAIMENT, mon cher ami, je ne vous ai point
encore remercié de cet aimable recueil que vous
m'avez donné. Je viens de le relire avec un nouveau
plaifir. Que j'aime la naïveté de vos peintures! Que
votre imagination eft riante et féconde! Et ce qui
répand fur tout cela un charme inexprimable, c'eft
que tout eft conduit par le cœur. C'eft toujours
l'amour ou l'amitié qui vous infpire. C'eft une efpèce
de profanation à moi de ne vous écrire que de la profe,
après les beaux exemples que vous me donnez; mais,
mon cher ami,

Carmina feceffum fcribentis, et otia quærunt.

Je n'ai point de recueillement dans l'efprit; je vis

R 3

—— de diffipation depuis que je fuis à Paris ; *tendunt extor-quere poëmata ;* mes idées poëtiques s'enfuient de moi. Les affaires et les devoirs m'ont appefanti l'imagina-tion ; il faudra que je faffe un tour à Rouen pour me ranimer.

Les vers ne font plus guère à la mode à Paris. Tout le monde commence à faire le géomètre et le phyficien. On fe mêle de raifonner. Le fentiment, l'imagination et les grâces font bannis. Un homme, qui aurait vécu fous *Louis XIV*, et qui reviendrait au monde, ne reconnaîtrait plus les Français ; il croirait que les Allemands ont conquis ce pays-ci. Les belles-lettres périffent à vue d'œil. Ce n'eft pas que je fois fâché que la philofophie foit cultivée, mais je ne vou-drais pas qu'elle devînt un tyran qui exclût tout le refte. Elle n'eft en France qu'une mode qui fuccède à d'autres, et qui paffera à fon tour ; mais aucun art, aucune fcience ne doit être de mode. Il faut qu'ils fe tiennent tous par la main ; il faut qu'on les cultive en tout temps.

Je ne veux point payer de tribut à la mode ; je veux paffer d'une expérience de phyfique à un opéra ou à une comédie, et que mon goût ne foit jamais émouffé par l'étude. C'eft votre goût, mon cher *Cideville*, qui foutiendra toujours le mien ; mais il faudrait vous voir, il faudrait paffer avec vous quelques mois ; et notre deftinée nous fépare quand tout devrait nous réunir.

J'ai vu *Jore* à votre femonce ; c'eft un grand écer-velé. Il a caufé tout le mal pour s'être conduit ridicu-lement. Il n'y a rien à faire pour *Linant*, ni auprès de la préfidente, ni au théâtre. Il faut qu'il fonge à

être précepteur. Je lui fais apprendre à écrire; après
quoi il faudra qu'il apprenne le latin, s'il le veut   1735.
montrer. Ne le gâtez point fi vous l'aimez. *Vale.*

LETTRE CXXXV.

A M. DE FORMONT.

Ce 17 avril.

Mon cher *Formont*, vous me pardonnerez fi vous
voulez; mais je ne me rends point encore fur *Julien.*
Je ne peux croire qu'il ait eu les ridicules qu'on lui
attribue; qu'il fe foit fait débaptifer et taurobolifer de
bonne foi. Je lui pardonne d'avoir haï la fecte dont
était l'empereur *Conftance* fon ennemi; mais il ne
m'entre point dans la tête qu'il ait cru férieufement
au paganifme. On a beau me dire qu'il affiftait aux
proceffions, et qu'il immolait des victimes : *Cicéron*
en fefait autant, et *Julien* était dans l'obligation de
paraître dévot au paganifme; mais je ne peux juger
d'un homme que par fes écrits; je lis les *Céfars*, et je
ne trouve dans cette fatire rien qui fente la fuperftition. Le difcours même qu'on lui fait tenir à fa mort
n'eft que celui d'un philofophe. Il eft bien difficile de
juger d'un homme après quatorze cents ans, mais au
moins n'eft-il pas permis de l'accufer fans de fortes
preuves; et il me paraît que le bien qu'on peut dire
de *Julien* eft prouvé par les faits, et que le mal ne
l'eft que par ouï-dire et par conjectures. Après tout,
qu'importe? Pourvu que nous n'ayons aucune forte

R 4

—— de fuperſtition , à la bonne heure que *Julien* en ait eu.

Vous ſavez que nos philoſophes argonautes ſont partis enfin pour aller tracer une méridienne et des parallèles dans l'Amérique. Nous ſaurons enfin quelle eſt la figure de la terre, et ce que vaut préciſément chaque degré de longitude. Cette entrepriſe rendra ſervice à la navigation, et fera honneur à la France. Le conſeil d'Eſpagne a nommé quelques petits philoſophes eſpagnols pour apprendre leur métier ſous les nôtres. Si notre politique eſt la très-humble ſervante de la politique de Madrid, notre académie des ſciences nous venge. Les Français ne gagnent rien à la guerre, mais ils toiſent l'Amérique. Savez-vous que l'académie des belles-lettres s'eſt chargée de faire une belle inſcription pour la beſogne de nos argonautes? Toute cette académie en corps, après y avoir mûrement réfléchi, a conclu que ces Meſſieurs allaient meſurer un arc du méridien ſous un arc de l'équateur. Vous remarquerez que les méridiens vont du nord au ſud, et que par conſéquent l'académie des belles-lettres en corps a fait la plus énorme bévue du monde. Cela reſſemble à celle de l'académie françaiſe qui fit imprimer, il y a quelques années, cette belle phraſe : *Depuis les pôles glacés juſqu'aux pôles brûlans.*

Le papier manque. *Vale.*

LETTRE CXXXVI.

A M. BERGER.

A Cirey, le 24 avril.

Vos lettres ajoutent un nouveau charme à la douceur dont je jouis dans la folitude où je me fuis retiré
loin du monde bruyant méchant et miférable ; loin
des mauvais poëtes et des mauvaifes critiques. J'aime
mille fois mieux favoir par vous des nouvelles de
tout ce qui fe paffe, que d'en être le témoin. Il y a
une infinité d'événemens qui ennuient le fpectateur,
et qui deviennent intéreffans quand ils font bien contés.
Vous m'embelliffez, par vos lettres, les fottifes de mon
fiècle. Je les lis à une perfonne refpectable et bien
aimable, dont le goût eft univerfel ; vos lettres lui
plaifent infiniment. Je fuis bien aife de vous faire cette
petite trahifon, afin de vous engager à m'écrire plus
fouvent. S'il n'y avait que moi qui luffe vos lettres,
je vous prierais encore de m'en favorifer chaque jour
par le feul intérêt de mon plaifir ; mais puifqu'elles
font les délices d'une perfonne à qui tout le monde
voudrait plaire, c'eft votre amour propre qui y eft
intéreffé à préfent.

Mandez-moi donc fi le grand muficien *Rameau* eft
auffi *maximus in minimis*, et fi, de la fublimité de fa
grande mufique, il defcend avec fuccès aux grâces
naïves du ballet. J'aime les gens qui favent quitter le
fublime pour badiner. Je voudrais que *Newton* eût
fait des vaudevilles ; je l'en eftimerais davantage.

——— Celui qui n'a qu'un talent peut être un grand génie;
1735. celui qui en a plufieurs eft plus aimable. C'eft apparemment parce que je fuis le très-humble ferviteur de
ceux qui touchent à la fois aux deux extrémités, qu'on
m'a gravé à côté de M. de *Fontenelle*. Mon ami *Thiriot*
s'eft fait peindre avec la Henriade à la main. Si j'ai
une copie de ce portrait, j'aurai ma maîtreffe et mon
ami dans un cadre. Mandez-moi fi vous le voyez
quelquefois à l'opéra, et aiguillonnez un peu la pareffe
qu'il a d'écrire. Adieu; je vous embraffe tendrement.

LETTRE CXXXVII.

A M. DESFORGES-MAILLARD.

Le . . . avril.

LES fréquentes maladies dont je fuis accablé, Monfieur, m'ont empêché de répondre à votre profe et à
vos vers; mais elles ne m'ôtent rien de ma fenfibilité
pour tout ce qui vous regarde. Je me fouviens toujours des coquetteries de mademoifelle *Malcrais*,
malgré votre barbe et la mienne; et s'il n'y a pas
moyen de vous faire des déclarations, je cherche celui
de vous rendre fervice. Je compte voir cet été monfieur le contrôleur général. Je chercherai *mollia fandi
tempora*, et je me croirai trop heureux fi je puis
obtenir quelque chofe du *Plutus* de Verfailles, en faveur
de l'*Apollon* de Bretagne. Pardonnez à un pauvre
malade de ne pouvoir vous écrire de fa main.

Je fuis, &c.

LETTRE CXXXVIII.

A M. DE CIDEVILLE.

Paris, 29 avril.

LINANT n'a encore que la parole de madame *du Châtelet;* cependant il apprend à écrire; il favait faire de beaux vers, mais il faut commencer par favoir former fes lettres. A l'égard de fa tragédie, j'ofe encore vous répéter qu'elle n'a pas forme d'ouvrage à être préfenté à nofleigneurs les comédiens, et qu'il lui faudra encore bien du temps pour faire une pièce de cet affemblage de fcènes. Ce ferait un grand avantage d'être pendant une année au moins à la campagne avec madame *du Châtelet*, auprès d'un enfant qui ne demande pas une grande affiduité. Il aurait le temps de travailler et de s'inftruire; et il y aurait à cela une chofe affez plaifante, c'eft que la mère fait bien mieux le latin que *Linant*, et qu'elle ferait le régent du précepteur.

J'allai hier à Inès; la pièce me fit rire, mais le cinquième acte me fit pleurer. Je crois qu'elle fera toujours au nombre de ces pièces médiocres et mal écrites qui fubfiftent par l'intérêt. Il court ici beaucoup de fatires en profe et en vers; elles font fi mauvaifes que toutes fatires qu'elles font, elles ne plaifent point. Que dites-vous d'une petite troupe de comédiens qui jouent à huis clos des parades de *Gilles*, trois fois par femaines? Les acteurs font... devinez qui? le prince

Charles de Lorraine, âgé de plus de cinquante ans; il fait le rôle de *Gilles*. Le duc de *Nevers*, goutteux, amant de l'infidelle et impertinente *Quinault*, d'*Orléans*, *Pont de Vefle*, d'*Argental*, le facile d'*Argental*, &c.

J'ai vu votre petit *Bréhant*, il eft charmant; il eft digne de votre amitié; et de petits vers qu'il m'a montrés font dignes de vous. Adieu, mon cher ami; mille complimens aux *Formont*, aux du *Bourgtroulde*, et même aux *Brévedent*. Je voudrais bien favoir comment le métaphyficien *Brévedent* a trouvé les Lettres philofophiques.

Vale, et ama me.

LETTRE CXXXIX.

A M. DE FORMONT.

Le 6 mai.

JE pars, mon cher ami; je n'ai point vu le ballet des Grâces. On dit que l'auteur, j'entends le poëte (*), qui a toujours été brouillé avec elles, ne s'eft pas bien remis dans leur cour; je m'en rapporte aux connaiffeurs, mais il y en a peu par le temps qui court. Les fuivans de ces trois déeffes font à préfent à Rouen. C'eft donc à Rouen qu'il faudrait voyager, mais je vais en Lorraine demain. Adieu, mon cher philofophe, poëte aimable, plein de grâce et de raifon. Vous avez donc fait un poëte français de l'abbé *Franquini*. En vérité, il eft plus aifé à préfent de tirer des vers

_____
(*) *Roi.*

français d'un italien que de nos compatriotes. Tout
tombe, tout s'en va dans Paris. Je m'en vais auffi, **1735.**
car ni vous ni les Mufes n'êtes là. Adieu, mon cher
ami.

LETTRE CXL.

A M. L'ABBÉ ASSELIN,

PROVISEUR DU COLLEGE D'HARCOURT.

Mai.

En me parlant de tragédie, Monfieur, vous réveillez
en moi une idée que j'ai depuis long-temps de vous
préfenter la Mort de Céfar, pièce de ma façon, toute
propre pour un collége où l'on n'admet point de
femmes fur le théâtre. La pièce n'a que trois actes,
mais c'eft de tous mes ouvrages celui dont j'ai le plus
travaillé la verfification. Je m'y fuis propofé pour
modèle votre illuftre compatriote (*), et j'ai fait ce
que j'ai pu pour imiter de loin

> La main qui crayonna
> L'ame du grand Pompée et l'efprit de Cinna.

Il eft vrai que c'eft un peu la grenouille qui s'enfle
pour être auffi groffe que le bœuf; mais enfin, je vous
offre ce que j'ai. Il y a une dernière fcène à refondre,
et, fans cela, il y a long-temps que je vous aurais fait

(*) L'abbé *Affelin* était de Normandie.

la propofition. En un mot *Céfar*, *Brutus*, *Caffius* et
Antoine font à votre fervice quand vous voudrez. Je
fuis bien fenfible à la bonne volonté que vous voulez
bien témoigner pour le petit *Champbonin* que je vous
ai recommandé. C'eft un jeune enfant qui ne demande
qu'à travailler, et qui peut, je crois, entrer tout d'un
coup en rhétorique ou en philofophie. Nous fommes
bon gentilhomme et bon enfant, mais nous fommes
pauvre. Si l'on pouvait fe contenter d'une penfion
modique, cela nous accommoderait fort; et elle ferait
au moins payée régulièrement, car les pauvres font
les feuls qui payent bien.

Enfin, Monfieur, fi vous faviez quelque débouché
pour ce jeune homme, je vous aurais une obligation
infinie. Je voudrais qu'il fût élevé fous vos yeux, car
il aime les bons vers.

Adieu, Monfieur; comptez fur l'amitié, fur l'eftime,
fur la reconnaiffance de *V.* Point de cérémonie; je
fuis quaker avec mes amis. Signez-moi un *A.*

LETTRE CXLI.

A M. THIRIOT, à Paris.

Lunéville, le 15 mai.

Mon cher correspondant, me voici dans une cour sans être courtisan. J'espère vivre ici comme les souris d'une maison, qui ne laissent pas de vivre gaiement sans jamais connaître le maître ni la famille. Je ne suis pas fait pour les princes, encore moins pour les princesses. *Horace* a beau dire :

Principibus placuisse viris non ultima laus est.

Je ne mériterai point cette louange. Il y a ici un excellent physicien nommé M. de *Varinge*, qui, de garçon ferrurier, est devenu un philosophe estimable, grâce à la nature et aux encouragemens qu'il a reçus de feu M. le duc de *Lorraine*, qui déterrait et qui protégeait tous les talens. Il y a aussi un *Duval* bibliothécaire, qui, de paysan, est devenu un savant homme, et que le même duc de *Lorraine* rencontra un jour gardant les moutons et étudiant la géographie. Vous croyez bien que ce seront-là les grands de ce monde à qui je ferai ma cour. Joignez-y un ou deux anglais pensans qui sont ici, et qui, dit-on, s'humanisent jusqu'à parler. Je ne crois pas qu'avec cela j'aye besoin de princes, mais j'aurai besoin de vos lettres. Je vous prie de ne pas oublier votre philosophe lorrain, qui aime encore les rabâchages de Paris, surtout quand ils passent par vos mains.

LETTRE CXLII.

A M. THIRIOT, *à Paris.*

Lunéville, le 12 juin.

OUI, je vous injurierai jufqu'à ce que je vous aye guéri de votre pareffe. Je ne vous reproche point de fouper tous les foirs avec M. de la *Poplinière*, je vous reproche de borner là toutes vos penfées et toutes vos efpérances. Vous vivez comme fi l'homme avait été créé uniquement pour fouper, et vous n'avez d'exiftence que depuis dix heures du foir jufqu'à deux heures après minuit. Il n'y a foupeur qui fe couche ni bégueule qui fe lève plus tard que vous. Vous reftez dans votre trou jufqu'à l'heure des fpectacles à diffiper les fumées du fouper de la veille ; ainfi vous n'avez pas un moment pour penfer à vous et à vos amis. Cela fait qu'une lettre à écrire devient un fardeau pour vous. Vous êtes un mois entier à répondre. Et vous avez encore la bonté de vous faire illufion au point d'imaginer que vous ferez capable d'un emploi et de faire quelque fortune, vous qui n'êtes pas capable feulement de vous faire dans votre cabinet une occupation fuivie, et qui n'avez jamais pu prendre fur vous d'écrire régulièrement à vos amis, même dans les affaires intéreffantes pour vous et pour eux. Vous me rabâchez *de feigneurs et de dames les plus titrés:* Qu'eft-ce que cela veut dire? Vous avez paffé votre jeuneffe, vous deviendrez bientôt vieux et infirme; voilà

voilà à quoi il faut que vous fongiez. Il faut vous
préparer une arrière-faifon tranquille, heureufe, indé-
pendante. Que deviendrez-vous quand vous ferez
malade et abandonné? Sera-ce une confolation pour
vous de dire : J'ai bu du vin de Champagne autrefois en bonne compagnie! Songez qu'une bouteille
qui a été fêtée, quand elle était pleine d'eau des Bar-
bades, eft jetée dans un coin dès qu'elle eft caffée,
et qu'elle refte en morceaux dans la pouffière; que
voilà ce qui arrive à tous ceux qui n'ont fongé qu'à
être admis à quelques foupers; et que la fin d'un
vieil inutile, infirme, eft une chofe bien pitoyable.
Si cela ne vous donne pas un peu de courage, et ne
vous excite pas à fecouer l'engourdiffement dans
lequel vous laiffez votre ame, rien ne vous guérira.
Si je vous aimais moins, je vous plaifanterais fur votre
pareffe; mais je vous aime, et je vous gronde beaucoup.

Cela pofé, fongez donc à vous, et puis fongez à
vos amis; buvez du vin de Champagne avec des
gens aimables, mais faites quelque chofe qui vous
mette en état de boire un jour du vin qui foit à vous.
N'oubliez point vos amis, et ne paffez pas des mois
entiers fans leur écrire un mot. Il n'eft point queftion
d'écrire des lettres penfées et réfléchies avec foin, qui
peuvent un peu coûter à la pareffe; il n'eft queftion
que de deux ou trois mots d'amitié, et quelques nouvelles, foit de littérature, foit des fottifes humaines, le
tout courant fur le papier fans peine et fans attention.
Il ne faut pour cela que fe mettre un demi-quart
d'heure vis-à-vis fon écritoire. Eft-ce donc là un effort
fi pénible? J'ai d'autant plus d'envie d'avoir avec vous
un commerce régulier, que votre lettre m'a fait un

—— plaifir extrême. Je pourrai vous demander de temps
1735. en temps des anecdotes concernant le Siècle de
Louis XIV. Comptez qu'un jour cela peut vous être
très-utile, et que cet ouvrage vous vaudrait vingt
volumes de Lettres philofophiques.

J'ai lu le Turenne (*) ; le bon homme a copié des
pages entières du cardinal de *Retz*, des phrafes de
Fénélon ; je le lui pardonne, il eft coutumier du fait ;
mais il n'a point rendu fon héros intéreffant. Il l'appelle *grand*, mais il ne le rend pas tel ; il le loue en
rhétoricien. Il pille les oraifons funèbres de *Mafcaron*
et de *Fléchier*, et puis il fait réimprimer ces oraifons
funèbres parmi les preuves. Belle preuve d'hiftoire
qu'une oraifon funèbre !

Je ne fuis furpris ni du jugement que vous portez
fur la pièce de l'abbé *le Blanc* (**), ni de fon fuccès. Il
fe peut très-bien faire que la pièce foit déteftable et
applaudie.

Ecrivez-moi, et aimez toute votre vie un homme
vrai qui n'a jamais changé.

P. S. Qu'eft-ce que c'eft qu'un portrait de moi en
quatre pages, qui a couru ? Quel eft le barbouilleur ?
Envoyez-moi cette enfeigne à bière.

Faites fouvenir de moi les *Froulai*, les *Defalleurs*,
les *Pont-de-Vefle*, les *du Deffant*, *et totam hanc fuavif-*
fimam gentem.

(*) Hiftoire de M. de *Turenne*, par M. de *Ramfai*.
(**) Abenfaïd, tragédie.

LETTRE CXLIII.

A M. DE FORMONT.

A Vaffi en Champagne, ce 25 juin.

EH bien, mon cher philofophe, il y a bien du temps que je ne me fuis entretenu avec vous. J'ai été à la cour de Lorraine, mais vous vous doutez bien que je n'y ai point fait le courtifan. Il y a là un établiffement admirable pour les fciences, peu connu et encore moins cultivé. C'eft une grande falle toute meublée des expériences nouvelles de phyfique, et particulièrement de tout ce qui confirme le fyftême newtonien. Il y a pour environ dix mille écus de machines de toute efpèce. Un fimple ferrurier devenu philofophe, et envoyé en Angleterre par le feu duc *Léopold*, a fait de fa main la plupart de ces machines, et les démontre avec beaucoup de netteté. Il n'y a en France rien de pareil à cet établiffement, et tout ce qu'il a de commun avec tout ce qui fe fait en France, c'eft la négligence avec laquelle il eft regardé par la petite cour de Lorraine. La deftinée des princes et des courtifans eft d'avoir le bon auprès d'eux, et de ne le pas connaître. Ce font des aveugles au milieu d'une galerie de peintures. Dans quelque cour que l'on aille on retrouve Verfailles. Il faut pourtant vous dire à l'honneur de notre cour de Verfailles, et à l'honneur des femmes, que madame de *Richelieu* a fait un cours de phyfique dans cette falle des machines ;

1735.

—— qu'elle eſt devenue une aſſez bonne newtonienne, et qu'elle a confondu publiquement certain prédicateur jéſuite qui ne ſavait que des mots, et qui s'aviſa de diſputer en bavard contre des faits et contre de l'eſprit. Il fut hué avec ſon éloquence, et madame de *Richelieu* d'autant plus admirée qu'elle eſt femme et ducheſſe.

J'ai lu le Turenne. Je ne ſais pas trop ſi ce *Turenne* était un ſi grand homme ; mais il me paraît que *Ramſay* ne l'eſt pas. Il pille des ſtyles, il en a une douzaine ; tantôt ce ſont des phraſes du cardinal de *Retz*, tantôt du Télémaque, et puis du *Fléchier* et du *Maſcaron*. Il n'eſt point *ens per ſe*, il eſt *ens per accidens* ; et qui pis eſt, il vole des pages entières. Tout cela ne ferait rien s'il m'avait intéreſſé ; mais il trouve le ſecret de me refroidir pour ſon héros, en voulant toujours me faire voir *Ramſay*. Il va me parler de l'origine du calviniſme ; il ferait bien mieux de me dire que le vicomte s'eſt fait catholique pour faire ſon neveu cardinal. Son livre eſt un gros panégyrique, et il fait réimprimer de vieilles oraiſons funèbres pour ſervir de preuves.

Que dites-vous des petits mémoires du roi *Jacques* ? Ne vous ſemblent-ils pas comme ce roi, un peu plats ? Et puis, voulez-vous que je vous diſe tout ? je crois qu'il n'y a homme ſur terre qui mérite qu'on faſſe ſur lui deux volumes in-4°. C'eſt tout ce que peut contenir l'hiſtoire du ſiècle de *Louis XIV ;* car tout ce qui a été fait ne mérite pas d'être écrit ; et ſi nous n'avions que ce qui en vaut la peine, nous ferions moins aſſommés de livres. *Vale, et ama me.*

LETTRE CXLIV.

A M. DE CIDEVILLE.

A Vaffi en Champagne, 26 juin.

En voici bien d'une autre! je reviens dans ma campagne chérie, après avoir couru un grand mois; je fouille par hafard dans les poches d'un habit que *Demoulin* m'avait envoyé de Paris, je trouve une lettre de mon cher *Cideville*, du mois de mars dernier, avec la Déeffe des fonges. J'ai lu avec avidité ce petit acte digne de celui de Daphnis et de Chloé. J'ai jeté par terre des livres de mathématiques dont ma table était couverte, et je me fuis écrié :

> Que ces agréables menfonges
> Sont au-deffus des vérités !
> Et que votre reine des fonges
> Eft la reine des voluptés !

Je vous demande en grâce, mon adorable ami, de m'envoyer cet acte de Daphnis et Chloé. Si vous avez quelqu'un qui puiffe le tranfcrire menu, envoyez-le-moi tout fimplement par la pofte. Il faudra bien un jour faire un ballet complet de tout cela, et je veux le faire mettre en mufique quand je ferai de retour à Paris. En attendant, il charmera *Emilie*, et *Emilie* vaut tout le parterre. Je crois qu'elle vous a écrit de Paris, il y a quelque temps, et qu'elle vous a mandé qu'elle avait pris *Linant* pour précepteur de fon fils. Il fera

S 3

à la campagne avec nous, et aura tout le loifir de faire, s'il veut, une tragédie ; car en vérité, il s'en faut beaucoup que la fienne foit faite.

J'en ai fait une auffi, moi qui vous parle, et je ne vous l'envoie point, parce que je penfe de mon ouvrage comme de celui de *Linant :* je ne crois point qu'il foit fait. Je ne veux donner cette pièce qu'après un long et rigoureux examen. Je la laiffe repofer long-temps pour la revoir avec des yeux défintéreffés, et pour la corriger avec la févérité d'un critique qui n'a plus la faibleffe de père.

Jeanne la pucelle a déjà neuf chants; c'eft un amufement pour les entr'actes des occupations plus férieufes.

La métaphyfique, un peu de géométrie et de phyfique, ont auffi leurs temps réglés chez moi; mais je les cultive fans aucune vue marquée, et par conféquent avec affez d'indifférence. Mon principal emploi à préfent eft le Siècle de *Louis XIV*, dont je vous ai parlé il y a quelques années. C'eft la fultane favorite, les autres études font des paffades. J'ai apporté avec moi beaucoup de matériaux, et j'ai déjà commencé l'édifice; mais il ne fera achevé de long-temps. C'eft l'ouvrage de toute ma vie.

Voilà, mon cher ami, un compte exact de ma conduite et de mes deffeins. Je fuis tranquille, heureux et occupé; mais vous manquez à mon bonheur. Grand merci de l'épithalame que je n'avais point, mais vous en aviez une bien mauvaife copie.

Je vous fouhaite un vrai bonheur,
Mais *c'eft une chofe impoffible.*

Il y a

Mais voilà la chose impossible. (25)

Cela est bien différent à mon gré.

Adieu ; ne vous point aimer , voilà la chose impossible.

LETTRE CXLV.

A M. THIRIOT.

A Cirey , le . . . juin.

MON cher *Thiriot*, je suis revenu à Cirey sur la parole de M. le duc de *Richelieu*, et même sur celle du garde des sceaux, qui a écrit à monsieur et madame *du Châtelet* de manière à dissiper mes craintes présentes, mais à m'en laisser pour l'avenir.

Vraiment, vous ne m'aviez pas dit que vous aviez environ quinze cents livres par an pour la peine de souper tous les jours en bonne compagnie. Et moi qui sais que toutes les choses de ce monde passent, je craignais que vous ne perdissiez un jour vos soupers, et que vous ne vous trouvassiez sans vin de Champagne et sans fortune. Mais puisque vous avez l'utile et l'agréable, je n'ai plus qu'à vous féliciter. Mais j'ai toujours à vous exhorter à ménager votre santé et à surmonter votre paresse. Je suis bien content

(25) Voyez l'épître à madame la princesse de *Guise* , sur son mariage avec M. le duc de *Richelieu* , vol, d'Epîtres.

de vous pour le préfent. Vous voilà un peu à votre aife, vous vous portez bien, et vous m'écrivez de grandes lettres; mais continuez dans ce régime, et ne vous relâchez fur rien de tout cela. Surtout écrivez fouvent à votre ami, et fouvenez-vous qu'après la maifon de *Pollion*, celle de *Minerve-Emilie* eft celle où vous devriez être.

Tâchez de vous affurer dans votre chemin de tout ce que vous trouverez qui concernera l'hiftoire des hommes fous *Louis XIV*, de tout ce qui regardera le progrès des arts et de l'efprit. Songez que c'eft l'hiftoire des chofes que nous aimons. Vous ne me parlez plus de cette tragédie indienne (*) qui a eu un fi beau fuccès à la première repréfentation. Qu'eft devenu ce fuccès? n'eft-il pas arrivé la même chofe qu'à *Guftave-Vafa* ? et le public n'a-t-il point infirmé fon premier jugement ? Je vous remercie du barbouillage que vous m'avez envoyé fous le nom de mon portrait. Il me paraît que ce prétendu peintre a tort de dire que je finis bien vîte avec mes égaux par le dégoût. Il y a vingt ans que notre amitié donne une preuve du contraire.

Je fuis charmé que vous ayez été content d'*Emilie*. Si vous la connaiffiez davantage, vous l'admireriez. Son amie, madame la ducheffe de *Richelieu*, fuit un peu fes traces, quoique d'affez loin. Elle a très-bien profité des excellentes leçons de phyfique qu'un artifte, nommé *Varinge*, fait à Lunéville. Un célèbre prédicateur jéfuite, qu'on appelle père *Dallemant*, s'eft avifé de venir à ces leçons, et de difputer contre elle fur le fyftême de *Newton*, qu'elle commence à entendre et

(*) Abenfaïd.

qu'il n'entend point du tout. Le pauvre prêtre a été
confondu et hué en préfence de quelques anglais, qui
ont conçu de cette affaire beaucoup d'eftime pour
nos dames, et un peu de mépris pour la fcience de
nos moines. Cette aventure valait la peine de vous
être contée. Envoyez - moi l'épître imprimée de
Formont, et quelque chanfon de *Mécénas la Poplinière*,
fi vous en avez, Adieu, je vous embraffe.

1735.

LETTRE CXLVI.

A M. THIRIOT, *à Paris.*

15 juillet.

JE n'ai point été intempérant, mon cher *Thiriot*, et
cependant j'ai été malade. Je fuis un jufte à qui la
grâce a manqué. Je vous exhorte à vous tenir ferme,
car je crois être encore au temps où nous étions fi
unis que vous aviez le friffon quand j'avais la
fièvre.

Vous voilà donc vengé de votre nymphe ; elle a
perdu fa beauté. Elle fera dorénavant plus humaine,
et trouvera peu de gens humains. Vous pourrez lui
dire :

> Les Dieux ont vengé mon outrage,
> Tu perds, à la fleur de ton âge,
> Taille, beautés, honneurs et bien.

Mais, avec tout cela, je crains bien que quand
elle aura repris un peu d'embonpoint, et danfé quelque belle chaconne, vous ne redeveniez fon chevalier

plus enchanté que jamais. J'ai reçu une lettre charmante de votre ancien rival, ou plutôt de votre ancien ami M. *Balot*; mais vraiment je suis trop languissant à présent pour lui répondre.

Quand je vous ai demandé des anecdotes sur le siècle de *Louis XIV*, c'est moins sur sa personne que sur les arts qui ont fleuri de son temps. J'aimerais mieux des détails sur *Racine* et *Despréaux*, sur *Quinault*, *Lulli*, *Molière*, *le Brun*, *Bossuet*, *Poussin*, *Descartes*, &c., que sur la bataille de Steinkerque. Il ne reste plus rien que le nom de ceux qui ont conduit des bataillons et des escadrons. Il ne revient rien au genre-humain de cent batailles données. Mais les grands-hommes dont je vous parle ont préparé des plaisirs purs et durables aux hommes qui ne sont point encore nés. Une écluse du canal qui joint les deux mers, un tableau du *Poussin*, une belle tragédie, une vérité découverte, sont des choses mille fois plus précieuses que toutes les annales de cour, que toutes les relations de campagne. Vous savez que chez moi les grands-hommes vont les premiers, et les héros les derniers. J'appelle grands-hommes tous ceux qui ont excellé dans l'utile ou dans l'agréable. Les saccageurs de provinces ne sont que héros. Voici une lettre d'un homme moitié héros, moitié grand-homme, que j'ai été bien étonné de recevoir, et que je vous envoie. Vous savez que je n'avais pas prétendu m'attirer des remercîmens de personne, quand j'ai écrit l'Histoire de *Charles XII*; mais je vous avoue que je suis aussi sensible aux remercîmens du cardinal *Alberoni*, qu'il l'a pu être à la petite louange très-méritée que je lui ai donnée dans cette histoire. Il a vu apparemment la traduction italienne qu'on en a faite à Venife. Je ne ferais pas fâché que monfieur le garde des fceaux vît cette lettre, et qu'il fût que fi je fuis perfécuté dans ma patrie, j'ai quelque confidération dans les pays étrangers. Il fait tout ce qu'il peut pour que je ne fois pas prophète chez moi.

Continuez, je vous en prie, à faire ma cour aux gens de bien qui peuvent fe fouvenir de moi. Je voudrais bien que *Pollion de la Poplinière* pensât de moi plutôt comme les étrangers que comme les Français.

On m'a dit que ce portrait eft imprimé. Je fuis perfuadé que les calomnies dont il eft plein feront crues quelque temps, et je fuis encore plus fûr que le temps les détruira.

Adieu; je vous embraffe tendrement. Le temps ne détruira jamais mon amitié pour vous.

LETTRE CXLVII.

À M. LE CARDINAL ALBERONI.

Juillet.

MONSEIGNEUR,

LA lettre dont votre Eminence m'a honoré, eft un prix auffi flatteur de mes ouvrages, que l'eftime de l'Europe a dû vous l'être de vos actions. Vous ne me deviez aucun remercîment, Monfeigneur, je n'ai été que l'organe du public en parlant de vous. La liberté et la vérité qui ont toujours conduit ma

—— plume, m'ont valu votre suffrage. Ces deux carac-
1735. tères doivent plaire à un génie tel que le vôtre.
Quiconque ne les aime pas, pourra bien être un
homme puissant, mais ne sera jamais un grand
homme.

Je voudrais être à portée d'admirer de plus près
celui à qui j'ai rendu justice de si loin. Je ne me
flatte pas d'avoir jamais le bonheur de voir votre
Eminence; mais si Rome entend assez ses intérêts,
pour vouloir au moins rétablir les arts, le commerce,
et les remettre en quelque splendeur dans un pays
qui a été autrefois le maître de la plus belle partie du
monde, j'espère alors que je vous écrirai sous un
autre titre que sous celui de votre Eminence, dont
j'ai l'honneur d'être avec autant d'estime que de
respect, &c.

LETTRE CXLVIII.

A M. THIRIOT, *à Paris.*

Cirey, le . . . juillet.

JE vous envoie, mon cher ami, ma réponse au
cardinal *Alberoni;* vous ferez de sa lettre et de la
mienne l'usage que vous croirez le plus propre *ad
majorem rei litterariæ gloriam.* Vous n'avez pas
entendu parler, sans doute, d'un certain Jules-César
qui a été joué assez bien, dit-on, au collège d'Harcourt.
C'est une tragédie de ma façon, dont je ne sais si
vous avez le manuscrit. Je ne suis plus qu'un poëte
de collège. J'ai abandonné deux théâtres qui sont

trop remplis de cabales, celui de la comédie françaife et celui du monde. Je vis heureux dans une
retraite charmante, fâché feulement d'être heureux
loin de vous. Il me paraît que nous fommes l'un et
l'autre affez contens de notre deftinée. Vous buvez
du vin de Champagne avec *Pollion-Poplinière*;
vous affiftez à de beaux concerts italiens; vous
voyez les pièces nouvelles; vous êtes dans le tour-
billon du monde, des belles-lettres et des plaifirs;
moi je goûte, dans la paix la plus pure et dans le
loifir le plus occupé, les douceurs de l'amitié et de
l'étude, avec une femme unique dans fon efpèce, qui
lit Ovide et Euclide, et qui a l'imagination de l'un
et la juftesse de l'autre. Je donne tous les jours quelque
coup de pinceau à ce beau fiècle de *Louis XIV*, dont
je veux être le peintre et non l'hiftorien. La poëfie et
la philofophie m'amufent dans les intervalles. J'ai corrigé cette Mort de Jules-Céfar, et j'aurais grande envie
que vous la viffiez. J'ai la vanité de penfer que vous
y trouveriez quelques vers tels qu'on en fefait il y a
foixante ans.

Souvenez-vous, fi vous rencontrez en chemin
quelque bonne anecdote fur l'hiftoire des arts, de
m'en faire part. Tout ce qui peut caractérifer le fiècle
de *Louis XIV*, eft de mon reffort et eft digne de votre
attention.

Qu'eft-ce que c'eft qu'un nouveau portrait de moi
qui paraît? Tout le monde attribue le premier au
jeune comte de *Charoft*. J'ai bien de la peine à
croire qu'un jeune feigneur qui ne m'a jamais vu,
ait pu faire cette fatire; mais le nom de M. de
Charoft, qu'on met à la tête de ce petit écrit, me

1735. confirme dans le foupçon où j'étais que l'ouvrage eft d'un jeune abbé de *Lamare* , qui doit entrer auprès de M. de *Charoft*. C'eft un jeune poëte fort vif et peu fage. Je lui ai fait tous les plaifirs qui ont dépendu de moi. Je l'ai reçu de mon mieux , et j'avais même chargé *Demoulin* de lui donner des fecours effentiels. Si c'eft lui qui m'a déchiré , il doit être au rang des gens de lettres ingrats. On n'en trouve que trop de cette efpèce qui déshonorent la littérature et l'efprit; mais je fufpends mon jugement, parce qu'il ne faut accufer perfonne fans être fûr de fon fait : et d'ailleurs, dans la félicité dont je jouis , mon premier plaifir eft d'oublier les injures.

Mandez-moi des nouvelles , mon cher ami, s'il y en a qui valent la peine d'être fues. Le ballet de *Rameau* fe joue-t-il? la *Sallé* y danfe-t-elle? y a-t-il à Paris de nouveaux plaifirs ? mais furtout, comment va votre fanté ?

LETTRE CXLIX.

A M. BERGER.

A Cirey , le 4 augufte.

V O U S me mandez , Monfieur , que je dois vous tenir compte de votre filence ; c'eft pourtant le plus grand dépit que vous puiffiez me faire. Vous favez combien vos lettres me font de plaifir, et à quel point votre commerce m'eft précieux. N'attendez donc pas, pour me donner de vos nouvelles, que vous receviez des vers de Marfeille. J'ai lu ceux de M. *Sinetti*. Je favais

bien qu'il était tout aimable ; mais je ne favais pas
qu'il fût poëte. Il y a , en vérité, de très-belles chofes
dans ce petit poëme. J'y ai trouvé ce que j'aime,
beaucoup d'images, *ut pictura poëfis*. Il ne m'appartient pas de donner des coups de pinceau à fon
tableau. Il y a peut-être plufieurs endroits qui méri-
teraient d'être retouchés ; mais c'eft toujours à la main
du maître à corriger fon ouvrage. Je pourrais prendre
des libertés qu'il n'approuverait pas. Il faut parler à
un auteur, et examiner avec lui les fautes dont on
veut le faire convenir ; il faut connaître fa docilité et
fes reffources. Je vois, par la facilité qui règne dans
fes vers , qu'il les corrigerait fans peine ; mais pour
cela il faut fe voir et fe parler. Je lui foumettrais
mes critiques, comme il a bien voulu me confier fon
poëme ; mais quelque chofe que je lui propofaffe
fur fon ouvrage , il verrait en moi plus d'eftime que
de critique. Dans l'impoffibilité où nous fommes de
nous rencontrer, je ne peux à préfent que l'affurer du
cas que je fais de fon génie.

J'ai vu le portrait qu'on a fait de moi. Il n'eft pas,
je crois, reffemblant. J'ai beaucoup plus de défauts
qu'on ne m'en reproche dans cet ouvrage , et je n'ai
pas les talens qu'on m'y attribue ; mais je fuis bien
certain que je ne mérite point les reproches d'infen-
fibilité et d'avarice que l'on me fait. Mon amitié pour
vous me juftifie de l'un, et mon bien prodigué à mes
amis me met à couvert de l'autre. Quiconque eft
tant foit peu homme public , eft fûr d'être calomnié.
c'eft un privilége dont je jouis depuis long-temps.
On m'a dit que quelque bonne ame avait fait un

————— portrait un peu moins méchant, mais qu'on s'eſt bien

1735. donné de garde de le laiſſer imprimer. On a raiſon : les critiques empêchent les gens de broncher, et on ſe gâte par les louanges. Aimez-moi toujours, écrivez-moi ſouvent, et ſoyez ſûr que votre amitié me conſole bien de ces misères. Si jamais je vous ſuis bon à quelque choſe, vous pouvez compter ſur moi.

LETTRE CL.

A M. THIRIOT.

A Cirey, 1 ſeptembre.

MON cher ami, il faut toujours que de près ou de loin je reçoive quelque taloche de la fortune. J'avais eu la condeſcendance de donner ma petite tragédie de Jules-Céſar à l'abbé *Aſſelin*, pour la faire jouer à ſon collége, avec promeſſe de ſa part que copie n'en ferait point tirée ; c'était une fidélité qu'on m'avait religieuſement gardée à l'hôtel Saſſenage. Je n'ai pas été auſſi heureux au collége d'Harcourt. J'apprends que non-ſeulement on vient d'imprimer cet ouvrage, mais qu'on l'a honoré de pluſieurs additions et corrections qu'un régent de collége y a faites. Je ſuis perſuadé qu'on ne manquera pas encore de dire que c'eſt moi qui l'ai fait imprimer ; ainſi, me voilà calomnié et ridicule. Ne pourriez-vous point me ſauver une partie de l'opprobre, en publiant et en feſant mettre dans les journaux que je ne ſuis en

aucune

aucune manière refponfable, mais bien très-affligé de
cette miférable édition ?

Autre misère ; on m'envoie une Ramfaïde, maudite rapfodie, infame calotte ; et mon nom eft à la
tête. Dites-moi franchement, le monde eft-il affez
fot pour m'attribuer cet ouvrage ? Confolez-moi en
m'écrivant. Je croyais, en ayant renoncé au monde,
avoir renoncé à fes tracafferies comme à fes pompes;
mais il eft dur de fe voir d'un côté père putatif d'enfans fuppofés, et de l'autre, père malheureux d'enfans
barbouillés.

Si je ne fuis pas heureux en famille, au moins le
fuis-je en amis. Savez-vous bien, à propos d'amis,
que notre *Fakener* eft ambaffadeur en Turquie ? Un
marchand, homme d'efprit, eft quelque chofe,
comme vous voyez, chez les Anglais; mais parmi
nous, il vend fon drap et paye la capitation. *Vale,
fcribe, ama.*

LETTRE CLI.

A M. THIRIOT.

A Cirey, le 11 septembre.

Vos lettres me font un plaifir extrême. Je vois que l'amitié vous donne des forces. Vous écrivez des dix pages à votre ami, d'une main tremblante. Vous me traitez comme le vin de Champagne, dont vous buvez beaucoup avec un eftomac faible.

> Puiffes-tu, lorfque le deftin,
> Le foir, pour t'éprouver, t'engage
> Chez ta maîtreffe ou ta catin,
> Trouver en toi même courage !

Je vous envoie ma réponfe au cardinal *Alberoni*. Elle m'avait échappé dernièrement dans mes paquets; je lui ai écrit, comme je fais à tout le monde, tout naturellement ce que je penfe. Si celui qui demanda, *quid eft veritas*, s'était adreffé à moi, je lui aurais répondu : *veritas* eft ce que j'aime. Ce ftyle contraint et fardé, qui règne dans prefque tous les livres qu'on fait depuis cinquante ans, eft la marque des efprits faux, et porte un caractère de fervitude que je détefte. Il y a long-temps que j'ai parcouru ces Mémoires du jeune d'*Argens*. Ce petit drôle-là eft libre. C'eft déjà quelque chofe, mais malheureufement cette bonne qualité, quand elle eft feule, devient un

furieux vice. Il me vient inceffamment un ballot de ———
Pour et Contre, d'obfervations, de petits libelles 1735.
nouveaux; Vert-vert y fera; mais j'attends cette
cargaifon fans impatience entre *Emilie* et le Siècle
de *Louis XIV*, dont j'ai déjà fait trente années.
Il n'y a rien dans tout ce fiècle de fi admirable
qu'elle. Elle lit *Virgile*, *Pope* et l'algèbre comme on
lit un roman. Je ne reviens point de la facilité avec
laquelle elle lit les effais de *Pope on man*. C'eft un
ouvrage qui donne quelquefois de la peine aux
lecteurs anglais. Si je n'étais pas auprès d'elle, je ferais
auprès de vous, mon cher ami. Il eft ridicule que
nous foyons heureux fi loin l'un de l'autre. Vraiment
je fuis charmé que *Pollion de la Poplinière* penfe un
peu favorablement de moi.

C'eft à de tels lecteurs que j'offre mes écrits.

Je fuis toujours très-indigné de l'édition de Jules-
Céfar; je ne l'ai point encore vue.

On dit que dans les Indes l'opéra de *Rameau* (*)
pourrait réuffir. Je crois que la profufion de fes
doubles croches peut révolter les *lullifles*; mais à la
longue, il faudra bien que le goût de *Rameau* devienne
le goût dominant de la nation, à mefure qu'elle fera
plus favante. Les oreilles fe forment petit à petit.
Trois ou quatre générations changent les organes
d'une nation. *Lulli* nous a donné le fens de l'ouïe
que nous n'avions point; mais les *Rameau* le perfec-
tionneront. Vous m'en direz des nouvelles dans cent
cinquante ans d'ici. Adieu; j'ai cent lettres à écrire.

(*) Les Indes galantes.

T 2

LETTRE CLII.

A M. THIRIOT.

A Cirey, le 24 septembre.

DEPUIS que je vous ai écrit, mon cher ami, j'ai lu force fadaises nouvelles ; une cargaison de petites pièces comiques, d'opéra, de feuilles volantes, m'eft venue. Ah, mon ami, quelle barbarie, et quelle misère ! la nature eft épuisée. Le fiècle de *Louis XIV* a tout pris pour lui. *Vergimus ad feces.* Je fuis fi ennuyé que je n'ai pas la force de m'indigner contre l'abbé *Desfontaines.* Mais vous, qui avez de l'amitié pour moi, et qui favez ce que j'ai fait pour lui, pouvez-vous fouffrir la manière pleine d'ingratitude et d'injuftice dont il parle de moi dans fes feuilles ? Je n'avais pas lu fes impertinences hebdomadaires quand je le priai, il y a quelques jours, de vouloir bien me rendre un petit fervice : c'était au fujet de cette miférable édition de la Mort de Céfar. Je le priais d'avertir le public que non-feulement je n'ai aucune part à cette impreffion, mais que mon ouvrage eft tout-à-fait différent. Je ne fais s'il aura eu affez de probité pour s'acquitter auprès du public de cette petite commiffion, fans mêler dans fon avertiffement quelque trait de fatire et de calomnie. Cependant il m'eft important qu'on fache la vérité, et je vous prie d'engager foit l'abbé *Desfontaines*, foit le Mercure, foit le Pour et Contre, à me rendre en deux mots cette juftice.

J'ai lu la nouvelle critique des Lettres philoſophiques ; c'eſt l'ouvrage d'un ignorant, incapable
d'écrire, de penſer et de m'entendre. Je ne crois pas
qu'il y ait un honnête homme qui ait pu achever cette
lecture. Vous croyez bien que je ne tire pas même
vanité des injures que me dit ce miſérable ; mais
j'avoue que je ſuis bleſſé des calomnies perſonnelles
que ces gredins répètent ſans ceſſe. Les cris de la
canaille ne peuvent rien contre la réputation d'un
écrivain qui a les ſuffrages du public ; mais les accu-
ſations infamantes déſolent toujours un honnête
homme. De quel front ces lâches calomniateurs oſent-
ils dire que j'ai trompé mon libraire dans l'édition
des Lettres philoſophiques à Londres ? N'êtes-vous
pas intéreſſé à réfuter cette accuſation ? Qu'on me
diſe un peu par quelle rage les gens de lettres
s'acharnent à me reprocher ma fortune et l'uſage que
j'en fais, à moi qui ai prêté et donné tout mon bien,
à moi qui ai nourri, logé et entretenu comme mes
enfans deux gens de lettres, pendant tout le temps
que j'ai demeuré à Paris, après la mort de madame
de *Fontaine-Martel*. Qu'on me diſe quel eſt le libraire
qui peut ſe plaindre de moi. Il n'y en a aucun
de tous ceux que j'ai employés, à qui je n'aye fait
gagner de l'argent, et à qui je n'aye remis partie de
ce qu'ils me devaient. Je ſuis honteux d'entrer dans
ces détails ; mais la lâcheté avec laquelle on cherche
à me diffamer, doit exciter le courage de mes amis,
et c'eſt à eux à parler pour moi. En voilà trop ſur un
chapitre auſſi déſagréable.

Si vous connaiſſez quelque livre où l'on puiſſe
trouver de bons mémoires ſur le commerce, je vous

—— prie de me l'indiquer, afin que je le faſſe venir de
1735. Paris. Faites-moi connaître auſſi tous les livres où
l'on peut trouver quelques inſtructions touchant
l'hiſtoire du dernier ſiècle et le progrès des beaux
arts : je vous répéterai toujours cette antienne. Adieu,
mon ami. Entonnez-vous toujours beaucoup de vin
de Champagne ? Avez-vous revu la cruelle bégueule,
jadis et peut-être encore reine de votre cœur ? Je
comptais que mon ami *Fakener* viendrait me voir en
paſſant par Calais ; mais il s'en va par l'Allemagne et
par la Hongrie.

Si je n'étais pas à Cirey, je vous avoue que dans
deux mois je ferais ſur la Propontide avec mon
ami, plutôt que de revoir une ville où je ſuis ſi indignement traité ; mais quand on eſt à Cirey, on ne le
quitte point pour Conſtantinople ; et puis, que ferais-
je ſans vous ? *Vale et me ama, ſcribe ſæpe, ſcribe
multùm.*

LETTRE CLIII.

A M. BERGER.

Septembre.

V ous ſavez le plaiſir que me font vos lettres, mon
cher Monſieur ; elles me ſervent d'antidote contre
toutes ces miſérables brochures qui m'inondent. Tous
ces petits infectes d'un jour piquent un moment et
diſparaiſſent pour jamais. Parmi les ſottiſes qu'on
imprime, j'ai vu avec douleur une certaine tragédie

de moi, nommée la Mort de Céfar. Les éditeurs ont
maffacré ce *Céfar* plus que n'ont jamais fait *Brutus* et
Caffius. J'admire l'abbé *Desfontaines* de m'imputer
toutes les pauvretés, les mauvais vers, les phrafes
inintelligibles, les fcènes tronquées et tranfpofées qui
font dans cette miférable édition! Un homme de
goût diftingue aifément la main de l'ouvrier; il fait
qu'il y a certains défauts dont un auteur qui connaît
les premières règles de fon art eft incapable; mais
il paraît que l'abbé *Desfontaines* fait bien mal les
règles du goût, de l'équité, de la raifon, de la fociété,
et furtout de la reconnaiffance. Il n'y a point de
lecteur qui ne doive être indigné quand cet abbé
compare les ftoïciens aux quakers. Il ne fait pas que
les quakers font des gens pacifiques, les agneaux de
ce monde; que c'eft un point de la religion chez eux
de ne jamais aller à la guerre, de ne porter pas même
d'épée. C'eft avec autant d'erreur qu'il prononce que
Brutus était un particulier; tout le monde fait affez
qu'il était fénateur et préteur; que tous les conjurés
étaient fénateurs, &c. Je ne releverai point toutes les
méprifes dans lefquelles il tombe; mais je vous avoue
que toute ma patience m'abandonne, quand il ofe
dire que la Mort de Céfar eft une pièce contre les
mœurs. Eft-ce donc à lui à parler de mœurs? Pourquoi fait-il imprimer une lettre que je lui ai écrite
avec confiance? Il trahit le premier devoir de la
fociété. Je le priais de garder le fecret fur ma lettre et
fur le lieu où je fuis, et de dire feulement en deux
mots que cette impertinente édition de la Mort de
Céfar n'a prefque rien de commun avec mon ouvrage.
Au lieu de faire ce que je lui demande, il imprime

T 4

une satire où il n'y a ni raison ni équité, et au bout de cette satire il donne ma lettre au public. On croirait peut-être, à ce procédé, que c'est un homme qui a beaucoup à se plaindre de moi, et qui cherche à se venger à tort et à travers ; c'est cependant ce même homme pour qui je me traînai à Versailles, étant presque à l'agonie, pour qui je sollicitai toute la cour, et qu'enfin je tirai de bicêtre. C'est ce même homme que le ministère voulait faire brûler, contre qui les procédures étaient commencées ; c'est lui à qui j'ai sauvé l'honneur et la vie ; c'est lui que j'ai loué comme un assez bon écrivain, quoiqu'il m'eût fort faiblement traduit ; c'est lui enfin qui, depuis ces services essentiels, n'a jamais reçu de moi que des politesses, et qui, pour toute reconnaissance, ne cesse de me déchirer. Il veut, dans les feuilles qu'il donne toutes les semaines, tourner la Henriade en ridicule. Savez-vous bien qu'il en a fait une édition clandestine à Evreux, et qu'il y a mis des vers de sa façon ? C'était bien la meilleure manière de rendre l'ouvrage ridicule. Je vous avoue que ce continuel excès d'ingratitude est bien sensible. J'avais cru ne trouver dans les belles-lettres que de la douceur et de la tranquillité, et certainement ce devrait être leur partage ; mais je n'y ai rencontré que trouble et qu'amertume. Que dites-vous de l'auteur d'une brochure contre les Lettres philosophiques, qui commence par assurer que non-seulement j'ai fait imprimer cet ouvrage en Angleterre, mais que j'ai trompé le libraire avec qui j'ai contracté, moi qui ai donné publiquement cet ouvrage à M. *Thiriot* pour qu'il en eût seul tout le profit. Peut-on m'accuser d'une bassesse si directement oppofée à mes fentimens et à ma conduite ? Qu'on m'attaque comme auteur, je me tais ; mais qu'on veuille me faire paffer pour un mal-honnête homme, cette horreur m'arrache des larmes. Vous voyez avec quelle confiance je répands ma douleur dans votre fein. Je compte fur votre amitié autant que j'ambitionne votre eftime.

1735.

LETTRE CLIV.

A M. THIRIOT.

Cirey, le 4 octobre.

JE vous avoue, mon cher ami, que je fuis indigné des brochures de l'abbé *Desfontaines*. C'eft déjà le comble de l'ingratitude dans lui de prononcer mon nom, malgré moi, après les obligations qu'il m'a ; mais fon acharnement à payer, par des fatires continuelles, la vie et la liberté qu'il me doit, eft quelque chofe d'incompréhenfible. Je lui avais écrit pour le prier d'avertir le public, comme il eft vrai, que la pièce de Jules-Céfar, telle qu'elle eft imprimée, n'eft point mon ouvrage. Au lieu de me répondre, que fait-il ? une critique, une fatire infame de ma pièce, et au bout de fa fatire il fait imprimer ma lettre fans m'en avoir averti ; il joint à cet indigne procédé, celui de mettre la date du lieu où je fuis, et que je voulais qui fût ignoré du public. Quelle fureur pofsède cet homme, qui n'a d'idées dans l'efprit que celles de la fatire, et de fentimens dans le cœur que ceux de la plus lâche ingratitude ? Je ne lui ai jamais fait que du bien, et il ne perd aucune occasion de m'outrager. Il joint les imputations les plus odieuses aux critiques d'un ignorant et d'un homme sans goût. Il dit que César est une pièce contre les bonnes mœurs, et il ajoute que *Brutus* a les sentimens d'un quaker plutôt que d'un stoïcien. Il ne sait pas qu'un quaker est un religieux au milieu du monde, qui fait vœu de patience et d'humilité, et qui, loin de venger les injures publiques, ne venge jamais les siennes, et ne porte pas même d'épée. Il avance avec la même ignorance que *Brutus* était un particulier sans caractère, oubliant qu'il était préteur. C'est avec le même esprit que ce prétendu critique, en condamnant le Temple du Goût, veut justifier la ressemblance de la plupart des caractères des héros de *Racine*, tels que *Bajazet*, *Xipharès*, *Hippolyte*, que je nomme expressément. Je dis qu'ils paraissent un peu courtisans français, et il parle du caractère de *Pyrrhus* dont je n'ai pas dit un mot. Il met ensuite la Henriade à côté des ouvrages de mademoiselle *Malcrais*. Il veut faire l'extrait d'un ouvrage anglais, intitulé Alciphron, du docteur *Barclai*, qui passe pour un saint dans sa communion. Ce livre est un dialogue en faveur de la religion chrétienne. Il y a un interlocuteur qui est un incrédule. L'abbé *Desfontaines* prend les sentimens de cet interlocuteur pour les sentimens de l'auteur, et traite hardiment *Barclai* d'athée. Il loue les plus mauvais ouvrages du même fonds d'iniquité et de mauvais goût dont il condamne les bons. Je crois bien que le public éclairé me vengera de ses impertinentes critiques; mais je voudrais bien que l'on sût

qu'au moins la tragédie de Jules-Céfar n'eſt point de
moi telle qu'elle eſt imprimée. Peut-on m'imputer **1735.**
des vers fans rime, fans mefure et fans raifon, dont
cette miférable édition eſt parfemée ? Vous êtes des
amis de l'auteur du Pour et Contre ; engagez-le, je
vous en prie, à me rendre juſtice dans cette occaſion.
A l'égard de l'abbé *Desfontaines*, ne pourriez-vous pas
lui faire fentir l'infamie de fon procédé, et à quoi il
s'expofe ? Que dira-t-il quand il verra à la tête de la
Henriade, ou de mes autres ouvrages, l'hiſtoire de fon
ingratitude ?

J'ai lu auſſi cette indigne critique des Lettres philofophiques. Vous croyez bien que je la regarde avec le
profond mépris qu'elle mérite ; mais je vois que les
calomnies s'accréditent toujours. Ce méchant livre
n'eſt que l'écho des cris des miférables auteurs qui ne
ceſſent d'aboyer contre moi. Que de baſſeſſe et que
d'horreurs chez les gens de lettres ! Eux qui devraient
apprendre à penfer aux autres hommes, et enfeigner
la raifon et la vertu, ne fervent qu'à déshonorer l'efpèce humaine. Un miférable auteur famélique, qui
imprime fes fottifes ou celles des autres pour vivre,
s'imagine que c'eſt dans ce deſſein que j'ai donné des
ouvrages au public. Il ofe dire que j'ai trompé mon
libraire au fujet de ces Lettres que vous connaiſſez.
Quelle indignité et quelle mifère ! Devez-vous fouffrir,
mon cher *Thiriot*, une accufation pareille ? Vous
pour qui feul ces Lettres ont été imprimées en
Angleterre, fupportez-vous qu'on m'accufe d'avoir
travaillé pour moi ? La probité ne vous engage-t-elle
pas à réfuter, une bonne fois pour toutes, ces odieufes
imputations ? Engagez un peu l'abbé *Prévoſt* à entrer

—— fagement dans ce détail, en parlant de la critique des
1735. Lettres philofophiques. J'ai extrêmement à cœur que
le public foit défabufé des bruits injurieux qui ont
couru fur mon caractère. Un homme qui néglige fa
réputation eft indigne d'en avoir ; j'en fuis jaloux, et
vous devez l'être, vous qui êtes mon ami. Il vous
fera très-aifé de faire inférer dans le Pour et Contre
quelques réflexions générales fur les calomnies dont les
gens de lettres font fouvent accablés. L'auteur pourrait,
après avoir cité quelques exemples, parler de l'accufation générale que j'ai effuyée au fujet des foufcriptions de la Henriade, que j'ai toutes remboursées de
mon argent aux foufcripteurs français qui ont négligé
d'envoyer à Londres ; de forte que la Henriade, qui
m'a valu quelque avantage en Angleterre, m'a coûté
beaucoup en France, et je fuis affurément le feul
homme à qui cela foit arrivé. Il pourrait enfuite
réfuter les autres calomnies qu'on a entaffées dans
mon prétendu portrait, en difant ce que j'ai fait en
faveur de plufieurs gens de lettres, lorfque j'étais à
Paris. Ces faits avérés font une réponfe définitive à
toutes les calomnies. On y pourrait ajouter que l'abbé
Desfontaines, qui m'outrage tous les huit jours, eft
l'homme du monde qui m'a le plus d'obligations.
Tout cela dicté par la bonté de votre cœur et par
la fageffe de votre efprit, arrangé par la plume
de l'auteur du Pour et Contre, ne pourrait faire
qu'un très-bon effet ; après quoi, tout ce que je fouhaiterais, ce ferait d'être oublié de tout le monde,
hors des perfonnes avec qui je vis, et de vous que
j'aimerai toute ma vie.

LETTRE CLV.

A M. LE COMTE D'ARGENTAL.

Octobre.

JE vous envoie, mon charmant ami, une tragédie (*)
au lieu de moi. Si elle n'a pas l'air d'être l'ouvrage
d'un bon poëte, elle aura celui d'être au moins d'un
bon chrétien ; et par le temps qui court, il vaut mieux
faire fa cour à la religion qu'à la poëfie. Si elle n'eft
bonne qu'à vous amufer quelques momens, je ne
croirai pas avoir perdu ceux que j'ai paffés à la com-
pofer : elle a fervi à faire paffer quelques heures à
madame *du Châtelet*. Elle et vous me tenez lieu
du public ; vous êtes feulement l'un et l'autre plus
éclairés et plus indulgens que le parterre. Si, après
l'avoir lue, vous la jugez capable de paraître devant
ce tribunal dangereux, c'eft une aventure périlleufe
que j'abandonne à votre difcrétion, et que j'ofe recommander à votre amitié : furtout laiffez-moi goûter le
plaifir de penfer que vous avez feul, avec madame *du
Châtelet*, les prémices de cet ouvrage. Je ne peux pas
affurément exclure monfieur votre frère de la confidence ; mais hors lui, je vous demande en grâce que
perfonne n'y foit admis. Vous pourriez faire préfenter
l'ouvrage à l'examen, fecrétement et fans qu'on me
foupçonnât. Je confens qu'on me devine à la première
repréfentation ; je ferais même fâché que les connaiffeurs s'y puffent méprendre ; mais je ne veux pas

(*) Alzire.

que les curieux fachent le fecret avant le temps, et que les cabales, toujours prêtes à accabler un pauvre homme, aient le temps de fe former. De plus, il y a bien des chofes dans la pièce qui pafferaient pour des fentimens très-religieux dans un autre, mais qui chez moi feraient impies, grâce à la juftice qu'on a coutume de me rendre.

Enfin, le grand point eft que vous foyez content; et fi la pièce vous plaît, le refte ira tout feul: trouvez feulement mon enfant joli, adoptez-le, et je réponds de fa fortune. Je n'ai point lu le conte du jeune *Crébillon.* On dit que fi je l'avais fait, je ferais brûlé : c'eft tout ce que j'en fais. Je n'ai point lu les Mécontens, et ne fais même s'ils font imprimés. J'ai vécu, depuis deux mois, dans une ignorance totale des plaifirs et des fottifes de votre grande ville. Je ne fais autre chofe finon que je regrette votre commerce charmant, et que j'ai bien peur de le regretter encore long-temps. Voilà ce qui m'intéreffe ; car je vous ferai attaché toute ma vie, et j'en mettrai le principal agrément à en paffer quelques années avec vous. Parlez de moi, je vous en prie, à la philofophe qui vous rendra cette lettre; elle eft comme vous, l'amitié eft au rang de fes vertus ; elle a de l'efprit fans jamais le vouloir; elle eft vraie en tout. Je ne connais perfonne au monde qui mérite mieux votre amitié. Que ne fuis-je entre vous deux, mon cher ami ? et pourquoi fuis-je réduit à écrire à l'un et à l'autre ?

Adieu; je vous embraffe; adieu, aimable et folide ami.

LETTRE CLVI.

A M. L'ABBÉ ASSELIN.

A Cirey, 24 octobre.

M. *Demoulin*, Monfieur, a dû vous remettre un papier qui contient la dernière fcène de Jules-Céfar, telle que je l'ai traduite de *Shakefpeare*, ancien auteur anglais. Je ne vous en donnai qu'une partie, parce que j'avais fupprimé pour votre théâtre l'affaffinat de *Brutus*. Je n'avais ofé être ni romain ni anglais à Paris. Cette pièce n'a d'autre mérite que celui de faire voir le génie des Romains, et celui du théâtre d'Angleterre; d'ailleurs, elle n'eft ni dans nos mœurs, ni dans nos règles ; mais l'abbé *Desfontaines* aurait dû faire à cette étrangère, les honneurs du pays un peu mieux. Il me femble que c'eft enrichir la république des lettres, que de faire connaître le goût de fes voifins ; et peut-on faire connaître les poëtes autrement qu'en vers ? C'était - là un beau champ pour l'abbé *Desfontaines*. Il eft bien étonnant qu'il ait parlé de cet ouvrage comme s'il eût critiqué une pièce de notre théâtre. Vous lui ferez, fans doûte, faire cette réflexion, fi vous le voyez. J'ai beaucoup de fujets de me plaindre de lui, et j'en fuis très-fâché, parce qu'il a du mérite. Je ne veux avoir de guerre littéraire avec perfonne. Ces petits débats rendent les lettres trop méprifables. L'abbé *Desfontaines* m'avertit que j'en vais foutenir une fur fon théâtre, au fujet des ouvrages de *Campiftron*. Il

—— y a du temps qu'il l'a commencée, et bien injustement. Je proteste en homme d'honneur, que je n'ai
jamais rien écrit contre cet auteur, et que je n'ai
jamais vu l'écrit dont l'abbé *Desfontaines* parle. Faites-
lui fentir, Monfieur, combien il eft odieux de me
faire jouer, malgré moi, un perfonnage qui me
déplaît, et de me mêler dans une querelle où je ne fuis
jamais entré. Il me menace d'inférer dans fon Journal
des pièces défagréables contre moi. Sur cette matière,
tout ce que je répondrai fera une proteftation folen-
nelle que je ne fais ce dont il s'agit. Pourquoi veut-il
toujours s'acharner à me piquer et à me nuire ? Eft-
ce-là ce que je devais attendre de lui ? Je vous prie,
Monfieur, de joindre à vos bontés, celle de lui
parler. Il a trop de mérite, et j'ofe dire qu'il m'a trop
d'obligations pour que je veuille être fon ennemi.
Pour vous, Monfieur, je n'ai que des grâces à vous
rendre, et je vous ferai attaché toute ma vie, avec
toute l'eftime et toute la reconnaiffance que je vous
dois.

LETTRE

LETTRE CLVII.   1735.

A M. DE CIDEVILLE.

A Cirey, ce 3 novembre.

LA divine *Emilie*, mon cher ami, n'eſt pas trop pour *Anacréon*. C'eſt la première fois que je n'ai pas été de ſon avis ; je tiens que c'eſt à vous à le faire parler. Je ſuis perſuadé que dans quarante ans vous aimerez comme lui ; vous l'imitez déjà dans ſa vie et dans ſes vers aimables : mais *Anacréon* n'était pas conſeiller au parlement, et n'aurait jamais quitté un opéra pour aller juger.

Il y a peu de choſes à corriger aux Songes et à Daphnis et Chloé pour les rendre propres au théâtre. L'acte d'Anacréon vous coûtera encore moins ; la conformité du ſtyle et des mœurs vous ſoutiendra. Vous n'avez rien de l'ignorance de *Daphnis*, vos plaiſirs ne ſont point des ſonges ; mais quand il s'agit d'*Anacréon*, vous ſerez un dévot qui fêterez votre patron. Trouveriez-vous mauvais qu'*Anacréon* aimât la même perſonne que le roi, et qu'il fût préféré ? Je ne haïrais pas de voir le chanſonnier des Grecs l'emporter ſur un monarque.

Je vous envoie, mon cher ami, la dernière ſcène de Jules-Céſar ; c'eſt de toutes les ſcènes de cette pièce, celle qui a été imprimée avec le plus de fautes. Elle a, ce me ſemble, une très-grande ſingularité, c'eſt qu'elle eſt une traduction aſſez fidelle d'un auteur anglais qui vivait il y a cent cinquante ans ; c'eſt *Shakeſpeare*,

—— le *Corneille* de Londres, grand fou d'ailleurs, et
1735. reffemblant plus fouvent à *Gilles* qu'à *Corneille;* mais
il a des morceaux admirables. Mandez-moi ce que
vous penfez de celui-ci.

Je vous ai déjà mandé les impertinences de l'abbé
Desfontaines au fujet de ce Jules-Céfar. Il appelle la
fcène que je vous envoie, une controverfe; c'eft la
moindre de fes critiques. Il ne faut pas exiger de goût
de lui; mais je devais en attendre au moins plus de
reconnaiffance. Les auteurs faméliques font pardon-
nables; s'ils déchirent leurs amis, ce n'eft que par
néceffité. Ce font des anthropophages qui réfervent
pour le dernier celui à qui ils ont le plus d'obligations. Envoyez la fcène de *Shakefpeare* à notre ami
Formont, et qu'il m'en dife un peu fon avis.

Adieu, mon aimable ami; il faudrait, pour que je
fuffe entièrement heureux, que vous vinffiez quelque
jour à Cirey. *Emilie* vous fait mille complimens. *Linant*
commence une tragi-comédie; puiffe-t-il l'achever.

P. S. Que dites-vous des fcélérats de commis de
la pofte? Nous avions, *Linant* et moi, mis bien
proprement deux louis d'or, bien entourés de cire,
dans un gros paquet adreffé à fa pauvre fœur; et nous
avions pris ce parti parce que le befoin était preffant.
La malheureufe a bien reçu la lettre d'avis, mais
point la lettre à argent. Pour remédier à cette viola-
tion cruelle du droit des gens, je m'adreffe à monfieur
le marquis. Ce monfieur le marquis me doit des
monts d'or; il vous remettra les deux louis. Je m'adreffe
à vous pour cette petite commiffion, ne fachant en
quel endroit du monde il fe carre pour le préfent.

LETTRE CLVIII.

A M. L'ABBÉ ASSELIN.

A Cirey, 4 novembre.

DEMOULIN a bien mal fait, Monfieur, de ne vous avoir pas envoyé cette dernière fcène complète. Je viens de lui écrire et de lui recommander de vous la porter fur le champ. C'eft, comme je vous l'ai dit, une traduction affez fidelle de la dernière fcène du Jules-Céfar de *Shakefpeare*. Ce morceau devient par là un morceau fingulier et affez intéreffant dans la république des lettres. Voilà le point de vue dans lequel un journalifte devait examiner ma tragédie. Elle donne une véritable idée du goût des Anglais. Ce n'eft pas en traduifant des poëtes en profe qu'on fait connaître le génie poëtique d'une nation, mais en imitant en vers leur goût et leur manière. Une differtation fur ce goût, fi différent du nôtre, était ce qu'on devait attendre de l'abbé *Desfontaines*. Il fait l'anglais; il doit avoir lu *Shakefpeare*; il était à portée de donner fur cela des lumières au public. Si, au lieu de s'écrier, en parlant de ma pièce, *que de mauvais vers! que de vers durs!* il avait voulu diftinguer entre l'éditeur et moi, et s'attacher à faire voir en critique fage les différences qui fe trouvent entre le goût des nations, il aurait rendu un fervice aux lettres, et ne m'aurait point offenfé. Je me connais affez en vers, quoique je n'en faffe plus, pour affurer que cette tragédie, telle qu'on l'imprime à préfent en Hollande, eft l'ouvrage

——— le plus fortement verfifié que j'aye fait. Tous les
1735. étrangers, qui retrouvent d'ailleurs dans cette pièce
les hardieffes qu'on prend en Italie et à Londres, et
qu'on prenait autrefois à Athènes, me rendent un peu
plus de juftice que l'abbé *Desfontaines* et mes ennemis
ne m'en ont rendu. Ils diftinguent entre le goût des
nations et celui des Français ; ils favent par cœur
une partie de ces vers que l'abbé *Desfontaines* trouve
fi durs et fi faibles ; ils difent que *Brutus* doit parler
en *Brutus* ; ils favent que ce romain a écrit à *Cicéron*
et à *Antoine*, qu'il aurait tué fon père pour le falut
de l'Etat ; ils ne me reprochent point un tutoiement
qui eft fi noble en poëfie, que c'eft la feule manière
dont on parle à DIEU ; ils ne traitent point de controverfe l'admirable fcène de *Shakefpeare*, dont on
n'a joué chez vous qu'une petite partie, et qu'on a
imprimée fi ridiculement. Quand ils voient des vers
tels que celui-ci :

A vos tyrans Brutus ne parle qu'au fénat.

ils favent bien, pour peu qu'ils aient de connaiffance
de la langue françaife, qu'un tel vers ne peut être de
moi.

Je pardonne de tout mon cœur à l'abbé *Desfontaines*
fi, dans les chofes défagréables qu'il a femées contre
moi dans vingt de fes feuilles, il n'a point eu l'intention de m'outrager. Cependant, Monfieur ; je vous
enverrai, fi vous voulez, vingt lettres de mes amis
qui me parlent de fon procédé avec beaucoup plus
de chaleur que je n'en ai parlé moi-même. Enfin,
Monfieur, quoi qu'il en foit, j'oublierai tout. Les

difputes des genş de lettres ne fervent qu'à faire rire les fots aux dépens des gens d'efprit, et à déshonorer les talens qu'on devrait rendre refpectables. Je puis vous affurer qu'il y a plus d'un ennemi de l'abbé *Desfontaines* qui m'a écrit pour me propofer des vengeances que j'ai rejetées. Je fouhaite qu'il revienne à moi avec l'amitié que j'avais droit d'attendre de lui ; mon amitié ne fera pas altérée par la différence de nos opinions. Vous pouvez lui communiquer cette lettre.

Je vous fuis attaché pour toute ma vie avec bien de la reconnaiffance.

LETTRE CLIX.

A L'ABBÉ DESFONTAINES,

Sur une rétractation de ce journalifle.

A Cirey, le 14 novembre.

SI l'amitié vous a dicté, Monfieur, ce que j'ai lu dans la feuille trente-quatrième que vous m'avez envoyée, mon cœur en eft bien plus touché que mon amour propre n'avait été bleffé des feuilles précédentes. Je ne me plaignais pas de vous comme d'un critique, mais comme d'un ami, car mes ouvrages méritent beaucoup de cenfure ; mais moi je ne méritais pas la perte de votre amitié. Vous avez dû juger à l'amertume avec laquelle je m'étais plaint à vous-même, combien vos procédés m'avaient affligé ; et vous avez vu, par mon silence sur toutes les autres critiques, à quel point j'y suis insensible. J'avais envoyé à Paris à plusieurs personnes la dernière scène traduite de *Shakespeare*, dont j'avais retranché quelque chose pour la représentation d'Harcourt, et que l'on a encore beaucoup tronquée dans l'impression. Cette scène était accompagnée de quelques réflexions sur vos critiques. Je ne sais si mes amis les feront imprimer ou non; mais je sais que, quoique ces réflexions aient été faites dans la chaleur de mon ressentiment, elles n'en étaient pas moins modérées. Je crois que M. l'abbé *Asselin* les a; il peut vous les montrer, mais il faut regarder tout cela comme non avenu.

Il importe peu au public que la Mort de César soit une bonne ou une méchante pièce; mais il me semble que les amateurs des lettres auraient été bien aises de voir quelques dissertations instructives sur cette espèce de tragédie qui est si étrangère à notre théâtre: vous en avez parlé et jugé comme si elle avait été destinée aux comédiens français. Je ne crois pas que vous ayez voulu en cela flatter l'envie et la malignité de ceux qui travaillent dans ce genre; je crois plutôt que, rempli de l'idée de notre théâtre, vous m'avez jugé sur les modèles que vous connaissez. Je suis persuadé que vous auriez rendu un service aux belles-lettres si, au lieu de parler en peu de mots de cette tragédie comme d'une pièce ordinaire, vous aviez saisi l'occasion d'examiner le théâtre anglais et même le théâtre d'Italie, dont elle peut donner quelque idée. La dernière scène et quelques morceaux traduits mot pour mot de *Shakespeare*, ouvraient une assez

grande carrière à votre érudition et à votre goût. Le
Giulio-Cefare de l'abbé *Conti*, noble vénitien, imprimé
à Paris il y a quelques années, pouvait vous fournir
beaucoup. La France n'eft pas le feul pays où l'on
faffe des tragédies ; et notre goût, ou plutôt notre habitude de ne mettre fur le théâtre , que de longues
converfations d'amour, ne plaît pas chez les autres
nations. Notre théâtre eft vide d'action et de grands
intérêts , pour l'ordinaire. Ce qui fait qu'il manque
d'action , c'eft que le théâtre eft offufqué par nos
petits-maîtres ; et ce qui fait que les grands intérêts
en font bannis, c'eft que notre nation ne les connaît
point. La politique plaifait du temps de *Corneille* ,
parce qu'on était tout rempli des guerres de la fronde ;
mais aujourd'hui on ne va plus à fes pièces. Si vous
aviez vu jouer la fcène entière de *Shakefpeare* , telle
que je l'ai vue et telle que je l'ai à peu-près traduite ,
nos déclarations d'amour et nos confidentes vous
paraîtraient de pauvres chofes auprès. Vous devez
connaître à la manière dont j'infifte fur cet article ,
que je fuis revenu à vous de bonne foi , et que mon
cœur, fans fiel et fans rancune, fe livre au plaifir de
vous fervir autant qu'à l'amour de la vérité. Donnez-
moi donc des preuves de votre fenfibilité et de la
bonté de votre caractère ; écrivez-moi ce que vous
penfez et ce que l'on penfe fur les chofes dont vous
m'avez dit un mot dans votre dernière lettre. La pénitence que je vous impofe eft de m'écrire au long ce que
vous croyez qu'il y ait à corriger dans mes ouvrages
dont on prépare en Hollande une très-belle édition.
Je veux avoir votre fentiment et celui de vos amis.
Faites votre pénitence avec le zèle d'un homme bien

V 4

1735.

converti, et fongez que je mérite par mes fentimens, par ma franchife, par la vérité et la tendreffe, qui font naturellement dans mon cœur, que vous vouliez goûter avec moi les douceurs de l'amitié et celles de la littérature.

LETTRE CLX.

A M. DE FORMONT.

A Cirey, 15 novembre.

POURQUOI vous rebuter d'un ouvrage fi admirable, et auquel il manque fi peu de chofe pour être parfait? Nous n'avons dans notre langue que cette feule traduction du plus beau monument de l'antiquité ; car je compte pour rien toutes les mauvaifes qu'on a faites.

> Virgile, du fein du tombeau,
> Vous dit-il pas en fon langage,
> Il faut achever ton ouvrage
> Quand je t'ai prêté mon pinceau ?

Je viens d'apprendre que la Didon qui a fait tant de fracas fur notre théâtre, eft une efpèce de traduction d'un opéra italien de *Métaftafio*, fe difant poëte de l'empereur. Je tiens cette anecdote d'un jeune vénitien qui eft ici. Perfonne ne fait cela en France, tant nous fommes bien inftruits dans notre petit coin du Parnaffe de ce qui fe paffe dans les autres coins.

Je n'ai point encore vu la traduction en profe de ———
la première fcène de la Cléopâtre de *Dryden*. Tout 1735.
ce que je peux vous dire, c'eft qu'une traduction en
profe d'une fcène en vers eft une beauté qui me
montrerait fon cu au lieu de me montrer fon vifage;
et puis je vous dirai qu'il s'en faut beaucoup que le
vifage de *Dryden* foit une beauté. Sa Cléopâtre eft
un monftre, comme la plupart des pièces anglaifes,
ou plutôt comme toutes les pièces de ce pays-là,
j'entends les pièces tragiques; il y a feulement une
fcène de *Ventidius* et d'*Antoine* qui eft digne de
Corneille. C'eft-là le fentiment de milord *Bolingbroke*
et de tous les bons auteurs; c'eft ainfi que penfait
Addiffon.

Je n'ai point encore lu la traduction que l'abbé *du
Refnel* a faite de l'Effai de *Pope*; mais comme cela n'eft
point intitulé Réponfe à *Pafcal*, il n'a rien à craindre.

Je vais tâcher d'avoir ce Journal où vous dites que
je trouverai des abfurdités métaphyfiques à propos
de mes fentimens. Je fais qu'il eft de l'effence d'un
jéfuite d'être mauvais philofophe; ce font gens à qui
on dicte, à l'âge de quinze ou vingt ans, des mots
qu'ils prennent enfuite pour des idées. Je ne fais pas fi
Locke a raifon, mais il en a bien l'air. J'ai beau chercher, je ne vois pas qu'on puiffe jamais prouver que
la matière ne faurait penfer; mais, après tout,
qu'importe, pourvu que nous penfions bien, c'eft-à-
dire, que nous penfions de façon à nous rendre
heureux? Je me trouve très-bien d'être matière, fi
j'ai des fenfations et des idées agréables.

S'il vous vient quelque penfée fur cette chape à
l'évêque dont les hommes fe débattent, faites-m'en

un peu part, s'il vous plaît, *candidus imperti*. Pour moi j'ai envoyé à notre ami *Cideville* la dernière scène de la Mort de Céfar, qui eft très-mal imprimée et toute tronquée dans la miférable édition qu'on en a faite ; je l'ai prié de vous en faire tenir une copie. Je vous envoie des bagatelles de ma façon, en attendant de vous des idées et des lumières. Chacun donne ce qu'il a. Je vais grand train dans le Siècle de *Louis XIV*; je faute à pieds joints fur toutes les minuties que je trouve en mon chemin : c'eft un taillis fourré où je me fais des grandes routes ; je voudrais bien m'y promener avec vous. La fublime, la légère, l'univerfelle *Emilie* vous fait mille complimens. *Linant* croit qu'il fera une pièce, et je n'en crois rien. *Vale.*

LETTRE CLXI.

A M. LE COMTE D'ARGENTAL.

Ce 18 novembre.

JE ne crois pas que mes fauvages puiffent jamais trouver un protecteur plus poli que vous, et que je puiffe jamais avoir un ami plus aimable. Il ne faut plus fonger à faire jouer cela cet hiver ; plus j'attendrai, plus la pièce y gagnera. Je ne ferai pas fâché d'attendre un temps favorable où le public foit avide de nouveautés. Je fuis charmé qu'on m'oublie ; le fecret d'ailleurs en fera mieux gardé fur la pièce, et le peu de gens qui ont fu que j'avais envie de traiter ce fujet feront déroutés.

Puifque la converfion de *Gufman* vous plaît , il
ira droit en paradis, et j'efpère faire mon falut auprès   **1735.**
du parterre.

La façon de tuer ce *Gufman* chez lui n'eft pas fi
aifée que d'opérer fa converfion. *Zamore* avait pris
déjà l'épée d'un efpagnol pour ce beau chef-d'œuvre;
fi vous voulez , il prendra encore les habits de
l'efpagnol. J'avais fait endormir la garde peu nom-
breufe et fatiguée; fi vous voulez , je l'enivrerai pour
la faire mieux ronfler.

Faire de *Montèze* un fripon , me paraît impoffible:
pour qu'un homme foit un coquin , il faut qu'il foit
un grand perfonnage; il n'appartient pas à tout le
monde d'être fripon.

Montèze, quoique père de la fignora , n'eft qu'un
fubalterne dans la pièce ; il ne peut jamais faire un
rôle principal; il n'eft là que pour faire fortir le caractère d'*Alzire*. Figurez-vous la mère de la *Gauffin* avec
fa fille. J'en fuis fâché pour *Montèze* , mais je n'ai
jamais compté fur lui.

Les autres ordres que vous me donnez font plus
faciles à exécuter: *Patientiam habe in me , et ego omnia
reddam tibi.* Je m'étais hâté d'envoyer à madame *du
Châtelet* des changemens pour les derniers actes, mais
il ne faut point fe hâter quand on veut bien faire ;
l'imagination harcelée et gourmandée devient rétive;
j'attendrai les momens de l'infpiration.

J'accable de mes refpects et de mon amitié madame
votre mère et le lecteur de *Louis XV*. Je vous fupplie
de faire ma cour à madame de *Bolingbroke*. Vraiment
je ferai fort aife que ce M. de *Matignon* tire un peu
la manche du garde des fceaux en ma faveur. Il faut,

au bout du compte, ou être effacé du livre de prof-cription, ou enfin s'en aller hors de France, il n'y a pas de milieu ; et férieufement l'état où je fuis eft très-cruel.

Je ferais très-fâché d'être obligé de paffer ma vie hors de France ; mais je ferais auffi très-fâché qu'on crût que j'y fuis, et furtout qu'on sût où je fuis. Je me recommande fur cela à votre tendre et fage amitié. Dites bien à tout le monde que je fuis à préfent en Lorraine.

J'ai envoyé un petit mémoire par *Demoulin* à M. *Hérault* ; voudrez-vous bien lui en parler, et favoir de lui fi ce mémoire peut produire quelque chofe ?

Adieu ; les miférables font gens bavards et importuns.

LETTRE CLXII.

A M. THIRIOT.

A Cirey, le 30 novembre.

Vos fenêtres donnent donc à préfent fur le Palais royal ; j'aimerais mieux qu'elles donnaffent fur la prairie et fur la petite rivière que je vois de mon lit ; mais on ne peut pas tout avoir à la fois, et il faut bien que M. de *la Poplinière* foit récompenfé de fon mérite, en ayant auprès de lui un homme auffi aimable que vous. Vous êtes le lien de la fociété ; le nom de *compère* vous fied à merveille en ce fens-là, comme on appelait certain philofophe, *la fage-femme des penfées d'autrui.*

1735.

Je fuis enchanté de la bonne fortune que vous avez depuis fix mois avec *Locke*, Vous me charmez de lire ce grand homme qui eft, dans la métaphyfique, ce que *Newton* eft dans la connaiffance de la nature. Quel eft donc ce curé de village dont vous me parlez ? Il faut le faire évêque du diocèfe de Saint-Urain. Comment, un curé et un français auffi philofophe que *Locke* ? Ne pouvez-vous point m'envoyer le manufcrit ? il n'y aurait qu'à l'envoyer, avec les lettres de *Pope*, dans un petit paquet, à *Demoulin*; je vous le rendrais très-fidellement.

Si j'avais auprès de moi un domeftique qui sût écrire, je ferais copier quelques chapitres d'une métaphyfique que j'ai compofée (*), pour me rendre compte de mes idées; cela vous divertirait peut-être de voir quelle efpèce de philofophe c'eft que l'auteur de la Henriade et de *Jeanne* la pucelle. Vous auriez bien auffi quelques chants de *Jeanne*, car je fais que vous êtes difcret et fidelle.

Le corfaire *Desfontaines* a bien les vices que vous n'avez pas. Vous connaiffez cette guenille que j'avais écrite au comte *Algarotti* (**); l'abbé *Desfontaines* me demande la permiffion de l'imprimer. Je lui fais réponfe, au nom de monfieur et madame *du Châtelet*, qu'ils regarderont cette impreffion comme une offenfe perfonnelle; je le prie et je lui recommande de fe bien donner de garde de publier cette bagatelle; je lui fais fentir que ce qui eft bon entre amis, devient très-dangereux entre les mains du public. A peine a-t-il reçu ma lettre, qu'il imprime: ce qui m'étonne,

(*) Voyez Philofophie, tome I.
(**) Vol. d'Epîtres ; Epître XXXIX.

—— c'eſt que ſon examinateur ſache aſſez peu le monde pour ſouffrir que le nom de madame *du Châtelet* ſoit livré indignement à la malignité d'un pamphletier. Si monſieur et madame *du Châtelet* ſe plaignent à monſieur le garde des ſceaux , comme ils devraient faire , je ſuis perſuadé que l'abbé *Desfontaines* ſe repentirait de ſon imprudence.

On m'a envoyé une nouvelle édition de Jules-Céſar. J'ai reconnu qu'elle était nouvelle à des différences conſidérables qui s'y trouvent. Il eſt donc abſolument néceſſaire de donner ce petit ouvrage tel qu'il eſt , puiſqu'on l'a comme il n'eſt pas. L'abbé de *Lamare* ſe chargera de l'édition , et le peu de profit qu'on en pourra tirer ſera pour lui. C'eſt une libéralité que vous lui ferez volontiers , ſurtout à préſent que vous voilà grand ſeigneur.

Si vous connaiſſiez quelque domeſtique qui ſût bien écrire , envoyez-le-moi au plus vîte ; vous y gagnerez mille chiffons par an , vers , proſe ; vous me tiendrez lieu du public. Adieu , mon ami.

P. S. Qu'eſt-ce qu'une eſtampe de moi qui ſe vend chez *Odieuvre* , près de la Samaritaine , cela veut dire , je crois , ſur le Pont neuf ? Il eſt juſte que je ſois avec mon héros. Voyez ſi cette eſtampe reſſemble.

LETTRE CLXIII.

AUX COMÉDIENS FRANÇAIS,

Au sujet de la tragédie d'Alzire.

Novembre.

JE ne sais, Messieurs, si vous avez lu une tragédie que j'avais composée il y a deux ans, et dont je lus même chez moi les premières scènes à M. *Dufresne*. Je n'aurais jamais osé la présenter au théâtre. La singularité du sujet, la défiance où je dois toujours être sur mes faibles ouvrages, et le nombre de mes ennemis, m'avaient fait prendre le parti de ne la jamais exposer au public.

J'ai appris que M. *le Franc*, s'étant fait rendre compte, il y a un an, du sujet de ma pièce, en a depuis composé une à peu-près sur le même plan, et qu'il s'est hâté de vous la lire. Vous sentez bien, Messieurs, que tout le mérite de ce sujet consiste dans la peinture des mœurs américaines, opposée au portrait des mœurs européanes : du moins c'est-là mon seul avantage. Je ne doute pas que M. *le Franc*, qui a au-dessus de moi les talens de l'esprit et l'imagination que donne la jeunesse, n'ait embelli son ouvrage par des ressources qui m'ont manqué ; mais il arriverait que si sa pièce était jouée la première, la mienne ne paraîtrait plus qu'une copie de la sienne ; au lieu que si sa tragédie n'est jouée qu'après, elle se soutiendra toujours par fes propres beautés. Je n'aurais jamais travaillé fur un plan choifi par M. *le Franc*. La confidération et l'eftime que j'ai pour lui m'en auraient empêché, autant que la crainte de me trouver fon rival.

Il s'eft difpenfé d'un égard que j'aurais eu. Au refte, Meffieurs, foyez perfuadés que fi je crains de paffer après lui, c'eft uniquement parce que ma pièce ne foutiendrait pas la comparaifon avec la fienne. Votre intérêt s'accorde en cela avec le plaifir du public qui applaudira toujours à M. *le Franc*, en quelque temps que fon ouvrage paraiffe; et la juftice exïge que celui qui a inventé le fujet paffe avant celui qui l'a embelli. Je n'aurai que la préférence dangereufe et paffagère d'être expofé le premier à la cenfure du public.

J'ai l'honneur d'être avec l'eftime que j'ai pour ceux qui cultivent les beaux arts, et avec la reconnaiffance que je dois à ceux qui ont fi fouvent orné mes faibles productions et fait pardonner mes fautes (26), votre, &c.

(26) M. de *Voltaire* obtint des comédiens ce qu'il leur demandait. M. *le Franc*, de fon côté, leur écrivit auffi pour le même fujet; voici fa lettre qui eft d'un ftyle bien différent de celui de M. de *Voltaire*.

Lettre de M. le Franc.

Je fuis fort furpris, Meffieurs, que vous exigiez une feconde lecture d'une tragédie telle que Zoraïde. Si vous ne vous connaiffez pas en mérite, je me connais en procédés, et je me fouviendrai affez long-temps des vôtres pour ne plus m'occuper d'un théâtre où l'on diftingue fi peu les perfonnes et les talens; je fuis, Meffieurs, autant que vous méritez que je le fois, votre, &c.

LETTRE

LETTRE CLXIV.

A M. THIRIOT.

A Cirey, 8-décembre, à quatre heures du matin.

LA date vous fera voir que je n'ai pas le temps de vous écrire une longue épître. On vient de m'avertir que plufieurs chants de la Pucelle courent dans Paris; ou c'eft quelque poëme qu'on met fous mon nom, ou un copifte infidelle a tranfcrit quelques-uns de ces chants. Dans l'un ou dans l'autre cas, il faut que je fois inftruit de bonne heure de la vérité. Je vous jure par cette même vérité que vous me connaiffez, que je n'ai jamais prêté le manufcrit à perfonne, puifque je ne l'ai pas prêté à vous-même. Si quelqu'un m'a trahi, ce ne peut être qu'un nommé *Dubreuil*, beau-frère de *Demoulin*, qui a copié l'ouvrage, il y a fix mois. M. *Rouillé* prétend qu'il en court des copies. Voyez, informez-vous; que votre amitié fe trémouffe un peu. Il eft d'une conféquence extrême que je fois averti. Il faudra enfin que j'aille mourir dans les pays étrangers; mais, en récompenfe, les *Hardion*, les *Danchet*, &c. profpèrent en France.

J'avais commencé une tragédie où je peignais un tableau affez fingulier du contrafte de nos mœurs avec les mœurs du nouveau monde (*). On a dit, il y a quelques mois, mon fujet au fieur *le Franc* : qu'a-t-il fait? Il a verfifié deffus, il a lu fa pièce à noffeigneurs les

(*) Alzire.

Correfp. générale.   Tome I.   X

1735.

comédiens qui l'ont envoyée à la révifion. Le petit bonhomme eft *un tantinetto* plagiaire ; il avait pillé fa pauvre Didon tout entière d'un opéra italien de *Metaftafio*. Mais il profpérera avec les *Danchet* et les *la Serre* , et moi j'irai languir à la Haie ou à Londres. Adieu ; réponfe , et prompte.

LETTRE CLXV.

A M. THIRIOT.

A Cirey , 17 décembre.

VOUS êtes le plus aimable ami, le plus exact et le plus tendre qu'il y ait au monde. Vous écrivez auffi régulièrement qu'un homme d'affaires, et vous avez les fentimens d'une maîtreffe. Par quel remercîment commencerai - je ? J'accepte d'abord le valet de chambre écrivain, pourvu qu'il ne foit ni dévot ni ivrogne , deux qualités également abominables. Il copiera toutes mes guenilles que je corrige tous les jours et que je vous deftine. J'ai envoyé à meffieurs de *Pont-de-Vefle* et d'*Argental* la tragédie en queftion, avec cette claufe qu'elle ferait communiquée à vous, mon cher ami, et à vous feul. Ainfi, lorfque vous voudrez , paffez chez ce M. d'*Argental*, chez cette aimable et bienfefante créature , qui ne ceffe de me combler de fes bons offices. A préfent que cette pièce envoyée me donne un peu de loifir , revenons à *Orphée-Rameau*. Je lui avais craché de petits vers pour un petit duo. On pourrait, en alongeant la litanie, faire de cela un morceau très-muſical. C'eſt la louange de la muſique : on y peut fourrer tous ſes attributs, tous ſes caractères. Le génie de notre *Orphée* ſe trouverait au large. (*)

Je ferai de Samſon tout ce qu'on voudra ; c'eſt pour lui (*Rameau*), c'eſt pour ſa muſique mâle et vigoureuſe que j'avais pris ce ſujet.

Vous faites trop d'honneur à mes paroles, de dire qu'il y a trois perſonnages. Je n'en connais que deux, *Samſon* et *Dalila* ; car pour le roi, je ne le regarde que comme une baſſe-taille des chœurs. Je voudrais bien que *Dalila* ne fût point une *Armide*. Il ne faut point être copiſte. Si j'en avais cru mes premières idées, *Dalila* n'eût été qu'une friponne, une *Judith*, p.... pour la patrie, comme dans la ſainte Écriture ; mais autre choſe eſt la Bible, autre choſe eſt le parterre. Je ferais encore bien tenté de ne point parler des cheveux plats de *Samſon*. Feſons-le marier dans le temple de *Vénus* la ſidonienne : de quoi le Dieu des Juifs ſera courroucé ; et les Philiſtins le prendront comme un enfant, quand il ſe ſera bien épuiſé avec la philiſtine. Que dit à cela le petit *Bernard*? J'ai corrigé et refondu le Temple du Goût et beaucoup de pièces fugitives ; et malgré vos leçons, je ſuis à la bataille d'Hochſtet. Je paſſe mes jours dans les douceurs de la ſociété et du travail, et je ne regrette guère que vous. Je voudrais être auſſi bien auprès de *Pollion*, que vous auprès d'*Emilie*.

(*) Voyez une lettre à M. *Berger*, du 1 décembre 1735 ; volume des Lettres en vers.

LETTRE CLXVI.

A M. THIRIOT.

A Cirey, 25 décembre.

Je fuis toujours d'avis qu'il ne foit plus queftion des grands cheveux plats de *Samfon* ; je gagnerai à cela une fottife facrée de moins, et ce fera encore une fcène de récitatif retranchée. Je n'entends pas trop ce qu'on veut dire par une *Dalila* intéreffante. Je veux que ma *Dalila* chante de beaux airs où le goût français foit fondu dans le goût italien. Voilà tout l'intérêt que je connais dans un opéra. Un beau fpectacle bien varié, des fêtes brillantes, beaucoup d'airs, peu de récitatifs, des actes courts, c'eft-là ce qui me plaît. Une pièce ne peut être véritablement touchante que dans la rue des Foffés Saint-Germain (*). Phaéton, le plus bel opéra de *Lulli*, eft le moins intéreffant.

Je veux que le Samfon foit dans un goût nouveau; rien qu'une fcène de récitatif à chaque acte, point de confident, point de verbiage. Eft-ce que vous n'êtes pas las de ce chant uniforme et de ces *eu* perpétuels qui terminent, avec une monotonie d'antiphonaire, nos fyllabes féminines? C'eft un poifon froid qui tue notre récitatif. Mandez-moi fur cela l'avis de *Pollion* et de *Bernard*.

Ne pourriez-vous point favoir ce que le plagiaire de *Metaftafio* et le mien a pris de mes Américains.

(*) Ancien emplacement du théâtre français.

J'aurais peut-être le temps de changer ce qu'il a
imité. Je ferais comme les gens qu'on a volés, qui
changent les gardes de la ferrure. Si vous voyez M.
le bailli de *Froulai* et M. le chevalier d'*Aydie*, dites,
je vous en prie, à cette paire de loyaux chevaliers
combien je fuis reconnaiffant de leurs bontés. M. de
Froulai a parlé en vrai *Bayard* au garde des fceaux.

Qu'eft-ce donc que cette mauvaife pièce intitulée
le Tocfin de la Cour? On dit que c'eft le laquais de *la
Serre* ou de *Roi* qui en eft l'auteur. Monfieur le garde
des fceaux a-t-il fi peu de goût que de me foupçonner
de ces baffeffes et de ces misères? Je fuis bien las de
toutes ces vexations; et fi je n'avais pas le bonheur
de vivre à Cirey dans le fein de la vertu, des beaux
arts, de l'efprit et de l'amitié, auprès de la perfonne
la plus refpectable qui foit au monde, je dénicherais
bien vîte de France.

LETTRE CLXVII.

A M. THIRIOT.

26 décembre.

J'AI reçu à la fois, mon cher et véritable ami, vos
deux lettres. Vous favez bien que la feule amitié était
le lien qui me retenait en France. Voilà la divinité
à qui je facrifiais ma liberté; mais enfin la rage de
mes ennemis l'emporte, et la calomnie m'arrache le
feul bien où mon cœur était attaché. Je vais, par
les confeils même des perfonnes qui daignaient paffer

—— leur vie avec moi, chercher dans une folitude plus profonde le repos qu'on m'envie. Je fais par une néceffité cruelle, ce que *Defcartes* fefait par goût et par raifon ; je fuis les hommes, parce qu'ils font méchans.

Quand vous m'écrirez, envoyez dorénavant vos lettres à *Demoulin* fans deffus, ou bien à M. *du Faure*, il me les fera tenir.

Je vous jure fur l'amitié que j'ai pour vous, que quiconque dira que j'ai laiffé copier quatre vers de l'ouvrage en queftion, eft un impofteur.

Si monfieur le garde des fceaux a dans fon porte-feuille quelque pièce fous le nom de la Pucelle, c'eft apparemment l'ouvrage de quelqu'un qui a voulu m'attribuer fon ftyle pour me déshonorer et pour me perdre.

J'attendais de monfieur le garde des fceaux qu'il me rendrait plus de juftice. Peut-être le cardinal de *Richelieu*, *Louis XIV* et M. *Colbert* m'euffent protégé. Quelque perfécution injufte et cruelle que j'aye effuyée de fa part, je ne me plaindrai jamais de lui ni de perfonne, pas même de l'abbé *Desfontaines* qui s'eft fignalé par de fi noires ingratitudes. J'achèverai en paix, fans murmure et fans baffeffe, le peu de jours que la nature voudra permettre que je vive loin des hommes dont je n'ai que trop éprouvé la méchanceté.

Je ferais inconfolable, fi vous n'en étiez pas plus affidu à m'écrire. Je ne me fens capable d'oublier tant d'injuftices des autres qu'en faveur de votre amitié.

Madame *du Châtelet* a lu la préface que m'a

envoyée le petit *Lamare* (*). Nous en avons retranché beaucoup, et furtout les louanges : mais pour les faits qui y font, nous ne voyons pas que je doive en empêcher la publication. C'eſt une réponſe ſimple, naïve et pleine de vérité à des calomnies atroces et perſonnelles imprimées dans vingt libelles. Il y aurait un amour propre ridicule à souffrir qu'on me louât ; mais il y aurait un lâche abandon de moi-même à souffrir qu'on me déshonore. L'ouvrage de *Lamare* nous paraît à préſent très-ſage et même inté-reſſant. Il me ſemble qu'il y règne un amour des arts et de la vertu, un eſprit de juſtice, une horreur de la calomnie, et un attendriſſement ſur le ſort de preſque tous les gens de lettres perſécutés, qui ne peut révolter perſonne, et qui, même dans le temps de cette perſécution nouvelle, doit gagner les bons eſprits en ma faveur. Il ne faut pas ſonger aux autres.

Il eſt vrai que cette juſtification aurait plus de poids ſi elle était faite d'une main plus importante et plus reſpectée ; mais plus on a d'acquit dans le monde, moins on ſait défendre ſes amis. Il n'y a que vous qui ayez ce courage en parlant, et *Lamare* en écrivant. J'ajoute encore que cette marque publique de la reconnaiſſance de *Lamare* peut ſervir à lui faire des amis : on verra qu'il eſt digne d'en avoir.

Ne négligez pas d'aller voir *par amabile fratrum*, les dignes amis *Pont-de-Veſle* et d'*Argental*.

Je vous embraſſe tendrement, et vous aime comme vous méritez d'être aimé.

(*) De la tragédie de la Mort de Céſar. Théâtre, tome II.

LETTRE CLXVIII.

A M. THIRIOT.

Le 28 décembre.

JE n'ai jamais, mon cher ami, parlé de l'abbé *Prévoft* que pour le plaindre d'avoir une tonfure, des liens de moine, honteux pour l'humanité, et de manquer de fortune. Si j'ai ajouté quelque chofe fur ce que j'ai lu de lui, c'eft apparemment que j'ai fouhaité qu'il eût fait des tragédies ; car il me paraît que le langage des paffions eft fa langue naturelle. Je fais une grande différence entre lui et l'abbé *Desfontaines ;* celui-ci ne fait parler que de livres, ce n'eft qu'un auteur et encore un bien médiocre auteur, et l'autre eft un homme. On voit par leurs écrits la différence de leurs cœurs ; et on pourrait parier, en les lifant, que l'un n'a jamais eu affaire qu'à des petits garçons, et que l'autre eft un homme fait pour l'amour. Si je pouvais rendre fervice à l'abbé *Prévoft* du fond de ma retraite, il n'y a rien que je ne fiffe ; et fi j'étais affez heureux pour revenir à Cirey en fureté, je tâcherais de l'y attirer.

Dans la douleur dont j'ai le cœur percé, il m'eft bien difficile, mon ami, de fonger à Samfon. Je me fouviens cependant que dans cette petite ariette des fleurs, il faut mettre,

> Senfible image
> Des plaifirs du bel âge.

au lieu de

> *Plaifir volage* , &c.

Car *Dalila* ne doit pas prêcher l'inconftance à un héros dont la vigueur ne doit que trop le porter à ce vice abominable de l'infidélité. 1735.

Je fuis actuellement fur les frontières de France avec une chaife de pofte, des chevaux de felle et des amis, prêt à gagner le féjour de la liberté, s'il ne m'eft plus permis de revoir celui du bonheur. La plus aimable, la plus fpirituelle, la plus éclairée et la plus fimple femme de l'univers m'a chargé, en me quittant, de vous dire qu'elle eft charmée de vos lettres, et qu'elle vous regarde comme fon intime ami. Je voudrais bien vous envoyer la copie d'une lettre qu'elle a pris fur elle d'écrire au garde des fceaux, à la fuite d'une autre que fon mari a écrite. Vous y admireriez l'éloquence tendre et mâle que donne l'amitié ; vous y verriez le langage de la vertu courageufe. Ah, mon ami! il eft plus doux d'avoir une pareille lettre écrite en fa faveur, qu'il n'eft affreux d'être fi indignement perfécuté. Je vous l'enverrai cette lettre.

En attendant, la perfonne charitable qui a fi généreufement parlé en ma faveur (*), ne pourrait-elle pas dire trois chofes au garde des fceaux ? La première, qu'il eft très-faux qu'il ait des chants de mon ouvrage, ou qu'il a un ouvrage fuppofé par un traître ; la feconde, que je n'ai jamais rien fait qui dût lui déplaire ; la troifième, qu'il n'y a que de la honte à me perfécuter. Voyez s'il pourrait confire au miel de la cour le fond de ces trois vérités.

Paffons des horreurs de la perfécution aux tracafferies de *le Franc*. Il eft faux que l'abbé de *Voifenon*

_____

(*) M. le bailli de *Froulai*.

lui ait dit le détail de mon sujet. Il a su le fond en
général par lui, et un peu de détail par un autre,
et il s'est pressé de travailler. C'est un homme qui
veut, à ce que je vois, aller à la gloire par le
chemin de la honte, s'il est, comme on me le mande,
le plagiaire des auteurs et le *busy-body* des comédiens.

Voyez avec *par nobile fratrum* si vous pensez que
ma pièce puisse soutenir le grand jour après celle de
le Franc. Au bout du compte, si mon ouvrage vous
paraissait passable, y aurait-il tant d'inconvéniens à
le laisser passer le dernier? Le public même, si revenu
de son estime pour la Didon et pour l'auteur, ne
prendrait-il pas mon parti, d'autant plus qu'on me
persécute? Pourriez-vous savoir ce qu'en pense
Dufresne (*), et me le mander? Adressez toujours
vos lettres jusqu'à nouvel ordre chez *Demoulin*.

Adieu; je vous embrasse bien tendrement et avec
tous les sentimens que je vous dois, et que j'aurai
pour vous toute ma vie.

P. S. J'oubliais de vous dire, mon cher ami, que
j'ai fait mon examen de conscience au sujet de
Pétersbourg. Tout ce que je sais, c'est que le duc de
Holstein, héritier présomptif de la Russie, me voulut
avoir, il y a un an, et me donner dix mille francs
d'appointemens; mais tout persécuté que j'étais, je
n'aurais pas quitté Cirey pour le trône de la Russie
même. Je répondis d'une manière respectueuse et
mesurée. Tout ce que cela prouve, c'est que *Keeper*
(**) devrait moins persécuter un homme qui refusa
dans les pays étrangers de pareils établissemens.

(*) *Quinault Dufresne*, célèbre acteur.
(**) Le garde des sceaux.

LETTRE CLXIX.

A M. LE COMTE D'ARGENTAL.

4 janvier.

JE n'ose me flatter de mériter vos éloges, mais je sens bien que je mérite vos critiques. En vous remerciant de tout mon cœur de m'avoir ouvert les yeux. Voilà à quoi servent des amis comme vous, qui ont l'esprit aussi éclairé qu'ils ont le cœur aimable. Le sot père est absolument délogé du quatrième acte. Mais est-il bien vrai que la conversion de cet espagnol vous déplaise tant? Vous êtes bien mauvais chrétien; mais vous savez que le parterre est bon catholique. S'il y a un côté respectable et frappant dans notre religion, c'est ce pardon des injures, qui d'ailleurs est toujours héroïque quand ce n'est pas un effet de la crainte. Un homme qui a la vengeance en main et qui pardonne, passe par-tout pour un héros; et quand cet héroïsme est consacré par la religion, il en devient plus vénérable au peuple qui croit voir dans ces actions de clémence quelque chose de divin. Il me paraît que ces paroles du duc *François de Guise*, que j'ai employées dans la bouche de *Gusman : Ta religion t'enseigne à m'assassiner, et la mienne à te pardonner*, ont toujours excité l'admiration. Le duc de *Guise* était à peu-près dans le cas de *Gusman*, persécuteur en bonne santé, et pardonnant héroïquement quand il était en danger. Raillerie à part, je suis persuadé que la religion fait plus d'effet sur le peuple au théâtre, quand elle eſt miſe en beaux vers, qu'à l'égliſe où elle ne ſe montre qu'avec du latin de cuiſine. Les honnêtes gens traitèrent le bon vieux *Luſignan* de capucin quand je lus la pièce, et le gros du monde fondit en larmes à la repréſentation. En un mot, ce qu'il y a de touchant dans une religion l'emportera toujours ſur tout le reſte dans l'eſprit de la multitude ; et plus j'enviſage le changement de *Guſman* de tous les côtés, plus je le regarde comme un coup qui doit faire une très-grande impreſſion. Malgré cela vous ne ſauriez croire combien l'approche du danger augmente ma poltronnerie. Il eſt vrai que j'en ſuis à cinquante lieues ; mais le bruit du ſifflet fait plus de dix lieues par minute. Je commence à trouver mon ouvrage tout-à-fait indigne du public ; et ſi vous ne me raſſurez pas, je mourrai de frayeur : mais ſi la pièce tombe, je ferai ce que je pourrai pour ne pas mourir de chagrin. Il eſt vrai que cette chute fera bien du plaiſir à mes ennemis, que les *Desfontaines* en prendront ſujet de m'accabler, que je ſerai immolé à la raillerie et au mépris ; car telle eſt l'injuſtice des hommes, ils puniſſent comme un crime l'envie de leur plaire, quand cette envie n'a pas réuſſi. Que faire à cela ? ne plus ſervir un maître ſi ingrat, et ne ſonger à plaire qu'à des hommes comme vous.

J'oſe vous ſupplier d'ajouter à toutes vos bontés celle d'empêcher les comédiens de mettre mon nom ſur l'affiche. Cette affectation ne ſert qu'à irriter le public, et à avertir les ſiffleurs de ſe préparer pour le jour du combat.

Je vous demande en grâce de me dire ce que vous penſez de *Didon*, et quel jugement on en porte

dans le public depuis qu'elle a paru à ce jour dangereux de l'impreffion.

L'hiftoire japonaife m'a fort réjoui dans ma folitude ; je ne fais rien de fi fou que ce livre, et rien
de fi fot que d'avoir mis l'auteur à la baftille. Dans
quel fiècle vivons-nous donc ? On brûlerait apparemment *la Fontaine* aujourd'hui. Il ferait bien trifte,
mon cher ami, d'être né dans ce vilain temps-ci, s'il
n'y avait pas encore quelques gens comme vous, qui
penfent comme on penfait dans les beaux jours de
Louis XIV.

Confervez-moi, je vous en conjure, une amitié
qui fait la confolation de ma vie. Permettez-moi d'en
dire autant à monfieur votre frère. Adieu ; perfonne
ne vous fera jamais plus tendrement attaché que moi.

LETTRE CLXX.

A M. THIRIOT.

A Cirey, le 13 janvier.

Vous croirez peut-être, mon cher ami, que je vais
me répandre en plaintes et en reproches fur le dernier
orage que je viens d'effuyer,

Que je vais accufer et les vents et les eaux,
Et mon pays ingrat, et les gardes des fceaux ;

non, mon ami, cette nouvelle attaque de la fortune
n'a fervi qu'à me faire fentir encore mieux, s'il eft
poffible, le prix de mon bonheur. Jamais je n'ai plus

éprouvé l'amitié vertueuse d'*Emilie* ni la vôtre ; jamais je n'ai été plus heureux ; il ne me manque que de vous voir. Mais c'est à vous à tromper l'absence par des lettres fréquentes, où nos ames se parlent l'une à l'autre en liberté. J'aime à vous mettre tout mon cœur sur le papier, comme je vous l'ouvrais autrefois dans nos conversations.

Je vais donc me donner le plaisir de répondre, article par article, à votre charmante lettre du 6 janvier. Je commence par la respectable *Emilie ; à se principium sibi desinet.* Elle a été touchée sensiblement de ce que vous lui avez écrit ; elle pense comme moi que vous êtes un ami rare, aussi-bien qu'un homme d'un goût exquis, et un amateur éclairé de tous les beaux arts. Nous vous regardons tous deux comme un homme qui excelle dans le premier de tous les talens, celui de la société.

Si vous revoyez les deux chevaliers sans peur et sans reproche (*), joignez, je vous en prie, votre reconnaissance à la mienne. Je leur ai écrit ; mais il me semble que je ne leur ai pas dit assez avec quelle sensibilité je suis touché de leurs bontés, et combien je suis orgueilleux d'avoir pour mes protecteurs les deux plus vertueux hommes du royaume.

M. *le Franc* ne paraît pas au moins le plus modeste. Je vous envoie la copie d'une lettre que j'ai écrite aux comédiens (**), qui se trouve heureusement servir de contraste à celle pleine d'amour propre par laquelle il les a probablement révoltés. Au reste, je me défie de mon ouvrage autant que *le Franc* est sûr du sien ;

(*) Le bailli de *Froulai* et le chevalier *d'Aydie.*
(**) Voyez novembre 1735.

non pas que je veuille avoir le plaifir d'oppofer de la modeftie à fa vanité, mais parce que je connais mieux le danger, et que je connais par expérience ce que c'eft que d'avoir affaire au public.

Je vous fupplie de dire à M. d'*Argental* qu'il faut abfolument que la lettre de M. *Algarotti* foit imprimée (*). Je ne veux ni rejeter l'honneur qu'il m'a fait, ni le priver du plaifir de fentir le cas que je fais de cet honneur. Il aurait raifon d'être piqué fi je ne fefais pas fervir fa lettre à l'ufage auquel il la deftine.

Je vous prie de remercier pour moi le vieux bon homme la *Serre*.

J'approuve infiniment la manière dont vous vous conduifez avec les mauvais auteurs. Il n'y a aucun écrivain médiocre qui n'ait de l'efprit, et qui par là ne mérite quelque éloge. Vous avez grande raifon de diftinguer M. *Deftouches* de la foule; c'eft un homme fage dans fa conduite comme dans fon ftyle, et que j'honore beaucoup.

Je compte vous envoyer dans quelque temps la copie de Samfon. Je perfifte jufqu'à nouvel ordre dans l'opinion qu'il faut dans nos opéra fervir un peu plus la mufique, et éviter les langueurs du récitatif. Il n'y en aura prefque point dans Samfon, et je crois que le génie d'*Orphée-Rameau* y fera plus à fon aife; mais il faudra obtenir un examinateur raifonnable, qui fe fouvienne que Samfon fe joue à l'opéra et non en forbonne. Prêtez-vous donc, je vous prie, à ce nouveau genre d'opéra, et difons avec *Horace :*
O imitatores fervum pecus !

(*) Sur la tragédie de la Mort de Céfar. Voyez Théâtre, tome II.

—— Je m'occupe à préfent à mettre la dernière main à
1736. notre Henriade,

> *Fefant ore un tendon,*
> *Ore un repli, puis quelque cartillage,*
> *Et n'y plaignant l'étoffe et la façon.*

Mes tragédies et mes autres ouvrages ont bien l'air
d'être peu de chofe. Je voudrais qu'au moins la Henriade pût aller à la poftérité, et juftifier votre eftime
et votre amitié pour moi. Je vous embraffe ; buvez à
ma fanté chez *Pollion*.

LETTRE CLXXI.

A M. DE CIDEVILLE.

A Cirey, le 19 janvier.

JE vous avais écrit, mon cher *Cideville*, une lettre
qui n'était que longue, en réponfe à votre épître
charmante où vous aviez mis cette jolie épitaphe. Je
vous avais envoyé mon épitaphe auffi ; et, en vérité,
ce ftyle funéraire convenait bien mieux à moi chétif,
toujours faible, toujours languiffant, qu'à vous
robufte héros de l'amour, qui vivrez long-temps
pour lui, et qui ferez l'épitaphe de trente ou quarante paffions nouvelles avant qu'il foit queftion de
graver la vôtre. Voici celle que je m'étais faite :

> Voltaire a terminé fon fort,
> Et ce fort fut digne d'envie :
> Il fut aimé jufqu'à la mort
> De Cideville et d'Emilie.

Comme

Comme je vous écrivais ce petit quatrain tendre , on entra dans ma chambre , on vit la lettre , et on la brûla. Je vous écris celle-ci incognito et avec la peur d'être furpris en flagrant délit. *Emilie*, au lieu de ma trifte épitaphe , vous écrivit une belle lettre qui lui en a attiré une charmante qui fait ici le principal ornement de notre *Emiliance.* Ne foyez pas furpris , mon cher *Cideville* , qu'avec des épitaphes et la fièvre , je raifonne à force fur l'immortalité de l'ame, et que j'argumente de mon lit avec notre aimable philofophe *Formont :*

> Toujours prêt à fortir de ma frêle prifon ,
>   J'en veux du moins fortir en fage ,
>   Et munir un peu ma raifon
>   Contre les horreurs du voyage.

Votre efprit et le fien me font croire l'ame immortelle ; mais lorfque je fuis accablé par la maladie , que mes idées me fuient, et que mon fentiment s'anéantit dans le dépériffement de la machine,

> Alors, par une trifte chute ,
>   Je m'endors en me croyant brute.

Il y a des gens ; mon cher ami, qui promettent l'immortalité à certaine tragédie que je vous envoie : pour moi je crains les fifflets. Vous jugerez de ce que je mérite. Que mon offrande foit digne de vous ou non, j'ai dit : Il faut toujours que mon cher *Cideville* en ait les prémices. Lifez - la donc, meffieurs les beaux et bons efprits ; et vous, aimable philofophe *Formont*, quittez *Locke* pour un moment, ma mufe

——— vous appelle en Amérique. J'étais las des idées uniformes de notre théâtre, il m'a fallu un nouveau monde.

Et extrà
Proceffi longè flammantia mænia mundi.

Voilà tous les arts au Pérou. On le mefure, et moi je le chante; mais je tremble qu'on ne me prenne pour un fauvage.

Je reçois votre lettre, mon cher ami, en griffonnant ceci. Que je vous aime de ne point aimer votre métier! Vous jugez de tout comme vous écrivez, avec un goût infini. Madame *du Châtelet* eft de votre fentiment fur la Chartreufe. Je n'ai point lu l'Adieu aux révérends pères; mais je fuis fort aife qu'il les ait quittés. Un poëte de plus et un jéfuite de moins, c'eft un grand bien dans le monde.

Vale, te amo, te femper amabo.

LETTRE CLXXII.

A M. THIRIOT.

A Cirey, le 25 janvier.

Nous avons joué notre tragédie, mon charmant ami, et nous n'avons point été fifflés. Dieu veuille que le parterre de Paris foit auffi indulgent que celui de nos bons champenois! Je fuis bien fâché, pour l'honneur des belles-lettres, que *le Franc* faffe de fi mauvaifes manœuvres pour m'accabler. En fera-t-il

plus haut quand je ferai plus bas ? Forcer mademoifelle *Dufrefne* à ne point jouer dans ma pièce, c'eft
ôter le maréchal de *Villars* au roi dans la campagne
de Denain. Le rôle était fait pour elle, comme *Zaïre*
était taillée fur la gentille *Gauffin*. Mon cher *Thiriot*,
vous connaiffez mon cœur ; je voudrais réuffir fans
que *le Franc* tombât. J'aime tant les beaux arts que je
m'intérefferais même au fuccès de mes rivaux. La lettre
que j'ai écrite aux comédiens n'était point ironique (*). Le ton modefte doit être le mien, et celui de
tout homme qui fe livre au public. J'ofe croire que
ce même public, informé du plagiat de *le Franc*, et de
la tyrannie qu'il a voulu exercer fur moi, s'empreffera
de me venger en me fefant grâce ; et fi la pièce eft
applaudie, je dirai grand merci à *le Franc*. Voilà
comment les ennemis peuvent être utiles. Que je
vous ai d'obligation, mon cher et folide ami, d'encourager notre petite américaine *Gauffin*, et de l'élever
un peu fur les échaffes du cothurne ! You muft exalt her
tenderneff, into a kind of favage loftineff and natural
grandeur. Let her enforce her own caracter. Mettez-lui
bien le cœur, ou plutôt quelque chofe de mieux au
ventre : voilà du *Balot* tout pur. Faites bien mes
complimens à cette imagination naturelle et vive qui,
comme vous, juge bien de tous les arts. Eft-il vrai
que *Desfontaines* eft puni de fes crimes pour avoir fait
une bonne action ? On dit qu'on va le condamner
aux galères pour avoir tourné l'académie françaife en
ridicule, après qu'il a impunément outragé tant de
bons auteurs, et trahi fes amis. Eft-il vrai que le

(*) Voyez novembre 1735.

Y 2

—————
1736.

libraire *Ribou* eſt arrêté? Adieu ; écrivez-moi tout ce que j'attends de vous.

Dites à monſieur votre frère que la fermière de M. d'*Eſtaing* nous fait enrager. Je lui en écrirai un mot.

Adieu ; *Emilie* a joué ſon rôle comme elle fait tout le reſte. Ah , qu'il vaut mieux ſe borner aux plaiſirs de la ſociété que de ſe faire le *Zani* ſérieux, et le bouffon tragique d'un parterre tumultueux! *Emilie* vous aime. *Vale.*

LETTRE CLXXIII.

A M. L'ABBÉ ASSELIN.

A Cirey, 29 janvier.

JE fais trop de cas de votre eſtime pour ne vous avoir pas importuné un peu au ſujet des mauvais procédés de l'abbé *Desfontaines;* mais j'avais envie, Monſieur, de vous faire voir que je ne me plaignais point ſans ſujet. Je vous ſupplie de me renvoyer la lettre de madame la marquiſe *du Châtelet.* J'apprends que l'abbé *Desfontaines* eſt malheureux , et dès ce moment je lui pardonne. Si vous ſavez où il eſt, mandez-le-moi. Je pourrai lui rendre ſervice, et lui faire voir par cette vengeance qu'il ne devait pas m'outrager. Je fais que c'eſt un précepteur du collége des jéſuites qui a fait imprimer le Jules-Céſar. C'eſt un homme de mauvaiſes mœurs qui eſt, dit-on, à bicêtre. Eſt-il poſſible que la littérature ſoit ſouvent

fi loin de la morale ! Vous joignez, Monfieur, l'efprit à la vertu, auffi rien n'égale l'eftime avec laquelle 1736.
je ferai toute ma vie, &c.

LETTRE CLXXIV.

A M. THIRIOT.

A Cirey, le 2 février.

Mon cher ami, quelque vivacité d'imagination
qu'ait le petit *Lamare*, je fuis bien fûr qu'il ne vous
a point dit combien je fuis pénétré de tout ce que
vous avez fait pour nos Américains. Vous avez fervi
de père à mes enfans ; l'obligation que je vous en ai
eft un plaifir plus fenfible pour moi que le fuccès de
ma pièce. J'attends avec impatience les détails que
vous m'en apprendrez. Le divin M. d'*Argental* m'en
a déjà appris de bons. Le petit *Lamare* était fi ému
du gain de la victoire, qu'il favait à peine ce qui
s'était paffé dans le combat. Il m'a dit en général
que le *Franc* avait été battu, et que vous chantiez
le *Te Deum*. Mandez-moi, je vous prie, fi M. de la
Poplinière eft content ; car ce n'eft qu'un *De profundis*
qu'il faut chanter, fi je n'ai pas fon fuffrage. Je crois
que le petit *Lamare* mériterait à préfent fon indulgence et fa protection ; il m'a paru avoir une ferme
envie d'être honnête homme et fage. On a été fort
content de lui à Cirey. Il ne peut rien faire de mieux
que de vous voir quelquefois, et de prendre vos avis.
Je n'ai pu avoir de privilége pour Jules-Céfar. Il n'y
aura qu'une permiffion tacite : cela me fait trembler

Y 3

pour Samſon. Les héros de la fable et de l'hiſtoire ſemblent être ici en pays ennemi. Malgré cela j'ai travaillé à Samſon dès que j'ai ſu que nous avions gagné la bataille au Pérou ; mais il faut que *Rameau* me ſeconde, et qu'il ne ſe laiſſe pas aſſommer par toutes les mâchoires d'âne qui lui parlent. Peut-être que mon dernier ſuccès lui donnera quelque confiance en moi. J'ai examiné la choſe très-mûrement ; je ne veux point donner dans les lieux communs. Samſon n'eſt point un ſujet ſuſceptible d'un amour ordinaire. Plus on eſt accoutumé à ces intrigues qui ſont toutes les mêmes ſous des noms différens, plus je veux les éviter. Je ſuis très-fortement perſuadé que l'amour dans Sámſon ne doit être qu'un moyen et non la fin de l'ouvrage. C'eſt lui et non pas *Dalila* qui doit intéreſſer. Cela eſt ſi vrai, que ſi *Dalila* paraiſ-fait au cinquième acte, elle n'y ferait qu'une figure ridicule. Cet opéra, rempli de ſpectacle, de majeſté et de terreur, ne doit admettre l'amour que comme un divertiſſement. Chaque choſe a ſon caractère propre. En un mot, je vous conjure de me laiſſer faire de l'opéra de Samſon une tragédie dans le goût de l'antiquité. Je réponds à M. *Rameau* du plus grand ſuccès, s'il veut joindre à ſa belle muſique quelques airs dans un goût italien mitigé. Qu'il réconcilie l'Italie avec la France. Encouragez-le, je vous prie, à ne pas laiſſer inutile une muſique ſi admirable. Je vous enverrai inceſſamment l'opéra tel qu'il eſt. Je ſuis comme un homme qui a des procès à tous les tribunaux. Vous êtes mon avocat ; *Pollion* eſt mon juge. Tâchez de me faire gagner ma cauſe auprès de lui. Adieu, charmant et unique ami.

LETTRE CLXXV.

A M. THIRIOT.

A Cirey, 6 février.

Vous m'avez écrit non une lettre, mais un livre plein d'efprit et de raifon. Faut-il que je n'y réponde que par une courte lettre qu'un peu de maladie m'empêche encore d'écrire de ma main? Si vous voyez MM. de *Pont-de-Vefle* et d'*Argental*, dont les bontés me font fi chères, dites-leur que c'eft moi qui ai perdu ma mère. Ce premier devoir rendu, dites bien à *Pollion* que les loüanges du public font, après les fiennes, ce qu'il y a de plus flatteur. J'ai lu l'épître charmante de mon faint *Bernard*. Je n'ai encore ni le temps ni la fanté de lui répondre. Il a fallu écrire vingt lettres par jour, retoucher les Américains, corriger Samfon, raccommoder l'Indifcret. Ce font des plaifirs, mais le nombre accable et épuife. Le plus grand de tous a été de faire l'épître dédicatoire à madame la marquife *du Châtelet*, et un difcours que je vous adrefferai à la fin de la tragédie.

Je vous envoie la dédicace; l'autre difcours n'eft pas encore fini. Dites-moi d'abord votre avis fur cette dédicace de mon temple; elle n'eft pas digne de la déeffe. C'était à *Locke* à lui dédier l'Entendement humain, et je dis bien: *Domina, non fum dignus, fed tantum dic verbum.*

Après avoir eu la permiffion de M. et madame *du Châtelet* de leur rendre cet hommage; il faut encore que le public le trouve bon. Examinez donc ce petit

Y 4

1736.

—— écrit fcrupuleufement; pefez-en les paroles. J'ofe fupplier M. de la *Poplinière* de fe joindre à vous, et de
vouloir bien me donner fes avis; fi vous me dites
tous deux que la chofe réuffira, je ne craindrai plus
rien. J'envoie aujourd'hui aux comédiens les corrections de l'Indifcret; je les prie en même temps de
fouffrir, pour le plaifir du public et pour leur avantage, que le public voye mademoifelle *Dangeville* en
culotte.

Je leur envoie auffi quelques changemens pour le
quatrième acte d'Alzire, vous en trouverez ici la
copie; ils me paraiffent néceffaires; ce font des char-
bons que je jette fur un feu languiffant. Je vous fupplie d'encourager *Zamore* et *Alzire* à fe charger de ces
nouveautés.

Je ferai tenir, par la première occafion, l'opéra de
Samfon; je viens de le lire avec madame *du Châtelet*,
et nous fommes convenus l'un et l'autre que l'amour,
dans les deux premiers actes, ferait l'effet d'une flûte
au milieu des tambours et des trompettes. Il fera beau
que deux actes fe foutiennent fans jargon d'amou-
rette dans le temple de *Quinault*. Je maintiens que
c'eft traiter l'amour avec le refpect qu'il mérite,
que de ne le pas prodiguer et ne le faire paraître
que comme un maître abfolu. Rien n'eft fi froid quand
il n'eft pas néceffaire. Nous trouvons que l'intérêt
de Samfon doit tomber abfolument fur *Samfon*, et
nous ne voyons rien de plus intéreffant que ces
paroles :

Profonds abymes de la terre, &c. (*)

(*) Voyez Samfon, acte V, fcène I.

De plus, les deux premiers actes feront très-courts, et la terreur théâtrale qui y règne fera pour la galanterie des deux actes fuivans ce qu'une tempête eft à l'égard d'un jour doux qui la fuit. Encouragez donc notre *Rameau* à déployer avec confiance toute la hardieffe de fa mufique. Vous voilà, mon cher ami, le confident de toutes les parties de mon ame, le juge et l'appui de mes goûts et de mes talens. Il ne me manque que celui de vous exprimer mon amitié et mon eftime. Dès que j'aurai un quart d'heure à moi, je vous enverrai des fragmens de l'hiftoire du fiècle de *Louis XIV*, et d'un autre ouvrage auffi innocent que calomnié.

Je voudrais bien pouvoir convertir monfieur le garde des fceaux. Les perfécutions que j'ai effuyées font bien cruelles. Je me plaindrais moins de lui fi je ne l'eftimais pas. J'ofe dire que s'il connaiffait mon cœur, il m'aimerait, fi pourtant un miniftre peut aimer.

LETTRE CLXXVI.

A M. THIRIOT.

A Cirey, ce 9 février.

Je fuis toujours un peu malade, mon cher ami. Madame la marquife *du Châtelet* lifait hier au chevet de mon lit les Tufculanes de *Cicéron*, dans la langue de cet illuftre bavard; enfuite elle lut la quatrième épître de *Pope* fur le bonheur. Si vous connaiffez quelque femme à Paris qui en faffe autant, mandez-le-moi.

Après avoir ainfi paffé ma journée, j'ai reçu votre lettre du 5 février; nouvelles preuves de votre tendreffe, de votre goût et de votre jugement. Je vais me mettre tout de bon à retoucher Alzire pour l'impreffion ; mais il faudrait que j'euffe une copie conforme à la manière dont on la joue. Samfon devait partir par cette pofte ; mais je fuis obligé de dicter mes lettres, et j'occupe à vous faire parler mon cœur, la main qui devait tranfcrire mes fottifes philiftines et hébraïques. En attendant, je vous envoie le difcours apologétique que je compte faire imprimer à la fuite d'Alzire. Je remplis en cela deux devoirs ; je confonds la calomnie, et je célèbre votre amitié.

J'attends avec impatience le fentiment de *Pollion* et le vôtre fur ma dédicace à madame *du Châtelet*. Je veux vous devoir l'honneur de pouvoir dire à M. de la *Poplinière* dorénavant, *albi fermonum noftrorum candide judex*. Son bon mot fur *Pauline* et fur *Alzire* eft une juftification trop glorieufe pour moi ; c'eft peut-être parce qu'il n'a vu jouer *Pauline* que par mademoifelle *Duclos* vieille, éraillée, fotte, et tracaffière, qu'il donne la préférence à *Alzire* jouée par la naïve, jeune et gentille *Gauffin*. Dites de ma part à cette américaine :

> Ce n'eft pas moi qu'on applaudit,
> C'eft vous qu'on aime et qu'on admire ;
> Et vous damnez, charmante Alzire,
> Tous ceux que Gufman convertit.

Launay fe damne d'une autre façon par les perfidies les plus honteufes. Il y a long-temps que je fais de

quoi il eſt capable ; et dès que j'ai ſu que *Dufreſne*
lui avait confié la pièce, j'ai bien prévu l'uſage qu'il
en ferait. Je ne doute pas qu'il ne la faſſe imprimer
furtivement, et qu'il n'en faſſe quelque malheureuſe
parodie. Il a déjà fait celle de *Zaïre*, dans laquelle il
a eu l'inſolence de mettre M. *Fakener* ſur le théâtre,
par ſon propre nom. C'eſt ce même M. *Fakener*,
notre ami, qui eſt aujourd'hui ambaſſadeur à Conſtantinople, et qui demanderait, auſſi-bien que la
nation anglaiſe, juſtice de cette infamie, ſi l'auteur et
l'ouvrage n'étaient pas auſſi obſcurs que méchans.
Ce qui eſt étonnant, c'eſt que monſieur le lieutenant
de police ait permis cet attentat public contre toutes
les lois de la ſociété. Voyez ſi on peut prévenir de
pareils coups, par vos amis et les miens. Cependant
je deſtinais à ce malheureux *Launay* un petit préſent
pour reconnaître la peine qu'il avait priſe de lire ma
pièce aux comédiens. L'abbé *Mouſſinot* devait le porter
chez vous ; apparemment il vous parviendra ces
jours-ci. C'eſt la ſeule vengeance que je veux prendre
de *Launay* ; il faut le payer de ſa peine, et l'empêcher
d'ailleurs de faire du mal.

Je crois au petit *Lamare* un caractère bien différent. Il me paraît ſentir vivement l'amitié et la reconnaiſſance ; mais j'ai peur qu'il ne gâte tout cela par de
l'étourderie, de l'impoliteſſe et de la débauche. Je
lui ai recommandé expreſſément de vous voir ſouvent, et de ne ſe conduire que par vos conſeils. C'eſt
le ſeul moyen par où il puiſſe me plaire. Je crois bien
qu'il n'eſt pas encore digne d'entrer dans le ſanctuaire
de *Pollion* ; il faut qu'il faſſe pénitence à la porte de
l'égliſe avant de participer aux ſaints myſtères.

Ce que vous me mandez de M. l'abbé de *Rothelin* me touche et me pénètre. Quoique des faveurs publiques de fa part fuffent bien flatteufes, fes bontés en bonne fortune me le font infiniment. Tout ceci me fait fonger à M. de *Maifons* fon ami. Mon Dieu qu'il aurait été aife du fuccès d'Alzire! Qu'il m'en eût aimé davantage! Faut-il qu'un tel homme nous foit enlevé!

Mandez-moi, mon cher ami, avec votre vérité ordinaire, et fans aucune crainte, tout ce qu'on dit de moi. Soyez très-perfuadé que je n'en ferai jamais qu'un ufage prudent, que je ne fongerai qu'à faire taire le mal, et à encourager le bien. Faites-moi connaître fans fcrupule mes amis et mes ennemis, afin que je force les premiers à ne me point haïr, et que je me rende digne des autres.

Je voudrais bien qu'en me renvoyant ma pièce vous puiffiez y joindre quelques notes de *Pollion* et des vôtres. Que dites-vous du petit *Lamare* qui ne m'a point encore écrit? Il n'avait rien de particulier à dire à *Rameau;* je ne l'avais chargé que de complimens. Les négociations ne font confiées qu'à vous.

Savez-vous bien ce qui m'a plu davantage dans votre lettre? C'eft l'efpérance que vous me donnez de venir apporter un jour vos hommages à la divinité de Cirey. Vous y verriez une retraite de hiboux, que les Grâces ont changée en un palais d'*Albane.* Voici quatre vers que fit *Linant,* ces jours paffés, fur le château :

> *Un voyageur, qui ne mentit jamais,*
> *Paffe à Cirey, s'arrête, le contemple ;*

Surpris, il dit : C'est un palais ;
Mais voyant Emilie, il dit que c'est un temple. (*)

Vous m'avouerez que voilà un fort joli quatrain. Vous en verrez bien d'autres si vous venez jamais dans cette vallée de Tempé; mais *Pollion* ne voudra jamais vous prêter pour quinze jours.

J'ai peur de ne vous avoir point parlé des vers que l'aimable *Bernard* a faits pour moi. Vous savez tout ce qu'il faut lui dire.

Adieu ; je souffre, mais l'amitié diminue tous les maux.

LETTRE CLXXVII.

A M. PALLU,

INTENDANT DE MOULINS.

A Cirey, le 9 février.

UN peu de maladie, Monsieur, m'a privé de la consolation de vous écrire des pouilles de ma main. Je me sers d'un secrétaire ; je me donne des airs d'intendant. Hélas! cruel que vous êtes, c'est bien vous qui faites l'intendant avec moi, en ne répondant point à mes requêtes ! J'avais cru vous faire ma

(*) M. de *Voltaire* corrigea ainsi ce quatrain :

Un voyageur, qui ne mentit jamais,
Passe à Cirey, l'admire, le contemple ;
Il croit d'abord que ce n'est qu'un palais ;
Mais il voit Emilie: ah, dit-il, c'est un temple !

cour et flatter votre goût, en vous envoyant, il y a quelques mois, une fcène toute entière traduite d'un vieil auteur anglais, mais vous ne vous fouciez ni de l'anglais ni de moi. Vous aviez promis à madame *du Châtelet* des petits cygnes de Moulins et des petits bateaux. Savez-vous bien que des bagatelles, quand on les a promifes, deviennent folides et facrées, et qu'il vaudrait mieux être deux ans fans faire payer la taille aux peuples de *la mère aux gaines*, que de manquer d'envoyer des petits cygnes à Cirey. Vous croyez donc qu'il n'y a dans le monde que des miniftres, Moulins et Verfailles.

En lifant aujourd'hui des vers anglais de *Pope* fur le bonheur, voici comme j'ai réfuté ce raifonneur :

> Pope l'anglais, ce fage fi vanté
> Dans fa morale au Parnaffe embellie,
> Dit que les biens, les feuls biens de la vie,
> Sont le repos, l'aifance et la fanté.
> Il s'eft mépris : quoi ! dans l'heureux partage
> Des dons du ciel faits à l'humain féjour,
> Ce trifte anglais n'a pas compté l'amour !
> Qu'il eft à plaindre ! il n'eft heureux ni fage.

Mettez l'amitié à la place de l'amour, et vous verrez combien vous manquez à ma félicité. Donnez-moi au moins votre protection, comme fi j'étais né dans Moulins. Ayez pitié de cette pauvre Alzire que l'on imprime, à ce qu'on m'a dit, furtivement, comme on a imprimé le Jules-Céfar. Il eft bien dur de voir ainfi fes enfans eftropiés. M. *Rouillé* peut, d'un mot, empêcher qu'on me faffe ce tort ; c'eft à vous

que je veux en avoir l'obligation. Si vous me rendez
ce bon office, j'aurai pour vous bien du refpect et   1736.
de la reconnaiffance ; et fi vous m'écrivez, je vous
aimerai de tout mon cœur.

LETTRE CLXXVIII.

A M. DE CIDEVILLE.

Ce 22 février.

Mon aimable et refpectable ami, voilà trois de
vos lettres auxquelles une de ces maladies de langueur que vous me connaiffez m'a empêché de
répondre. Tandis que monfieur votre père fouffrait à
quatre-vingts ans des coups de biftouri, et réchap-
pait d'une opération, moi je dépériffais de ces maux
d'entrailles qui font à l'épreuve du biftouri. Peut-
être depuis votre dérnière lettre avez-vous perdu
monfieur votre père. En ce cas, je reprends vigueur,
en reprenant l'efpérance qu'enfin vous vivrez pour
vous, pour les belles-lettres, pour vos amis furtout,
et que la déeffe de Cirey pourra vous voir dans fon
temple. Je fuis perfuadé que vous ne m'avez pas
affez méprifé pour penfer que je puffe quitter un
moment Cirey pour aller jouir des vains applaudiffe-
mens du parterre,

> Et de je ne fais quel amour
> Que la faveur publique ôte et donne en un jour.

Si j'allais à Paris, ce ne ferait que parce qu'il eft

fur le chemin de Rouen. Vous m'avez bien connu, vous avez toujours adreffé vos lettres à Cirey, malgré les indignes gens qui difaient que j'avais été à Paris.

Je vous répondrai peu de chofes fur *Jore*. Il s'eft très-mal comporté avec moi dans l'affaire des Lettres philofophiques. Je lui ai fait donner de l'argent depuis peu ; mais pour l'édition d'Alzire, je l'abandonne à *Demoulin* qui n'a pas affez bonne opinion de lui pour la lui confier.

Un article plus important, c'eft *Linant*. J'ai toujours affecté de ne vous en point parler, voulant attendre que le temps fixât mes idées fur fon compte. Il m'avait marqué bien peu de reconnaiffance à Paris; et déjà enflé du fuccès d'une tragédie qu'il n'a jamais achevée, il m'écrivit de Rouen, après fix mois d'oubli, un petit billet en lignes diagonales, où il me difait qu'il ferait bientôt jouer fa pièce, et qu'il me rendrait l'argent que je lui avais, difait-il, prêté. Je diffimulai ce trait d'ingratitude et d'impertinence ; et toujours prêt à pardonner à la jeuneffe, quand elle a de l'efprit, je le fis entrer chez madame *du Châtelet*, malgré l'exclufion du maître de la maifon, malgré le défaut qu'il a dans les yeux et dans la langue, et malgré la profonde ignorance dont il eft. A peine a-t-il été établi dans la maifon, qu'oubliant qu'il était précepteur et aux gages de madame *du Châtelet*, oubliant le profond refpect qu'il doit à fon nom et à fon fexe, il lui écrivit un jour une lettre d'une terre voifine où il était allé de fon chef et fort mal à propos; la lettre finiffait ainfi : *L'ennui de Cirey eft de tous les ennuis le plus grand*, fans figner, fans mettre un mot de convenance. Les perfonnes chez qui il écrivit cette

lettre,

lettre, et auxquelles il eut l'imprudence de la montrer, dirent à madame la marquise *du Châtelet*, qu'il le fallait chasser honteusement. Je fis suspendre l'arrêt, et je lui épargnai même les reproches. On ne lui parla de rien, et il continua de se conduire comme ferait un ami chez son ami, croyant que c'était-là le bel air, parlant toujours du *cher Cideville*, du *pauvre Cideville*, et pas une fois de *M. de Cideville*, à qui il doit autant de respect que de reconnaissance et d'amitié.

Madame *du Châtelet* indignée a toujours voulu le chasser. J'ai apaisé sa colère en lui représentant que c'était un jeune homme (il a pourtant 27 ans passés) qui n'avait que de l'esprit et point d'usage du monde; que d'ailleurs il était né sage; qu'enfin, si elle n'avait pas besoin de lui, il avait besoin d'elle, qu'il mourrait de faim ailleurs, grâce à sa paresse et à son ignorance; qu'il fallait essayer de le corriger au lieu de le punir ; qu'à la vérité il ne rendrait jamais dans une maison aucun de ces petits services par où l'on plaît à tout le monde, et dont la faiblesse de sa vue et la pesanteur de sa machine le rendent incapable; mais qu'il savait assez de latin pour l'apprendre, au moins conjointement avec son fils; qu'il lui apprendrait à penser, ce qui vaut mieux que du latin; et que je me chargeais de lui faire sentir la décence et les devoirs de son état.

C'est dans ces circonstances, mon tendre et judicieux ami, qu'il m'a demandé de faire entrer sa sœur dans la maison. Il est vrai que depuis quelque temps il se tient plus à sa place ; mais il n'a pas encore effacé ses péchés. J'ai ouï dire d'ailleurs que sa sœur était encore plus fière que lui. J'ai vu de ses lettres ;

Corresp. générale.   Tome I.   Z

—— elle écrit comme une fervante. Si avec cela elle penfe en reine, je ne vois pas, ce qu'on pourra faire d'elle.

Après toutes ces repréfentations, fouffrez que je vous dife que vous êtes d'autant plus obligé d'avertir *Linant* d'être modefte, humble et ferviable, que ce font vos bontés qui l'ont gâté. Vous lui avez fait croire qu'il était né pour être un *Corneille*, et il a penfé que pour avoir broché, à peine en trois ans, quatre malheureux actes d'un monftre qu'il appelait tragédie, il devait avoir la confidération de l'auteur du Cid. Il s'eft regardé comme un homme de lettres et comme un homme de bonne compagnie, égal à tout le monde. Vos louanges et vos amitiés ont été un poifon doux qui lui a tourné la tête. Il m'a haï, parce que je lui ai parlé franc. Méritez à votre tour qu'il vous haïffe, ou il eft perdu. Je lui ai déjà dit qu'il était impertinent qu'il parlât de *fon cher et de fon pauvre Cideville* et de *Formont*, à qui il a des obligations. Je lui ai fait fentir tous fes devoirs; je lui ai dit qu'il faut favoir le latin, apprendre à écrire, et favoir l'orthographe avant de faire une pièce de théâtre, et qu'il doit fe regarder comme un homme qui a fon efprit à cultiver et fa fortune à faire : enfin, depuis quinze jours il a pris des allures convenables. Le voilà en bon train, encouragez-le à la perfévérance : un mot de votre main fera plus que tous mes avis.

En voilà beaucoup pour un malade ; la tête me tourne ; j'enrage. Voilà quatre feuilles d'écrites fans vous avoir parlé de vous. Adieu ; mille amitiés au philofophe *Formont* et au tendre du *Bourgtroulde.*

LETTRE CLXXIX.

A M. LE COMTE D'ARGENTAL.

A Cirey, le 26 février.

MA destinée sera donc toujours d'avoir des remercîmens à vous faire, des pardons à vous demander,
et de nouvelles importunités à vous faire essuyer. Je
sais quelle est votre bonté et votre indulgence, et
qu'on prend toujours bien son temps avec vous;
mais quelles circonstances que celles où vous êtes,
pour que vous soyez tous les jours fatigué de querelles et de dénonciations des libraires, et que j'y
ajoute encore de nouveaux contre-temps au sujet de
ces pauvres Américains. Mais enfin, quand on a
débauché une fille, on est obligé de nourrir l'enfant,
et d'entrer dans les détails du ménage. C'est vous qui
avez débauché *Alzire*, pardonnez-moi donc toutes
mes importunités.

J'ai reçu enfin la copie de la pièce telle qu'elle est
jouée : nous avons examiné la chose avec attention,
madame *du Châtelet* et moi, et nous avons été également frappés de la nécessité de restituer bien des
choses à peu-près comme elles étaient : par exemple,
nous avons lu au quatrième acte :

ALZIRE.
Compte après cet effort sur un juste retour.
GUSMAN.
En est-il donc, hélas ! qui tienne lieu d'amour ?

Z 2

Bon Dieu, que dirait *Despréaux*, s'il voyait *Alzire* prononcer un vers auffi dur, et *Gufman* répondre en doucereux? Au nom du bon goût, laiffez les chofes dans leur premier état. Quelle différence! ne la fentez-vous pas?

J'infifte encore fur le cinquième acte; il eft fi écourté, fi rapide, qu'il ne nous a fait aucun effet. On craint les longueurs au théâtre, mais c'eft dans les endroits inutiles et froids. Voyez que de vers débite *Mithridate* en mourant; font-ils auffi néceffaires que ceux de *Gufman*? Quel outrage à toutes les règles que *Montèze* ne paraiffe pas avec *Gufman*, et n'embraffe pas fes genoux! Je l'avais fait dire aux comédiens, mais inutilement: tout le monde croit que c'eft ma faute; j'en reçois tous les jours des reproches. Je vous conjure enfin de preffer M. *Thiriot* ou M. *Lamare* d'exiger tous ces changemens.

Je fais qu'on fait bien d'autres critiques; mais pour fatisfaire les cenfeurs, il faudrait refondre tout l'ouvrage, et il ferait encore bien plus critiqué. C'eft au temps feul à établir la réputation des pièces, et à faire tomber les critiques.

M. et madame *du Châtelet* ont approuvé l'épître dédicatoire; à l'égard d'un difcours apologétique que j'adreffais à M. *Thiriot*, je ne fuis pas encore bien décidé fi j'en ferai ufage ou non. Je ne répondrai jamais aux fatires qu'on fera fur mes ouvrages; il eft d'un homme fage de les méprifer; mais les calomnies perfonnelles tant de fois imprimées et renouvelées, connues en France et chez les étrangers, exigent qu'on prenne une fois la peine de les confondre. L'honneur eft d'une autre efpèce que la

réputation d'auteur : l'amour propre d'un écrivain ——— 1736.
doit se taire ; mais la probité d'un homme accusé
doit parler , afin qu'on ne dise pas :

Pudet hæc opprobria nobis
Et dici potuisse , et non potuisse refelli.

Reste à savoir si je dois parler moi-même , ou m'en remettre à quelque autre ; c'est sur quoi j'attends votre décision.

Pardon de ma longue lettre et de tout ce qu'elle contient. Madame *du Châtelet* qui pense comme moi, mais qui me trouve un bavard , vous demande pardon pour mes importunités. Elle obtiendra ma grâce de vous. Elle fait mille complimens aux deux aimables frères pour qui j'aurai toujours la plus tendre amitié et la plus respectueuse reconnaissance.

LETTRE CLXXX.

A M. THIRIOT.

A Cirey , le 26 février.

JE ne me porte guère bien encore. Raisonnons pourtant , mon cher ami. Pas un mot de Samson aujourd'hui, s'il vous plaît. Tout sera pour Alzire ; je viens de la recevoir ; c'était de vous que je l'attendais ; je suis au désespoir qu'elle ait été en d'autres mains qu'entre les vôtres et celles de M. *d'Argental*. Ce sont des profanes qui se sont emparés de mes vases sacrés ; et vous, mon grand-prêtre , vous ne les avez pas eus dans votre sacristie !

Z 3

Demoulin est une tête picarde que je laverais bien, mais qu'il faut ménager, parce qu'il a le cœur bon, et que de plus il a mon bien entre ses mains. Dieu veuille qu'il y soit plus sûrement que mes Américains! C'est un honnête homme; mais je ne sais s'il entend les affaires mieux que le théâtre. Il m'aime; il faut lui passer bien des choses. J'ai été confondu, je vous l'avoue, de voir les négligences barbares dont la précipitation avec laquelle on m'a joué a laissé ma pièce remplie : elle en est défigurée. J'ai été bien fâché, je vous l'avoue. J'ai fait sur le champ un bel écrit à trois colonnes, pour être envoyé à M. d'*Argental*, à vous et aux comédiens. *Demoulin* en est chargé. De plus, j'écris à chaque acteur en particulier. Enfin, s'il en est temps, il faut réparer ces fautes; il y en a d'énormes. Croyez-moi; j'ai mis mes raisons en marge. Je serai bien piqué si l'on ne se prête pas à la justice que je réclame, et je suis sûr que la pièce tombera, si elle n'est tombée. Je sais que toutes ces fautes ont été bien senties et bien relevées à la cour. Mon cher ami, il faut presser *Sarrazin*, *Grandval*, mademoiselle *Gauffin*, *le Grand*, de se rendre à mes remontrances. C'est là où j'ai besoin de votre éloquence persuasive. La dédicace à madame la marquise *du Châtelet* doit absolument paraître; le prêtre et la déesse le veulent.

Pour l'épître que je vous adressais, je ne suis pas encore décidé. Je suis convaincu qu'il faut une apologie. Qu'on attaque mes ouvrages, je n'ai rien à répondre, c'est à eux à se défendre bien ou mal; mais qu'on attaque publiquement ma personne, mon honneur, mes mœurs, dans vingt libelles dont la France et les pays étrangers font inondés, c'eft figner ma honte que de demeurer dans le filence. Il faut oppofer des faits à la calomnie ; il faut impofer filence au menfonge. Je ne veux, il eft vrai, d'aucune place ; mais quelle eft celle où j'oferais prétendre, fi ces calomnies n'étaient pas réfutées ? Je veux qu'on dife : Il n'eft pas de l'académie, parce qu'il ne le défire pas ; et non pas qu'on dife : Il ferait refufé. C'eft ne me point aimer que de penfer autrement, et je fuis fûr que vous m'aimez. L'exemple de l'abbé *Prévoft* ne me paraît pas fait pour moi. Je ne fais s'il a dit ou dû dire : *Je fuis honnête homme* ; mais je fais moi que je dois le dire, et que ce n'eft pas une chofe à laiffer conclure comme une propofition délicate. Mes mœurs font directement oppofées aux infames imputations de mes ennemis. J'ai fait tout le bien que j'ai pu, et je n'ai jamais fait le mal que j'ai pu faire. Si ceux que j'ai accablés de bienfaits et de feryices font demeurés dans le filence contre mes ennemis, le foin de mon honneur me doit faire parler, ou quelqu'un doit être affez jufte, affez généreux pour parler pour moi. Pourquoi fera-t-il permis d'imprimer que j'ai trompé un libraire, que j'ai retenu des foufcriptions, et ne me fera-t-il pas permis de démontrer la fauffeté de cette accufation ? Pourquoi ceux qui la favent, la tairont-ils ? L'innocence, et j'ofe dire la vertu, doit-elle être opprimée, calomniée, par la feule raifon que mes talens m'ont rendu un homme public ? C'eft cette raifon-là même qui doit m'élever la voix, ou qui doit dénouer la langue de ceux qui me connaiffent. Que m'importe que don *Prévoft*, qui n'a point d'ennemis, ait écrit quelque

Z 4

chofe ou non fur fon compte? Que me fait fon aventure d'une lettre de change à Londres? Qu'il fe difculpe devant les jurés; mais moi, je fuis attaqué dans mon honneur par des ennemis, par des écrivains indignes; je dois leur répondre hardiment, une fois dans ma vie, non pour eux, mais pour moi. Je ne crains point *Roußeau*, je le méprife; et tout ce que j'ai dit dans mon épître eft vrai: refte à favoir s'il faut que ce foit moi ou un autre qui ferme la bouche au menfonge. Si don *Prévoft* voulait entrer dans ces détails, dans une feuille confacrée en général à venger la réputation des gens de lettres calomniés, il me rendrait un fervice que je n'oublierais de ma vie. La matière d'ailleurs eft belle et intéreffante. Les perfécutions faites aux auteurs de réputation, ont mérité des volumes. Si donc je fuis affuré que le Pour et Contre parlera auffi fortement qu'il eft néceffaire, je me tairai, et ma caufe fera mieux entre fes mains que dans les miennes; mais il faut que j'en fois sûr.

Quel eft le malheureux auteur de cet Obfervateur poligraphique? Ne ferait-ce point l'abbé *Desfontaines*? C'eft affurément quelque miférable écrivain de Paris. Il ne fait donc pas que vous êtes mon ami intime, mon plénipotentiaire, mon juge: voilà vos qualités fur le Parnaffe.

P. S. Madame la marquife *du Châtelet* veut abfolument que mon apologie paraiffe en mon nom; cela n'empêcherait pas les bons offices du Pour et Contre.

LETTRE CLXXXI.

A M. BERGER.

A Cirey, . . . février.

Le succès de mes Américains est d'autant plus flatteur pour moi, mon cher Monsieur, qu'il justifie votre amitié pour ma personne, et votre goût pour mes ouvrages. J'ose vous dire que les sentimens vertueux qui sont dans cette pièce sont dans mon cœur; et c'est ce qui fait que je compte beaucoup plus sur l'amitié d'une personne comme vous dont je suis connu, que sur les suffrages d'un public toujours inconstant, qui se plaît à élever des idoles pour les détruire, et qui, depuis long-temps, passe la moitié de l'année à me louer, et l'autre à me calomnier. Je souhaiterais que l'indulgence avec laquelle cet ouvrage vient d'être reçu, pût encourager notre grand musicien *Rameau* à reprendre en moi quelque confiance, et à achever son opéra de Samson sur le plan que je me suis toujours proposé. J'avais travaillé uniquement pour lui. Je m'étais écarté de la route ordinaire dans le poëme, parce qu'il s'en écarte dans la musique. J'ai cru qu'il était temps d'ouvrir une carrière nouvelle à l'opéra, comme sur la scène tragique. Ces beautés de *Quinault* et de *Lulli* sont devenues des lieux communs. Il y aura peu de gens assez hardis pour conseiller à M. *Rameau* de faire de la musique pour un opéra dont les deux premiers actes sont sans amour ; mais il doit être affez hardi pour fe mettre au-deffus du préjugé. Il doit m'en croire et s'en croire lui-même. Il peut compter que le rôle de *Samfon* joué par *Chaffé*, fera autant d'effet au moins que celui de *Zamore* joué par *Dufrefne*. Tâchez de perfuader cela à cette tête à doubles croches : que fon intérêt et fa gloire l'encouragent ; qu'il me promette d'être entièrement de concert avec moi ; furtout, qu'il n'ufe pas fa mufique en la fefant jouer de maifon en maifon ; qu'il orne de beautés nouvelles les morceaux que je lui ai faits. Je lui enverrai la pièce quand il le voudra ; M. de *Fontenelle* en fera l'examinateur. Je me flatte que M. le prince de *Carignan* la protégera, et qu'enfin ce fera de tous les ouvrages de ce grand muficien celui qui, fans contredit, lui fera le plus d'honneur.

A l'égard de M. de *Marivaux*, je ferais très-fâché de compter parmi mes ennemis un homme de fon caractère, et dont j'eftime l'efprit et la probité. Il y a furtout dans fes ouvrages un caractère de philofophie, d'humanité et d'indépendance dans lequel j'ai trouvé avec plaifir mes propres fentimens. Il eft vrai que je lui fouhaite quelquefois un ftyle moins recherché et des fujets plus nobles ; mais je fuis bien loin de l'avoir voulu défigner, en parlant des comédies métaphyfiques. Je n'entends par ce terme que ces comédies où l'on introduit des perfonnages qui ne font point dans la nature, des perfonnages allégoriques, propres tout au plus pour le poëme épique, mais très-déplacés fur la fcène, où tout doit être peint d'après nature. Ce n'eft pas, ce me femble, le défaut de M. de *Marivaux* ; je lui reprocherais au contraire

1736.

de trop détailler les paffions, et de manquer quelquefois le chemin du cœur, en prenant des routes un peu trop détournées. J'aime d'autant plus fon efprit, que je le prierais de le moins prodiguer. Il ne faut point qu'un perfonnage de comédie fonge à être fpirituel ; il faut qu'il foit plaifant malgré lui, et fans croire l'être ; c'eft la différence qui doit être entre la comédie et le fimple dialogue. Voilà mon avis, mon cher Monfieur ; je le foumets au vôtre.

J'avais prêté quelque argent à feu M. de *Laclède*, mais fans billet ; je voudrais en avoir perdu dix fois davantage, et qu'il fût en vie. Je vous fupplie de m'écrire tout ce que vous apprendrez au fujet de mes Américains. Je vous embraffe tendrement.

Qu'eft devenu l'abbé *Desfontaines* ? dans quelle loge a-t-on mis ce chien qui mordait fes maîtres ? hélas ! je lui donnerais encore du pain, tout enragé qu'il eft. Je ne vous écris point de ma main, parce que je fuis un peu malade. Adieu.

LETTRE CLXXXII.

A M. THIRIOT.

1 mars.

MADAME la marquife *du Châtelet* vient de vous écrire une lettre dans laquelle elle ne fe trompe que fur la bonne opinion qu'elle a de moi ; et mon plus grand tort, dans l'épître dont elle approuve l'hommage, c'eft de n'avoir pas dignement exprimé la jufte opinion que j'ai d'elle.

Il s'en fallait de beaucoup que je fuſſe content de mon épître dédicatoire et du diſcours que je vous adreſſais ; je ne l'étais pas même d'Alzire, malgré l'indulgence du public. Je corrige aſſidument ces trois ouvrages ; je vous prie de le dire aux deux reſpectables frères.

Si j'étais *la Fontaine*, et ſi madame *du Châtelet* avait le malheur de n'être que madame de *Monteſpan*, je lui ferais une épître en vers, où je dirais ce qu'on dit à tout le monde ; mais le ſtyle de ſa lettre doit vous faire voir qu'il faut raiſonner avec elle, et payer à la ſupériorité de ſon eſprit un tribut que les vers n'acquittent jamais bien. Ils ne ſont ni le langage de la raiſon, ni de la véritable eſtime, ni du reſpect, ni de l'amitié ; et ce ſont tous ces ſentimens que je veux lui peindre. C'eſt préciſément parce que j'ai fait de petits vers pour mademoiſelle de *Villefranche*, pour mademoiſelle *Gauſſin*, &c., que je dois une proſe raiſonnée et ſage à madame la marquiſe *du Châtelet*. Faites-la donc digne d'elle, me direz-vous ; c'eſt ce que je n'exécuterai pas, mais c'eſt à quoi je m'efforcerai.

> *Non poſſis oculis quantum contendere Lynceus*
> *Non tamen idcirco contemnas lippus inungi,*
> *Eſt quodam prodire tenus ſi non datur ultra.*

Je tâcherai du moins de m'éloigner autant des penſées de madame de *Lambert*, que le ſtyle vrai et ferme de madame *du Châtelet* s'éloigne de ces riens entortillés dans des phraſes précieuſes, et de ces billeveſées énigmatiques.

A l'égard de l'Apologétique de *Tertullien*, toutes chofes mûrement confidérées, il faut qu'il paraiffe avec des changemens, des additions, des retranchemens ; mais, ne vous en déplaife, un honnête homme doit dire très-hardiment qu'il eft honnête homme. Voilà qui eft plaifant de me confeiller de faire de mon apologie une énigme dont le mot foit la vertu. On peut laiffer conclure qu'on a les dents belles et la jambe bien tournée ; mais l'honneur ne fe traite pas ainfi : il fe prouve et il s'affiche : il eft d'autant plus hardi qu'il eft attaqué ; et de telles vérités ne font pas faites pour porter un mafque. Votre amitié y eft intéreffée. Les calomniateurs qui difent, qui impriment que j'ai trompé des libraires, vous outragent en m'infultant, puifque c'eft vous qui avez fait les éditions anglaifes des Lettrés, et qui avez reçu plufieurs foufcriptions ; en un mot, c'eft ici une des affaires les plus férieufes de ma vie ; et, croyez-moi, elle influe fur la vôtre. C'eft une occafion où nous devrions nous réunir, fuffions-nous ennemis. Que ne doit donc pas faire une amitié de vingt années ?

Adieu, mon cher ami ; je vous embraffe avec tendreffe : continuez à m'aimer, et en particulier et en public, et à répandre fur vous et fur moi, par vos difcours fages, polis et mefurés, la confidération que notre amitié et notre goût pour les arts méritent.

Je fuis bien étonné de ne pas recevoir des nouvelles de monfieur votre frère. Mais, mon Dieu, ai-je écrit à notre cher petit *Bernard* qui le premier m'annonça la victoire d'Alzire ? Ma foi, je n'en fais rien ; demandez-le-lui. Buvez à ma fanté avec *Pollion*. Adieu ; je vous aime de tout mon cœur.

LETTRE CLXXXIII.

A M. THIRIOT.

4 mars.

J'AI été malade ; madame *du Châtelet* l'eſt à ſon tour. Je vous écris à la hâte, au chevet de ſon lit, et c'eſt pour vous dire qu'on vous aime à Cirey autant que chez *Plutus-Pollion ;* puis vous ſaurez qu'Alzire, la dédicace, le diſcours, la pièce, corrigés jour et nuit, viennent par la poſte. Tout cela eſt changé, comme une chryſalide qui vient de devenir papillon en une nuit. Vous direz que je me pille ; car c'eſt ce que je viens d'écrire à M. d'*Argental ;* mais quand *Emilie* eſt malade, je n'ai point d'imagination. Je viens de voir la feuille de l'abbé *Prévoſt ;* je vous prie de l'aſſurer de mon amitié pour le reſte de ma vie. Je lui écrirai aſſurément.

Comptez, mon cher ami, qu'il fallait une dédicace d'une honnête étendue. J'oſe aſſurer que c'eſt la première choſe adroite que j'aye faite de ma vie. Toutes les femmes qui ſe piquent de ſcience et d'eſprit ſeront pour nous ; les autres s'intéreſſeront au moins à la gloire de leur ſexe. Les académiciens des ſciences ſeront flattés, les amateurs de l'antiquité retrouveront avec plaiſir des traits de *Cicéron* et de *Lucrèce.* Enfin, morbleu, *Emilie* ordonne, obéiſſons.

Si la fin du diſcours que je vous adreſſe ne vous plaît pas, je n'écris plus de ma vie.

Allons, voyons fi nous ferons sûrs d'un cenfeur. ⸻
Mon cher ami, je vous recommande cette affaire ; **1736.**
elle eft férieufe pour moi ; il s'agit d'*Emilie* et de
vous.

Remerciez M. de *Marivaux;* il fait un gros livre
contre moi, qui lui vaudra cent piftoles. Je fais la
fortune de mes ennemis.

LETTRE CLXXXIV.

A M. THIRIOT.

A Cirey, 10 mars.

LA galanterie de mademoifelle *Quoniam* eft plus
flatteufe que les battemens de mains du parterre. Je
ne fais plus quelle fille de l'antiquité voulut coucher
avec un philofophe pour le récompenfer de fes
ouvrages. Mademoifelle *Quoniam* ne poufferait pas
fi loin la générofité antique, mais auffi je ne fuis
pas fi philofophe. Pour mademoifelle *Gauffin*, elle me
devrait au moins quelques baifers. Je m'imagine que
vous les recevez pour moi, et que ce n'eft pas au
théâtre que fa bouche vous fait plus de plaifir.

Il eft vrai que dans la petite comédie que nous
avons jouée à Cirey, il y aurait un rôle affez plaifant
et affez neuf pour mademoifelle *Dangeville*. Madame
du Châtelet l'a joué à étonner, fi quelque chofe pouvait étonner d'elle ; mais la pièce n'eft qu'une farce
qui n'eft pas digne du public. Thétis et Pelée (*)

(*) Opéra ; paroles de *Fontenelle*, mufique de *Colaffe;* repréfenté
pour la première fois en 1689, et repris fept fois.

—— me font trembler pour ma vieilleffe. Il eft trifte

que ce qui a été beau ne le foit plus ; mais ce n'eft point M. de *Fontenelle* qui eft tombé , ce font les acteurs de l'opéra. Ne pourrai-je point avoir l'épître à *Clio* de M. de *la Chauffée* ? C'eft celui-là qui fait bien des vers, et qui, par conféquent, ne fera pas loué par quelqu'un que vous connaiffez (*) , auquel il ne refte plus ni goût ni talent, mais feulement de l'envie.

Je viens de voir une épigramme parfaite; c'eft celle de notre petit *Bernard* fur la *Sallé*. Il a troqué fon encenfoir contre des verges; il fouette fa coquine après avoir adoré fa déeffe. On ne peut pas mieux punir ce fafte de vertu ridicule qu'elle étalait fi mal à propos.

Pitteri, libraire à Venife , qui débite la traduction de *Charles XII* , n'a pu obtenir la permiffion pour la Henriade , parce que j'ai l'honneur d'être à l'index.

Formont vient de m'envoyer de jolis vers fur Alzire. Vous les aurez bientôt; car tout ce qu'on fait pour moi vous appartient. Pour ma métaphyfique , il n'y a pas moyen de la faire voyager ; j'y ai trop cherché la vérité. Adieu , héros de l'amitié; adieu , ami de tous les arts ; vos lettres font le fecond plaifir de ma vie.

De madame du Châtelet.

Voltaire veut que je figne fa lettre; j'y mettrai avec grand plaifir le fceau de l'amitié; je fens celle que vous avez marquée à votre ami , et je défire que vous en ayez pour *Emilie*.

(*) *Jean-Baptifte Rouffeau.*

LETTRE

LETTRE CLXXXV.

A M. DE LAMARE.

A Cirey, 15 mars.

JE me flatte, Monfieur, que quand vous ferez imprimer quelques-uns de vos ouvrages, vous le ferez avec plus d'exactitude que vous n'en avez eu dans l'édition de Jules-Céfar. Permettez que mon amitié fe plaigne que vous avez hafardé dans votre préface des chofes fur lefquelles vous deviez auparavant me confulter.

Vous dites, par exemple, que dans certaines circonftances le parricide était regardé comme une action de courage et même de vertu chez les Romains: ce font de ces propofitions qui auraient grand befoin d'être prouvées.

Il n'y a aucun exemple de fils qui ait affaffiné fon père pour le falut de la patrie. *Brutus* eft le feul ; encore n'eft-il pas abfolument fûr qu'il fût le fils de *Céfar.*

Je crois que vous deviez vous contenter de dire que *Brutus* était ftoïcien et prefque fanatique, féroce dans la vertu, et incapable d'écouter la nature quand il s'agiffait de fa patrie, comme fa lettre à *Cicéron* le prouve.

Il eft affez vraifemblable qu'il favait que *Céfar* était fon père, et que cette confidération ne le retint pas ; c'eft même cette circonftance terrible et ce combat fingulier entre la tendreffe et la fureur de la liberté

1736.

qui feuls pouvaient rendre la pièce intéreffante : car de repréfenter des Romains nés libres, des fénateurs opprimés par leur égal, qui confpirent contre un tyran, et qui exécutent de leurs mains la vengeance publique, il n'y a rien là que de fimple : et *Ariflote* (qui, après tout, était un très-grand génie) a remarqué, avec beaucoup de pénétration et de con- naiffance du cœur humain, que cette efpèce de tragédie eft languiffante et infipide ; il l'appelle la plus vicieufe de toutes, tant l'infipidité eft un poifon qui tue tous les plaifirs.

Vous auriez donc pu dire que *Céfar* eft un grand homme, ambitieux jufqu'à la tyrannie, et *Brutus* un héros d'un autre genre, qui pouffa l'amour de la liberté jufqu'à la fureur.

Vous pouviez remarquer qu'ils font repréfentés tous condamnables, mais à plaindre, et que c'eft en quoi confifte l'artifice de cette pièce. Vous paraiffez furtout avoir d'autant plus de tort de dire que les Romains approuvaient le parricide de *Brutus*, qu'à la fin de la pièce les Romains ne fe foulèvent contre les conjurés que lorfqu'ils apprennent que *Brutus* a tué fon père. Ils s'écrient :

O monftre que les Dieux devraient exterminer !

Je vous avais dit, à la vérité, qu'il y avait, parmi les lettres de *Cicéron*, une lettre de *Brutus*, par laquelle on peut inférer qu'il avait tué fon père pour la caufe de la liberté. Il me femble que vous avez affuré la chofe trop pofitivement.

Celui qui a traduit la lettre italienne de M. le marquis *Algarotti*, femble être tombé dans une méprife

à l'endroit où il eſt dit que c'eſt un de ceux qu'on
appelle *doctores umbratici* , qui a fait la première 1736.
édition furtive de cette pièce. Je me ſouviens que
quand M. *Algarotti* me lut ſa lettre en italien,
il y déſignait un précepteur qui, ayant volé cet
ouvrage, le fit imprimer. Cet homme a même été
puni ; mais, par la traduction, il ſemble qu'on ait voulu
déſigner les profeſſeurs de l'univerſité. L'auteur de
la brochure qu'on donne toutes les ſemaines ſous le
titre d'Obſervations , &c. a pris occaſion de cette
mépriſe pour inſinuer que M. le marquis *Algarotti*
avait prétendu attaquer les profeſſeurs de Paris ; mais
cet étranger reſpectable, qui a fait tant d'honneur à
l'univerſité de Padoue, eſt bien loin de ne pas eſtimer
celle de Paris , dans laquelle on peut dire qu'il n'y
a jamais eu tant de probité et tant de goût qu'à
préſent.

Si vous m'aviez envoyé votre préface , je vous
aurais prié de corriger ces bagatelles ; mais vos fautes
ſont ſi peu de choſe en comparaiſon des miennes ,
que je ne ſonge qu'à ces dernières. J'en ferais une fort
grande de ne vous point aimer , et vous pouvez
compter toujours ſur moi.

LETTRE CLXXXVI.

A M. THIRIOT.

16 mars.

MON cher ami, vous avez bien gagné à mon silence. *Emilie* a entretenu la correspondance.

> N'admirez-vous pas sa lumière,
> Son style aisé, sublime et net,
> Sa plume , ou solide ou légère,
> Traitant de science ou d'affaire,
> D'un madrigal ou d'un sonnet?
> Elle écrit pourtant pour Voltaire.
> Louis quinze a-t-il en effet
> Quelque semblable secrétaire,
> Soit d'Etat, soit de cabinet?

Ces petits vers une fois passés, vous saurez que vos lettres m'ont fait autant de plaisir que les siennes ont dû vous en faire. Si j'étais un *Descartes*, vous seriez mon père *Mersenne*. J'ai été accablé de maladies et d'occupations. Je m'étais donné tout cela, et je m'en suis tiré. Etes-vous content de la dédicace du temple d'*Alzire* à la déesse de Cirey, et de la post-face à M. *Thiriot*, et du petit grain d'avertissement? Et vîte, que *Demoulin* transcrive , et que *la Serre* approuve, et que *Prault* imprime ; car je crois que *Demoulin* le surintendant a donné ses faveurs à *Prault*.

Homme faible ! vous laisserez-vous persuader qu'il faut que *Gusman* interrompe *Alzire* pour lui dire

une quinauderie? et ne fentez-vous pas combien ce
vers

S'il en eft, après tout, qui tiennent lieu d'amour.

eft pris dans le caractère de la perfonne, qui ne doit
avoir aucune adreffe, et rien que de la vérité.

Triumvirat très-aimable, il y a des cas où je fuis
votre dictateur,

Une efpagnole eût promis davantage ;
Je n'ai point leurs mœurs.

eft très-français. Cette phrafe eft de toutes les langues.
Lifez la grammaire à l'article des pronoms collectifs.

Compte à jamais au moins fur ma reconnaiffance,

eft un vers faible et plat, s'il eft feul, à peu-près
comme le feraient beaucoup de vers de *Racine.*
Mais

Tantùm feries juncturaque pollet !
Tantùm de medio fumptis accedit honoris !

Que ces vers plats fe rebondiffent du voifinage des
autres.

Compte à jamais au moins fur ma reconnaiffance,
Sur la foi, fur les vœux qui font en ma puiffance,
Sur tous les fentimens du plus jufte retour,
S'il en eft, après tout, qui tiennent lieu d'amour.

Voilà qui devient coulant et harmonieux par les
traits confécutifs et par la figure ménagée jufqu'au
bout de la phrafe.

A a 3

Bauche va réimprimer Zaïre ; je la corrige. *Prault* réimprimera la Henriade ; je la corrige auſſi. Je corrige tout hors moi. Savez-vous bien que je retouche Adélaïde, et que ce ſera une de mes moins mauvaiſes filles.

J'ai lu Jules-Céſar. Eſt-ce M. *Algarotti* qui a lui-même traduit ſon italien ? Apprenez que ce vénitien-là a fait des dialogues ſur la lumière, où il y a malheureuſement autant d'eſprit que dans les Mondes, et beaucoup plus de choſes utiles et curieuſes.

J'ai lu la Zaïre anglaiſe : elle m'a enchanté plus qu'elle n'a flatté mon amour propre. Comment des anglais tendres, naturels ! without bombaſt ! without ſimiles at the end of acts ! Quel eſt donc ce M. *Hill*? quel eſt ce gentilhomme qui a joué *Oroſmane* ſur le théâtre des comédiens ? Cet honneur fait aux arts ne ſera-t-il pas conſacré dans le Pour et Contre ? Autrefois ce Pour et Contre avait été contre Zaïre ; ah! il doit faire amende honorable.

Rameau s'eſt marié avec *Moncrif*. Suis-je au vieux ſérail ? Samſon eſt-il abandonné ? Non ; qu'il ne l'abandonne pas. Cette forme ſingulière d'opéra fera ſa fortune et ſa gloire.

LETTRE CLXXXVII.

A M. THIRIOT.

A Cirey, 18 mars.

IL faut, mon ami, vous rendre compte de l'Epître à *Clio*. Les vers font frappés fur l'enclume qu'avait *Rouffeau*, quand il était encore bon ouvrier ; mais malheureufement le choix du fujet n'a pas ce piquant qu'il faut pour le monde. C'eft le chef-d'œuvre d'un artifte fait pour des artiftes feulement. Tout s'y trouve, hors le plaifir qu'il faut à des lecteurs oififs. J'admirerai toujours cet écrit (excepté la bataille) ; mais nos Français veulent en tout genre de l'intérêt et des grâces. Il en faut par-tout, fans quoi le beau n'eft que beau.

Non fatis eft pulchra effe poëmata, dulcia funto ;
Et quocumque volent, animum auditoris agunto.

Dites-lui combien j'eftime fa précifion, fa netteté, fa force, fon tour heureux, naturel, fon ftyle châtié. Ajoutez à cela que je fuis très-fâché qu'il déshonore un fi bon ouvrage par des éloges dont il rougit. S'il ne voulait qu'un afile heureux et fait pour un philofophe, au lieu d'une place inutile et qui n'a plus que du ridicule, je trouverais bien le fecret de le mettre en état de ne plus louer indignement.

Aa 4

1736.   Voici un petit quatrain en réponfe à l'honneur qu'il m'a fait de m'envoyer fon épître :

> Lorfque fa mufe courroucée
> Quitta le coupable Rouffeau,
> Elle te donna fon pinceau,
> Sage et modefte la Chauffée.

Il ne faut pas oublier ce jeune M. de *Verrières* ; car nous devons encourager la jeuneffe.

> Elève heureux du dieu le plus aimable,
> Fils d'Apollon, digne de fes concerts,
> Voudriez-vous être encor plus louable ?
> Ne me louez pas tant, travaillez plus vos vers.
> Le plus bel arbre a befoin de culture.
> Emondez-moi ces rameaux trop épars,
> Rendez leur féve et plus forte et plus pure.
> Il faut toujours, en fuivant la nature,
> La corriger : c'eft le fecret des arts.

C'eft ce qui fait que je me corrige tous les jours moi et mes ouvrages.

Vous trouverez fur une dernière feuille une chofe que je n'avais faite de ma vie, un fonnet. Préfentez-le au marquis ou non marquis *Algarotti*, et admirez avec moi fon ouvrage fur la lumière. Ce fonnet eft une galanterie italienne. Qu'il paffe par vos mains, la galanterie fera complète. (*)

(*) Voyez les Poëfies mêlées, vol. de Contes.

LETTRE CLXXXVIII.

A MADAME

LA MARQUISE DU DEFFANT.

À Cirey, par Vaffi en Champagne, 18 mars.

UNE affez longue maladie, Madame, m'a empêché de répondre plutôt à la lettre charmante dont vous m'avez honoré. Vous devez vous intéreffer à cette maladie ; elle a été caufée par trop de travail : eh, quel objet ai-je dans tous mes travaux que l'envie de vous plaire, de mériter votre fuffrage ? Celui que vous donnez à mes Américains, et furtout à la vertu tendre et fimple d'*Alzire*, me confole bien de toutes les critiques de la petite ville qui eft à quatre lieues de Paris, à cinq cents lieues du bon goût, et qu'on appelle la cour. Je ferai ce que je pourrai affurément pour rendre *Gufman* plus tolérable. Je ne veux point me juftifier fur un rôle qui vous déplaît ; mais *Grandval* ne m'a-t-il pas fait auffi un peu de tort ? n'a-t-il pas outré le caractère ? n'a-t-il pas rendu féroce ce que je n'ai prétendu peindre que févère.

Vous pensâtes, dites-vous, dès les premiers vers, que ce *Gufman* ferait pendre fon père. Eh ! Madame, le premier vers qu'il dit, eft celui-ci :

Quand vous priez un fils, Seigneur, vous commandez.

N'a-t-il pas l'autorité de tous les vice-rois du Pérou ? et cette inflexibilité ne peut-elle pas s'accorder avec les fentimens d'un fils? *Sylla* et *Marius* aimaient leur père.

Enfin la pièce eft fondée fur le changement de fon cœur ; et fi le cœur était doux, tendre, compatiffant au premier acte, qu'aurait-on fait au dernier ?

Permettez-moi de vous parler plus pofitivement fur *Pope*. Vous me dites que l'amour focial *fait que tout ce qui eft, eft bien*. Premièrement, ce n'eft point ce qu'il nomme *amour focial* (très-mal à propos) qui eft chez lui le fondement et la preuve de l'ordre de l'univers. Tout ce qui eft, eft bien, parce qu'un Etre infiniment fage en eft l'auteur ; et c'eft l'objet de la première épître. Enfuite il appelle *amour focial*, dans l'épître dernière, cette Providence bienfefante par laquelle les animaux fervent de fubfiftance les uns aux autres. Milord *Shaftesbury*, qui le premier a établi une partie de ce fyftême, prétendait, avec raifon, que D I E U avait donné à l'homme l'amour de lui-même pour l'engager à conferver fon être ; et l'*amour focial*, c'eft-à-dire un inftinct très-fubordonné à l'amour propre, et qui fe joint à ce grand reffort, eft le fondement de la fociété.

Mais il eft bien étrange d'imputer à je ne fais quel amour focial dans D I E U cette fureur irréfiftible avec laquelle toutes les efpèces d'animaux font portées à s'entre-dévorer. Il paraît du deffein à cela, d'accord ; mais c'eft un deffein qui affurément ne peut être appelé amour.

Tout l'ouvrage de *Pope* fourmille de pareilles obfcu-rités. Il y a cent éclairs admirables qui percent à tous momens cette nuit, et votre imagination brillante doit les aimer. Ce qui eft beau et lumineux eft votre élément. Ne craignez point de faire la differteuſe ; ne rougiſſez point de joindre aux grâces de votre perſonne la force de votre eſprit ; faites des nœuds avec les autres femmes, mais parlez-moi raiſon.

Je vous ſupplie, Madame, de me ménager les bontés de M. le préſident *Hénault :* c'eſt l'eſprit le plus adroit et le plus aimable que j'aye jamais connu. Mille reſpects et un éternel attachement.

LETTRE CLXXXIX.

A M. L'ABBÉ MOUSSINOT,

Chanoine et tréſorier du chapitre de Saint-Méry, à Paris, et tréſorier de M. de Voltaire.

Cirey, 20 mars.

MON cher abbé, j'aime mille fois mieux votre coffre fort que celui d'un notaire ; il n'y a perſonne au monde à qui je me fiaſſe autant qu'à vous : vous êtes auſſi intelligent que vertueux ; vous étiez fait pour être le procureur général de l'*ordre* des janſéniſtes, car vous ſavez qu'ils appellent leur union l'*ordre ;* c'eſt leur argot : chaque communauté, chaque ſociété a le ſien. Voyez ſi vous voulez vous charger de l'argent d'un indévot, et faire par amitié pour cet indévot ce que par devoir vous faites pour votre chapitre. Mes affaires, comme vous ſavez, ſont très-aiſées et très-ſimples : vous ſerez mon ſurintendant en quelque endroit que je ſois ; vous parlerez pour moi, et en votre nom, aux *Villars*, aux *Richelieu*, aux d'*Eſlaing*, aux *Guiſe*, aux *Guébriant*, aux d'*Auneuil*, aux *Lezeau* et autres illuſtres débiteurs de votre ami. Quand on parle pour ſon ami, on demande juſtice; quand c'eſt moi qui réclame cette juſtice, j'ai l'air de demander grâce, et c'eſt ce que je voudrais éviter.

Ce n'eſt pas tout; vous agirez en plénipotentiaire, ſoit pour mes penſions auprès de M. *Pâris Duverney*, auprès de M. *Tevenot*, premier commis des finances; ſoit pour mes rentes ſur l'hôtel de ville, ſur *Arouet* mon frère; ſoit enfin pour les actions et pour l'argent que j'ai chez différens notaires. Vous aurez, mon cher abbé, carte blanche pour tout ce qui me regarde, et tout ſera dans le plus grand ſecret. Mandez-moi ſi cette charge vous plaît. En attendant votre réponſe, je vous prie d'envoyer chercher, par votre frotteur, un jeune homme nommé *Baculard d'Arnaud*; c'eſt un étudiant en philoſophie au collége d'Harcourt; il demeure rue Mouffetard : vous lui donnerez ce petit manuſcrit, et douze francs. Je vous prie de ne pas négliger cette petite grâce que je vous demande; ce manuſcrit ſera négocié à ſon profit. Je vous embraſſe de tout mon cœur : aimez-moi toujours, et ſurtout reſſerrons les nœuds de notre amitié par la confiance et par les ſervices réciproques.

LETTRE CXC.   1736.

A M. JORE, *libraire*.

A Cirey, 24 mars.

VOUS me mandez, Monfieur, qu'on vous donnera des lettres de grâce, qui vous rétabliront dans votre maîtrife, en cas que vous difiez la vérité qu'on exige de vous fur le livre en queftion (*), ou plutôt dont il n'eft plus queftion.

Un de mes amis, très-connu (**), ayant fait imprimer ce livre en Angleterre, uniquement pour fon profit, fuivant la permiffion que je lui en avais donnée, vous en fites, de concert avec moi, une édition en 1730.

Un des hommes les plus réfpectables du royaume, favant en théologie comme dans les belles-lettres, m'avait dit, en préfence de dix perfonnes, chez madame de *Fontaine-Martel*, qu'en changeant feulement vingt lignes dans l'ouvrage, il mettrait fon approbation au bas. Sur cette confiance, je vous fis achever l'édition. Six mois après, j'appris qu'il fe formait un parti pour me perdre, et que d'ailleurs monfieur le garde des fceaux ne voulait pas que l'ouvrage parût. Je priai alors un confeiller au parlement (***) de Rouen de vous engager à lui remettre toute l'édition. Vous ne voulûtes pas la lui confier; vous

(*) Les Lettres philofophiques.
(**) M. *Thiriot.*
(***) M. de *Cideville.*

—— lui dîtes que vous la dépoferiez ailleurs, et qu'elle ne paraîtrait jamais fans la permiffion des fupérieurs.

Mes alarmes redoublèrent quelque temps après, furtout lorfque vous vintes à Paris. Je vous fis venir chez M. le duc de *Richelieu*, je vous avertis que vous feriez perdu fi l'édition paraiffait, et je vous dis expref-fément que je ferais obligé de vous dénoncer moi-même. Vous me jurâtes qu'il ne paraîtrait aucun exemplaire, mais vous me dîtes que vous aviez befoin de quinze cents livres ; je vous les fis prêter fur le champ, par le fieur *Paquier*, agent de change, rue Quincampoix, et vous renouvelâtes la promeffe d'enfevelir l'édition.

Vous me donnâtes feulement deux exemplaires, dont l'un fut prêté à madame de***, et l'autre, tout découfu, fut donné à *François Joffe*, libraire, qui fe chargea de le faire relier pour M. d'*Argental*, à qui il devait être confié pour quelques jours.

François Joffe, par la plus lâche des perfidies, copia le livre toute la nuit avec *René Joffe*, petit libraire de Paris, et tous deux le firent imprimer fecrétement. Ils attendirent que je fuffe à la campagne, à foixante lieues de Paris, pour mettre au jour leur larcin. La première édition qu'ils en firent était prefque débitée, et je ne favais pas que le livre parût. J'appris cette trifte nouvelle, et l'indignation du gouvernement. Je vous écrivis fur le champ plufieurs lettres, pour vous dire de remettre toute votre édition à M. *Rouillé*, et pour vous en offrir le prix. Je ne reçus point de réponfe : vous étiez à la baftille. J'ignorais le crime de *François Joffe ;* tout ce que je pus faire alors fut de me renfermer dans mon innocence, et de me taire.

Cependant *René*, ce petit libraire, fit en fecret une nouvelle édition; et *François*, jaloux du gain que fon coufin allait faire, joignit à fon premier crime celui de faire dénoncer fon coufin *René*. Ce dernier fut arrêté, caffé de maîtrife, et fon édition confifquée. 1736.

Je n'appris ce détail que dans un féjour de quelques femaines que je vins faire malgré moi à Paris, pour mes affaires.

J'eus la conviction du crime de *François Joffe;* j'en dreffai un mémoire pour M. *Rouillé*. Cependant cet homme a joui du fruit de fa méchanceté impunément. Voilà tout ce que je fais de votre affaire; voilà la vérité devant DIEU et devant les hommes. Si vous en retranchiez la moindre chofe, vous feriez coupable d'impofture. Vous y pouvez ajouter des faits que j'ignore, mais tous ceux que je viens d'articuler font effentiels. Vous pouvez fupplier votre protecteur de montrer ma lettre à monfieur le garde des fceaux; mais furtout prenez bien garde à votre démarche, et fongez qu'il faut dire la vérité à ce miniftre.

Pour moi, je fuis fi las de la méchanceté et de la perfidie des hommes, que j'ai réfolu de vivre déformais dans la retraite, et d'oublier leurs injuftices et mes malheurs.

A l'égard d'Alzire, c'eft au fieur *Demoulin* qu'il faut s'adreffer. Je ne vends point mes ouvrages, je ne m'occupe que du foin de les corriger : ceux à qui j'en ai donné le profit s'accommoderont fans doute avec vous. Je fuis entièrement à vous, &c.

LETTRE CXCI.

A M. LE COMTE D'ARGENTAL.

A Cirey, par Vaffi, ce 4 avril.

M ON cœur vous adreffe cette ode (*) que je n'ofe décorer de votre nom. Vous êtes fait pour partager des plaifirs, et non des querelles. Recevez donc ce témoignage de ma reconnaiffance, et foyez fûr que je vous aime plus que je ne hais *Desfontaines* et *Rouffeau.*

Je vous avais mandé, par ma dernière, que je foufcrivais à toutes vos critiques; vous faurez, par celle-ci, que je les ai regardées comme des ordres, et que je les ai exécutées. Il eft vrai que je n'ai pu remettre les cinq actes en trois; l'intérêt ferait étranglé et perdu; il faut que des reconnaiffances foient filées pour toucher; mais j'ai retranché la *Croupille*, mais j'ai refondu la *Croupillac*, mais j'ai retouché le cinquième acte, mais j'ai refait des fcènes et des vers par-tout. Il y a une feule chofe dans laquelle je n'ai obéi qu'à demi aux deux aimables frères, c'eft dans le caractère d'*Euphémon*, que je n'ai pu rendre implacable pendant la pièce, pour lui faire changer d'avis à la fin. Premièrement, ce ferait imiter *Inès;* en fecond lieu, ce n'eft pas d'une converfation longue, ménagée et contradictoire entre le père et le fils, que dépend l'intérêt au cinquième acte. Cet intérêt eft fondé fur la manière adroite et pathétique dont l'aimable *Life* tourne

(*) Ode IV, fur l'ingratitude, vol. d'Epîtres.

l'efprit

l'efprit du père *Euphémon ;* et dès qu'*Euphémon* fils paraît, la réconciliation n'eft qu'un inftant. En troifième lieu, fi vous me condamniez à une longue fcène entre le père et le fils, fi vous vouliez que le fils attendrît fon père par degrés, ce ne ferait qu'une répétition de la fcène qu'il a eue déjà avec fa maîtreffe. Peut-être même y a-t-il de l'art à avoir fait rouler tout le grand intérêt de ce cinquième acte fur *Life.*

Enfin, je vous l'envoie telle qu'elle eft, et telle qu'il me paraît difficile que j'y touche beaucoup encore. J'ai actuellement d'autres occupations qui ne me permettent guère de donner tout mon temps à une comédie.

J'ofe me flatter qu'elle réuffira. Ce qui eft fûr, c'eft que le fuccès eft dans le fujet et dans le total de l'ouvrage. Je peux la corriger pour les lecteurs, mais ce que j'y ferais eft inutile pour le théâtre. Je vous demande donc en grâce qu'on la joue telle que je vous la renvoie; et quand il s'agira de l'impreffion, vous ferez fi févère qu'il vous plaira.

Je ne vous pardonnerai de ma vie d'avoir, dans les repréfentations d'Alzire, ôté ce vers,

Je n'ai point leurs attraits, et je n'ai point leurs mœurs.

et d'avoir toujours laiffé fubfifter cette réponfe :

Etudiez nos mœurs avant de les blâmer.

Il fallait bien que le premier vers fondât le dernier : cela me met dans un courroux effroyable. Adieu, mon cher et aimable *Ariflarque ;* adieu, ami généreux.

Emilie vous fait les complimens les plus tendres et les plus vrais.

Correfp. générale.   Tome I.   B b

Elle veut abfolument qu'Alzire paraiffe avec la dédicace; et moi, je vous demande en grâce que le difcours foit imprimé au moins avec permiffion tacite, et débité avec Alzire.

LETTRE CXCII.

A M. DE LA CHAUSSÉE.

A Paris, 2 mai.

IL y a huit jours, Monfieur, que je fais chercher votre demeure, pour préfenter Alzire à l'homme de France qui fait et qui cultive le mieux cet art fi difficile de faire de bons vers. Je penfe bien comme vous, Monfieur, fur cet art que tout le monde croit connaître et qu'on connaît fi peu. Je dirai de tout mon cœur avec vous :

> L'unique objet que notre art fe propofe
> Eft d'être encor plus précis que la profe ;
> Et c'eft pourquoi les vers ingénieux
> Sont appelés le langage des dieux. (*)

Il faut avouer que perfonne ne juftifie mieux que vous ce que vous avancez.

On m'a parlé aujourd'hui d'une place à l'académie françaife, mais ni les circonftances où je me trouve, ni ma fanté, ni la liberté, que je préfère à tout, ne me permettent d'ofer y penfer. J'ai répondu que cette place devait vous être deftinée, et que je me

(*) Vers de l'épître à *Clio*.

ferais un honneur de vous céder le peu de fuffrages
fur lefquels j'aurais pu compter, fi votre mérite ne 1736.
vous affurait de toutes les voix.

J'ai l'honneur d'être, Monfieur, avec toute l'eftime
que vous méritez,

votre, &c.

LETTRE CXCIII.

A M. LE COMTE D'ARGENTAL.

A Paris, hôtel d'Orléans, mai.

IL s'agit, mon aimable protecteur, d'affurer le
bonheur de ma vie.

M. le bailli de *Froulai*, qui me vint voir hier,
m'apprit que toute l'aigreur du garde des fceaux
contre moi venait de ce qu'il était perfuadé que je
l'avais trompé dans l'affaire des Lettres philofophiques, et que j'en avais fait faire l'édition.

Je n'appris que dans mon voyage à Paris, de
l'année paffée, comment cette impreffion s'était faite:
j'en donnai un mémoire. M. *Rouillé*, fatigué de toute
cette affaire qu'il n'a jamais bien fue, demanda à
M. le duc de *Richelieu* s'il lui confeillait de faire
ufage de ce mémoire.

M. de *Richelieu*, plus fatigué encore, et las du
déchaînement et du trouble que tout cela avait caufé,
perfuadé d'ailleurs (parce qu'il trouvait cela plaifant),
qu'en effet je m'étais fait un plaifir d'imprimer
et de débiter le livre, malgré le garde des fceaux;

——— M. de *Richelieu*, dis-je, me croyant trop heureux
1736. d'être libre, dit à M. *Rouillé :* L'affaire eſt finie ; qu'importe que ce ſoit *Jore* ou *Joſſe* qui ait imprimé
ce... livre? que *Voltaire* s'aille faire..., et qu'on n'en
parle plus. Qu'arriva-t-il de cette manière légère de
traiter les affaires ſérieuſes de ſon ami? que M. *Rouillé*
crut que mes propres protecteurs étaient convaincus
de mon tort, et même d'un tort très-criminel. Le
garde des ſceaux fut confirmé dans ſa mauvaiſe
opinion ; et voilà ce qui, en dernier lieu, m'a attiré
les ſoupçons cruels de l'impreſſion de la Pucelle :
c'eſt de là qu'eſt venu l'orage qui m'a fait quitter
Cirey.

M. le bailli de *Froulai*, qui connaît le terrain, qui
a un cœur et un eſprit digne du vôtre, m'a conſeillé
de pourſuivre vivement l'éclairciſſement de mon
innocence : l'affaire eſt ſimple. C'eſt *Joſſe*, *François
Joſſe*, libraire, rue Saint-Jacques, à la fleur de lis,
le ſeul qui n'ait point été mis en cauſe, le ſeul
impuni, qui imprima le livre, qui le débita, par la
plus puniſſable de toutes les perfidies. Je lui avais
confié l'original ſous ſerment, uniquement afin qu'il
le reliât pour vous le faire lire.

Le principal colporteur, inſtruit de l'affaire, eſt
greffier de Lagni : il ſe nomme *Lyonais*. J'ai envoyé à
Lagni, avant-hier ; il a répondu que *François Joſſe*
était en effet l'éditeur. On peut lui parler.

Il eſt démontré que, pour ſupprimer le livre, j'avais
donné quinze cents livres à *Jore* de Rouen ; c'eſt
Paquier, banquier, rue Quincampoix, qui lui compta
l'argent. *Jore* de Rouen fut fidelle, et ne ſongea à
débiter ſon édition ſupprimée que quand il vit celle

de *Joſſe* de Paris. Voilà des faits vrais et inconnus. ——
Echauffez M. *Rouillé* en faveur d'un honnête homme, 1736.
de votre ami malheureux et calomnié.

LETTRE CXCIV.

A M. DE CIDEVILLE.

A Paris, ce 30 mai.

P OINT de littérature cette fois-ci, mon cher ami;
point de fleurs. Il s'agit d'une horreur dont je dois
vous apprendre des nouvelles.

Jore, que j'ai accablé de préſens et de bienfaits,
et qui oublie apparemment que j'ai en main ſes
lettres, par leſquelles il me remercie de mes bontés
et de mes gratifications; *Jore*, conſeillé par *Launay*,
m'écrivit, il y a quelque temps, une lettre affectueuſe
par laquelle il me manda qu'il ne tenait qu'à moi de
lui racheter la vie; que monſieur le garde des ſceaux lui
propoſait de le rétablir dans ſa maîtriſe, à condition
qu'il dît toute la vérité de l'hiſtoire du livre en
queſtion. Mais, ajoutait-il, je ne dirai jamais rien,
Monſieur, que ce que vous m'aurez permis de dire.

Moi qui ſuis bon, mon cher ami; moi qui ne
me défie point des hommes, malgré la funeſte expérience que j'ai faite de leur perfidie, j'écris à *Jore*
une longue lettre bien détaillée, bien circonſtanciée,
bien regorgeante de vérité (*), et je l'avertis qu'il n'a
autre choſe à faire qu'à tout avouer naïvement.

(*) Voyez la lettre du 24 mars.

Bb 3

A peine a-t-il cette lettre entre les mains, qu'il fent qu'il a contre moi un avantage, et alors il me fait propofer doucement de lui donner mille écus, ou qu'il va me dénoncer comme auteur des Lettres phi-lofophiques. M. d'*Argental* et tous mes amis m'ont confeillé de ne point acheter le filence d'un fcélérat. Enfin, il me fait affigner ; il fe déclare imprimeur des Lettres, pour m'en dénoncer l'auteur ; mais cette iniquité eft trop criante, pour qu'elle ne foit pas punie. C'eft ce malheureux *Demoulin* qui m'a volé enfin une partie de mon bien, qui me fufcite cette affaire ; c'eft *Launay* qui eft de moitié avec *Jore.* Ah ! mon ami, les hommes font trop méchans. Eft-il poffible que j'aye quitté Cirey pour cela ? Il ne fallait fortir de Cirey que pour venir vous embraffer.

Adieu, mon cher ami ; l'ode fur la fuperftition n'était que pour vous, pour *Formont* et pour *Emilie* ; et tout ce que je fais eft pour vous trois. Allez, allez, malgré mes tribulations, je travaille comme un diable à vous plaire.

LETTRE CXCV.

A M. DE CIDEVILLE.

Paris, 2 juillet.

MON cher ami, le miniftère a été fi indigné de cette abominable intrigue de la cabale qui fefait agir *Jore*, qu'on a forcé ce miférable de donner un défif-tement pur et fimple, et à rendre cette lettre arrachée

à la bonne foi. Cette maudite lettre fefait tout l'embarras : c'était une conviction que j'étais l'auteur des
Lettres philofophiques. Rien n'était donc fi dangereux que de gagner fa caufe juridiquement contre
Jore. Mais je vous avoue qu'au milieu des remercîmens que je dois à l'autorité qui m'a fi bien fervi
en cette occafion, j'ai un petit remords, comme
citoyen, d'avoir obligation au pouvoir arbitraire :
cependant il m'a fait tant de mal qu'il faut bien
permettre qu'il me faffe du bien une fois en ma vie.

Je retourne bientôt à Cirey ; c'eft là que mon cœur
parlera au vôtre, et que je reprendrai ma forme
naturelle. L'accablement des affaires a tué mon efprit
pendant mon féjour à Paris. J'ai eu à effuyer
des banqueroutes et des calomnies. Enfin, je n'ai
perdu que de l'argent; et je pars, dans deux ou trois
jours, trop heureux et ne connaiffant plus de malheur que l'abfence de mes amis. Madame de
Bernières eft-elle à Rouen ? notre philofophe *Formont*
y eft-il ? comment vont vos affaires domeftiques,
mon cher ami ? êtes-vous auffi content que vous
méritez de l'être ? avez-vous le repos et le bien-être ?
Adieu ; je ferai heureux fi vous l'êtes.

LETTRE CXCVI.

A M. BERGER.

À Cirey, le . . . juillet.

Vous êtes le plus aimable et le plus exact correſ-
bondant du monde. Voilà la Henriade ſous votre
coulevrine. Je ne veux plus rien y changer, après
que vous aurez dirigé cette édition. Je regarde la
peine que vous prenez, comme la bordure du tableau
et le dernier ſceau à la réputation de l'ouvrage, s'il
en mérite quelqu'une. *Prault* n'ira pas plus vîte;
ainſi je ferai toujours à portée de corriger quelques
vers, quand vous m'en indiquerez. J'attendais de
bonnes remarques de notre ami *Thiriot*, mais il eſt
critique pareſſeux autant que juge éclairé. Réveillez
un peu, je vous prie, ſon amitié et ſa critique:
marquez-moi franchement les vers qui déplairont à
vous et à vos amis, c'eſt pour vous autres que j'écris;
c'eſt à vous que je veux plaire. Il eſt vrai que mes
occupations me détournent un peu de la poëſie.
J'étudie la philoſophie de *Newton*. Je compte même
faire imprimer bientôt un petit ouvrage qui mettra
tout le monde en état d'entendre cette philoſophie
dont le monde parle, et qui eſt ſi peu connue;
mais, dans les intervalles de ce travail, la Henriade
aura quelques-uns de mes regards. L'harmonie des
vers me délaſſera de la fatigue des diſcuſſions.
Rouſſeau peut écrire contre moi tant qu'il voudra;
je ſuis beaucoup plus ſenſible aux vérités que j'étudie,

et qui me paraiffent éternelles, qu'aux calomnies de
ce pauvre homme, qui pafferont bientôt : malheur 1736.
furtout dans ce fiècle à un verfificateur qui n'eft que
verfificateur.

A-t-on imprimé les harangues des nouveaux réci-
piendaires à l'académie? Adieu; mille complimens
à tous nos amis, à ceux qui font des opéra, à ceux
qui les aiment. Je vous embraffe.

Si vous voyez M. de *Mairan*, je vous prie de lui
demander fi M. *Lamare* lui a remis une brochure
qu'il avait eu la bonté de me confier. C'eft un
philofophe bien eftimable que ce M. de *Mairan* : il
femble qu'il a raifon dans tout ce qu'il écrit.

J'ai reçu les lettres que M. *Duclos* a bien voulu me
renvoyer ; je lui écrirai pour le remercier.

LETTRE CXCVII.

A M. BERGER.

A Cirey. . . . . .

IL y a du malheur fur les paquets que vous m'envoyez, mon aimable correfpondant. Je n'ai encore
rien reçu de ce qu'on remit entre les mains de
M. *du Châtelet*, à fon départ de Paris. Ce petit ballot
arriva trop tard pour être mis dans la chaife déjà trop
chargée, et fut envoyé au coche : Dieu fait quand je
l'aurai.

L'aventure de M. *Rafle* ne peut être vraie. Je n'ai
ni créancier qui puiffe m'arrêter, ni rien par devers

1736.

—— moi qui doive me faire craindre le gouvernement fage fous lequel nous vivons. Je fuis loin de penfer que le magiftrat en queftion foit mon ennemi; mais s'il l'était, il n'eft pas en fon pouvoir de nuire à un honnête homme.

La lettre dont vous me parlez, et qu'on doit mettre à la tête de la Henriade, eft de M. *Cocchi*, homme de lettres très-eftimé. Elle fut écrite à M. de *Renuccini*, fecrétaire et miniftre d'Etat à Florence. Elle eft traduite par le baron *Elderchen*. Je ne me fouviens pas qu'il y ait un feul endroit où M. *Cocchi* me mette au-deffus de *Virgile*. Sa lettre m'a paru fage et inftructive. Si c'était ici une première édition de la Henriade, j'exigerais qu'on n'imprimât pas cette lettre; trop d'éloges révolteraient les lecteurs français. Mais, après vingt éditions, on ne peut plus avoir ni orgueil ni modeftie fur fes ouvrages; ils ne nous appartiennent plus, et l'auteur eft hors de tout intérêt. Au refte, n'ayant point encore reçu les exemplaires du poëme que j'avais demandés, je ne puis rien répondre fur ce qui concerne l'édition.

Le petit poëme que vous m'avez envoyé eft d'un pâtiffier (*); il n'eft pas le premier auteur de fa profeffion. Il y avait un pâtiffier fameux qui enveloppait fes bifcuits de fes vers, du temps de maître *Adam*, menuifier de Nevers. Ce pâtiffier difait que fi maître *Adam* travaillait avec plus de bruit, pour lui il travaillait avec plus de feu. Il paraît que le pâtiffier d'aujourd'hui n'a pas mis tout le feu de fon four dans fes vers.

(*) *Favart.*

Je viens de recevoir une lettre de M. *Sinetti ;* mais
il n'a point encore reçu les Alzire.

Le gentil *Bernard* devrait bien m'envoyer fa
Claudine ; mais que fait le gentil *la Bruëre*?

Je ne vous dis rien fur l'*Orofmane* dont vous me
parlez ; apparemment que le mot de cette énigme eſt
dans quelque lettre de vous que je n'ai point encore
reçue. Quand *Thiriot* fera-t-il à Paris? Adieu.

LETTRE CXCVIII.

A M. THIRIOT.

Le 5 feptembre.

J'AI reçu, mon cher ami, le prologue et l'épilogue
de l'Alzire anglaife : j'attends la pièce pour me confoler, car franchement ces prologues-là ne m'ont pas
fait grand plaiſir. Je vous avoue que ſi j'étais capable
de recevoir quelque chagrin dans la retraite délicieufe où je fuis, j'en aurais de voir qu'on m'attribue
cette longue épître de ſix cents vers dont vous me parlez
toujours, et que vous ne m'envoyez jamais. Rendez-
moi la juſtice de bien crier contre les gens qui m'en
font l'auteur, et faites-moi le plaiſir de me l'envoyer.

Vous aurez inceſſamment votre Chubb et votre
Defcartes. Vous me prenez tout juſte dans le temps
que j'écris contre les tourbillons, contre le plein,
contre la tranfmiſſion inſtantanée de la lumière,
contre le prétendu tournoiement des globules imagi-
ginaires qui font les couleurs, felon *Defcartes;* contre

fa définition de la matière, &c. Vous voyez, mon ami, qu'on a befoin d'avoir devant fes yeux les gens que l'on contredit; mais quand cela fera fait, vous aurez votre fublime rêvaffeur *René*.

Je ne conçois pas que les trois épîtres de *Rouffeau* puiffent avoir de la réputation. Les d'*Argental*, les préfident *Hénault*, les *Pallu*, les duc de *Richelieu*, me difent que cela ne vaut pas le diable. Il me femble qu'il faut du temps pour affeoir le jugement du public; et quand ce temps eft arrivé, l'ouvrage eft tombé dans le puits.

Encouragez le divin *Orphée-Rameau* à imprimer fon Samfon. Je ne l'avais fait que pour lui. Il eft jufte qu'il en recueille le profit et la gloire.

On me mande que la Henriade eft au dixième chant. Je ne connais point cette édition en quatre volumes, dont vous parlez. Tout ce que je fais, c'eft qu'on en prépare une magnifique en Hollande: mais elle fe fera affurément fans moi.

Nous étudions le divin *Newton* à force. Vous autres ferviteurs des plaifirs, vous n'aimez que des opéra. Eh! pour Dieu, mon cher petit *Merfenne*, aimez les opéra et *Newton*. C'eft ainfi qu'en ufe *Emilie*.

Que ces objets font beaux! que notre ame épurée
Vole à ces vérités dont elle eft éclairée.
Oui, dans le fein de Dieu, loin de ce corps mortel,
L'efprit femble écouter la voix de l'Eternel.
Vous, à qui cette voix fe fait fi bien entendre,
Comment avez-vous pu, dans un âge encor tendre,
Malgré les vains plaifirs, cet écueil des beaux jours,
Prendre un vol fi hardi, fuivre un fi vafte cours,

Marcher après Newton dans cette route obscure
Du labyrinthe immense où se perd la nature ?

Voilà ce que je dis à *Emilie* dans des entresols vernis, dorés, tapissés de porcelaine, où il est bien doux de philosopher. Voilà de quoi l'on devrait être envieux plutôt que de la Henriade ; mais on ne fera tort ni à la Henriade ni à ma félicité.

Algarotti n'est point à Venise, nous l'attendons à Cirey tous les jours. Adieu, père *Merfenne ;* si vous étiez homme à lire un petit traité du newtonisme, de ma façon, vous l'entendriez plus aisément que *Pemberton.*

Adieu ; je vous embrasse tendrement. Faites souvenir de moi les *Pollion*, les Muses, les *Orphée*, les pères d'*Aglaure. Vale, te amo.*

LETTRE CXCIX.

A M. THIRIOT.

A Cirey, ce 23 septembre.

J'AVAIS ôté ce monstre subalterne d'abbé *Desfontaines* de l'ode sur l'ingratitude, mais les transitions ne s'accommodaient pas de ce retranchement, et il vaut mieux gâter *Desfontaines* que mon ode ; d'autant plus qu'il n'y a rien de gâté en relevant sa turpitude. Je vous envoie donc l'ode ; chacun est content de son ouvrage ; cependant je ne le suis pas de m'être abaissé

—— à cette guerre honteuſe ; je retourne à ma philoſophie ; je ne veux plus connaître qu'elle, le repos et l'amitié.

J'avais deviné juſte, vous étiez malade, mon cœur me le diſait ; mais ſi vous ne l'êtes plus, écrivez-moi donc. M. *Berger* a preſſé l'impreſſion de la Henriade ; mais je vais le prier d'aller bride en main, afin que les derniers chants ſe ſentent au moins de vos remarques. Envoyez-moi cette pièce de la Ménagerie ; je ne ſais ce que c'eſt. On dit qu'il paraît une réponſe de *la Chauſſée* aux trois impertinentes épîtres de *Rouſſeau*, et qu'elle court ſous mon nom. Il faut encore m'envoyer cela ; car nous aimons les vers, tout philoſophes que nous ſommes à Cirey.

Or, qu'eſt-ce que Pharamond (*) ? A-t-on joué Alzire à Londres ? Ecoutez, mon ami ; gardez-moi, vous et les vôtres, le plus profond ſecret ſur ce que vous avez lu chez moi, et qu'on veut repréſenter à toute force.

J'ai grand'peur que le petit *Lamare*, grand fureteur, grand étourdi, grand indiſcret, et *ſuper hæc omnia ingratiſſimus*, n'ait vu le manuſcrit ſur ma table ; en ce cas je le ſupprimerais tout-à-fait. *Emilie* vous fait mille complimens. Ne m'oubliez pas auprès de *Pollion* et de vos amis. Adieu, mon ami, que j'aimerai toujours. Que devient le père d'*Aglaure* ? Adieu ; écrivez-moi ſans ſoin, ſans peine, ſans effort, comme on parle à ſon ami, comme vous parlez, comme vous écrivez. C'eſt un plaiſir de griffonner nos lettres ; une autre façon d'écrire ſerait inſupportable. Je les trouve comme notre amitié, tendres, libres et vraies.

(*) Tragédie de *Cahuſac*.

LETTRE CC.

A M. DE LA FAYE.

SECRETAIRE DU CABINET DU ROI.

Septembre.

ON vous attend à Cirey, mon cher ami ; venez voir la maiſon dont j'ai été l'architecte. J'imite *Apollon ;* je garde des troupeaux, je bâtis, je fais des vers, mais je ne ſuis pas chaſſé du ciel ; vous verrez ſur la porte :

Ingens incepta eſt, fit parvula caſa ; ſed ævum
Degitur hìc felix et benè, magna ſat eſt.

Vous ferez bien plus content de la maîtreſſe de la maiſon que de mon architecture. Une dame qui entend *Newton*, et qui aime les vers et le vin de Champagne comme vous, mérite de recevoir des viſites des ſages de toute eſpèce.

Vous aurez peut-être vu à Strasbourg un aſſez gros libelle qui voudrait être diffamatoire, mais qui n'eſt pas à craindre, attendu qu'il eſt de *Rouſſeau*. Il dit gravement, dans ce beau libelle, que la ſource de ſa haine contre moi vient de ce qu'il y a dix ans, en paſſant à Bruxelles, je ſcandaliſai le monde à la meſſe, et que je lui récitai des vers ſatiriques ; et ce qui eſt de plus incroyable, c'eſt qu'il oſe citer ſur cela M. le duc d'*Aremberg* et M. le comte de *Lannoy*. En vérité, être accuſé d'indévotion, et s'entendre

reprocher la fatire par *Rouffeau*, c'eft être accufé de
vol par *Cartouche* et de fodomie par *Duchaufour*. Je
vous envoie la Crépinade qui ne le corrigera pas,
parce qu'il n'a pas été corrigé par monfieur votre
père. Adieu, je vous attends ; il y a encore ici

1736.

> Certain vin frais dont la mouffe preffée,
> De la bouteille avec force élancée,
> Avec éclat fait voler le bouchon ;
> Il part, on rit, il frappe le plafond.
> De ce nectar l'écume petillante,
> De nos Français eft l'image brillante.

LETTRE CCI.

A M. DE CIDEVILLE.

A Cirey, le 25 feptembre.

JE deviens bien pareffeux, mon cher ami, mais ce
n'eft pas quand votre amitié ordonne quelque chofe
à la mienne. J'avais parole, à peu-près, de placer la
petite *Linant* chez madame la ducheffe de *Richelieu;*
mais l'enfant qu'il fallait élever, fe meurt. Enfin, j'ai
obtenu de madame *du Châtelet* qu'elle la prendrait,
quelque répugnance qu'elle y eût. Je ne doute pas
que la petite n'ait pour le moins autant de répugnance
à fervir, que madame *du Châtelet* en a à fe faire fervir
par la fœur du gouverneur de fon fils. Ce font de
petits défagrémens qu'il faut facrifier à la néceffité.
Enfin, voilà toute la famille de *Linant* placée dans

nos

nos cantons. La mère, le fils, la fille, tout est devers
Cirey, *quia Cideville sic voluit.*

Comptez que *Linant* n'a désormais rien à faire que
de se tenir où il est. Son élève est d'un caractère doux
et sage, et ce caractère excellent sera orné un jour de
quarante mille livres de rente. Il y a donc de la
fortune et des agrémens à espérer pour *Linant.* S'il
pouvait se rendre un peu utile, savoir écrire, savoir
que deux et trois font cinq, se rendre nécessaire, en
un mot, cela vaudrait bien mieux que de croupir
dans l'ignorance et dans le travail oisif d'une misérable tragédie qui, depuis quatre ans, est à peine
commencée. Il n'est pas né poëte; il en avait l'oisiveté
et l'orgueil. Vous l'avez, me semble, corrigé de cet
orgueil si mal placé; si vous le corrigez de son oisiveté, vous lui aurez tenu lieu de père.

Newton est ici le dieu auquel je sacrifie; mais j'ai
des chapelles pour d'autres divinités subalternes.
Voici ce Mondain qu'*Emilie* croyait vous avoir envoyé.
Donnez-en, mon cher ami, copie au philosophe
Formont, à qui je dois bien des lettres. Cette vie de
Paris, dont vous verrez la description dans le
Mondain, est assez selon le goût de votre philosophie.

La vie que je mène à Cirey serait bien au-dessus,
si j'avais plus de santé, et si je pouvais y embrasser
mon cher *Cideville.*

La sotte guerre de *Rousseau* et de moi continue
toujours; j'en suis fâché, cela déshonore les lettres.

LETTRE CCII.

A M. L'ABBÉ MOUSSINOT.

Cirey, feptembre.

Vous allez donc, mon cher ami, dans le royaume de M. *Oudri*? Je voudrais bien qu'un jour il voulût exécuter la Henriade en tapifferie ; j'en achèterais une tenture. Il me femble que le temple de l'amour, l'affaffinat de *Guife*, celui de *Henri III* par un moine, St *Louis* montrant fa poftérité à *Henri IV*, font d'affez beaux fujets de deffin : il ne tiendrait qu'au pinceau d'*Oudri* d'immortalifer la Henriade et votre ami.

Je fuis fâché de la multitude des édits de *Louis XV*: la multitude des lois eft dans un Etat ce qu'eft le grand nombre de médecins, figne de maladie et de faibleffe. Je ferai dans peu un petit voyage à Paris, et je feuilleterai mon *Prault :* ce libraire en ufe très-mal, felon la coutume des libraires ; qu'il ne m'échauffe pas les oreilles.

Pour vous punir, mon cher ami, de n'avoir pas envoyé chercher le jeune *Baculard d'Arnaud*, et de ne lui avoir pas donné douze francs, je vous condamne à lui donner un louis d'or. Exhortez-le de ma part à apprendre à écrire, cela peut contribuer à fa fortune: au lieu de vingt-quatre francs, donnez-lui-en trente, et je cachette vîte ma lettre, de peur que je n'augmente la fomme. Pardon, mon cher abbé, mon indifcrétion n'eft pardonnable qu'à l'amitié.

LETTRE CCIII.

A M. L'ABBÉ MOUSSINOT.

Cirey, septembre.

TRENTE-CINQ mille livres pour les tapisseries de la Henriade ! C'est beaucoup, mon cher trésorier. Il faudrait, avant tout, savoir ce que la tapisserie de don *Quichotte* a été vendue : il faudrait surtout, avant de commencer, que M. de *Richelieu* me payât mes cinquante mille francs. Suspendons donc tout projet de tapisserie, et que M. *Oudri* ne fasse rien sans un plus amplement informé.

Faites-moi, mon cher abbé, l'emplette d'une petite table qui puisse servir à la fois d'écran et d'écritoire, et envoyez-la de ma part chez madame de *Vinterfeld*, rue Plâtrière. (*)

Encore un autre plaisir ; il y a un chevalier de *Mouhi*, qui demeure à l'hôtel Dauphin, rue des Orties ; ce chevalier veut m'emprunter cent pistoles, et je veux bien les lui prêter. Soit qu'il vienne chez vous, soit que vous alliez chez lui, je vous prie de lui dire que mon plaisir est d'obliger les gens de

(*) Madame de *Vinterfeld* était fille de madame *du Noyer*, qui vers le commencement de ce siècle, se refugia en Hollande avec ses deux filles : l'aînée épousa le fameux *Cavalier*, qui avait été l'un des chefs des Camisards. La puînée, qui est celle dont il est ici question, et qui dans sa jeunesse porta le nom de *Pinpette*, avait vu M. de *Voltaire* à la Haie, à la suite de M. de *Châteauneuf* ambassadeur de France : elle fut la première qui lui inspira une passion violente ; il conserva toujours pour elle une estime et une affection singulière. *Note de l'A. d. V.*

—— lettres, quand je le peux ; mais que je fuis actuel-
1736. lement très-mal dans mes affaires ; que cependant
vous ferez vos efforts pour trouver cet argent, et que
vous efpérez que le remboursement en fera délégué,
de façon qu'il n'y ait rien à risquer ; après quoi, vous
aurez la bonté de me dire ce que c'est que ce chevalier, et le réfultat de ces préliminaires.

Dix-huit francs au petit d'*Arnaud :* dites-lui que
je fuis malade, et que je ne peux écrire. Pardon
de toutes ces guenilles. Je fuis un bavard bien impor-
tun, mais je vous aime de tout mon cœur.

LETTRE CCIV.

A M. BERGER.

A Cirey, . . . feptembre.

J'AI enfin reçu, mon cher Monfieur, le paquet de
M. *du Châtelet.* Il y avait un Newton. Je me fuis
d'abord mis à genoux devant cet ouvrage, comme
de raifon ; enfuite je fuis venu au fretin. J'ai lu ma
Henriade ; j'envoie à *Prault* un *errata.*

S'il veut décorer mon maigre poëme de mon
maigre vifage, il faut qu'il s'adreffe à M. l'abbé
Mouffinot, cloître Saint-Méri. Cet abbé *Mouffinot* eft
un curieux, et il faut qu'il le foit bien pour qu'il
s'avife de me faire graver. Je connaiffais la Comteffe
des Barres. Il n'y a que le tiers de l'ouvrage ; mais
ce tiers eft conforme à l'original qu'on me fit lire,
il y a quelques années.

Le Diffipateur eft comme vous le dites; mais les comédiens ont reçu et joué des pièces fort au-deffous. **1736.** Ils ont tort de s'être brouillés avec M. *Deftouches;* ils aiment leur intérêt et ne l'entendent pas.

Le Mentor cavalier devrait être brûlé, s'il pouvait être lu. Comment peut-on fouffrir une auffi calomnieufe, auffi abominable et auffi plate hiftoire que celle de madame la ducheffe de *Berri?* Je n'ai point encore lu les autres brochures. Eft-ce vous, mon cher ami, qui m'envoyez tout cela? Je fuis bien fâché que vous ne puiffiez pas venir vous-même.

A l'égard de la lettre du fignor *Antonio Cocchi*, il la faut imprimer; elle eft pleine de chofes inftructives. Il y a autant de courage que de vérité à ofer dire que les fictions, dans les poëmes, font ce qui touche le moins; en effet, le voyage d'*Iris* et de *Mercure*, et les affemblées des dieux feraient bien ignorés fans les amours de *Didon;* et DIEU et le diable ne feraient rien fans les amours d'*Eve*. Puifque M. *Cocchi* a l'efprit fi jufte et fi hardi, il en faut profiter; c'eft toujours une vérité de plus qu'il apprend aux hommes. Il faudra feulement échancrer les louanges dont il m'affuble. Il commence par crier à la première phrafe: *il n'y a rien de plus beau que la Henriade*. Adouciffons ce terme; mettons: *il y a peu d'ouvrages plus beaux que*, &c. Mais comptez qu'il eft bon d'avoir, en fait de poëme épique, le fuffrage des Italiens.

Le dévot *Rouffeau* a fait imprimer un libelle diffamatoire contre moi, dans la Bibliothéque françaife, de concert avec ce malheureux *Desfontaines*, qui a été mon traducteur, et que j'ai tiré de bicêtre. Ai-je tort, après cela, de faire des homélies contre

—— l'ingratitude? J'ai été obligé de répondre et de me juſtifier (*) ; car il s'agit de faits dont j'ai la preuve en main. J'ai envoyé la réponſe à M. *Saurin* le fils, parce que monſieur ſon père y eſt mêlé ; il doit vous la communiquer.

J'ai lu enfin l'épître en vers qu'on m'imputait : il faut être bien ſot ou bien méchant pour m'accuſer d'être l'auteur d'un ouvrage où l'on me loue. Comment eſt-ce que vous n'avez pas battu ces miſérables qui répandent de ſi plates calomnies? La pièce eſt quatre fois trop longue au moins, et d'ailleurs extrêmement inégale. Il ferait aiſé d'en faire un bon ouvrage, en feſant trois cents ratures, et en corrigeant deux cents vers; il en reſterait une centaine de judicieux et de bien frappés : ſi je connaiſſais l'auteur, je lui donnerais ce conſeil. Quand vous aurez la réponſe au libelle diffamatoire de *Desfontaines* et de *Rouſſeau*, je vous prie de la communiquer à M. l'abbé d'*Olivet*, rue de la Sourdière. Adieu, mon cher ami; je vous embraſſe.

(*)Voyez cette réponſe dans les Mélanges littéraires, tome III, page 369.

LETTRE CCV.

A M. THIRIOT.

15 octobre.

Sɪ vous êtes à Saint-Urain, tant mieux pour vous; fi vous êtes à Paris, tant mieux pour vos amis qui vous voient. Ce bonheur n'eft pas fait pour moi; mais on ne faurait tout avoir : au moins ne me privez pas de celui de recevoir de vos nouvelles. Je demande le fecret plus que jamais fur cet anonyme qu'on joue (*): vous connaiffez l'Envie, vous favez comme ce vilain monftre eft fait. S'il favait mon nom, il irait déchirer le même ouvrage qu'il approuve. Gardez-moi donc, vous, *Pollion* et *Polymnie*, un fecret inviolable. N'êtes-vous pas faits pour avoir toutes les vertus ? Je vous le demande avec la dernière inftance.

Je perfifte à trouver les trois épîtres de *Rouffeau* mauvaifes en tous fens, et je les jugerais telles fi *Rouffeau* était mon ami. La plus mauvaife eft fans contredit celle qui regarde la comédie ; elle eft digne de l'auteur des Aïeux chimériques, et fe reffent tout entière du ridicule qu'il y a, dans un très-mauvais poëte comique, de donner des règles d'un art qu'il n'entend point. Je crois que la meilleure manière de lui répondre, eft de donner une bonne comédie dans le genre qu'il condamne : ce ferait la

(*) L'Enfant prodigue,

Cc 4

feule manière dont tout artifte devrait répondre à la critique.

Je vous envoie la lettre du prince de Pruffe : ne la montrez qu'à quelques amis ; on m'y donne trop de louanges.

La lettre de M. *Cocchi* n'eft pas, à la vérité, moins pleine d'éloges ; mais elle eft inftructive : elle a déjà été imprimée dans plufieurs journaux, et il eft bon d'oppofer le témoignage impartial d'un académicien de la Crufca aux invectives de *Rouffeau* et de *Desfontaines*.

J'ai adreffé ma lettre au Prince royal à monfieur votre frère, pour la remettre au miniftre de Pruffe, que je ne connais point. A l'égard de l'épître en vers que j'adreffe à ce prince, je l'ai envoyée à M. *Berger* pour vous la montrer ; mais je ferais au défefpoir qu'elle courût. L'ouvrage n'eft pas fini. J'ai été deux heures à le faire, il faudrait être trois mois à le corriger ; mais je n'ai pas de temps à perdre dans le travail miférable de compaffer des mots.

Un temps viendra où j'aurai plus de loifir, et où je corrigerai mes petits ouvrages. Je touche à l'âge où l'on fe corrige et où l'on ceffe d'imaginer.

Mille refpects à votre petit Parnaffe.

LETTRE CCVI.

A M. BERGER.

A Cirey, 18 octobre.

Oui, je compte entièrement fur votre amitié et fur toutes les vertus fans lefquelles l'amitié eft un être de raifon. Je me fie à vous fans réferve.

Premièrement, il faut que le fecret foit toujours gardé fur l'Enfant prodigue. Il n'eft point joué, comme je l'ai compofé; il s'en faut beaucoup. Je vous enverrai l'original : vous le ferez imprimer, vous ferez marché avec *Prault* dans le temps; mais furtout que l'ouvrage ne paffe point pour être de moi; j'ai mes raifons.

Vous ne fauriez me rendre un plus grand fervice que de dérouter les foupçons du public. Je veux vous devoir tout le plaifir de l'incognito, et tout le fuccès du théâtre et de l'impreffion.

Embraffez pour moi l'aimable *la Bruëre*. Peut-on ne pas s'intéreffer tendrement aux gens que l'amour et les arts rendent heureux? Si un opéra d'une femme réuffit, j'en fuis enchanté; c'eft une preuve de mon petit fyftême que les femmes font capables de tout ce que nous fefons, et que la feule différence qui eft entre elles et nous, c'eft qu'elles font plus aimables. Comment appelez-vous par fon nom cette nouvelle mufe (*) qu'on appelle *la Légende*? *Grégoire VII* n'a rien fait de mieux qu'un opéra. Avez-vous vu le Mondain? Je vous l'enverrai pour entretenir commerce.

(*) Mademoifelle *Duval* des chœurs de l'opéra.

LETTRE CCVII.

A M. LE MARQUIS D'ARGENS.

A Cirey, le 18 octobre.

Vos fentimens, Monfieur, et votre efprit m'ont déjà rendu votre ami ; et fi, du fond de l'heureufe retraite où je vis, je peux exécuter quelques-uns de vos ordres, foit auprès de MM. de *Richelieu* et de *Vaujour*, foit auprès de votre famille, vous pouvez difpofer de moi.

Je ne doute pas, Monfieur, qu'avec l'efprit brillant et philofophe que vous avez, vous ne vous faffiez une grande réputation. *Defcartes* a commencé comme vous par faire quelques campagnes ; il eft vrai qu'il quitta la France par un autre motif que vous, mais enfin, quand il fut en Hollande, il en ufa comme vous. Il écrivit, il philofopha, et il fit l'amour. Je vous fouhaite dans toutes ces occupations le bonheur dont vous femblez fi digne.

Je fuis bien curieux de voir l'ouvrage nouveau dont vous me parlez. Je m'informerai s'il n'y a point quelque voiture de Hollande en Lorraine : en ce cas, je vous fupplierais de m'adreffer l'ouvrage à Nanci, fous le nom de madame la comteffe de *Beauvau*. Je vous garderai un profond fecret fur votre demeure. Il faut que *Rouffeau* vous croye déjà parti de Hollande, puifqu'il a fait une épigramme fanglante contre vous.

Elle commence ainfi :

Cet écrivain plus errant que le juif,
Dont il arbore et le ftyle et le mafque.

Voilà tout ce qu'on m'a écrit de cette épigramme ou plutôt de cette fatire. Elle a, dit-on, dix-huit vers. Ce malheureux veut toujours mordre et n'a plus de dents.

Voulez-vous bien me permettre de vous envoyer une réponfe en forme, que j'ai été obligé de faire à un libelle diffamatoire qu'il a fait inférer dans la Bibliothéque françaife ?

J'aurais encore, Monfieur, une autre grâce à vous demander, c'eft de vouloir bien m'inftruire quels journaux réuffiffent le plus en Hollande, et quels font leurs auteurs. Si parmi eux il y a quelqu'un fur la probité de qui on puiffe compter, je ferai bien aife d'être en relation avec lui. Son commerce me confolerait de la perte du vôtre que vous me faites envifager vers le mois d'avril. Mais, Monfieur, en quelque pays que vous alliez, fût-ce en pays d'inqui-fition, je rechercherai toujours la correfpondance d'un homme comme vous, qui fait penfer et aimer.

Supprimons dorénavant les inutiles formules, et reconnaiffons-nous l'un et l'autre à notre eftime réci-proque et à l'envie de nous voir. Je me fens déjà attaché à vous par la lettre pleine de confiance et de franchife que vous m'avez écrite, et que je mérite.

LETTRE CCVIII.

A M. DE PONT-DE-VESLE,

LECTEUR DU ROI.

A Cirey, 19 octobre.

J'APPRENDS, Monfieur, le détail des obligations que je vous ai ; vous n'êtes pas de ces gens qui fou-haitent du bien à leurs amis, vous leur en faites. D'autres diraient, comment *fe tirera-t-on de là? la chofe eft embarraffante ;* et quand ils auraient plaint leur homme, le laifferaient là, et iraient fouper. Pour vous, vous raccommodez tout, et très-vîte et très-bien, et vous fervez vos amis de toutes façons, et vous leur faites des vers, et vous leur coupez des fcènes, et les pièces font jouées, et la police et les fifflets ont un pied de nez, et malgré les mauvais plaifans on réuffit.

Ajoutez vîte à toutes vos bontés celle de me faire tenir cet Enfant par la pofte. Vous pouvez aifé-ment me faire contrefigner cet Enfant-là, ou vous ou monfieur votre frère ; et puis, s'il vous plaît, dites-moi l'un et l'autre comment cela va, s'il faut bien corriger, fi cela peut devenir digne de paraître au grand jour de l'impreffion ; je vous croirai, *par amabile fratrum.* Pourquoi mefdemoifelles *Feffard* difent-elles que cela eft de moi? pourquoi madame de *Saint-Pierre* l'affure-t-elle? Je ne l'ai point avoué, je ne

l'avouerai pas. Je ne me vante que de votre amitié, ——
de vos bontés, de mon tendre attachement pour 1736.
vous, et point du tout de l'Enfant.

LETTRE CCIX.

A M. THIRIOT.

21 octobre.

LE menfonge n'eft un vice que quand il fait du mal :
c'eft une très-grande vertu quand il fait du bien.
Soyez donc plus vertueux que jamais. Il faut mentir
comme un diable, non pas timidement, non pas pour
un temps, mais hardiment et toujours. Qu'importe
à ce malin de public qu'il fache qui il doit punir
d'avoir produit une *Croupillac*? qu'il la fiffle fi elle ne
vaut rien, mais que l'auteur foit ignoré ; je vous en
conjure au nom de la tendre amitié qui nous unit
depuis vingt ans. Engagez les *Prévoft* et les *la Roque*
à détourner le foupçon qu'on a du pauvre auteur.
Ecrivez-leur un petit mot tranchant et net. Confultez
avec l'ami *Berger*. Si vous avez mis *Sauvau* du fecret,
mettez-le du menfonge. Mentez, mes amis, mentez ;
je vous le rendrai dans l'occafion.

Je fuis fûr de *Pollion* et de *Polymnie*. Vous ne leur
auriez pas dit mon fecret, fi vous n'étiez bien fûr
qu'ils font auffi difcrets qu'aimables. Avoir parlé à
tout autre qu'à eux, eût été une infidélite impardon-
nable ; mais leur en avoir parlé, c'eft m'avoir lié à
eux par une nouvelle reconnaiffance, et à vous par
une nouvelle grâce que vous me faites.

1736. Comment va la fanté de *Pollion*? vous favez fi je m'y intéreffe. Il y a peu de gens comme lui. Je ferais une hécatombe de fots pour fauver un rhumatifme à un homme aimable.

Emilie a prefque achevé ce dont vous parlez; mais la lecture de *Newton*, des terraffes de cinquante pieds de large, des cours en baluftrade, des bains de porcelaine, des appartemens jaune et argent, des niches en magots de la Chine, tout cela emporte bien du temps. Nous reffemblons bien au Mondain; mais l'avez-vous ce Mondain?

Voici bien autre chofe; c'eft cette épître (*) que les beaux efprits n'entendront peut-être pas, car ils font peu philofophes; et que les philofophes ne goûteront guère, car ils n'ont point d'oreilles. Mais vous favez affez de la philofophie de *Newton*, et vous avez de l'oreille, ceci eft donc fait pour vous, mon cher *Merfenne*.

LETTRE CCX.

A M. BERGER.

A Cirey, le 2 novembre.

JE ne fais point, Monfieur, partager les profits d'une affaire dans laquelle je ne mets point de fonds, que je ne connais et que je ne veux connaître que pour rendre fervice. J'ai déjà écrit à la perfonne en queftion pour vous faire avoir l'intérêt que vous défirez. Je vous inftruirai de fa réponfe auffitôt que je l'aurai reçue. L'intérêt ne m'a jamais tenté, et je n'ai jamais eu fur cet article autre chofe à me reprocher que

(*) Epître 44, vol. d'Epîtres.

d'avoir fait plaifir, et d'avoir prodigué mon bien à ——
des amis ingrats. L'abbé *Makarti* n'eft pas le dixième
qui m'ait marqué de l'ingratitude, mais c'eft le feul
qui ait été empalé. Parmi les infames calomnies dont
j'ai été accablé, l'accufation d'avoir eu part à la
publication des Lettres philofophiques m'a été une
des plus fenfibles. On difait que je les fefais vendre
pour en retirer de l'argent, tandis qu'en effet je
n'épargnais ni foins ni argent pour les fupprimer. Je
fuis bien aife d'être loin d'un pays où de fi lâches
calomnies ont été ma feule récompenfe, et je crois
que je n'y reviendrai de long-temps.

Je vous remercie, Monfieur, de l'amitié que vous
voulez bien me conferver, et des nouvelles que vous
me mandez. Si j'avais fait quelque chofe de nouveau
en poëfie, je me ferais un plaifir de vous l'envoyer ;
mais les chofes auxquelles je m'occupe préfentement
font d'une toute autre nature. Je vous prie feulement ,
à propos de poëfie et de calomnie, de vouloir bien
vous oppofer à l'injure que l'on m'a faite de glifler le
nom de *Crofat* dans l'épître à *Emilie*. Je ne connais et
n'ai jamais vu ni M. *Crofat* l'aîné ni monfieur fon
frère, et je ne vois pas pourquoi on a été fourrer là
leur nom, fi ce n'eft pour me faire un ennemi de
plus ; mais fi ces meffieurs font fages, ils doivent faire
comme moi, qui regarde avec un profond mépris
toutes ces misères. J'écrirai bientôt à M. *Sinetti*, et je
prierai M. *Demoulin* de faire un petit ballot de livres
que je veux lui envoyer. Je vous fupplie, Monfieur,
d'être perfuadé de mon amitié, et de me conferver la
vôtre. Permettez-moi d'affurer M. *Bernard* de mon
eftime et de mon amitié. J'ai l'honneur d'être, &c.

LETTRE CCXI.

A M. DE MAIRAN.

A Cirey, le 9 novembre.

EN partant de Paris, Monfieur, au mois de juin, je chargeai un jeune homme, nommé *Lamare*, de vous remettre le Mémoire fur les forces motrices, que vous aviez eu la bonté de me prêter; mais j'ignore encore fi ce jeune homme vous l'a rendu. Il ferait heureux pour lui qu'il eût fait la petite infidélité de le garder pour s'inftruire; mais c'eft un tréfor qui n'eft pas à fon ufage.

La veille de mon départ, j'avais demandé à M. *Pitot* s'il avait lu ce Mémoire, il m'avait répondu que non; fur quoi je conclus que dans votre académie il arrive quelquefois la même chofe qu'aux affemblées des comédiens; chacun ne fonge qu'à fon rôle, et la pièce n'en eft pas mieux jouée.

J'avais encore demandé à M. *Pitot* s'il croyait que la quantité du mouvement fût le produit de la maffe par le carré de la vîteffe; il m'avait affuré qu'il était de ce fentiment, et que les raifons de MM. *Leibnitz* et *Bernoulli* lui avaient paru convaincantes : mais à peine fus-je arrivé à Cirey qu'il m'écrivit qu'il venait de lire enfin votre Mémoire, qu'il était converti, que vous lui aviez ouvert les yeux, que votre differtation était un chef-d'œuvre.

Pour moi, Monfieur, je n'avais point à changer de parti. Il n'était pas queftion de me convertir, mais de

de m'apprendre mon catéchifme. Quel plaifir, Monfieur, d'étudier fous un maître tel que vous! J'ai
trop tardé à vous remercier des lumières et du plaifir
que je vous dois. Avec quelle netteté vous expofez
les raifons de vos adverfaires! Vous les mettez dans
toute leur force, pour ne leur laiffer aucune reffource
lorfqu'enfuite vous les détruifez. Vous démêlez toutes
les idées, vous les rangez chacune à leur place; vous
faites voir clairement le mal-entendu qu'il y avait à
dire qu'il faut quatre fois plus de force pour porter
un fardeau quatre lieues que pour une lieue, &c. &c.
J'admire comme vous diftinguez les mouvemens accé-
lérés qui font comme le carré des vîteffes et des
temps, d'avec les forces qui ne font qu'en raifon des
vîteffes et des temps.

Quand vous avez fait voir, par le choc des corps
mous et des corps à reffort (articles XXII, XXIII,
XXIV), que la force eft toujours en raifon de la
fimple vîteffe, on croirait que vous pouvez vous paffer
d'autres raifons, et vous en apportez une foule d'autres.
Le n° XXVIII eft fans réplique. Je ferais bien curieux
de voir ce que peuvent répondre à ces preuves fi
claires les *Wolf*, les *Bernoulli* et les *Muffchembroeck*.

Serait-ce abufer de vos bontés, Monfieur, de
vous parler ici d'une difficulté d'un autre genre, qui
m'occupe depuis quelques jours? Il s'agit d'une expérience contraire aux premiers fondemens de la catoptrique. Ce fondement eft qu'on doit voir l'objet au
point de concours du cathète et du rayon réfléchi.
Cependant il y a bien des occafions où cette règle
fondamentale fe trouve fauffe.

Correfp. générale.   Tome I.   D d

Dans ce cas-ci, par exemple, je devrais, par les règles, voir l'objet A au point de concours D: cependant je le vois en *l. k. i. h. g.* successivement, à mesure que je recule mon œil du miroir concave, jusqu'à ce qu'enfin mon œil soit placé en un point où je ne vois plus rien du tout.

Cela ne prouve-t-il pas manifestement que nous ne connaissons point, que nous n'apercevons point les distances par le moyen des angles qui se forment dans nos yeux? Je vois souvent l'objet très-près et très-gros, quoique l'angle soit très-petit. Il paraît donc que la théorie de la vision n'est pas encore assez approfondie. *Taquet* et *Barrou* n'ont pu résoudre la difficulté que je vous propose. Voulez-vous bien me mander ce que vous en pensez?

Madame la marquise *du Châtelet*, qui est digne de vous lire (et c'est beaucoup), trouve qu'il n'y a personne qui soit plus fait pour faire goûter la vérité que vous. Elle m'ordonne de vous assurer de son estime, et de vous faire ses complimens. Ses sentimens pour vous, Monsieur, vous consoleront de l'ennui de ma lettre, et me feront pardonner mon importunité.

Je suis avec la plus respectueuse estime, &c.

LETTRE CCXII.

A M. L'ABBÉ MOUSSINOT.

Cirey, 12 novembre.

JE remercie, mon cher abbé, le chevalier de *Mouhi* de ſes nouvelles, et je n'en veux plus recevoir. En trois mois de temps il n'a pas écrit trois vérités. Je ne connais ce chevalier que par ce qu'il m'emprunte : prêtez-lui cent écus, faites-lui en eſpérer autant pour le mois prochain. Je ne veux plus être la dupe des ingrats, ni mettre les hommes à portée d'être injuſtes. Je conſens de prêter, mais je ne veux plus perdre. Il me propoſe des billets de *Dupuis*, libraire ; prêtez-lui donc mon argent ſur les billets de ce *Dupuis*.

Je vous ſupplie inſtamment d'envoyer à mademoi-ſelle *Quinault*, rue d'Anjou-Dauphine, le joli petit ſecrétaire que je lui ai deſtiné. L'homme qui le portera ne doit pas laiſſer à mademoiſelle *Quinault* le temps de le refuſer. Dreſſez-le donc à cela.

Vous m'avez fait un grand plaiſir de m'emprunter un peu d'argent. Tout ce que j'ai eſt à votre ſervice ; vous ſavez combien je vous aime, combien je vous eſtime, et à quel point vous pouvez compter en tout ſur moi.

Dd 2

LETTRE CCXIII.

A M. THIRIOT.

Le 18 novembre.

Eh bien, quand on vous envoie des épîtres fur *Newton*, voilà donc comme vous traitez les gens! Je m'imagine que fi vous ne répondez point, c'eſt que vous étudiez à préſent *Newton*, et que la première lettre que je recevrai de vous fera un traité fur le carré des diſtances et fur les forces centripètes. En attendant, vous devriez bien vous égayer à m'envoyer la diſpute d'*Orphée-Rameau* avec *Euclide-Caſtel*. On dit qu'*Orphée* a battu *Euclide*. Je crois en effet notre muſicien bien fort fur fon terrain.

On m'a envoyé l'Enfant prodigue tel qu'on le joue. Vraiment, j'ai bien raiſon de le déſavouer, et je vous prie de jurer pour moi plus que jamais. On l'avait eſtropié chez les réviſeurs fucceſſeurs de l'abbé *Cherrier*, mais eſtropié au point qu'il ne pouvait marcher. Les deux frères charmans que vous con-naiſſez (*), lui ont vîte donné des jambes de bois. Mon ami, donnez-vous la peine de le relire entre les mains de notre *Berger* qui va le faire imprimer, et vous m'en direz des nouvelles. Eh bien, bourreau; eh bien, marmotte en vie, pareſſeux *Thiriot*, vous laiſſez faire l'édition de Paris et l'édition hollandaiſe

(*) Meſſieurs d'*Argental* et de *Pont-de-Veſle*.

de la Henriade. fans y mettre un petit mot, fans
corriger un vers ; ah, quel homme, quel homme ! 1736.
Embraffez pour moi l'imagination de *Sauvau ;* fi
vous rencontrez *Colbert-Melon* et *Varron-Dubos,* bien
des complimens. Menez-vous toujours une vie
charmante chez *Pollion* ? Etes-vous, après moi, un
des plus heureux mortels de ce monde ? digérez-vous ?

Savez-vous que le duc d'*Aremberg* a chaffé *Rouffeau*
pour ce beau libelle imprimé contre moi ? Voilà une
affez bonne réponfe, c'eft une terrible philippique. Je
dois avoir pitié de mes ennemis. *Rouffeau* eft chaffé
par-tout, *Desfontaines* eft détefté, et vit feul comme
un lézard ; moi, je vis au milieu des délices ; j'en
fuis honteux ; *vale ;* écrivez donc, loir, marmotte ;
dégourdiffez votre indifférence.

L'ambaffadeur *Fakener* vous fait mille complimens.
Adieu, mon aimable, et pareffeux , et vieil ami ; adieu.
Bibe, vale, fcribe.

LETTRE CCXIV.

A M. L'ABBÉ MOUSSINOT.

23 novembre.

JE demande à M. de *Brezé* le fecret qu'il exige de
moi. Je ne fuis pas difficile en affaires, mais je veux
éviter toute difcuffion entre lui et moi. Il faut pour
cela qu'il y ait un payement certain d'année en année ,
ou de fix mois en fix mois, fans la moindre remife ;
qu'il confente à cela par un écrit entre vos mains ; qu'il

Dd 3

affirme, par cet écrit, qu'il n'y a aucune faifie fur les maifons que j'ai choifies pour m'être hypothéquées; qu'il renonce à toutes lettres d'Etat de répit, payement en billets, et à autres injuftices royales. Ces précautions prifes, je confens à tout.

Faites une bonne œuvre, mon bon janfénifte; envoyez chercher le jeune d'*Arnaud;* c'eft un jeune homme qu'il faut aider, mais à qui il ne faut pas donner de quoi fe débaucher. Donnez-lui, cette fois-ci, dix-huit francs; exhortez-le férieufement à apprendre à écrire. Affurez-le de mon amitié, et qu'il compte fur mes fecours quand je ferai plus riche. Il paraît avoir de bonnes mœurs: il mérite vos confeils; voilà les gens qu'il faut aider:

Quid mihi fortunas, fi non conceditur uti ?

Et *uti*, c'eft faire du bien chacun felon fon petit pouvoir. Je vous embraffe tendrement.

LETTRE CCXV.

A M. THIRIOT.

Le 24 novembre.

On m'a mandé que le Mondain avait été trouvé chez M. de *Luçon*, et que le préfident *Dupuy* en avait diftribué beaucoup de copies. On m'en a envoyé une toute défigurée. Il eft trifte de paffer pour un hétérodoxe, et de fe voir encore tronqué, eftropié, mutilé comme un auteur ancien. Je trouve qu'on a

grande raifon de s'emporter contre l'auteur dangereux
de cet abominable ouvrage dans lequel on ofe dire
qu'*Adam* ne fe fefait point la barbe , que fes ongles
étaient un peu trop longs , et que fon teint était hâlé;
cela mènerait tout droit à penfer qu'il n'y avait ni
cifeaux, ni rafoir, ni favonnette, dans le paradis terreftre; ce qui ferait une héréfie auffi criante qu'il y en
ait. De plus, on fuppofe , dans ce pernicieux libelle ,
qu'*Adam* careffait fa femme dans le paradis. Or,
dans les anecdotes de la vie d'*Adam* , trouvées dans les
archives de l'arche fur le mont Ararat , par Sᵗ *Cyprien*,
il eft dit expreffément que le bon homme ne ....ait
point, et qu'il ne ....a qu'après avoir été chaffé; et
de là vient, à ce que difent tous les rabbins , le mot
....er de mifère. *Ut ut eft*, la hauteur et la bêtife
avec laquelle un certain homme a parlé à un de nos
amis, m'aurait donné la plus extrême indignation , fi
elle ne m'avait pas fait pouffer de rire.

Il n'eft pas encore sûr que j'aille en Pruffe. Recom-
mandez à votre frère d'envoyer par le coche le paquet
du prince philofophe ; demandez fi ce prince a chez
lui des comédiens français; en ce cas, nous lui enver-
rions le Prodigue pour l'amufer. Je fuppofe que le
miniftère trouve très-bon ce petit commerce littéraire.

J'ai envoyé à Berlin, dans ce paquet (dont point de
nouvelles) , le Mondain, l'ode à *Emilie* , la Newtonique , une lettre fur *Locke* , afin de lui faire ma cour
in omni genere.

De qui eft donc ce beau poëme didactique ? de
M. de *la Chauffée* , fans doute. Il n'y a que lui dont
j'attende ce chef - d'œuvre. Mandez - moi fi j'ai
deviné.

Voici une copie plus exacte de la Newtonique, vous pouvez la donner; mais il faut commencer par des gens un peu philofophes et poëtes, *pauci quos æquus amavit Jupiter*.

Mon copifte, qui n'eft ni poëte ni philofophe, avait mis pour la période de vingt-fix mille ans :

Six cents fiècles entiers par de-là vingt mille ans,

ce qui fefait quatre-vingts mille ans au lieu de vingt-fix mille; bagatelle.

Mille complimens à vous, à votre Parnaffe. Si vous voyez l'aimable philofophe *Mairan*, dites-lui qu'il fonge à moi, qu'il vous donne fa lettre. Dites que je vais à Berlin. N'écrivez plus jamais qu'à madame *Faveroles*, à Bar-fur-Aube; retenez cela. Réponfe fur tous les articles. Aimez-moi; adieu, *Merfenne*.

LETTRE CCXVI.

A M. THIRIOT.

A Cirey, le 27 novembre.

ASSURÉMENT vous êtes le père *Merfenne* : ce n'eft pas tout-à-fait, mon cher ami, en ce que mes ennemis vous font quelquefois tomber dans leurs fentimens, comme les ennemis de *Defcartes* entraînaient *Merfenne* dans les leurs; c'eft parce que vous êtes le concilia-teur des Mufes. Je vous permets très-fort d'aimer d'autres vers que les miens; je fuis une maîtreffe affez

indulgente pour fouffrir les partages. Je fuis de ces
beautés qui aiment fi fort le plaifir qu'elles ne peuvent haïr leurs rivales. J'aime tant les beaux vers que
je les aime dans les autres ; c'eft beaucoup pour un
poëte. Je vous fais mon compliment fur votre beau
porte-feuille ; je voudrais bien que le Mondain y fût,
et ne fût que là. Ce petit enfant tout nu n'était pas
fait pour fe montrer. Mais eft-il poffible qu'on ait pu
prendre la chofe férieufement ? Il faut avoir l'abfurdité et la fottife de l'âge d'or pour trouver cela dangereux , et la cruauté du fiècle de fer pour perfécuter
l'auteur d'un badinage fi innocent , fait il y a long-
temps.

1736.

Ces perfécutions d'un côté, et de l'autre une nouvelle invitation du prince de Pruffe et du duc de
Holftein me forcent enfin à partir. Je ferai bientôt
à Berlin. *Platon* allait bien chez *Denis*, qui affurément ne valait pas le prince de Pruffe. Cela vient
comme de cire ; vous ferez l'agent du prince à Paris ,
et notre commerce en fera plus vif. Voilà un nouveau
rapport entre *Merfenne* et vous : fon pauvre ami allait
errer dans les climats du Nord. Dieu veuille que
quelque gelée ne me tue pas à Berlin, comme le froid
de Stockholm tua *Defcartes.*

Dites à votre frère qu'il faffe partir fur le champ ,
par le coche de Bar-fur-Aube, à l'adreffe de madame
du Châtelet , le nouveau paquet du prince royal pour
moi. Ne manquez pas de dire à tous vos amis qu'il
y a déjà long-temps que mon voyage était médité. Je
ferais très-fâché qu'on crût qu'il entre du dégoût pour
mon pays dans un voyage que je n'entreprends que
pour fatisfaire une fi jufte curiofité.

Adieu ; je pars inceffamment avec un officier du prince. Nous irons à petites journées. Ecrivez-moi toujours, cela m'eft important; vous m'entendez. Une autre fois je vous parlerai de *Newton* et de l'Enfant prodigue. Je vous embraffe.

LETTRE CCXVII.

A M. BERGER.

A Cirey, 27 novembre.

VOICI le Mondain pour ce qu'il vaut. La petite vie dont il y eft parlé vaut beaucoup mieux que l'ouvrage. Je me mêle auffi d'être voluptueux; mais je ne fuis pas tout-à-fait fi pareffeux que ces meffieurs dont vous faites fi bien la critique, qui vantent un fouper agréable en mourant de faim, et qui fe donnent la torture pour chanter l'oifiveté.

Les comédiens comptaient qu'ils auraient une pièce de moi cet hiver; mais ils ont très-mal compté. Je ne fais point le fin avec vous; je me caffe la tête contre *Newton*, et je ne pourrais pas à préfent trouver deux rimes. J'avais fait l'Enfant prodigue à Pâques dernier: il était jufte que, dans ce faint temps, je tiraffe mes farces de l'Evangile. DIEU m'aida, et cela fut fait en quinze jours. Depuis ce temps, je n'ai vu que des angles, des *a*, des *b*, des planètes, et des comètes. Mais *Mercure* n'eft pas plus éloigné de *Saturne* que cette étude l'eft d'une tragédie.

Eft-il vrai que ce monftre d'abbé *Desfontaines* a

parlé de l'Enfant prodigue? Ce brutal ennemi dès
mœurs et de tout mérite saurait-il que cela eſt de moi? **1736.**
Mettez-moi un peu au fait, je vous en prie; et continuez d'écrire à votre véritable ami. *Vale , te-amo.*

LETTRE CCXVIII.

A M. LE COMTE D'ARGENTAL.

Ce 1 décembre.

VOTRE miniſtère à l'égard de Cirey, *benefactor
in utroque jure*, eſt le même que celui des protecteurs
des couronnes à Rome. Vous veillez ſur ce petit
coin de terre; vous en détournez les orages; vous êtes
une bien aimable créature. Vous ſentez tout ce que
je vous dois, car votre cœur entend le mien, et vous
avez meſuré vos bontés à mes ſentimens. Ecoutez,
nous ſommes dans les horreurs de *Newton*; mais
l'Enfant prodigue n'eſt pas oublié. Mandez-moi vos
avis, c'eſt-à-dire, vos ordres définitivement. Faut-il
le laiſſer repoſer, et le reprendre à Pâques? très-volontiers; en ce cas, nous attendrons à Pâques à le faire
imprimer; mais gare l'ami *Minet* et les comédiens de
campagne qui en ont, dit-on, des copies. Si vous
voulez ſuivre le train ordinaire, et qu'on imprime à
préſent, renvoyez-nous la copie que vous avez, avec
annotations; il y a dans cette copie nouvelle du bon
en petite quantité, qu'il faut conſerver. Je crois là
tournure des premiers actes meilleure de cette ſeconde

cuvée. Je demande toujours un paffe-port pour monfieur le préfident, car monfieur le fénéchal me paraît fi provincial et fi antiquaille que je ne peux m'y faire. Si vous avez quelque chofe à me mander librement, vous favez le moyen, vous avez l'adreffe. Au refte, je vous avertis que quand vous voudrez avoir une tragédie, il faudra faire vos fupplications à la divinité newtonienne qui, à la vérité, fouffre les vers, mais qui aime paffionnément la règle de *Kepler*, et qui fait plus de cas d'une vérité que de *Sophocle* et d'*Euripide*.

Qu'avez-vous ordonné du fort de ce petit écrit (*) fur les trois infames épîtres de mon ennemi? Vous fentez qu'on obtient aifément d'imprimer contre moi; mais quiconque prend ma défenfe eft fûr d'un refus. En vérité, méritai-je d'être ainfi traité dans ma patrie? Votre amitié et Cirey me foutiennent.

Vous croyez bien que madame *du Châtelet* vous dit toutes les chofes tendres que vous méritez.

LETTRE CCXIX.

A M. DE MAIRAN.

A Cirey, le 1 décembre.

J'ABUSE de vos bontés, Monfieur; mais vous êtes fait pour donner des lumières, et moi pour en profiter.

Sur ce que vous me dites, dans votre lettre, que vous vous êtes bien trouvé de ne jamais admettre de merveilleux mathématique, j'ai confulté le mémoire

(*) Voyez Mélanges littéraires, tome I, page 463.

de 1715 que vous m'indiquez, et j'y ai vu le prétendu
merveilleux de la roue d'*Ariftote*, réduit aux lois
mathématiques. Il eft clair que vous avez très-bien
expliqué ce qui était échappé à *Taquet* et aux autres.

J'ose croire fur ce fondement que peut-être ne
vous éloignerez-vous pas de mes idées fur la queftion
d'optique que j'ai pris la liberté de vous propofer.
Ni *Taquet*, ni *Barrou*, ni *Grimaldi*, ni *Molineux* n'ont
pu la réfoudre. C'était une queftion du reffort du
P. *Mallebranche*, mais il ne l'a point traitée ; et j'ai
grand'peur qu'il ne s'y fût trompé, comme il a fait,
à mon avis, fur la raifon pour laquelle nous voyons
le foleil et la lune plus grands à l'horifon qu'au
méridien.

Je fuis bien loin d'admettre du merveilleux dans
ma difficulté ; ce font les opticiens qui, en ne
l'expliquant pas, en font une efpèce de miracle. Il
n'y a que l'obfcur qui foit merveilleux ; et je ne
cherche qu'à ôter l'obfcurité qui enveloppe depuis
long-temps cette queftion. Il me paraît qu'elle en
vaut la peine, et qu'elle tient à une théorie affez fûre
et affez curieufe. Voulez-vous vous donner la peine
de voir *Grimaldi*, page 312, et *Barrou*, *ad finem
lectionum* ? Vous trouverez la chofe très-obfcurément
énoncée dans *Barrou*, et très-clairement dans *Grimaldi* ;
mais de raifon, ni l'un ni l'autre n'en donne. Voici
le fait :

Prenez un miroir concave ; tenez votre montre
dans une main, à la diftance d'un demi-pied du
miroir ; reculez enfuite petit à petit le miroir de votre
œil : plus vous le reculez, plus votre montre vous
paraît près, jufqu'à ce qu'enfin elle femble être fur la

furface du miroir d'une manière très-confufe ; reculez encore un peu plus, vous ne voyez plus rien du tout.

Or, lorfque vous voyez ainfi l'objet de très-près, vous devriez le voir très-loin, par la règle de catoptrique, qui vous dit que vous verrez l'objet au point d'interfection de la perpendicule d'incidence et du rayon réfléchi. Ce point d'interfection eft très - loin derrière votre œil, et malgré cela l'objet vous femble très-près. J'aurai bien de la peine à faire ma figure, car je fuis très-mal-adroit.

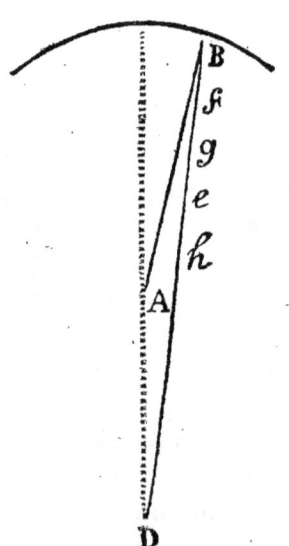

Le rayon parti de l'objet A fait un angle d'incidence fur la droite infiniment petite de la courbe du miroir ; l'angle de réflexion B lui eft égal. Le rayon réfléchi eft B, e ; le cathète eft la ligne pointillée ; l'interfection de cette ligne et du rayon réfléchi eft

en D : donc je dois voir l'objet en D ; mais je le vois
en *f*, en *g*, quand mon œil eſt placé à peu-près en *h*. 1736.
Voilà, encore un coup, ce que nul opticien n'a éclairci.

L'évêque de Cloine, ſavant anglais, eſt le ſeul
que je ſache qui ait porté la lumière dans ce petit
coin de ténèbres. Il me ſemble qu'il prouve très-bien
que nous ne connaiſſons point les diſtances ni les
grandeurs par les angles, c'eſt-à-dire, que ces angles
ne ſont point une cauſe immédiate du *jugement prompt*
que nous portons des diſtances et des grandeurs,
comme les configurations des parties des corps ſont
une cauſe immédiate des ſaveurs que nous ſentons,
et la dureté, cauſe immédiate du ſentiment de réſiſ-
tance que nous éprouvons, &c. (*)

Dans le cas préſent, nous jugeons l'objet très-
près, non à cauſe de ce *point d'interſection* qui n'en
pourrait rendre raiſon, mais parce qu'en effet ce
point d'interſection étant très-éloigné, l'objet en doit
paraître confus. Mais comme nous ſommes accoutumés à voir confuſément un objet qui eſt trop près
de nos yeux, l'objet, en cette expérience, devant
paraître et paraiſſant confus, nous le jugeons à
l'inſtant très-près.

Mais un homme qui aurait la vue ſi mauvaiſe
qu'il ne pourrait abſolument voir qu'à un doigt de
ſes yeux, verrait très-loin (dans cette même expérience) cet objet que le miroir concave repréſente
très-près aux yeux ordinaires.

C'eſt donc en cela l'expérience qui fait tout. De
là mon anglais conclut que nous ne pouvons apercevoir en aucune façon les diſtances ; nous ne pouvons

(*) Voyez les lettres à M. *Pitot*, année 1737.

les apercevoir par elles-mêmes ; nous ne le pouvons par les angles optiques, puifque ces angles font en défaut dans plufieurs cas. Et non - feulement les diftances, mais auffi les grandeurs, les fituations des objets ne font point fenties au moyen de ces angles : car fi ces angles produifaient ces effets, ils les auraient produits dans l'aveugle-né à qui M. *Chefelden* abaiffa les cataractes. Cet aveugle-né avait quinze ans quand *Chefelden* lui donna la vue ; il fut long-temps fans pouvoir diftinguer fi les objets étaient à un pas ou à une lieue de lui, s'ils étaient grands ou petits, &c. Cet aveugle femble décider la queftion ; mais j'ai bien peur moi-même d'être ici l'aveugle. En ce cas, vous ferez mon *Chefelden*, et je vous écris, *Domine, ut videam*.

Eft-il vrai que le fon fe réfracte de l'air dans l'eau, et cela en même proportion que la lumière ? D'où l'a-t-on pu favoir ? Il n'y a que les poiffons qui puiffent nous le dire, et ils paffent pour être fourds et muets. Je vous demande un petit mot fur cela.

Il court, à ce que l'on me mande, une épître fur la philofophie de *Newton* ; j'ai peur qu'elle ne foit très-informe ; fouffrez que je vous en envoye une copie exacte. Je fouhaiterais que ce petit ouvrage pût prouver que la phyfique et la poëfie ne font point incompatibles.

Je vous fupplie de vouloir bien me dire, dans votre réponfe, pourquoi la lumière eft, felon *Muffchembroeck*, dix minutes à traverfer le grand orbe annuel, et arrive cependant en fept minutes ou environ du foleil à nous. N'a-t-il pas pris dix minutes pour environ quatorze minutes ? *Ignofce et doce.*

LETTRE

LETTRE CCXX.

A M. DE CIDEVILLE.

A Cirey, le 8 décembre.

Une comédie; après une comédie, de la géométrie; après la géométrie, la philofophie de *Newton*; au milieu de tout cela, des maladies; et avec les maladies, des perfécutions plus cruelles que la fièvre : voilà, mon cher ami, *femper amate*, *femper honorate*, ce qui m'a empêché de vous écrire. Ou n'être point avec moi, ou travailler, ou fouffrir, a été, fans difcontinuer, ma deftinée. Nous avons envoyé les vers fur *Newton* au philofophe *Formont*, et j'envoie au délicat, au charmant *Cideville*, l'Enfant prodigue. Ce n'eft pas que vous ne foyez philofophe, et que M. de *Formont* ne foit homme de belles-lettres; il vous a fait part de notre Newtonique, et vous lui communiquerez notre Enfant. Je me fais un plaifir d'autant plus fenfible de vous l'envoyer, que c'eft encore un fecret pour le public. On doute que cet Enfant foit de moi, mais je n'ai point pour vous de fecrets de famille; vous jugerez s'il a un peu l'air de fon père.

J'ai fait cet Enfant pour répondre à une partie des impertinentes épîtres de *Rouffeau*, où cet auteur des Aïeux chimériques et des plus mauvaifes pièces de théâtre que nous ayons, ofe donner des règles fur la comédie. J'ai voulu faire voir à ce docteur flamand que la comédie pouvait très-bien réunir l'intéreffant et le plaifant. Le pauvre homme n'a jamais connu ni l'un ni l'autre, parce que les méchans ne font jamais ni gais ni tendres.

Ce petit effai m'a affez réuffi. La pièce a été jouée vingt-deux fois, et n'a été interrompue que par la maladie d'une actrice; mais je ne la ferai imprimer qu'après mûre délibération. J'ai envoyé à M. d'*Argental* le manufcrit; il vous le fera tenir.

M. et mademoifelle *Linant* vous affurent de leurs refpects, et ils auraient dû vous parler toujours fur ce ton; je crois qu'ils font l'un et l'autre dans la feule maifon et dans la feule place où ils puffent être. L'extrême pareffe de corps et d'efprit eft l'apanage de cette famille. Avec cela on meurt par-tout de faim; c'eft un talent fûr pour manquer de tout. Vous riez apparemment quand vous lui confeilliez de faire des tragédies. Il y a quatre ans que vous devez vous apercevoir qu'il n'eft bon qu'à faire du chyle. Il a de l'efprit, mais un efprit inutile à lui et aux autres. J'ai fait ce que j'ai pu pour le frère et la fœur, mais je ne m'aveugle pas en leur fefant du bien; et je vois *Linant* de trop près pour ne vous pas affurer qu'il ne fera jamais rien.

Eh bien, mon cher ami, vous coupez donc des forêts, vous abattez ces arbres que vous avez incruftés de *C* et de toutes les autres lettres de l'alphabet, car vous avez mêlé plus d'un chiffre avec le vôtre : tantôt c'eft *Chloé*, tantôt c'eft *Lycoris* ou *Glycère* qui a eu le cœur de l'*Horace* de Rouen. Vous fongez donc maintenant à vous arrondir. Mais quand vous aurez fait tous vos contrats, et que vous ferez las de votre maîtreffe, il faut venir voir l'héroïne et le palais de

Cirey ; nous cacherons les compas et les quarts de ———
cercle, et nous vous offrirons des fleurs. 1736.

P. S. Je vous ai parlé de perfécutions dans ma
lettre. Savez-vous bien que le Mondain a été traité
d'ouvrage fcandaleux, et vous douteriez-vous qu'on
eût ofé prendre ce miférable prétexte pour m'accabler
encore ? Dans quel fiècle vivons-nous ! et après quel
fiècle ! faire à un homme un crime d'avoir dit qu'*Adam*
avait les ongles longs, traiter cela férieufement d'héréfie ! Je vous avoue que je fuis outré, et qu'il faut que
l'amitié foit bien puiffante fur mon cœur pour que je
n'aille pas chercher plus loin une retraite, à l'exemple
des *Defcartes* et des *Bayle*. Jamais l'hypocrifie n'a
plus infecté les Efpagnols et les Italiens. Il s'eft élevé
contre moi une cabale qui a juré ma perte ; et pourquoi ? parce que j'ai fait la Henriade, Charles XII,
Alzire, &c. ; parce que j'ai travaillé vingt ans à
donner du plaifir à mes compatriotes.

> *Virtutem incolumem odimus,*
> *Sublatam ex oculis quærimus, invidi.*

LETTRE CCXXI.

A M. LE COMTE DE TRESSAN.

Ce 9 décembre.

Il eſt certain que c'eſt M. le préſident *Dupuy* qui a diſtribué des copies du Mondain dans le monde, et qui pis eſt, des copies très - défigurées. La pièce, tout innocente qu'elle eſt, n'était pas faite aſſurément pour être publique. Vous ſavez d'ailleurs que je n'ai jamais fait imprimer aucun de ces petits ouvrages de ſociété qui ſont, comme les parades du prince *Charles* et du duc de *Nevers*, ſupportables à huisclos. Il y a dix ans que je refuſe conſtamment de laiſſer prendre copie d'une ſeule page du poëme de la Pucelle, poëme cependant plus meſuré que l'Arioſte, quoique peut-être auſſi gai. Enfin, malgré le ſoin que j'ai toujours pris de renfermer mes enfans dans la maiſon, ils ſe ſont mis quelquefois à courir les rues. Le Mondain a été plus libertin qu'un autre. Le préſident *Dupuy* dit qu'il le tenait de l'évêque de Luçon, lequel prélat, par parenthèſe, n'était pas encore aſſez mondain, puiſqu'il a eu le malheur d'amaſſer douze mille inutiles louis dont il eût pu, de ſon vivant, acheter douze mille plaiſirs.

Venons au fait. Il eſt tout naturel et tout ſimple que vous ayez communiqué ce Mondain de *Voltaire*, à cet autre mondain d'évêque. Je ſuis fâché ſeulement qu'on ait mis dans la copie :

Les parfums les plus doux
Rendent fa peau *douce*, fraîche et polie.

Il fallait mettre :

Rendent fa peau plus fraîche et plus polie.

Voilà fans doute le plus grand grief. Rien ne peut arriver de pis à un poëte qu'un vers eſtropié.

Le ſecond grief eſt qu'on ait pu avoir la mauvaiſe foi, et j'oſe dire la lâche cruauté de chercher à m'inquiéter pour quelque choſe d'auſſi ſimple, pour un badinage plein de naïveté et d'innocence. Cet acharnement à troubler le repos de ma vie, ſur des prétextes auſſi miſérables, ne peut venir que d'un deſſein formé de m'accabler et de me chaſſer de ma patrie. J'avais déjà quitté Paris pour être à l'abri de la fureur de mes ennemis. L'amitié la plus reſpectable a conduit dans la retraite des perſonnes qui connaiſſent le fond de mon cœur, et qui ont renoncé au monde pour vivre en paix avec un honnête homme dont les mœurs leur ont paru dignes peut-être de tout autre prix que d'une perſécution. S'il faut que je m'arrache encore à cette ſolitude, et que j'aille dans les pays étrangers, il m'en coûtera, ſans doute, mais il faudra bien s'y réſoudre ; et les mêmes perſonnes qui daignent s'attacher à moi, aiment beaucoup mieux me voir libre ailleurs, que menacé ici.

Monſieur le prince royal de Pruſſe m'a écrit depuis long-temps, en des termes qui me font rougir, pour m'engager à venir à ſa cour. On m'a offert une place

E e 3

—— auprès de l'héritier d'une vaste monarchie, avec dix mille livres d'appointemens ; on m'a offert des choses très-flatteuses en Angleterre. Vous devinez aisément que je n'ai été tenté de rien, et que si je suis obligé de quitter la France, ce ne sera pas pour aller servir des princes.

Je voudrais seulement savoir, une bonne fois pour toutes, quelle est l'intention du ministère, et si, parmi mes ennemis, il n'y en a point d'assez cruel pour avoir juré de me persécuter sans relâche. Ces ennemis au reste, je ne les connais pas ; je n'ai jamais offensé personne ; ils m'accablent gratuitement.

Ploravere suis non respondere favorem
Speratum meritis.

Je demande uniquement d'être au fait, de bien savoir ce qu'on veut, de n'être pas toujours dans la crainte, de pouvoir enfin prendre un parti. Vous êtes à portée, et par vous-même et par vos amis, de savoir précisément les intentions. M. le bailli de *Froulai*, M. de *Biffi* peuvent s'unir avec vous. Je vous devrai tout, si je vous dois au moins la connaissance de ce qu'on veut. Voilà la grâce que vous demande celui qui vous a aimé dès votre enfance, qui a vu un des premiers tout ce que vous deviez valoir un jour, et qui vous aime avec d'autant plus de tendresse que vous avez passé toutes ses espérances.

Soyez aussi heureux que vous méritez de l'être, et à la cour et en amour. Vous êtes né pour plaire, même à vos rivaux. Je serai consolé de tout ce qu'on me fait souffrir, si j'apprends au moins que la fortune continue à vous rendre juftice. Comptez qu'il n'y a pas deux perfonnes que votre bonheur intéreffe plus que moi.

Permettez-moi de préfenter mes refpects à mademoifelle de *Treffan* et à madame de *Genlis*. Vous m'écriviez :

Formofam refonare docet Amaryllida fylvas,

faudra-t-il que je réponde,

Nos patriam fugimus !......

Adieu, *Pollion;* adieu *Tibulle.* On me traite comme *Bavius.*

LETTRE CCXXII.

A M. LE MARQUIS D'ARGENS.

A Cirey, 10 décembre.

J'ATTENDS avec bien de l'impatience, Monfieur, le nouvel ouvrage que vous m'avez annoncé. J'y trouverai furement ces vérités courageufes que les autres hommes ofent à peine penfer. Vous êtes né pour faire bien de l'honneur aux lettres, et j'ofe dire à la raifon humaine.

L'habitude que vous avez prife de fi bonne heure de mettre vos penfées par écrit, eft excellente pour fortifier fon jugement et fes connaiffances. Quand on ne réfléchit que pour foi, et comme en paffant, on

E e 4

—— accoutume fon efprit à je ne fais quelle molleffe qui
1736. le fait languir à la longue; mais quand on ofe, dans
une fi grande jeuneffe, fe recueillir affez pour écrire en
philofophe et penfer pour foi et pour le public, on
acquiert bientôt une force de génie qui met au-deffus
des autres hommes. Continuez à faire un fi noble
ufage du loifir que peut vous laiffer l'attachement
refpectable qui vous a conduit où vous êtes.

Je crois que j'irai bientôt en Pruffe voir un autre
prodige: c'eft le Prince royal, qui eft à peu-près de votre
âge, et qui penfe comme vous. Je compte à mon
retour paffer par la Hollande, et avoir l'honneur
de vous y embraffer. Un de mes amis, qui va à
Leyde, et qui doit y paffer quelque temps, fera en
attendant, fi vous le voulez bien, le lien de notre
correfpondance. Il s'appelle de *Révol;* il eft fage,
difcret et bon ami. Ce fera lui qui vous fera tenir
ma lettre; vous pourrez vous confier à lui en toute
fureté. Je ne lui ai point dit votre demeure, et vous
refterez le maître de votre fecret; je lui ai dit feulement
qu'il pouvait vous écrire chez M. *Profper,* à la Haie.

Adieu, Monfieur; permettez-moi de préfenter mes
refpects à la perfonne qui vous retient où vous êtes.

LETTRE CCXXIII.

A M. BERGER,

A Cirey, 12 décembre.

JE reçois votre lettre du 8. Je fais partir par cet ordinaire la pièce et la préface, pour être imprimées par le libraire qui en offrira davantage; car je ne veux faire plaisir à aucun de ces messieurs qui sont comme les comédiens, créés par les auteurs, et très-ingrats envers leurs créateurs.

Je suis indigné contre *Prault* de ce qu'il ne m'envoie point le carton du portrait de M. le duc d'*Orléans*, et de ce qu'il ne m'envoie point la préface imprimée, et de ce qu'il a l'impertinence de ne pas répondre exactement à mes lettres. Faites-lui sentir ses torts, et punissez-le en donnant la pièce à un autre.

Vous aurez la Newtonade ou plutôt l'Eucliade. *Thiriot* doit vous la faire voir; mais il faut être un peu philosophe pour aimer cela.

Je vous prie de passer chez l'abbé *Moussinot*; il y a une très-jolie pendule d'or moulu, dont je veux faire présent à mademoiselle *Quinault* pour ses peines. Voyez si vous voulez avoir la bonté de vous charger de faire ce présent. Vous n'avez pas besoin de cela pour être reçu à merveille; mais ce sera un petit véhicule pour vous faire avoir vos entrées. Il faudra

—— forcer mademoiselle *Quinault* à accepter cette bagatelle. Voilà déjà une petite négociation en attendant
mieux.

A l'égard de l'Enfant prodigue, il faut qu'il soit
mieux que la Henriade. Je suis honteux de la négligence de *Prault* ; mauvais papier, mauvais caractère,
point de table ; cela est honteux.

Vous trouverez la pièce et la préface chez M.
d'*Argental* qui vous remettra l'une et l'autre ; ainsi,
négociez avec le libraire le moins fripon et le moins
ignorant que faire se pourra.

Comment pourrait-on faire pour avoir par écrit
le procès de *Castel* et de *Rameau* ? Vous êtes un correspondant à qui on peut demander de tout. Envoyez-
moi ce procès ; écrivez-moi souvent ; sachez comment va l'Enfant prodigue ; aimez le père, qui vous
aime de tout son cœur.

Je défie M. le chevalier de *Villefort* d'avoir dit, et
même d'avoir connu combien on est heureux à
Cirey.

Les nuages que les *Rousseau* et les *Desfontaines*
veulent élever, du sein de la fange où ils rampent,
ne vont pas jusqu'à moi. Je crache quelquefois sur
eux, mais c'est sans y songer.

Adieu.

LETTRE CCXXIV.

A M. L'ABBÉ MOUSSINOT.

Cirey, décembre.

QUE dites-vous, mon cher abbé, de ce petit *Lamare* qui eſt venu excroquer de l'argent chez vous par un menſonge, et qui ne m'a pas écrit depuis que j'ai quitté Paris? L'ingratitude me paraît innée dans le genre-humain bien plus que les idées métaphyſiques dont parlent *Deſcartes* et *Mallebranche*. Vous avez raiſon d'être plus content du jeune *Baculard* à qui vous avez donné de l'argent, que du ſieur *Lamare* qui vous en a eſcamoté, et je vois leurs caractères fort différens ; je crois dans l'un encourager la vertu, je ne vois rien dans l'autre. Vous les connaiſſez, c'eſt à vous d'en juger.

Si vous avez de l'argent, je vous prie de donner cent francs à M. *Berger*, et ſi vous ne les avez pas, de vendre vîte quelqu'un de mes meubles pour les lui donner, duſſiez-vous lui donner cinquante francs une fois, et cinquante livres une autre fois. Ayez la bonté de lui faire ce plaiſir ; je lui ai une grande obligation de vouloir bien s'adreſſer à moi. Le plus grand regret que j'aye dans le dérangement où *Demoulin* a mis ma fortune, eſt d'être ſi peu utile à des amis tels que M. *Berger*. Il faut ſonger à ce qui me reſte, oublier ce que j'ai perdu, et tâcher d'arranger mes petites affaires de façon que je puiſſe paſſer ma vie à être un peu utile à moi et à ceux que j'aime.

Si le chevalier de *Mouhi* vient vous voir, dites-lui que je ſuis prêt à lui faire tous les plaiſirs qui dépendront de moi ; mais ne vous engagez pas, et même ne lui donnez pas de parole trop poſitive.

Depuis huit jours je ſuis ſur le point de partir pour aller voir le prince de Pruſſe, qui m'a fait l'honneur de m'écrire ſouvent pour m'inviter d'aller à ſa cour paſſer quelque temps. Je vous embraſſe, mon cher chanoine, et vous aimerai toujours bien ſincèrement, même après avoir vu le prince royal de Pruſſe.

LETTRE CCXXV.

A M. LE MARQUIS D'ARGENS.

Le 20 décembre.

J'AI reçu, Monſieur, votre lettre du 10 décembre, et depuis ce temps une heureuſe occaſion a fait parvenir juſqu'à moi votre livre de philoſophie. Mes louanges vous feront fort inutiles : je ſuis un juge bien corrompu. Je penſe abſolument comme vous preſque ſur tout. Si l'intérêt de mon opinion ne me rendait pas un peu ſuſpect, je vous dirais : *Macte animo, generoſe puer, ſic itur ad aſtra.* Mais je ne veux pas vous louer, je ne veux que vous remercier. Oui, je vous rends grâces, au nom de tous les gens qui penſent, au nom de la nature humaine qui réſide dans eux ſeuls, des vérités courageuſes

que vous dites : *Vos exæquat victoria cœlo.* Je vous
trouve l'efprit de *Bayle* et le ftyle de *Montagne.* Votre 1736.
livre doit avoir un très-grand fuccès, et les écrits de
la fuperftition et de l'hypocrifie ne ferviront qu'à
votre gloire. Mon Dieu, que votre *indépair* m'a
réjoui ! et que cela donne un bon ridicule à l'indéfini !
mais qu'il y a de chofes qui m'ont plu ! et que j'ai
envie de vous voir pour vous le dire ! Vous devez
mener une vie très-heureufe : vous vivez avec les
belles-lettres, la philofophie, tous les arts. Je vous
fais bien mes complimens fur tout cela.

Qu'il me foit permis de profiter de votre exemple,
et d'être un peu philofophe à mon tour. Je vous
envoie une épître à madame la marquife *du Châtelet*,
épître qui eft, ce me femble, dans un autre goût
que celles de *Rouffeau*. N'eft-ce pas un peu rappeler
l'art des vers à fon origine que de faire parler à *Apollon*
le langage de la philofophie ? Je voudrais bien n'avoir
confacré mon temps qu'à des chofes auffi dignes de
la curiofité des hommes raifonnables. Je fuis furtout
très-affligé d'être obligé quelquefois de perdre des
heures précieufes à repouffer les indignes attaques
de *Rouffeau* et de *Desfontaines.* La jaloufie a fait le
premier mon ennemi, l'autre ne l'eft devenu que par
excès d'ingratitude. Ce qui me confole et me juftifie,
c'eft que mes ennemis font les vôtres.

LETTRE CCXXVI.

A M. LE COMTE D'ARGENTAL.

Ce dimanche, à quatre heures du matin, décembre.

VOTRE amie a été d'abord bien étonnée quand elle a appris qu'un ouvrage aussi innocent que le Mondain avait servi de prétexte à quelques-uns de mes ennemis ; mais son étonnement s'est tourné dans la plus grande confusion et dans l'horreur la plus vive, à la nouvelle qu'on voulait me persécuter sur ce misérable prétexte. Sa juste douleur l'a emporté sur la résolution de passer avec moi sa vie. Elle n'a pu souffrir que je restasse plus long-temps dans un pays où je suis traité si inhumainement. Nous venons de partir de Cirey ; nous sommes à quatre heures du matin à Vassy où je dois prendre des chevaux de poste. Mais, mon véritable, mon tendre et respectable ami, quand je vois arriver le moment où il faut se séparer pour jamais de quelqu'un qui a fait tout pour moi, qui a quitté pour moi Paris, tous ses amis et tous les agrémens de la vie, quelqu'un que j'adore et que je dois adorer, vous sentez bien ce que j'éprouve ; l'état est horrible. Je partirais avec une joie inexprimable ; j'irais voir le prince de Prusse, qui m'écrit souvent pour me prier d'aller à sa cour ; je mettrais entre l'envie et moi un assez grand espace pour n'en être plus troublé ; je vivrais dans les pays étrangers, en français qui respectera toujours son

pays ; je ferais libre et je n'abuferais point de ma
liberté ; je ferais le plus heureux homme du monde :
mais votre amie (*) eft devant moi qui fond en
larmes. Mon cœur eft percé. Faudra-t-il la laiffer
retourner feule dans un château qu'elle n'a bâti que
pour moi , et me priver de ma vie , parce que j'ai
des ennemis à Paris? Je fufpends, dans mon défefpoir,
mes réfolutions ; j'attendrai encore que vous m'ayez
inftruit de l'excès de fureur où l'on peut fe porter
contre moi.

C'eft bien affurément réunir l'abfurdité de l'âge
d'or, et la barbarie du fiècle de fer , que de me
menacer pour un tel ouvrage. Il faut donc qu'on
l'ait falfifié. Enfin , je ne fais que croire. Tout ce que
je fais, c'eft que je voudrais être ignoré de toute la
terre, et n'être connu que de vous et de votre amie.
Elle était déterminée à neuf heures du foir à me
laiffer partir ; mais moi je vous dis, à quatre heures
du matin , à préfent de concert avec elle, faites tout
ce que vous croyez convenable. Si vous jugez l'orage
trop fort, mandez-le-nous à l'adreffe ordinaire,
et j'acheverai ma route ; fi vous le croyez calmé véritablement , je refterai. Mais quelle vie affreufe ! Etre
éternellement bourrelé par la crainte de perdre,
fans forme de procès , fa liberté fur le moindre
rapport ! j'aimerais mieux la mort. Enfin, je m'en
rapporte à vous : voyez ce que je dois faire. Je fuis
épuifé de laffitude, accablé de chagrin et de maladie.
Adieu ; je vous embraffe mille fois, vous et votre
aimable frère.

(*) Madame la marquife *du Châtelet.*

—— Pourquoi mademoifelle *Quinault* ne m'aime-t-elle
1736. pas affez pour daigner recevoir un colifichet de ma
part?

LETTRE CCXXVII.

A MADAME

DE CHAMPBONIN.

De Givet, décembre.

MONSIEUR de *Champbonin*, Madame, a un
cœur fait comme le vôtre ; il vient de m'en donner
une preuve bien fenfible. Je me flatte que vous rendrez encore un plus grand fervice à la plus adorable
perfonne du monde ; vous la confolerez, vous refterez
auprès d'elle autant que vous le pourrez. J'ai plus
befoin encore de confolation ; j'ai perdu mille fois
davantage, vous le favez ; vous êtes témoin de tout
ce que fon cœur et fon efprit valent ; c'eft la plus
belle ame qui foit jamais fortie des mains de la
nature : voilà ce que je fuis forcé de quitter. Parlez-
lui de moi, je n'ai pas befoin de vous en conjurer.
Vous auriez été le lien de nos cœurs, s'ils avaient pu
ne fe pas unir eux-mêmes. Hélas! vous partagez nos
douleurs! non, ne les partagez pas, vous feriez trop
à plaindre. Les larmes coulent de mes yeux en vous
écrivant. Comptez fur moi comme fur vous-même.
Je vous remercie encore une fois de la marque
d'amitié que vient de me donner M. de *Champbonin*.

LETTRE

LETTRE CCXXVIII. 1736.

A M. DE S'GRAVESENDE.

Vous vous souvenez , Monsieur, de l'absurde
calomnie qu'on fit courir dans le monde pendant
mon séjour en Hollande (27). Vous savez si nos pré-
tendues disputes sur le spinosisme et sur des matières
de religion ont le moindre fondement. Vous avez
été si indigné de ce mensonge que vous avez daigné le
réfuter publiquement; mais la calomnie a pénétré
jusqu'à la cour de France, et la réfutation n'y est
pas parvenue. Le mal a des ailes, et le bien va à pas
de tortue. Vous ne sauriez croire avec quelle noir-
ceur on a écrit et parlé au cardinal de *Fleuri*. Tout
mon bien est en France, et je suis dans la nécessité
de détruire une imposture que dans votre pays je
me contenterais de mépriser, à votre exemple.

Souffrez donc, aimable et respectable philosophe,
que je vous supplie très-instamment de m'aider à
faire connaître la vérité. Je n'ai point encore écrit au
cardinal pour me justifier. C'est une posture trop
humiliante que celle d'un homme qui fait son
apologie, mais c'est un beau rôle que celui de prendre
en main la défense d'un homme innocent. Ce rôle est
digne de vous, et je vous le propose comme à un
homme qui a un cœur digne de son esprit. Écrivez au

(27) *Rousseau* avait publié que M. de *Voltaire* avait prêché l'athéisme
à Leyde, où M. *s'Gravesende* était professeur de philosophie.

Corresp. générale. Tome I. F f

cardinal ; deux mots et votre nom feront beaucoup, je vous en réponds : il en croira un homme accoutumé à démontrer la vérité. Je vous remercie, et je me souviendrai toujours de celles que vous m'avez enseignées. Je n'ai qu'un regret, c'est de n'en plus apprendre fous vous. Je vous lis au moins, ne pouvant plus vous entendre. L'amour de la vérité m'avait conduit à Leyde, l'amitié feule m'en a arraché. En quelque lieu que je fois, je conferverai pour vous le plus tendre attachement et la plus parfaite eftime.

LETTRE CCXXIX.

A M. THIRIOT.

A Leyde, le 17 janvier.

IL eft vrai, mon cher ami, que j'ai été très-malade, mais la vivacité de mon tempérament me tient lieu de force ; ce font des refforts délicats qui me mettent au tombeau, et qui m'en retirent bien vîte. Je fuis venu à Leyde confulter le docteur *Boërhaave* fur ma fanté, et s'*Gravefende* fur la philofophie de *Newton*. Le Prince royal me remplit tous les jours d'admiration et de reconnaiffance ; il daigne m'écrire comme à fon ami ; il fait pour moi des vers français tels qu'on en fefait à Verfailles dans le temps du bon goût et des plaifirs. C'eft dommage qu'un pareil prince n'ait point de rivaux. Je ne manque pas de lui glisser quelques mots de vous dans toutes mes

lettres. Si ma tendre amitié pour vous vous peut
être utile, ne ferai-je pas trop heureux ? Je ne vis 1737.
que pour l'amitié ; c'eft elle qui m'a retenu à Cirey fi
long-temps ; c'eft elle qui m'y ramènera fi je retourne
en France. Le Prince royal m'a envoyé le comte
Bork, ambaffadeur du roi de Pruffe en Angleterre,
pour m'offrir fa maifon à Londres, en cas que je
vouluffe y aller, comme le bruit en a couru : je fuis
d'ailleurs traité ici beaucoup mieux que je ne mérite.
Le libraire *Ledet*, qui a gagné quelque chofe à débiter
mes faibles ouvrages, et qui en fait actuellement
une magnifique édition, a plus de reconnaiffance
que les libraires de Paris n'ont d'ingratitude. Il m'a
forcé de loger chez lui, quand je viens à Amfterdam
voir comment va la Philofophie newtonienne. Il
s'eft avifé de prendre pour enfeigne la tête de votre
ami *Voltaire*. La modeftie qu'il faut avoir défend à
ma fincérité de vous dire l'excès de confidération
qu'on a ici pour moi.

Je ne fais quelle gazette impertinente, miférable
écho des miférables nouvelles à la main de Paris,
s'était avifé de dire que je m'étais retiré dans les
pays étrangers pour écrire plus librement. Je
démens cette impofture en déclarant, dans la
gazette d'Amfterdam, que je défavoue tout ce qu'on
fait courir fous mon nom, foit en France, foit dans
les pays étrangers, et que je n'avoue rien que ce
qui aura ou un privilége ou une permiffion connue.
Je confondrai mes ennemis en ne leur donnant
aucune prife, et j'aurai la confolation qu'il faudra
toujours mentir pour me nuire.

J'ai trouvé ici le gouvernement de France en très-grande réputation ; et ce qui m'a charmé, c'eft que les Hollandais font plus jaloux de notre compagnie des Indes que *Rouſſeau* ne l'eft de moi. J'ai vu aujourd'hui des négocians qui ont acheté, à la dernière vente de Nantes, ce qui leur manquait à Amſterdam. Voilà de ces choſes dont *Pollion* peut faire uſage auprès du miniſtre dans l'occaſion ; mais, comme je fais plus de cas d'un bon vers que du négoce et de la politique, tâchez donc de me marquer ce que vous trouvez de ſi négligé dans les vers dont vóus me parlez. Je ſuis auſſi ſévère que vous pour le moins ; et dans les intervalles que me laiſſe la philoſophie, je corrige toutes les pièces de poëſie que j'ai faites, depuis Oedipe juſqu'au Temple de l'Amitié. Il y en aura quelques-unes qui vous feront adreſſées ; ce feront celles dont j'aurai plus de ſoin.

LETTRE CCXXX.

A M. LE MARQUIS D'ARGENS.

A Leyde, 20 janvier.

Si les Lettres juives me plaisent, mon cher *Isaac*! si j'en suis charmé! Ne vous l'ai-je pas écrit trente fois? Elles sont agréables et instructives, elles respirent l'humanité et la liberté. Je soutiens que c'est rendre un très-grand service au public que de lui donner, deux fois par semaine, de si excellens préservatifs. J'aime passionnément les Lettres et l'auteur; je voudrais pouvoir contribuer à son bonheur; j'irai l'embrasser incessamment. Je suis bien fâché de l'avoir vu si peu, et je veux du mal à *Newton* qui s'est fait mon tyran, et qui m'empêche d'aller jouir de la conversation aimable de M. *Boyer*. (*)

J'irai, j'irai sans doute. J'ai été obligé d'aller à Amsterdam pour l'impression de mes guenilles; j'y ai vu M. *Prévost* qui vous aime de tout son cœur: je le crois bien, et j'en fais tout autant. Je n'ai osé avilir votre main à faire un dessin de vignette; mais vous ennobliriez la vignette, et votre main ne serait point avilie.

Je vous enverrai l'épître du fils d'un bourgmestre sur la politesse hollandaise, et je vous prierai de lui donner une petite place dans vos juiveries.

(*) Nom de famille du marquis d'*Argens*.

——— Adieu, Monfieur; je vous embraffe tendrement.
1737. J'efpère encore une fois venir jouer quelque rôle dans vos pièces. Je préfente mes refpects à mademoifelle *le Couvreur* d'Utrecht (*) ; vous faites tous deux une charmante fynagogue , car fynagogue fignifie affemblage.

P. S. Ma foi, je fuis enchanté que vous ayez reçu des nouvelles qui vous plaifent. Si j'avais un fils comme vous, et qu'il fe fît turc , je me ferais turc et j'irais vivre avec lui et fervir fa maîtreffe. Malheur aux Nazaréens qui ne penfent pas ainfi.

Je vous renvoie la politeffe hollandaife : faites-en ufage le plutôt que vous pourrez. Voilà le canevas ; vous prendrez de vos couleurs , vous flatterez la nation chez qui vous êtes , et vous punirez l'ennemi de toutes les nations. Je vous embraffe tendrement.

(*) Mademoifelle *Cochois*, comédienne.

LETTRE CCXXXI.

A M. THIRIOT.

Le 28 janvier.

MON cher ami, il faut s'armer de patience dans cette vie, et tâcher d'être aussi insensible aux traverses, que nos cœurs sont ouverts aux charmes de l'amitié. Ce bon dévot de *Rousseau* fut informé, il y a un mois, que j'avais passé par Bruxelles ; aussitôt sa vertu se ranima pour faire mettre dans trois ou quatre gazettes que je m'en allais en Prusse, parce que j'étais chassé de France ; sa probité a même été jusqu'à écrire et à faire écrire contre moi en Prusse. Voyant que DIEU ne bénissait pas ses pieuses intentions, et que j'étais tranquille à Leyde où je travaillais à la philosophie de *Newton*, il a recouru chrétiennement à une autre batterie. Il a semé le bruit que j'étais venu prêcher l'athéisme à Leyde, et que j'en serais chassé comme *Descartes;* que j'avais eu une dispute publique avec le professeur *s'Gravesende* sur l'existence de DIEU, &c. Il a fait écrire cette belle nouvelle à Paris par un moine défroqué, qui fesait autrefois un libelle hebdomadaire intitulé le Glaneur. Ce moine est chassé de la Haie, et est caché à Amsterdam. J'ai été bien vite informé de tout cela. Il se fait ici, parmi quelques malheureux réfugiés, un commerce de scandales et de mensonges à la main, qu'ils débitent chaque semaine dans tout le Nord pour de l'argent. On paye deux, trois cents, quatre cents florins par an à des nouvelliftes obfcurs de Paris, qui griffonnent toutes les infamies imaginables, qui forgent des hiftoires auxquelles les regrattiers de Hollande ajoutent encore ; et tout cela s'en va réjouir les cours de l'Allemagne et de la Ruffie. Ces meffieurs-là font une engeance à étouffer.

Vous avez à Paris des perfonnes bien plus charitables, qui compofent pour rien des chanfons fur leur prochain. On vient de m'en envoyer une où vous, et *Pollion*, et le gentil *Bernard*, et tous vos amis et moi indigne, ne fommes pas trop bien traités ; mais cela ne dérangera ni ma philofophie ni la vôtre, et *Newton* ira fon train.

Tranquille au haut des cieux que Newton s'eft foumis,
Il ignore en effet s'il a des ennemis.

Après les confolations de l'amitié et de la philofophie, la plus flatteufe que je reçoive eft celle des bontés inexprimables du prince royal de Pruffe. J'ai été très-fâché que l'on ait inféré dans les gazettes que je devais aller en Pruffe, que le prince m'avait envoyé fon portrait, &c. Je regarde fes faveurs comme celles d'une belle femme, il faut les goûter et les taire. Mandez-lui, mon cher ami, que je fuis difcret, et que je ne me vante point des careffes de ma maîtreffe. De mon côté, je ne vous oublie pas quand je lui parle de belles-lettres et de mérite.

Mille refpects, je vous prie, à votre Parnaffe, à nos loyaux chevaliers. Parlez un peu à M. d'*Argental*

des faintes calomnies du béat *Rouſſeau*. Adieu ; nous
ne ſommes qu'honnêtes gens, Dieu merci ; je vous 1737.
embraſſe.

LETTRE CCXXXII.

A M. LE MARQUIS D'ARGENS.

Amſterdam , le 28 janvier.

JE n'ai pu achever la lecture de l'Almanach du
diable. Je ſuis perſuadé que *Belzébuth* ſera très-fâché
qu'on lui impute un ſi plat ouvrage ; il eſt très-
inintelligible ; je ne ſais ſi vous y êtes fourré. On dit
qu'il y en a deux éditions ; je vous les apporterai
toutes deux. Il me paraît que ce titre , Almanach
du diable , peut fournir une bonne lettre juive. Mon
cher *Iſaac* dira des choſes charmantes ſur le miniſtre
Becker qui a fait le Monde enchanté pour prouver
qu'il n'y a point de diable ; ſur l'origine du diable,
dont il n'eſt pas dit un mot dans la très - ſainte
Ecriture ; ſur ſon hiſtoire faite en anglais.

Ah ! mon cher *Iſaac*, mon cher *Iſaac*, vous êtes
ſelon mon cœur ! Que ne puis-je travailler auprès de
vous ! que n'êtes-vous à Amſterdam ! Je n'attends
que le moment d'être débarraſſé de mes graveurs , de
mes imprimeurs, pour venir vous embraſſer. Mais
quel tour les révérends ont-ils voulu vous jouer ! *Ah!*
traditori !

Je vous prie de preſſer la publication de la lettre
du petit bourgmeſtre. Embelliſſez, enflez cela : le

——— canevas doit plaire à ce pays-ci. Il eſt bon d'avoir
1737. les bourgmeſtres pour ſoi, ſi on a les jéſuites contre.

Sæpe premente Deo , fert Deus alter opem.

Mon cher *Iſaac*, je vous aime tendrement. Je viens
de lire le numéro où il eſt parlé de *Jacques Clément*
et des précepteurs de *Ravaillac*. Vous êtes plus hardi
qu'*Henri IV ;* il craignait les jéſuites.

LETTRE CCXXXIII.

A M. THIRIOT.

A Leyde , le 4 février.

J'AI fait ce que j'ai pu , mon cher ami , pour les
manes de ce M. de *la Creuſe* qui s'eſt tué comme
Brutus , *Caſſius* , *Caton* , *Othon* , pour avoir perdu
une commiſſion de tabac ; mais je ne ſais ſi mes
repréſentations ſourdines en faveur de cette ame
romaine ou anglaiſe réuſſiront.

Vous n'avez pas relu apparemment le manuſcrit
de l'Enfant prodigue ; vous y reprenez toutes les
fautes qui n'y ſont plus. Vous êtes le contraire des
amans qui trouvent toujours dans leurs maîtreſſes
des beautés que perſonne n'y trouve plus qu'eux. Il
eſt bon d'être ſévère, mais il faut être exact, et ne
plus voir ce que j'ai ôté.

Je crois que le fond de cette comédie ſera toujours
intéreſſant. Si quelque plaiſanterie vient ſe préſenter

à moi pour égayer le fujet, je la prendrai ; mais pour ——
les mœurs et la tendreffe, mon ame en a un magafin **1737.**
tout plein.

Mes récréations font ici de corriger mes ouvrages
de belles-lettres, et mon occupation férieufe d'étudier
Newton et de tâcher de réduire ce géant-là à la mefure
des nains mes confrères. Je mets *Briarée* en miniature.
La grande affaire eft que les traits foient reffemblans.
J'ai entrepris une befogne bien difficile ; ma fanté
n'en eft pas meilleure ; il arrivera peut-être que je
la perdrai entièrement, et que mon ouvrage ne
réuffira point ; mais il ne faut jamais fe décourager.
Je prétends que *Polymnie* entendra toute cette philofophie, comme elle exécute une fonate. Vous me
direz fi cela eft clair. Je vous en ferai tenir quelques
feuilles ; vous les jetterez au feu fi vous avez trop
foupé la veille, et fi vous n'êtes pas en état de lire.

Je fuis enchanté que ma nièce life *Locke*. Je fuis
comme un vieux bon homme de père qui pleure de
joie de ce que fes enfans fe tournent au bien. Dieu
foit béni de ce que je fais des profélytes dans ma
famille.

Je ne fuis pas fâché des calomnies que faint *Rouffeau*
a débitées fur mon compte. Elles étaient fi groffières
qu'il fallait bien qu'elles retombaffent fur lui. Ce
bon dévot fera le patron des calomniateurs. Il avait
publié par-tout que j'avais eu une belle querelle avec
s'Gravefende, au fujet de l'exiftence de DIEU. Cela
a indigné M. *s'Gravefende* et tout le monde. Oh,
pour le coup, je défie ici la calomnie. Je paffe ma
vie à voir des expériences de phyfique, à étudier. Je
fouffre tous mes maux patiemment, prefque toujours

1737. dans la folitude. Pour peu que je veuille de fociété, je trouve ici plus d'accueil qu'on ne m'en a jamais fait en France; on m'y fait plus d'honneur que je ne mérite.

Je perfifte dans le deffein de ne point répondre aux *Desfontaines*. Je tâche de mettre mes ouvrages hors de portée des griffes de la cenfure.

Mon cher ami, je vous fais là un long détail de petites chofes; pardon. Faites mes complimens aux preux chevaliers, au Parnaffe, à *Pollion*, à *Polymnie*, à *Varron-Dubos* et à *Colbert-Melon*. Eh bien, *Caftor* et *Pollux* font donc fous l'autre hémifphère jufqu'à l'année prochaine? Mais ceux que vous me dites qui ont payé d'ingratitude les bienfaits de *Pollion*, devraient être dans les enfers à tout jamais. Votre ame tendre et reconnaiffante doit trouver ce crime horrible. Ecrivez à *Emilie;* elle eft bien au-deffus encore de tout ce que vous me dites d'elle. Adieu; que *Berger* m'écrive donc, il m'oublie.

LETTRE CCXXXIV.

A M. THIRIOT.

A Leyde, le 14 février.

JE reçois votre lettre du 7 février, mon cher ami. Je pars inceffamment pour achever à Cambridge mon petit cours de newtonifme; j'en reviendrai au mois de juin, et je veux qu'au mois de feptembre vous et les vôtres foyez newtoniens. Si mon ouvrage n'eft

pas aussi clair qu'une fable de *la Fontaine*, il faut ——
le jeter au feu. A quoi bon être philosophe, si on 1737.
n'est pas entendu des gens d'esprit?

J'ai vu l'ode de *Rousseau*; elle n'est pas plus mauvaise que ses trois épîtres.

Solve senescentem maturè sanus equum . . . .

Apollon lui a ôté le talent de la poësie, comme on
dégrade un prêtre avant de le livrer au bras séculier.
J'ai appris dans ce pays-ci des traits de son hypocrisie, à mettre dans le Tartuffe. C'était un scélérat
qui avait le vernis de l'esprit : le vernis s'est en allé,
et le coquin est demeuré.

M. d'*Aremberg*, convaincu de ses impostures, et
qui pis est ennuyé de lui, ne veut plus le voir. Il
est réduit à un juif nommé *Médina*, condamné en
Hollande au dernier supplice. Il passe chez lui sa
journée au sortir de la messe. Il communie, il
calomnie, il ennuie; n'en parlons plus.

Le Prince royal est plus *Titus*, plus *Marc-Aurèle*
que jamais.

J'ai écrit aux deux aimables frères. Ce sont les
plus aimables amis que j'aye après vous. Je n'ai point
vu le nouveau rien de l'ex-jésuite.

LETTRE CCXXXV.

A M. DE CIDEVILLE.

Amſterdam , ce 18 février.

Mon cher *Cideville*, j'ai reçu vos lettres où vous faites parler votre cœur avec tant d'eſprit. Pardon , mon cher ami , ſi j'ai tardé ſi long-temps à vous répondre. Je vais bien haïr la philoſophie qui m'a ôté l'exactitude que l'amitié m'avait donnée. Que gagne-rai-je à connaître le chemin de la lumière, et la gra-vitation de Saturne? Ce ſont des vérités ſtériles; un ſentiment eſt mille fois au-deſſus. Comptez que cette étude, en m'abſorbant pour quelque temps, n'a point pourtant deſſéché mon cœur ; comptez que le compas ne m'a point fait abandonner nos muſettes. Il me ſerait bien plus doux de chanter avec vous, *lentus in umbrâ , formoſam reſonare docens Amaryllida ſylvas*, que de voyager dans le pays des démonſtrations; mais, mon cher ami, il faut donner à ſon ame toutes les formes poſſibles. C'eſt un feu que DIEU nous a confié, nous devons le nourrir de ce que nous trouvons de plus précieux. Il faut faire entrer dans notre être tous les modes imaginables, ouvrir toutes les portes de ſon ame à toutes les ſciences et à tous les ſentimens; pourvu que tout cela n'entre pas pêle-mêle, il y a place pour tout le monde. Je veux m'inſtruire et vous aimer ; je veux que vous ſoyez newtonien, et que vous entendiez cette philoſophie comme vous ſavez aimer.

1737.

Je ne sais pas ce qu'on pense à Rouen et à Paris, et j'ignore la raison pour laquelle vous me parlez de *Rousseau.* C'est un homme que je méprise infiniment comme homme, et que je n'ai jamais beaucoup estimé comme poëte. Il n'a rien de grand ni de tendre; il n'a qu'un talent de détail; c'est un ouvrier, et je veux un génie. Il faut que vous vous soyez mépris quand vous m'avez conseillé de le louer, et même de caresser quelques personnes dont vous croyez qu'on doit mendier le suffrage. Je ne louerai jamais ce que je méprise, et je ne ferai jamais ma cour à personne. Prenez des sentimens plus hauts et plus honorables pour l'humanité. Ne croyez pas d'ailleurs qu'il n'y ait que la France où l'on puisse vivre: c'est un pays fait pour les jeunes femmes et les voluptueux, c'est le pays des madrigaux et des pompons; mais on trouve ailleurs de la raison, des talens, &c. *Bayle* ne pouvait vivre que dans un pays libre: la sève de cet arbre heureusement transplanté, eût été étouffée dans son pays natal.

Je sais que par-tout la jalousie poursuit les arts; je connais cette rouille attachée à nos métaux. Le poison de *Rousseau* m'a été lancé jusqu'ici. Il a écrit que j'avais eu une dispute sur l'athéisme avec s'*Gravesende.* Sa calomnie a été confondue, et ainsi le seront tôt ou tard toutes celles dont on m'a noirci. Je ne crains personne, je ne demanderai de faveur à personne, et je ne déshonorerai jamais le peu de talens que la nature m'a donné, par aucune flatterie. Un homme qui pense ainsi mérite votre amitié, autrement j'en ferais indigne. C'est cette amitié seule qui me fera retourner en France, si j'y retourne.

Adieu; je vous embraffe de tout mon cœur. Mille tendres complimens à M. de *Formont* que vous voyez, ou à qui vous écrivez.

J'ai lu la pauvre ode de *Rouffeau* fur la paix; cela eft prefque auffi mauvais que tous fes derniers ouvrages.

LETTRE CCXXXVI.

A M. LE COMTE D'ARGENTAL.

A Leyde, ce 25 février.

Je ne fais rien de rien. Si vous favez de mes nouvelles, mon refpectable et généreux ami, vous me ferez un fenfible plaifir de m'en apprendre. Je ne compte point voir cet hiver le Prince de Pruffe. Ce fera pour cet été, fi en effet je me réfous d'y aller; en attendant, je m'occuperai à l'étude. J'aurai des fecours où je fuis, et je ne perdrai pas mon temps; on le perd toujours dans une cour. Je facrifie à préfent l'idée d'une tragédie à la phyfique, à laquelle je me fuis remis. *Newton* l'emporte fur ce Prince royal, il l'emportera bien fur des vers alexandrins; mais je vous jure que j'y reviendrai, puifque vous les aimez.

Le genre de vie que je mène eft tout-à-fait de mon goût, et me rendrait heureux fi je n'étais pas loin d'une perfonne qui avait daigné faire dépendre fon bonheur de vivre avec moi.

Mandez-moi, je vous prie, vos intentions fur

notre

notre Enfant (*). Je n'écris point à mademoiſelle ——
Quinault; je compte que vous joindrez à toutes vos 1737.
bontés celle de l'aſſurer de ma tendre reconnaiſſance.

Si cet Enfant a en effet gagné ſa vie, je vous prie
de faire en ſorte que ſon pécule me ſoit envoyé, tous
frais faits. C'eſt une bagatelle; mais il m'eſt arrivé
encore de nouveaux déſaſtres; j'ai fait des pertes dans
le chemin.

Souffrez que je joigne ici une lettre pour *Thiriot* le
marchand. Adieu; on ne peut être plus pénétré de
vos bontés. Adieu, les deux frères que j'aimerai et
que je reſpecterai toute ma vie.

LETTRE CCXXXVII.

A M. L'ABBÉ MOUSSINOT.

Cirey.

JE vous réitère, mon tendre ami, la prière de ne
parler de mes affaires à perſonne, et ſurtout de dire
que je ſuis en Angleterre; j'ai pour cela de très-fortes
raiſons. Il y aurait à moi, dans le moment critique
où je me trouve, beaucoup d'imprudence de mettre
dans le commerce de *Pinga* une partie forte qui ferait
trop long-temps à rentrer. N'y mettons donc que
quatre à cinq mille francs pour nous amuſer; pareille
ſomme dans les tableaux, cela vous amuſera encore
plus. Les billets des fermiers généraux ſont à ſix
pour cent; c'eſt l'emploi le plus ſûr de l'argent.

(*) L'Enfant prodigue.

Correſp. générale. Tome I. G g

—— Amufez-vous encore là-deffus. Achetez des actions ; cette marchandife baiffera dans peu, du moins je le penfe : c'eft encore là un honnête délaffement pour un chanoine, et je m'en rapporte entièrement à votre intelligence pour tous ces amufemens.

De plus, mettons entre les mains de M. *Michel*, dont vous connaiffez la probité et la fortune, la moitié de notre argent comptant, à raifon de cinq pour cent, et pas davantage, ne fût-ce que pour fix mois, cela vaudra quelque chofe ; en fait d'intérêt il ne faut rien négliger, et dans le placement de fon argent fe conformer toujours à la loi du prince. Que tout cela, comme mes autres affaires, foit dans un profond fecret.

Encore dix-huit francs à d'*Arnaud* et deux Henriades. Je m'aperçois que je vous donne plus d'embarras que tout votre chapitre, mais je ne ferai pas fi ingrat.

LETTRE CCXXXVIII.

A M. L'ABBÉ MOUSSINOT.

JE fuis très-aife, mon cher correfpondant, que M. *Berger* me croye en Angleterre. J'y fuis pour tout le monde, excepté pour vous. Remettez, je vous prie, cent louis d'or à M. le marquis *du Châtelet*, qui me les rapportera.

A préfent, mon cher abbé, voulez-vous que je vous parle franchement ? Il faudrait que vous me

fissiez l'amitié de prendre par an un petit honoraire, ——
une marque d'amitié. Agissons sans aucune façon. 1737.
Vous aviez une petite rétribution de vos chanoines ;
traitez-moi comme un chapitre ; prenez-le double,
de votre ami le poëte philosophe, de ce que vous
donnait votre cloître, sans préjudice du souvenir
que j'aurai toujours pour vous. Réglez cela, et aimez-
moi.

LETTRE CCXXXIX.

A M. L'ABBÉ MOUSSINOT.

Mai.

L'HOMME qui a le secret du tombac qui se file, n'est
pas le seul ; mais je crois qu'on n'en peut filer que très-
peu, et qu'il se casse. Sondez cet homme au tombac ;
nous pourrions bien le prendre ici, et lui donner une
chambre, un laboratoire, la table, et une pension de
cent écus. Il serait à portée de faire ses expériences, et d'essayer de faire de l'acier, ce qui est bien
plus aisé assurément que de faire de l'or. S'il a le
malheur de chercher la pierre philosophale, je ne
suis pas surpris que, de six mille livres de rente, il soit
réduit à rien. Un philosophe qui a six mille livres de
rente, a la pierre philosophale. Cette pierre conduit
tout naturellement à parler d'affaires d'intérêt.

Voici le certificat que vous demandez. Je vous
réitère mes prières pour qu'on écrive sans délai à
M. de *Guise*, à M. de *Lezeau* et autres ; pour que

Gg 2

——— vous voyiez M. *Paris Duverney*, et que vous lui faffiez
entendre qu'on me fera grand plaifir de me laiffer
jouir de la penfion de la reine et de l'argent du tréfor
royal, dont j'ai un très-grand befoin, et dont je ferai
très-obligé.

Veuillez encore, mon cher abbé, arranger à l'amia-
ble ma rente, mon dû et les arrérages avec l'intendant de M. de *Richelieu;* le tout fans marquer une
défiance injufte. Cela devrait être confommé depuis
plus d'un mois. Une affurance d'un payement régulier épargnerait à monfieur le Duc des détails défagréables, délivrerait fon intendant d'un grand embarras, vous épargnerait à vous, mon cher ami, beaucoup
de pas perdus, des corvées fatigantes et infructueufes.

Nous en dirons davantage là-deffus une autre fois,
car je crains d'oublier de vous demander une très-
bonne machine pneumatique, ce qui eft rare à
trouver; un bon télefcope de réflexion, ce qui pour
le moins eft auffi rare; les volumes des pièces qui ont
été couronnées à l'académie. Ce font là des chofes
favantes dont mon efprit peu favant a un befoin très-
urgent.

Je n'ai, mon cher abbé, ni le temps ni la force
d'être plus long, ni même de vous remercier du
chimifte que vous m'avez envoyé. Je ne l'ai encore
guère vu qu'à la meffe; il aime la folitude : il doit
être content. Je ne pourrai travailler avec lui en
chimie, que quand un appartement que je bâtis fera
achevé; en attendant, il faut que chacun étudie
de fon côté, et que vous m'aimiez toujours.

LETTRE CCXL.

A M. L'ABBÉ MOUSSINOT.

Mai.

Il y a plaisir, mon cher ami, à vous donner des commissions savantes, tant vous vous en acquittez bien : on ne peut rendre service ni mieux ni plus promptement.

Je viens de faire sur le champ l'expérience que le savant charbonnier, M. *Grosse*, conseille sur le fer. J'en ai pesé un morceau de deux livres, que j'ai fait rougir sur une tuile à l'air; je l'ai pesé rouge, je l'ai pesé froid, il a toujours été de même poids. J'ai pesé tous ces jours-ci du fer et de la fonte enflammés; j'en ai pesé depuis deux livres jusqu'à mille livres. Loin de trouver le poids du fer rouge plus grand, je l'ai trouvé plus petit de beaucoup, ce que j'attribue à l'effet de la fournaise prodigieusement ardente, qui aura enlevé quelques particules de fer; c'est ce que je vous prie de dire au sieur *Grosse* quand vous le verrez; voyez donc promptement ce gnome, et avec votre *incognito* ordinaire, faites-lui une nouvelle consultation. C'est un homme bien au fait. Sachez donc, 1°. s'il croit que le feu pèse : 2°. si les expériences faites par M. *Homberg* et autres, doivent l'emporter à ce sujet sur celle du fer rouge et refroidi qui pèse toujours également. Nous sommes environnés, mon

Gg 3

————
1737.

cher abbé, d'incertitudes dans tous les genres possibles. La moindre vérité donne des peines infinies à trouver.

3°. Demandez-lui si le miroir ardent du Palais royal fait le même effet sur les matières mises dans l'air libre et dans le vide de la machine pneumatique. Il faudrait là-dessus le faire jaser long-temps, lui demander les effets des rayons du soleil dans ce vide sur la poudre à canon, sur le fer, sur les liqueurs, sur les métaux, prendre un petit nota de toutes les réponses de ce savant.

4°. L'interroger si le phosphore de *Boyle*, si le phosphore igné s'allument dans le vide ; enfin, s'il a vu de bon naphte de Perse, et s'il est vrai que ce naphte brûle dans l'eau (*). Vous voilà, mon cher abbé,

————

(*) M. de *Voltaire* s'occupait alors d'un Mémoire sur la nature et les lois de la propagation du feu, qu'il envoya pour concourir au prix de l'académie des sciences, M. *Euler* eut le prix, et l'académie fit une mention honorable du Mémoire de M. de *Voltaire*. Ses expériences sur le poids d'une masse de métal rougie au feu, comparé au poids de la même masse refroidie, ont été répétées par M. de *Buffon*, qui a trouvé que le poids de la masse refroidie était plus petit. Mais un savant physicien anglais a répété récemment cette expérience, et a trouvé le même résultat que M. de *Voltaire*. Il est difficile de faire cette expérience d'une manière concluante ; mais la plupart des physiciens sont de l'avis de M. de *Voltaire*.

Quant à l'augmentation du poids des métaux calcinés, ce phénomène observé par *Boyle* est très-réel ; mais il ne dépend point de la chaleur actuelle de ces métaux. Ils ne perdent point cette augmentation en refroidissant, mais seulement lorsqu'on les remet dans l'état métallique. Cette augmentation de poids a été long-temps un phénomène inexplicable. Comme les métaux ne se calcinent point dans les vaisseaux fermés, plusieurs physiciens avaient soupçonné qu'elle était due à l'air de l'atmosphère qui se combinait dans cette opération avec la terre métallique. Cette conjecture a été vérifiée depuis, et on a trouvé que l'augmentation de poids que les métaux acquièrent par la calcination, est

archi-phyſicien. Je vous lutine furieuſement, car
j'ajoute encore que le temps me preſſe. J'abuſe exceſſi- 1737.
vement de votre complaiſance ; mais, en revanche,
je vous aime exceſſivement.

LETTRE CCXLI.

A M. PITOT,

DE L'ACADEMIE DES SCIENCES.

Le 17 de mai.

VOUS m'aviez flatté, Monſieur, l'année paſſée, que
vous voudriez bien donner quelque attention à des
Elémens de la philoſophie de *Newton*, que j'ai mis par
écrit pour me rendre compte à moi-même de mes
études, et pour fixer dans mon eſprit les faibles con-
naiſſances que je peux avoir acquiſes. Si vous voulez
le permettre, je vous ferai tenir mon manuſcrit qui
n'eſt qu'un recueil de doutes, et je vous prierai de
m'inſtruire.

Si après cela vous trouvez que le public puiſſe
tirer quelque utilité de l'ouvrage, et que vous vouliez
l'abandonner à l'impreſſion, peut-être que la nouveauté et l'envie de voir de près quelques-uns des

due à une combinaiſon de la terre métallique, non avec l'air de l'at-
moſphère, mais avec celle des parties conſtituantes de cet air, à laquelle
les chimiſtes donnent le nom d'air vital, d'air déphlogiſtiqué ; et dans
le temps où M. de *Voltaire* écrivait ces lettres, la doctrine de *Sthal* était
inconnue en France ; ainſi l'on ne doit point être étonné qu'il ne
s'exprime pas toujours avec l'exactitude que le langage des chimiſtes a
pu acquérir depuis cette époque. *Note de l'A. d. V.*

——— myftères newtoniens cachés jufqu'ici au gros du monde, pourront procurer au livre un débit qu'il ne mériterait guère fans ce goût de la nouveauté, et furtout fans vos foins. Les libraires le demandent déjà avec affez d'empreffement.

Je me flatte qu'un efprit philofophique comme le vôtre ne fera point effarouché de l'attraction. Elle me paraît une nouvelle propriété de la matière. Les effets en font calculés; et il eft de toute impoffibilité de reconnaître, pour principe de ces effets, l'impulfion telle que nous en avons l'idée. Enfin, vous en jugerez.

Je vous dirai, pour commencer mon commerce de queftions avec vous, qu'ayant vu les expériences de M. s'Gravefende fur les chutes et les chocs des corps, j'ai été obligé d'abandonner le fyftême qui fait la quantité de mouvement le produit de la maffe par la vîteffe; et en gardant pour M. de *Mairan*, et pour fon mémoire, une eftime infinie, je paffe dans le camp oppofé, ne pouvant juger d'une caufe que par fes effets, et les effets étant toujours le produit de la maffe par le carré de la vîteffe, dans tous les cas poffibles et à tous les momens.

Il y a des idées bien nouvelles (et qui me paraiffent vraies) d'un docteur *Barclai*, évêque de Cloine, fur la manière dont nous *voyons*. Vous en lirez une petite ébauche dans ces Elémens; mais je me repens de n'en avoir pas affez dit. Il me paraît furtout qu'il décide très-bien une queftion d'optique que perfonne n'a jamais pu réfoudre. C'eft la raifon pour laquelle nous voyons dans un miroir concave les objets tout autrement placés qu'ils ne devraient l'être fuivant les lois ordinaires.

Il décide auffi la queftion du différend entre *Régis* —
et Mallebranche, au fujet du difque du foleil et de la 1737.
lune qu'on voit toujours plus grands à l'horizon
qu'au méridien, quoiqu'ils foient vus à l'horizon fous
un plus petit angle. Il me paraît qu'il prouve affez
que *Mallebranche* et *Régis* avaient également tort.

Pour moi qui viens d'obferver ces aftres à leur
lever et à leur coucher avec un large tuyau de carton
qui me cachait tout l'horizon, je peux vous affurer
que je les ai vus tout auffi grands que quand mes
yeux les regardaient fans tube. Tous les affiftans en
ont jugé comme moi.

Ce n'eft donc pas la longue étendue du ciel et de
la terre qui me fait paraître ces aftres plus grands à
leur lever et à leur coucher qu'au méridien, comme
le dit *Mallebranche*.

J'ajouterai un article fur ce phénomène et fur celui
des miroirs concaves, dans mon livre. En attendant,
permettez que je vous confulte fur un fait d'une autre
nature, qui me paraît très-important,

M. *Godin*, après le chevalier de *Louville*, affure
enfin que l'obliquité de l'écliptique a diminué de près
d'une minute depuis l'érection de la méridienne de
Caffini à Sainte-Pétrone. Il eft donc conftant que
voilà une nouvelle période, une révolution nouvelle
qui va changer l'aftronomie de face.

Il faut ou que l'équateur s'approche de l'écliptique,
ou l'écliptique de l'équateur. Dans les deux cas, tous
les méridiens doivent changer peu à peu. Celui de
Sainte-Pétrone a donc changé : il eft donc midi un
peu plutôt qu'il n'était. A-t-on fait fur cela quelques
obfervations? Le fyftême du changement de l'obliquité,

qui entraîne une fi grande révolution , pourrait-il fubfifter fans qu'on fe fût aperçu d'une aberration fenfible dans le mouvement apparent des aftres ? Je vous prie de me mander quelles nouvelles on fait du ciel fur ce point-là.

N'a-t-on point quelques nouvelles auffi fur les mefures des degrés vers le pôle ? Je ferai bien attrapé fi la terre n'était pas un fphéroïde aplati aux deux extrémités de l'axe ; mais je crois encore que M. de *Maupertuis* trouvera la terre comme il l'a devinée. Il eft fait pour s'être rencontré avec celui que *Platon* appelle l'éternel géomètre.

On ne peut être avec plus d'eftime que moi, Monfieur , votre , &c.

LETTRE CCXLII.

A M. PITOT,

DE L'ACADEMIE DES SCIENCES.

Le 20 juin.

Vous devez avoir actuellement, Monfieur, tout l'ouvrage (*) fur lequel vous voulez bien donner votre avis. J'en ai commencé l'édition en Hollande , et j'ai appris depuis que le gouvernement défirait que le livre parût en France, d'une édition de Paris. M. d'*Argenfon* fait de quoi il s'agit ; je n'ai ofé lui écrire fur cette bagatelle. La retraite où je vis ne me

_____

(*) Les Elémens de la philofophie de *Newton.*

permet guère d'avoir aucune correfpondance à Paris ,
et furtout d'importuner les gens en place de mes
affaires particulières. Sans cela, il y a long-temps que
j'aurais écrit à M. d'*Argenfon*, avec qui j'ai eu l'honneur d'être élevé, et qui , depuis vingt-cinq ans ; m'a
toujours honoré de fes bontés. Je compte qu'il m'a
confervé la même bienveillance.

Je vous fupplie, Monfieur, de lui montrer cet
article de ma lettre, quand vous le trouverez dans quelque moment de loifir. Vous l'inftruirez mieux que je
ne le ferais touchant cet ouvrage. Vous lui direz
qu'ayant commencé l'édition en Hollande, et en
ayant fait préfent au libraire qui l'imprime , je n'ai
fongé à le faire imprimer en France que depuis que
j'ai fu qu'on défirait qu'il y parût avec privilége et
approbation.

Ce livre eft attendu ici avec plus de curiofité qu'il
n'en mérite, parce que le public s'empreffe de chercher à fe moquer de l'auteur de la Henriade devenu
phyficien. Mais cette curiofité maligne du public fervira encore à procurer un prompt débit à l'ouvrage ,
bon ou mauvais.

La première grâce que j'ai à vous demander, Monfieur, eft de me dire en général ce que vous penfez de
cette philofophie, et de me marquer les fautes que
vous y aurez trouvées. J'ai un inftinct qui me fait
aimer le vrai ; mais je n'ai que l'inftinct, et vos
lumières le conduiront.

Vous trouvez que je m'explique affez clairement ;
je fuis comme les petits ruiffeaux ; ils font tranfparens
parce qu'ils font peu profonds. J'ai tâché de préfenter
les idées de la manière dont elles font entrées dans

—— ma tête. Je me donne bien de la peine pour en épar-
1737. gner à nos Français qui, généralement parlant, vou-
draient apprendre fans étudier.

Vous trouverez, dans mon manufcrit, quelques
anecdotes femées parmi les épines de la phyfique. Je
fais l'hiftoire de la fcience dont je parle, et c'eft
peut-être ce qui fera lu avec le moins de dégoût. Mais
le détail des calculs me fatigue et m'embarraffe encore
plus qu'il ne rebutera les lecteurs ordinaires. C'eft
pour ces cruels détails furtout que j'ai recours à votre
tête algébrique et infatigable ; la mienne, poëtique
et malade, eft fort empêchée à pefer le foleil.

Si madame votre femme eft accouchée d'un garçon,
je vous en fais mon compliment. Ce fera un honnête
homme et un philofophe de plus, car j'efpère qu'il
vous reffemblera. (*)

Sans aucune cérémonie, je vous prie de compter
fur ma reconnaiffance autant que fur mon eftime et
mon amitié; il ferait indigne de la philofophie d'aller
barbouiller nos lettres d'un votre très-humble, &c.

P. S. Vous vous moquez du monde de me remercier comme vous faites, et encore plus de parler d'acte
par-devant notaire ; je le déchirerais. Votre nom me
fuffit, et je ne veux point que le nom d'un philofophe
foit déshonoré par des obligations en parchemin. S'il
n'y avait que des gens comme nous, les gens de juftice
n'auraient pas beau jeu.

———————————
(*) Le fils de M. *Pitot* eft actuellement avocat général de la cour des
aides de Montpellier.

LETTRE CCXLIII.

A M. LE MARQUIS D'ARGENS.

Le 22 juin.

J'AI reçu vos lettres, mon cher *Isaac*, comme nos pères reçurent les cailles dans le défert; mais je ne me lafferai pas de vos lettres comme ils fe lafsèrent de leurs cailles. Souvenez-vous que je vous ai toujours affuré un fuccès invariable pour les Lettres juives. Comptez que vous vous lafferez plutôt d'en écrire, que le public de les lire et de les défirer.

Je fuis très-aife que vous ayez exécuté ce petit projet d'Anecdotes littéraires. Le goût que vous avez pour le bon et pour le vrai ne vous permettra pas de paffer fous filence les Vifions de *Marie Alacoque* :

Les vers français que *Jéfu-Chrift* a faits pour cette fainte ; vers qui feraient penfer que notre divin Sauveur était un très-mauvais poëte, fi on ne favait d'ailleurs que *Languet*, archevêque de Sens, a été le *Pellegrin* qui a fait ces vers de *Jéfu-Chrift* :

L'impertinence abfurde des jéfuites qui, dans leur miférable journal, viennent d'affurer que l'Effai fur l'homme, de *Pope*, eft un ouvrage diabolique contre la religion chrétienne :

Le ftyle d'un certain père *Regnault*, auteur des Entretiens phyfiques ; ftyle digne de fon ignorance. Ce bon père a la juftice d'appeler les admirables découvertes et les démonftrations de *Newton* fur la lumière, *un système;* et enfuite il a la modeftie de proposer le fien. Il dit qu'*Hercule était phyficien*, et qu'on ne pouvait réfifter à *un phyficien de cette force.* Il examine la queftion du vide, et il dit ingénieufement : Voyons s'il y a du vide *ailleurs que dans la bouteille ou dans la bourfe.*

C'eft-là le ftyle de nos beaux efprits favans, qui ne peuvent imiter que les défauts de *Voiture* et de *Fontenelle.*

Pareilles impertinences dans le père *Caftel* qui, dans un livre de mathématiques, pour faire comprendre que le cercle eft un compofé d'un infini de lignes droites, introduit un ouvrier fefant un talon de fouliers, qui dit qu'un cône n'eft qu'un pain de fucre, &c. &c.; et que ces notions fuffifent pour être bon mathématicien.

Les cabales et les intrigues pour faire réuffir de mauvaifes pièces, et pour faire croire qu'elles ont réuffi, quand elles ont fait bâiller le peu d'auditeurs qu'elles ont eus : témoin l'Ecole des amis, Childéric, et tant d'autres qu'on ne peut lire.

Enfin, vous ne manquerez pas de matières. Vous aurez toujours de quoi venger et éclairer le public.

Vous faites fort bien, tandis que vous êtes encore jeune, d'enrichir votre mémoire par la connaiffance des langues; et puifque vous faites aux belles-lettres l'honneur de les cultiver, il eft bon que vous vous faffiez un fonds d'érudition, qui donnera toujours plus de poids à votre gloire et à vos ouvrages. Tout eft également frivole en ce monde ; mais il y a des inutilités qui paffent pour folides, et ces inutilités-là ne font pas à négliger. Tôt ou tard vous en recueillerez

le fruit, foit que vous reftiez dans les pays étrangers,
foit que vous rentriez dans votre patrie.

Voici une lettre que j'ai reçue, laquelle doit vous
confirmer dans l'idée que vous avez de *Rouffeau*.
Adieu ; je vous aime autant qu'il eft méprifable. Je
vous fuis attaché pour toute ma vie.

LETTRE CCXLIV.

A M. L'ABBÉ MOUSSINOT.

Octobre.

Monsieur de *Brézé* eft-il bien folide ? Qu'en
penfez-vous, mon prudent ami ? Cet article d'intérêt
mûrement examiné, prenez vingt mille livres chez
M. *Michel*, et donnez-les à M. de *Brézé*, en rentes
viagères au denier dix. Cet emploi fera d'autant plus
agréable, qu'on fera payé aifément et régulièrement
fur fes maifons à Paris. Arrangez cette affaire pour le
mieux, et une fois arrangée, fi la terre de Spoy peut
fe donner pour cinquante mille livres, nous les trou-
verons vers le mois d'avril. Nous vendrons des
actions, nous emprunterons au denier vingt, cela
ne fera difficile ni à vous ni à moi ; la vie eft courte.
Salomon dit qu'il faut jouir : je fonge à jouir, et pour
cela je me fens une grande vocation pour être jardi-
nier, laboureur et vigneron ; peut-être même réuffirai-
je mieux à planter des arbres, à bêcher la terre et à
la faire fructifier, qu'à faire des tragédies, de la chimie, des poëmes épiques, et autres fublimes fottifes

qui font des ennemis implacables. Donnez l'Enfant prodigue à *Prault*, moyennant cinquante louis d'or, fix cents francs tout de fuite, et un billet pour les autres fix cents livres, payables quand ce malheureux Enfant verra le jour. Cet argent fera employé à quelque bonne œuvre. Je m'en tiens à mon lot, qui eft un peu de gloire et quelques coups de fifflets.

LETTRE CCXLV.

A M. THIRIOT.

A Cirey, le 3 novembre.

N'OSANT vous écrire par la pofte, je me fers de cet homme qui part de Cirey, et qui fe charge de ma lettre. Croiriez-vous bien que la plus lâche et la plus infame calomnie qu'un prêtre puiffe inventer, a été caufe de mon voyage en Hollande ? Vous avez été, avec plufieurs honnêtes gens, enveloppé vous-même dans cette calomnie abfurde dont vous ne vous doutez pas. Il ne m'eft pas permis encore de vous dire ce que c'eft. Je vous demande même en grâce, mon cher ami, au nom de la tendre amitié qui nous unit depuis plus de vingt ans, et qui ne finira qu'avec ma vie, de ne paraître pas feulement foupçonner que vous fachiez qu'il y a eu une calomnie fur notre compte. Ne dites point furtout que vous ayez reçu de lettre de moi ; cela eft de très-grande conféquence. Il vous paraîtra fans doute furprenant qu'il y ait une pareille inquifition fecrète ; mais enfin elle exifte, et il faut que les

honnêtes

honnêtes gens, qui font toujours les plus faibles, ———
cèdent aux plus forts. J'avais voulu vous écrire par 1737.
M. l'abbé du *Refnel*, qui eft venu paffer un mois à
Cirey, et je ne me fuis privé de cette confolation que
parce qu'il ne devait retourner à Paris qu'après la
Saint-Martin. Mon cher *Thiriot*, quand vous faurez
de quoi il a été queftion, vous rirez et vous ferez
indigné à l'excès de la méchanceté et du ridicule des
hommes. J'ai bien fait de ne vivre que dans la cour
d'*Emilie*, et vous faites très-bien de ne vivre que dans
celle de *Pollion*.

Je lus, il y a un mois, le petit extrait que mademoifelle *Deshayes* avait fait de l'ouvrage de l'*Euclide-
Orphée*, et je dis à madame du *Châtelet :* Je fuis fûr
qu'avant qu'il foit peu *Pollion* époufera cette mufe-là.
Il y avait dans ces trois ou quatre pages une forte de
mérite peu commun; et cela, joint à tant de talens
et de grâces, fait en tout une perfonne fi refpectable,
qu'il était impoffible de ne pas mettre tout fon bonheur et toute fa gloire à l'époufer. Que leur bonheur
foit public, mon cher ami, et que mes complimens
foient bien fecrets, je vous en conjure. Je fouhaite
qu'on fe fouvienne de moi dans votre temple des
mufes; je veux être oublié par-tout ailleurs.

Je viens de lire les paroles de *Caftor* et *Pollux*.
Ce poëme eft plein de diamans brillans; cela étincelle
de penfées et d'expreffions fortes. Il y manque quelque petite chofe que nous fentons bien tous, et que
l'auteur fent auffi; mais c'eft un ouvrage qui doit
faire grand honneur à fon efprit. Je n'en fais pas le
fuccès; il dépend de la mufique, et des fêtes, et des
acteurs. Je fouhaiterais de voir cet opéra avec vous,

d'en embraffer les auteurs, de fouper avec eux et avec vous, mon cher ami, fi je pouvais fouhaiter quelque chofe ; mais mon petit paradis terreftre me retiendra jufqu'à ce que quelque diable m'en chaffe.

Vous favez peut-être que le feul vrai prince qu'il y ait en Europe nous a envoyé dans notre Eden un petit ambaffadeur (*) qu'il qualifie de fon ami intime, et qui mérite ce titre. Les autres rois n'ont que des courtifans, mais notre prince n'aura que des amis. Nous avons reçu celui-ci comme *Adam* et *Eve* reçoivent l'ange dans le Paradis de *Milton*, à cela près qu'il a fait meilleure chère, et qu'il a eu des fêtes plus galantes. Notre prince devient tous les jours plus étonnant ; c'eft un prodige de talens et de vraie vertu. Je crains qu'il ne meure. Les hommes ne font pas faits pour être gouvernés par un tel homme ; ils ne méritent pas d'être heureux.

Il m'envoie quelquefois de gros paquets qui font fix mois en route, et qui probablement arriveraient plutôt s'ils paffaient par vos mains. Je voudrais bien que vous fuffiez notre unique correfpondant. Je me flatte que dans peu il me fera permis d'écrire librement à mes amis. Le nombre ne fera pas grand, et vous ferez toujours à la tête.

Vous devriez bien aller voir mes nièces, qui ont perdu leur père. Vous me ferez grand plaifir de leur parler de leur oncle le folitaire (fans témoins s'entend). Il y a là une nièce aînée qui eft une élève de *Rameau*, et qui a l'efprit aimable. Je voudrais bien l'avoir auprès de moi, auffi-bien que fa fœur. Vous pourriez

(*) Le baron de *Keyferling*.

leur en infpirer l'envie ; elles ne fe repentiraient pas
du voyage. 1737.

Mandez-moi donc des nouvelles de votre fanté,
de vos plaifirs, de tout ce qui vous regarde, et de nos
amis que j'embraffe en bonne fortune. Adieu, mon
très-cher ami que j'aimerai toujours.

LETTRE CCXLVI.

A M. L'ABBÉ MOUSSINOT.

Novembre.

VOTRE patience, mon cher abbé, va être mife à
une étrange queftion ; je tremble qu'elle n'en puiffe
foutenir l'épreuve. J'efpère tout de votre amitié.
Affaires temporelles, affaires fpirituelles, ce font-là
les deux grands fujets du long bavardage que je vais
vous faire.

M. de *Lezeau* me doit trois ans ; il faut le preffer
fans trop l'importuner. Une lettre au prince de *Guife*,
cela ne coûte rien et avance les affaires. Les *Villars*
et les d'*Auneuil* doivent deux années ; il faut poliment
et fagement remontrer à ces meffieurs leurs devoirs à
l'égard de leurs créanciers ; il faut auffi terminer avec
M. de *Richelieu*, et en paffer par où l'on voudra.
J'aurais de grandes objections à faire fur ce qu'il me
propofe ; mais j'aime encore mieux une conclufion
qu'une objection. Concluez donc, mon cher ami ; je
m'en rapporte aveuglément à vos lumières qui me
font toujours très-utiles.

H h 2

Prault doit donner cinquante francs à monsieur votre frère. Je le veux; c'est un petit pot de vin, une bagatelle qui est entrée dans mon marché; et quand cette bagatelle sera payée, monsieur votre frère grondera de ma part le négligent *Prault* qui, dans les envois des livres que je veux, met toujours des retards qui m'impatientent cruellement; rien de tout ce qu'il m'expédie, n'arrive à point nommé.

Monsieur votre frère demandera ensuite à ce libraire, ou à tel autre qu'il voudra, un Puffendorf, la Chimie de *Boërhaave* la plus complète; une Lettre sur la divisibilité de la matière, chez *Jombert*; la Table des trente premiers tomes de l'Histoire de l'académie des sciences; *Mariotte*, de la nature de l'air; *idem*, du froid et du chaud; *Boyle, de ratione inter ignem et flammam*, difficile à trouver; c'est l'affaire de monsieur votre frère.

Autres commissions. Deux rames de papier de ministre, autant de papier à lettres, le tout papier d'Hollande; douze bâtons de cire d'Espagne à l'esprit de vin, une sphère copernicienne, un verre ardent des plus grands, mes estampes du Luxembourg, deux globes avec leurs pieds, deux thermomètres, deux baromètres, les plus longs sont les meilleurs; deux planches bien graduées, des terrines, des retortes. En fait d'achat, mon ami, qu'on préfère toujours le beau et le bon un peu cher, au médiocre moins coûteux.

Voilà pour le bel esprit qui cherche à s'instruire à la suite des *Fontenelle*, des *Boyle*, des *Boërhaave* et autres savans. Ce qui suit est pour l'homme matériel qui digère fort mal, qui a besoin de faire, à ce qu'on lui dit, de grands exercices, et qui, outre ce befoin de néceffité, a encore d'autres befoins de fociété. Je vous prie, en conféquence, de lui faire acheter un bon fufil, une jolie gibecière avec appartenances, marteaux d'armes, tire-bourre, et grandes boucles de diamans pour fouliers, autres boucles à diamans pour jarretières; vingt livres de poudre à poudrer, dix livres de poudre de fenteur, une bouteille d'effence au jafmin, deux énormes pots de pommade à la fleur d'orange, deux houppes à poudrer, un très-bon couteau, trois éponges fines, trois balais pour fecrétaire, quatre paquets de plumes, deux pinces de toilette très-propres, une paire de cifeaux de poche très-bons, deux broffes à frotter, enfin trois paires de pantoufles bien fourrées; et puis je ne me fouviens de rien de plus.

De tout cela on fera un ballot, deux s'il le faut, trois même s'ils font néceffaires. Votre emballeur eft excellent. Envoyez le tout par Joinville, non à mon adreffe, car je fuis en Angleterre, je vous prie de vous en fouvenir, mais à l'adreffe de madame de *Champbonin.*

Tout cela coûte, me direz-vous; et où prendre de l'argent ? Où vous voudrez, mon cher abbé; on a des actions, on en fond : il ne faut jamais rien négliger de fon plaifir, parce que la vie eft courte; je ferai tout à vous pendant cette courte vie.

Hh 3

LETTRE CCXLVII.

A M. THIRIOT.

A Cirey, le 6 décembre.

JE vois par votre lettre, mon cher ami, que vous êtes très-peu inftruit de la raifon qui m'a forcé de me priver pour un temps du commerce de mes amis; mais votre commerce m'eft fi cher que je ne veux pas hafarder de vous en parler dans une lettre qui peut fort bien être ouverte, malgré toutes mes précautions.

J'ai cru devoir mander au Prince royal la calomnie dont je vous remercie de m'avoir inftruit. Vous croyez bien que je ne fais, ni à lui ni à moi, l'outrage de me juftifier; je lui dis feulement que votre zèle extrême pour fa perfonne ne vous a pas permis de me cacher cette horreur, et que les mêmes fentimens m'engagent à l'en avertir. Je crois que c'eft un de ces attentats méprifables, un de ces crimes de la canaille, que les rois doivent ignorer. Nous autres philofophes, nous devons penfer comme des rois; mais malheureufement la calomnie nous fait plus de mal réel qu'à eux.

Vous deviez bien m'envoyer les verficulets du prince et la réponfe. Vous me direz que c'était à moi d'en faire, et que je fuis bien impertinent de refter dans le filence quand les favans et les princes s'empreffent à rendre hommage à madame de *la Poplinière*.

Mais quoi ! si ma muse échauffée
Eût loué cet objet charmant,
Qui réunit si noblement
Les talens d'Euclide et d'Orphée,
Ce ferait un faible ornement
Au piédestal de son trophée.
La louer est un vain emploi ;
Elle régnera bien sans moi
Dans ce monde et dans la mémoire ;
Et l'heureux maître de son cœur,
Celui qui fait seul son bonheur,
Pourrait seul augmenter sa gloire.

A propos de vers, on imprime l'Enfant prodigue un peu différent de la détestable copie qu'ont les comédiens, et que vous avez envoyée (dont j'enrage) au Prince royal.

Je n'ai encore fait que deux actes de Mérope, car j'ai un cabinet de physique qui me tient au cœur. *Pluribus attentus, minor ad singula.*

Je trouve dans Castor et Pollux des traits charmans ; le tout ensemble n'est pas peut-être bien tissu. Il y manque le *molle et amœnum*, et même il y manque de l'intérêt. Mais, après tout, je vous avoue que j'aimerais mieux avoir fait une demi-douzaine de petits morceaux qui font épars dans cette pièce, qu'un de ces opéra insipides et uniformes. Je trouve encore que les vers n'en font pas toujours bien lyriques, et je crois que le récitatif a dû beaucoup coûter à notre grand *Rameau*. Je ne songe point à sa musique que je n'aye de tendres retours pour Samson. Est-ce qu'on n'entendra jamais à l'opéra :

Hh 4

Profonds abymes de la terre,
Enfer, ouvre-toi, &c. !

Mais ne penfons plus aux vanités du monde.

Je vous remercie, mon ami, d'avoir confolé mes
nièces : je ne leur propofais un voyage à Cirey qu'en
cas que leurs affaires et les bienféances s'accommo-
daffent avec ce voyage. Mais voici une autre négociation qui eft affez digne de la bonté de votre cœur
et du don de perfuader dont DIEU a pourvu votre
efprit accort et votre longue phyfionomie.

Si madame *Pagnon* voulait fe charger de marier
la cadette à quelque bon gros robin, je me charge-
rais de marier l'aînée à un jeune homme de condition,
dont la famille entière m'honore de la plus tendre et
de la plus inviolable amitié. Affurément je ne veux
pas hafarder de la rendre malheureufe ; elle aurait
affaire à une famille qui ferait à fes pieds ; elle ferait
maîtreffe d'un château affez joli qu'on embellirait
pour elle. Un bien médiocre la ferait vivre avec
beaucoup plus d'abondance que fi elle avait quinze
mille livres de rente à Paris. Elle pafferait une partie
de l'année avec madame *du Châtelet ;* elle viendrait
à Paris avec nous dans l'occafion : enfin, je ferais
fon père.

C'eft, mon cher ami, ce que je lui propofe, en
cas qu'elle ne trouve pas mieux. Dieu me préferve
de prétendre gêner la moindre de fes inclinations :
attenter à la liberté de fon prochain me paraît un
crime contre l'humanité ; c'eft le péché contre nature.
C'eft à votre prudence à fonder fes inclinations. Si,
après que vous lui aurez préfenté ce parti avec vos

lèvres de perfuafion, elle le trouve à fon gré, alors
qu'elle me laiffe faire. Vous pourrez lui infinuer un **1737.**
peu de dégoût pour la vie médiocre qu'elle mènerait
à Paris, et beaucoup d'envie de s'établir honnêtement.
Ce ferait enfuite à elle à ménager tout doucement
l'efprit de fes oncles.

Tout ceci, comme vous le voyez, eft l'expofition
de la pièce; mais le dernier acte n'eft pas, je crois,
près d'être joué. Je remets l'intrigue entre vos
mains.

Voici un petit mot de lettre pour l'ami *Berger*.
Adieu, je vous embraffe. Comment donc le gentil
Bernard a-t-il quitté *Pollion* et *Tucca* ?

Je reçois dans le moment une lettre de ma nièce,
qui me fait beaucoup de plaifir. Elle n'eft pas loin
d'accepter ce que je lui propofe, et elle a raifon. *Vale.*

LETTRE CCXLVIII.

A M. L'ABBÉ MOUSSINOT.

Décembre.

Vous me parlez, mon cher abbé, d'un bon
homme de chimifte, et je vous écoute avec plaifir;
vous me propofez enfuite de le prendre avec moi, je
ne demande pas mieux. Il fera ici d'une liberté
entière, pas mal logé, bien nourri, une grande commodité pour cultiver à fon aife fon talent de chimifte;
mais il faudrait qu'il fût dire la meffe, et qu'il voulût
la dire les dimanches et les fêtes dans la chapelle du

—— château : cette meſſe eſt une condition ſans laquelle je ne puis me charger de lui. Je lui donnerai cent écus par an ; mais je ne peux rien faire de plus.

1737.

Il faut encore l'inſtruire qu'on mange très-rarement avec madame la marquiſe *du Châtelet*, dont les heures de repas ne ſont pas trop réglées ; mais il y a la table de M. le comte *du Châtelet* ſon fils , et d'un précepteur , homme d'eſprit, ſervie régulièrement à midi et à huit heures du ſoir. M. *du Châtelet* père y mange ſouvent, et quelquefois nous ſoupons tous enſemble. D'ailleurs on jouit ici d'une grande liberté. On ne peut lui donner, pour le préſent, qu'une chambre avec antichambre. S'il accepte mes propoſitions, il peut venir et apporter tous ſes inſtrumens de chimie. S'il a beſoin d'argent, vous pourrez lui donner un quartier d'avance , à condition qu'il partira ſur le champ. S'il tarde à partir, ne tardez pas, mon cher tréſorier , à m'envoyer de l'argent par la voie du carroſſe. Au lieu de deux cents cinquante louis , envoyez-en hardiment trois cents avec les livres et les bagatelles que j'ai demandés.

Au reſte , mon cher ami, je ſuppoſe que votre chimiſte eſt un homme ſage, puiſque vous le propoſez : dites-moi ſon nom , car encore faut-il que je ſache comment il s'appelle. S'il fait des thermomètres à la *Farenheit*, il en fera ici, et il rendra ſervice à la phyſique. Ces thermomètres quadrent-ils avec ceux de *Réaumur* ? Ces inſtrumens ne conviennent qu'autant qu'ils ſonnent la même octave.

LETTRE CCXLIX.

A M. L'ABBÉ MOUSSINOT.

Décembre.

Je vous prie, mon cher abbé, de faire chercher une montre à fecondes chez *Leroi*, ou chez *Lebon*, ou chez *Tiout*, enfin la meilleure montre, foit d'or, foit d'argent, il n'importe; le prix n'importe pas davantage. Si vous pouvez charger l'honnête favoyard que vous nous avez déjà envoyé ici à cinquante fous par jour, (et que nous récompenferons encore, outre le prix convenu,) de cette montre à répétition, vous l'expédierez tout de fuite, et vous ferez là une affaire dont je ferai bien fatisfait.

D'*Hombre*, que vous connaiffez, a fait banqueroute; il me devait quinze cents francs; il vient de faire un contrat avec fes créanciers, que je n'ai point figné. Parlez, je vous prie, à un procureur, et qu'on m'exploite ce drôle dont je fuis très-mécontent.

J'ai lu l'épître de d'*Arnaud*; je ne crois pas que cela foit imprimé, ni doive l'être. Dites-lui que ma fanté ne me permet d'écrire à perfonne, mais que je l'aime beaucoup. Retenez-le à dîner quelquefois chez M. *du Breuil*, je payerai les poulardes très-volontiers; éprouvez fon efprit et fa probité, afin que je puiffe le placer. — Je vous le répète, mon cher ami, vous avez carte blanche fur tout, et je n'ai jamais que des remercîmens à vous faire.

LETTRE CCL.

A M. L'ABBÉ MOUSSINOT.

Décembre.

ON m'avait mandé, mon cher ami, que tous les meubles d'*Arouet* avaient été brûlés, et son logement confumé : je vois avec plaifir que cela n'eft pas. Ne négligez rien, je vous en conjure, tant auprès de Me *Picard* qu'auprès de fes connaiffances, pour découvrir le mariage fecret d'*Arouet*. Cela m'eft important, car je fuis fur le point de marier une de mes nièces. On le dit fort intrigué dans cette affaire des convulfions. Quel fanatifme ! mon cher, ne donnez pas dans ces horribles folies : tout bon français applaudit à un bon janféniste qui crie contre les formulaires et les excommunications, et qui fe moque un peu de l'infaillibilité du pape ; mais on méprife un infenfé qui fe fait crucifier, et un imbécille qui affifte à ces crucifiemens de galetas.

Je fais bien qu'il ne ferait pas mal que je fuffe à Paris ; mais je crois mes intérêts mieux entre vos mains qu'entre les miennes ; et l'ancien tréforier du chapitre de Saint-Méri a, pour conduire les affaires de ce bas monde, infiniment plus d'intelligence que fon ami le philofophe, qui, dans fa folitude de Cirey, fait des vers, étudie *Newton*, le tout avec affez peu de fuccès, et qui en outre digère fort mal.

LETTRE CCLI.

A M. THIRIOT.

A Cirey, le 21 décembre.

Je réponds en hâte, mon cher ami, à votre lettre du 18, touchant l'article qui concerne mes nièces. Vous mandez à madame *du Châtelet* que vous penfez que je veux faire plus de bien à ce gentilhomme que je propofe qu'à ma nièce même. Je crois en faire beaucoup à tous les deux, et je crois en faire à moi-même en vivant avec une perfonne à qui le fang et l'amitié m'uniffent, qui a des talens, et dont l'efprit me plaît beaucoup. Je trouve de plus une charge très-honnête, convenable à un gentilhomme, et qui plus eft, lucrative, que ma nièce pourrait acheter, et qui lui appartiendrait en propre. Je connais moins la cadette que l'aînée; mais quand il s'agira d'établir cette cadette, je ferai tout ce qui fera en mon pouvoir. Si ma nièce aînée était contente de fa campagne, et qu'elle voulût avoir un jour fa fœur auprès d'elle; fi cette fœur aimait mieux être dame de château que citadine de Paris mal-aifée, je trouverais bien à la marier dans notre petit paradis terreftre. Au bout du compte, je n'ai réellement de famille qu'elles; je ferai très-aife de me les attacher. Il faut fonger qu'on devient vieux, infirme, et qu'alors il eft doux de retrouver des parens attachés par la reconnaiffance. Si elles fe marient à des bourgeois de Paris, ferviteur très-humble, elles font perdues pour moi. Vieillir fille eft un piètre état. Les princeffes du fang ont bien de la peine à foutenir cet état contre nature. Nous fommes nés pour avoir des enfans. Il n'y a que quelques fous de philofophes, du nombre defquels nous fommes, à qui il foit décent de fe fauver de la règle générale. Je peux vous affurer enfin que je compte faire le bonheur de mademoifelle *Mignot*, mais il faut qu'elle le veuille ; et vous qui êtes fait pour le bonheur des autres, c'eft votre métier de contribuer au fien.

Faites ma cour, mon cher ami, à *Pollion*, à *Polymnie*, à *Orphée*. Je vous embraffe tendrement.

LETTRE CCLII.

A M. THIRIOT.

A Cirey, le 23 décembre.

Mon cher ami, je n'ai rien à ajouter ni à la peinture que la déeffe de Cirey fait de notre vie philofophique, ni aux fouhaits de partager quelque temps cette vie avec vous. Si certaine chofe que j'ai entamée réuffiffait, il faudrait bien vous voir à toute force, au bout du compte. *Pollion* vous donnerait fa chaife de pofte jufqu'à Troies, et à Troies vous trouveriez la mienne et des relais. En un jour et demi vous feriez le voyage, et puis ô *noctes cœnæque Deûm!* On fait bien qu'on ne pourrait vous garder long-temps, mais enfin on vous verrait.

Je fuis d'autant plus fâché de la déconvenue des *Linant*, que le frère commençait à faire de bons vers;

et que sa tragédie n'était pas en si mauvais train. ———
Quand je vois qu'un disciple d'*Apollon* péche par le   1737.
cœur, je ressens les douleurs d'un directeur qui
apprend que sa pénitente est au b.....

Ma nièce n'a point voulu de mon campagnard,
je ne lui en fais aucun mauvais gré. J'aurais voulu
trouver mieux pour elle. Cependant il est certain
qu'elle aurait eu huit mille livres de rente au moins;
mais enfin elle ne l'a pas voulu, et vous savez si je
veux la gêner. Je ne veux que son bonheur, et je
mettrais une partie du mien à pouvoir vivre quelquefois avec elle. Dieu veuille que quelque plat bourgeois de Paris ne l'enseveliffe pas dans un petit ménage
avec des caillettes de la rue Thibautodé. Il me semble
qu'elle était faite pour Cirey. Une tragédie nouvelle
est actuellement le démon qui tourmente mon imagination. J'obéis au dieu ou au diable qui m'agite.
Physique, géométrie, adieu jusqu'à Pâques : sciences
et arts, vous servez par quartier chez moi; mais
Thiriot est dans mon cœur toute l'année. Votre frère
m'a envoyé des habits qui sont si beaux que j'en suis
honteux.

Portez-vous bien, aimez-moi, écrivez-moi.

A propos, j'ai corrigé les premiers actes d'Oedipe,
Zaïre, et tous mes petits ouvrages; toujours enfantant,
toujours léchant. Mais le monde est trop méchant.

LETTRE CCLIII.

A M. L'ABBÉ MOUSSINOT.

Il est impossible, mon cher ami, qu'il y ait trente-un volumes de pièces de l'académie des sciences, depuis qu'elle distribue des prix. Il faut que vous ayez pris la malheureuse académie française pour l'académie des sciences. On envoya un jour dix-huit singes à un homme qui avait demandé dix-huit cygnes pour mettre sur son canal. J'ai bien la mine d'avoir trente-un singes, au lieu de dix-huit cygnes qu'il me fallait. Si l'on a fait, mon cher abbé, ce *quiproquo*, comme je le présume, il faut vîte acheter les volumes des pièces qui ont remporté le prix à la véritable académie, et je vous renverrai les ennuyeux complimens de la pauvre académie française. Franchement, il serait dur d'avoir des complimens que je ne lis pas, au lieu de bons ouvrages dont j'ai besoin.

Fin du premier tome du Recueil des Lettres de M. de Voltaire.

TABLE

TABLE ALPHABETIQUE

DES LETTRES

CONTENUES DANS CE VOLUME.

A.

Corresp. générale.   Tome I.   I i

C.

G.

J.

L.

M.

N.

P.

R.

S.

T.

Fin de la Table du tome premier.

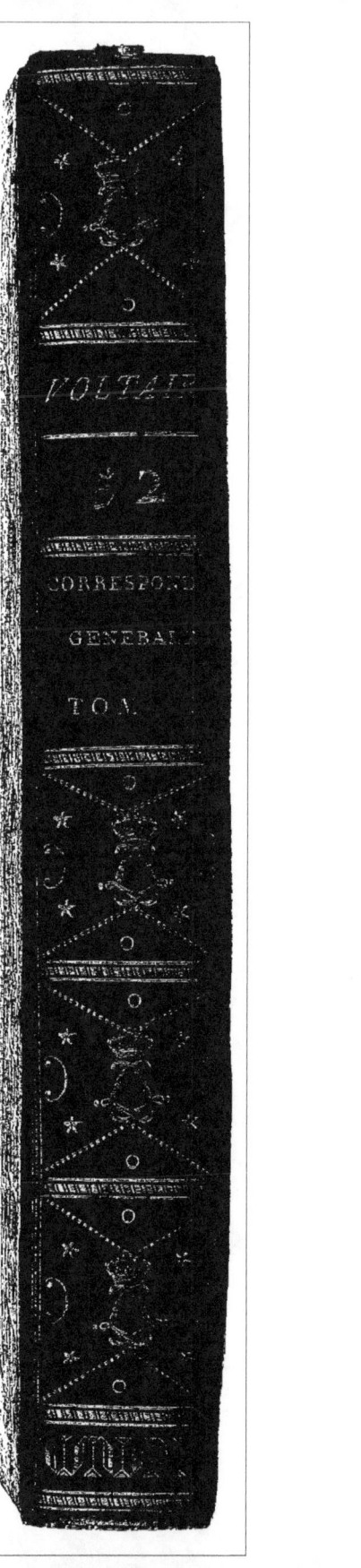

VOLTAIR

52

CORRESPOND

GENERALI

TOM

www.ingramcontent.com/pod-product-compliance
Lightning Source LLC
Chambersburg PA
CBHW061025030726
47504CB00002B/252